Judith Arlt

Die Welt war schneller als die Worte

Roman

achter Verlag

Achter Verlag, Acht und Weinheim
www.achter-verlag.de

ISBN 9783981456271

Lektorat: Martina Leiber, Karlsruhe
Gestaltung: GreenwoodFinch, Elmstein
Satz: Röser MEDIA, Karlsruhe
Druck und Bindung: Friedrich Pustet, Regensburg

für Paul

Teil 1

Wie Irène 1990 in Paris Heilig Abend feiert und Carolina 1910 nach dem fernen Osten fährt

„Du hast mich gerufen?“ Mit nassen Haaren komme ich aus dem Bad in die Küche.

„Ja, der Barscht ist klar.“ François, mein Ehemann, gießt die dampfende blutrote Flüssigkeit aus dem Topf durch ein Sieb in die Suppenschüssel. Im Sieb bleiben verfärbte Gemüsestücke hängen. Zwiebelviertel, Karottenscheiben, der Kegel einer Sellerieknolle, ein halbierter Lauchstängel, das matte Petersiliensträußchen, Rote-Beete-Würfel. Ein ganzer Berg voll. Die Pfefferkörner haben den Weg durch das Gitter gefunden und schwimmen in der weißen Porzellanschüssel. Übermütig wie meine Zwillingsbuben, denke ich und verknote das noch feuchte Haar zu einem Zopf am Hinterkopf.

François stellt den leeren Topf auf die Anrichte, klopft das Gemüsesieb über dem Abfalleimer aus, schlägt den Deckel zu, schaut auf und ruft erstaunt: „Irène, du bist ja immer noch nicht angezogen!“ Er bindet die Küchenschürze los. Mit einem trockenen Zipfel tupft er den Dampf von den Brillengläsern. „Ich fahre gleich“, sagt er. „Babka steht bestimmt schon im Nerz bereit.“

„Und der Bigos?“

„Blinzelt, nach Rezept, auf kleinster Flamme. Rühr ihn bitte ab und zu um.“

„Ist genug Flüssigkeit drin?“

„Habe gerade eine ganze Dose Okocim nachgeschenkt.“

„Wie großzügig du bist“, murmle ich mit gespielter Bewunderung auf dem Weg zurück ins Bad. Wer mir nur diesen Korridor eingebrockt hat? Am liebsten würde ich hier, im finsteren Flur zwischen Küchentür und Badezimmer, diese Geschichte wieder verlassen. Und mit ihr den kochbegeisterten Gatten, die eineiigen Zwillinge, die heute Geburtstag haben und Zirkusclowns werden wollen. Rote Nasen, lachende Münder, riesige Schuhe, karierte Hosen, kleine Hüte, winkende Taschentücher. Ich könnte mich in viele andere Räume und Schicksale hineinstehlen – warum ausgerechnet in diese Maisonnette im 6. Arrondissement? In bester Lage. An der Seine. Im Sommer kühl, auf der winzigen Dachterrasse luftig. Im Winter feucht, düster. Direkt hinter dem Boulevard St. Germain. Um die Ecke in Laufnähe eine polnische Buchhandlung. Nur für mich.

Das Telefon klingelt. Jean und Marc jonglieren in höchster Konzentration mit den bunten Tennisbällen durch das Wohnzimmer. Zielgerichtet tänzeln sie um den bereits geschmückten Weihnachtsbaum herum, ohne eine einzige Kugel zu berühren. Sie greifen nach dem Hörer, rufen, ein atemloses Duo, einstimmig hinein: „Hallo?“ Dann holen sie mich zurück aus dem finsteren Flur, durch den ich gerade entkommen wollte: „Maman … maman!“

Elle! Zornig schleudere ich das Handtuch in die Ecke. Aber es hilft nichts. Im Gegenteil. Schon stehe ich mitten in einer lodernden Dreiecksbeziehung. François ist spät dran, er sollte nicht mehr in der Wohnung sein, wenn Elle anruft. Ich versuche, Zeit zu gewinnen. Im Wohnzimmer schließe ich meine Geburtstagskinder in die Arme. Flüstere ihnen in die Ohren, sie sollten die Bälle jetzt in Ruhe lassen, sich beeilen, anziehen, Oma abholen, sonst führe Papa nämlich alleine. Aufheulender Protest. Wir wollen mit, wollen mit! Schniefen und Kichern. Strampeln und Schlagen. Meine kleinen

Clowns! Ich schiebe sie an mir vorbei, setze mich neben das Telefon. Dabei öffnet sich mein Bademantel.

Ich hebe endlich den Hörer ans Ohr, an den Mund, frage übertrieben laut, hastig: „Hallo … ah, … ein Geschenk? … quand même … attends …“ Ich lasse den Hörer in den Schoß sinken und horche. Dann lege ich ihn behutsam neben den Apparat, entferne mich, werfe einen Blick um die Ecke.

François zieht den Mantel an, die Jungs hüpfen lärmend im Gleichtakt mit ihren Schneestiefeln um ihn herum. Ein Jahrhundertwinter in diesem Jahr, noch nie lag so viel Schnee in Paris. Sie versenken absolut synchron die Arme in den wattierten Jacken, öffnen die Wohnungstüre, zwängen sich nebeneinander in den engen Hausflur. „Die Schlüssel“, ruft François verzweifelt, „welcher von euch beiden hat die Autoschlüssel?“

Im Hals, im Hemd, im Hosenbein!

Im Hals, im Hemd, im Hosenbein!

Im Hals, im Hemd, im Hosenbein!

Die Bommel der Zipfelmützen schlagen den Takt auf alle drei Rücken, Winterschuhe poltern die Treppen hinunter, offene Münder deklamieren. Schließlich höre ich unten die Haustür ins Schloss krachen. Ich atme auf. Gehe zurück. Fahre fort: „Alors, Elle, écoute …“ Sie unterbricht mich ungestüm.

„Es geht nicht“, wehre ich ab. Kühl und beherrscht. „Gleich kommt meine Mutter. Du weißt, es ist das erste Weihnachtsfest nach Vaters Tod. Und der Geburtstag von Jean und Marc. Wir haben ein traditionelles polnisches Heiligabendessen vorbereitet. Fleischlose Lust. Zwölf Apostel, zwölf Gänge. Den Tisch mit Stroh gedeckt. Einen zusätzlichen Teller, einen zusätzlichen Stuhl hingestellt. Für einen der Einsamen, einen der Verstorbenen.“

Panik ergreift mich. Alles ist bereits in Bewegung. Wünsche, Begierden, der Dampf über dem Bigos. Elle will mich. Meine Stimme zittert. Sie werden jeden Moment zurück sein! Ich bin noch nicht bereit. Ich als Einzige. Keine roten Lippen. Im Nacken das kalte Haar. Kein *Frozen White* auf den Lidern. Stroh auf dem Tisch. Keine Pfirsichwangen.

Mutter wird wie ein Giftpfeil eindringen. Die *uszki* schwimmen noch nicht, die Öhrchen, sie sind noch nicht einmal gefaltet. Du weißt schon, Elle. Allmählich komme auch ich in Fahrt. Sie sind das Allerwichtigste an der Weihnachtssuppe. Die Öhrchen, möglichst klein gezupft. Stolz die Hand der Hausfrau. Blätterteig braucht Ruhe, die ich nicht habe. Und Wärme. Blätterteig scheut Durchzug. Die Pilze sind noch nicht gewaschen. Die Liebesschleifen nicht gedreht. Der Puderzucker nicht gemahlen. Der Mohn nicht zerstampft. Die Hefe nicht aufgegangen. Mir fehlt die Geduld für Teig, der sich durch die Wärme im Ofen himmelwärts bläht, in der Hitze bräunt. Ich verliere die Fassung. Der Napfkuchen, jammere ich und mein Bademantel steht sperrangelweit offen. Ich bin nackt und die Lust ist eiskalt.

Elles Stimme in mir. Die Öhrchen, du weißt, je kleiner, desto feiner. Sie müssen so lange in Salzwasser kochen, bis sie an die Oberfläche trudeln. Dann schöpfst du sie mit einem Schaumlöffel aus dem heißen Wasser. Elle, besitzen wir für unser gemeinsames Leben einen Löcherlöffel? Ich fahre ohne Pause fort. Ohne Löcherschaum gibt es keine Öhrchen, und ohne Öhrchen keinen Heiligen Abend. Du wendest sie anschließend in zerlassener Butter, aber sie dürfen nicht anbrennen, nicht aneinander kommen, der Fettmantel soll sie scheiden. Sonst platzen sie auf. Das Allerwichtigste an der Suppe sind die geschlossenen Öhrchen, der kräftige Daumendruck der Köchin. Elle, der Karpfen und sein ungläubiger Blick, der Karpfen und seine großen klaren Augen liegen im kalten Pariser Leitungswasser, in unserer Badewanne, du kannst das Bad nicht benützen, der Karpfen würde sich zu Tode erschrecken, er bekommt Frischwasser, solange er sich noch bewegt, ohne Seifenpulver, erschlagen wird ihn unser Vater seligen Angedenkens, das war immer so, der Karpfen darf erst kurz bevor er ins heiße Öl der Bratpfanne fällt, erschlagen werden. Die Bratpfanne muss geräumig sein. Sie ist sein letztes warmes Haus. Unser Vater erschlägt ihn mit einem stumpfen Gegenstand. Schnell und zielgerichtet. Wie alle Väter. Im Karpfenkopf knackt es und die Väter können aufatmen. In ganz Polen. Sie trinken vorher Wodka. Und sie trinken hinterher Wodka. Weihnachtsfasten ist nur Verzicht auf tierisches Fleisch. Elle, überall in Polen, in allen Plattenbausiedlungen und in allen halb zerfallenen, zugigen Altstadthäusern von Białystok über Warschau bis nach Szczecin ist dieses Knacken in den Karpfenköpfen gleichzeitig zu hören. Es bewegt sich durch hunderttausend Küchen. Die Kraft der toten Karpfen. Bringt an Weihnachten sozialistische Wände zum Einstürzen. Kippt die noch mit Karpfenwasser gefüllten rostigen Badewannen um. Lässt das Wasser schäumend in die Korridore schwappen, durch Wohnzimmerböden sickern, schwindelnde Stockwerke hinabrinnen, durch von Wind und Wetter und Zahn und Zeit verrottete Isolationen. Das Echo setzt sich fort. Im ganzen Land, in England und Kalifornien. Überall. Sind die Häuser gleich gebaut, die Wohnungen gleich eingerichtet. In allen Küchen wird an Weihnachten das gleiche Essen gekocht, in allen hantierenden Händen liegt das gleiche Fischmesser, fährt vor Schreck aus gleichen Fäusten und bohrt sich ins Fleisch. Ein einziger, vereinter Schrei erhebt sich aus den wie Kartenhäuser zusammenklappenden Küchen. Die Mütter Polens werden dessen nicht mehr gewahr, dass der Schlund sich aufgetan, der sie zermalmt zu Staub der Erde, aus dem nichts jemals mehr ersteht. Elle!!!

*****

Sie verließ das Haus in tiefer Nacht. Die Schlüssel lagen auf dem Küchentisch. Wie mit der Wirtin abgesprochen. Und die Tür blieb offen.

„In einer Herrgottsfrühe!“, würde ihr Vater Ueli gerufen haben, wenn er es noch hätte erleben können. Und seine hellblauen Augen hätten unter buschigen Brauen geblitzt wie das Wetterleuchten über den Churfirsten. Ueli wäre, trotz der Sorge, stolz gewesen auf seine Tochter. Aber er war schon lange tot. Und sie, seine eigenwillige Jüngste, hatte bereits eine große Reise hinter sich. Allein. Schon damals. Ohne Vaterkummer. Ohne Kummervater. Damals waren gerade fünf Jahre vergangen seit seinem „plötzlichen Dahinscheiden“, wie es der Pfarrer in der kurzen Ansprache am offenen Grab genannt hatte. Bevor er den Sarg mit Weihwasser besprengte und dieser an Seilen in die Grube hinuntergelassen wurde.

Das mag ihr den Aufbruch erleichtert haben, das gesegnete Grab, der Tod in Gottes Händen. Den Aufbruch zu ihrem großen Abenteuer. Allein. In zehn Jahren rund um die Welt. Naiv war sie damals, jung und mittellos. Als sie in Sydney in den Hafen einliefen, zählte sie sich an der Reling um halb vier Uhr nachmittags die Münzen auf die Hand, ihr ganzes Hab und Gut. Es waren fünf Pfund. Die brachten sie aber nicht aus der Fassung. Denn sie liebte die Klarheit. Fünf Pfund, sagte sie sich, sind mehr als kein Pfund. Also ging sie schnell von Bord der „Ballaarat“ und machte sich auf den Weg in die Stadt. Sie hatte keine Ahnung, was zehn Jahre bedeuten können. Im Leben einer Frau. In ihrem Leben. Sie wusste nicht, wie teuer

Zeit ist. Wie wertvoll. Wie unwiederbringlich. Die fünf Pfund, das merkte sie bald, würden auch bei größter Sparsamkeit nicht länger als drei Wochen ausreichen. Damals war sie Mitte dreißig, der Vater seit fünf, die Mutter seit über zwanzig Jahren tot. Den polnischen Offizier hatte sie vor sieben Wochen für immer verlassen. Und nun war sie ganz allein auf dieser Welt. Dachte sie. Als sie von Bord ging. Denn von Mira wollte sie nichts wissen.

Auf jener Reise hatte sie alle Weltmeere überquert. Jetzt, an einem frühen Septembermorgen, brach sie erneut auf, diesmal auf dem Landweg. Es war noch dunkel, als sie in Friedrichshafen am Bodensee zum Bahnhof ging. Sie wollte den nächsten Zug nehmen, der sie nach Norden brachte, nach Berlin. Von Berlin aus würde sie ostwärts fahren. Über Ale xandrowo nach Moskau. Dort einen Schlafwagenplatz in der Transsibirischen Bahn belegen und so weiter. So weit es eben ging auf den Schienen am Boden der Zeit.

Sie hatte Zahnschmerzen.

An dem Ort, von dem sie herkam, wo ihr Vater, der Bodenueli, bis zu seinem letzten Tag gearbeitet, die Futterwiesen gedüngt, den kargen Äckern Roggen abgetrotzt und während der langen Wintermonate Holz geschlagen hatte, gab es keinen Bahnhof. Dort standen zwei schindelgedeckte Bauernhäuser, in jener Gegend Heimetli genannt. Das eine, an der Wetterseite, war ihr Geburtshaus. Zwei schwere Tannen schützten es vor der scharfen Bise im Frühjahr. An das Haus angebaut waren eine Scheune und ein Kuhstall. Geboren wurde sie in der Schlafstube hinter dem Küchenofen. Und getauft auf den Namen Carolina Maria Elisabeth. Am 15. April 1858. Ihr halbes Leben hatte sie ihren Geburtstag am 7. April gefeiert. Weshalb, das konnte sie sich beim besten Willen nicht erklären. Im Juli 1905, als sie im zaristischen Warschau einen Pass beantragte, um nach Krakau reisen zu können, wurde ihr Geburtsdatum plötzlich korrigiert. Um acht Tage verschoben. Der schweizerische Konsul Zannboni überprüfte pflichtbewusst alle Daten. Trotz des kriegerischen Gemetzels auf den Straßen der Stadt und der deswegen dringlich gewordenen Abreise der Antragstellerin forderte er seelenruhig eine Abschrift des Geburtsscheines aus der Heimatgemeinde an. Ordnung musste sein. Das war auch Carolinas Grundsatz. Trotzdem ärgerte es sie, dass sie, *abgesehen von den vielen größeren und kleineren Trinkgeldern, auch noch fünf Rubel Kriegstaxe für dieses langweilige Passportgeschäft* entrichten musste. Sie hatte ein Jahr lang vergeblich versucht, die verwöhnte Tochter des reichen Herrn S., eines der letzten kaiserlichen Kammerherrn in Warschau, zu erziehen und ihr die Grundlagen von Deutsch und Französisch beizubringen.

Sie selbst, die als Kind Lina gerufen wurde, hatte nur wenige Jahre die Schule besuchen dürfen. Sie musste zu Hause zupacken. Und wurde dann auf einen Hof in die Welschschweiz verdingt, wo es mehr Schläge gab als Brotbrocken. Obwohl sie sehr lernbegierig war, liebte sie den Schulweg mehr noch als die Schule. Der Weg nach Oschwand erlaubte ihr, eine Stunde ungestraft und unbeobachtet zu träumen. Zuerst auf dem sanft ansteigenden Pfad durch den Wald bis auf die Bodehöchi. Im dunkelgrünen Schatten der Kiefern. Danach quer über die Weide, vorbei an Kühen und Schmetterlingen, hinunter ins Dorf.

Der Gemeindeammann hatte sich verwundert am Kopf gekratzt, als der *rekommandierte* Brief aus Warschau kam. Es war der erste und letzte Brief, der ihn zeitlebens aus dem Ausland erreichte. Noch wunderlicher kam ihm aber das Ansinnen von Konsul Zannboni vor. Er fragte beim Pfarrer nach. Sie blätterten, ein Gläschen Messwein in der Hand, die alten Taufbücher durch. Staunten über den offensichtlichen Schreibfehler. Berichtigten das Geburtsdatum der jüngsten Tochter des Bodenueli, Gott hab ihn selig, und disputierten bei einem zweiten Gläschen in der Sakristei darüber, wer wohl damals die Kalendertage verwechselt habe, der Kindsvater oder der amtierende Gottesdiener. Am nächsten Tag schickte der Amtsschreiber die mit allen Stempeln versehene und auch vom Pfarrer unterschriebene Abschrift nach Bern. Die Berner würden dann, wie mitgeteilt, den Rest selbst erledigen und den Brief per Diplomatenpost weiter spedieren. Das brauchte seine Zeit.

Das Schulhaus steht bis heute neben der Kirche. Und neben der Kirche ruhen die Toten. Auf jenem Dorffriedhof liegt auch sie begraben, die durch die Welt gereiste Carolina. Ohne ihre Tochter noch einmal gesehen, ohne eine Menschenseele in ihr Geheimnis eingeweiht zu haben, fast erblindet und von Rheuma geplagt, kehrte sie am Tag der Wintersonnenwende 1941 heim. Nach Oschwand, auf den Gottesacker, der ihrem Geburtshaus am nächsten war. An keinem anderen Ort der Welt als an jenem ohne Bahnhof wollte sie begraben sein.

Sie hatte keinen Schlaf mehr gefunden. War mitten in der Nacht aufgestanden. Hatte sich hastig zurechtgemacht, sich ein Kopftuch umgebunden, obwohl keine Eile geboten war. Ein Glas kaltes Wasser getrunken, gierig, mit großen Schlucken. Das Laken glatt gestrichen. Obwohl sie sich, da war sie ganz sicher, nie wieder darauf legen würde. Ordnung musste sein. Auch hier. Sie band die Schnürsenkel fest zu. Dann legte sie die Schlüssel auf den Küchentisch. Ihr leises Klirren war das Signal zum Aufbruch. Die Tür knarrte, als sie sie aufstieß, und blieb hinter ihr offen, schwankte ungläubig noch einen Moment in den Angeln. Die Nacht war undurchdringlich. Carolina stand auf der Katharinenstraße. Alle anderen Menschen schliefen noch, auch ihre Wirtin. Diese würde, wenn sie aufgewacht war, mit beiden Händen die schwere Tür ins Schloss zurückziehen und den Riegel vorlegen. Dann das Bettlaken waschen. Vielleicht den Boden wischen. Carolina befände sich dann bereits weit hinter Göttingen, alle ihre Bedenken hätten sich im monotonen Rattern zerstreut. Sie wäre bestimmt schon eingenickt. Beruhigt. Hätte der Müdigkeit nachgegeben. Jetzt aber ergriff zuerst eine ungewöhnliche Kälte ihre Brust. Was war bloß in sie gefahren? Kein Licht drang in die engen Gassen. Sie war nun in der Tat nicht mehr die Jüngste. Und sie brauchte sich nicht zu beeilen. Der Bahnhof befand sich gleich um die Ecke, durch die Charlottenstraße, über den Franziskusplatz, und schon wäre sie da. Die Abfahrtzeit des Zuges stand sicher noch nicht einmal auf der Anzeigetafel. Das Gepäck hatte sie schon gestern Abend abholen lassen. Sie war zuversichtlich, dass es bereits sicher im Gepäckwagen verstaut war. Woher sie diese Zuversicht nahm, wusste sie nicht. Nur die leichte Handtasche hing am Arm. Über dem hellen Sommermantel. Der Morgen war frisch.

Entschlossen ging sie los. Niemand würde den festen, regelmäßigen Schritten anhören, dass sie klein gewachsen war. Dass sie zierlich, zerbrechlich wirken konnte, gerade jetzt, in dem Moment, wo ihr die Bange auf die Stirn geschrieben stand und kreisrunde Flecken auf den Wangen brannten. Das Gespenst des Fiebers vor der Reise. Der Unruhe. Der Schwäche. Etwas gebot ihr innezuhalten. Sie blieb wie angewurzelt stehen. Der Druck auf das Brustbein wuchs. Wie vor einer Staudammmauer. Sie schnappte nach Luft. Und spürte den Widerstand, kalt und eindeutig. Eine schwere Hand presste die Rippen zusammen. Eine eisige Stimme höhnte: Du da, du da, du da, wo willst du denn hin? Um diese Zeit? Sie schaute sich um, obwohl die Frage von vorne kam. Und die Hand kalt auf der Brust lag. Sie suchte Hilfe, Schutz. Wie ein Kind, voller Angst. Horchte sie in die Dunkelheit. Es war totenstill. Insgeheim hoffte sie auf Rettung. Auf Nähe. Auf eine warme Berührung der Schulterblätter. Dass jemand sie umarmte. Und bewahrte vor diesem wahnwitzigen Schritt. Einer uralten Frau. Ins Unbekannte. Dass jemand sie zurückhielt. Sie hereinholte. Zu sich. Fort von der Straße. Fort vom Fortgehen. Zurück. In eine warme Stube. In ihr Stöckli im Boden über Oschwand. Wo sie einmal nur noch still leben möchte, mit *gebildeten, feinfühligen Menschen*. Oder darauf, dass jemand sie einsperrte. Ankettete im Kerker der Vernunft.

Aber es regte sich rein gar nichts. In der Welt. Und sie, Carolina, konnte die eigene Hand vor den Augen nicht erkennen. Hier kümmerte es niemanden, ob sie wegfuhr oder nicht. Ob sie aufbrach am Tag oder in der Nacht. Im Gegenteil. Niemand kannte sie, außer den Mädchen im Stift, die bis gestern ihre Schülerinnen gewesen waren. Aber die interessierten sich am wenigsten für ihre Sprachlehrerin. Die alte Jungfer. Das gestrenge Fräulein. Französisch fiel den Mädels besonders schwer. Die wollten sich bloß amüsieren, waren *sinnliche, ungezügelte Naturen* und hofften auf einen *gutmütigen, verliebten Prinzen.* Carolina schüttelte es bei dem Gedanken. *Ekelhaft!*

Etwas wie Pflichtgefühl hatte sie hierhergebracht. Anfänglich war sie in ihrer Einfalt sogar bereit, es als Glück in die Skala ihrer Empfindungen einzureihen. Arbeiten nahe der Heimat. An einem Institut, am *Königin-Paulinenstift.* Am schönen Bodensee. Über dem sie, bei klarem Wetter, in der Ferne die Glarner Alpen dräuen sah. All dies hatte sie bewogen, Krakau sowie all ihre Freunde und Bekannte zu verlassen. Außerdem – jetzt konnte, musste sie sich das endlich eingestehen, hier mutterseelenallein auf der Katharinenstraße, in finsterer Nacht, umgeben von Wehrmauern sich überstürzender Gedanken und Gefühle, kurz vor dem Dammbruch, einer möglichen Implosion, kurz vor ihrer Abreise nach Asien, außerdem wollte sie B. ein für alle Mal aus dem Wege gehen. Den unzähligen und zufälligen Begegnungen mit ihm auf der Bracka, im Theater, in der Karmelicka, bei Empfängen. Die hatten sie, die *dumme und sentimentale* Carolina, immer wieder aufs Neue verstört. Sie lief regelmäßig puterrot an und begann zu stottern wie ihre pubertierenden Schülerinnen. Peinlich! Deshalb – und nur deshalb – hatte sie das überraschende Angebot im königlichen Stift angenommen und war vor drei Jahren an das deutsche Ufer des Bodensees gezogen: um B. nie wieder zu sehen. Das Ungeheuerliche: B. im Majorskragen. Ihr Herz polterte unter dem Brustbein. Der Schmerz des kranken Zahnes bohrte sich senkrecht ins Hirn. Der Atem zischte durch die Nasenflügel. Sogar die Lungen kämpften. Ein Hauch am Genick. Ein Windstoß? Vom nahen See herüber? Ein Gruß vom toten Vater? Ein Kuss des immerundewig Geliebten? Chabis! Sie rief sich zur Ordnung. Flügelschlag der Geschichte, ha! Kein falsches Pathos! Tauben, einfach nur Morgentauben. Noch einen Moment gab sie sich. Verharrte in dem unerklärlichen Aufruhr. Dann raffte sie sich auf. Griff in die Rockschöße. Auf dem harten Straßenpflaster. Hob vorsichtig den linken Fuß. Nichts geschah. Also durchschnitt sie den Bann, schob die Erinnerungen von sich, wischte eine furchtlose Träne von der Wange, ging einen Schritt, einen zweiten, weiter, immer weiter. Der einsame Widerhall ihrer Schritte folgte ihr im Zickzack zwischen den Hauswänden. Die Kirchturmuhr schlug drei. Kein Hahn krähte nach ihr. Nur mit der Handtasche am Arm bog sie in die Charlottenstraße ein.

Nicht von zu Hause brach sie auf. Nein. Nur einmal in der Kindheit, als sie ins Welschland musste. Seither war sie nie mehr richtig zu Hause gewesen. Nirgends. Nicht jenes abgeschiedene Bauernhaus verließ sie jetzt, dessen Stubenfenster sogar im Winter in die Mittagssonne blinzelten. Nein, sie hatte Jahre weit weg von der Küche zugebracht, in der sie als Kind einsamen, aber bunten Träumen nachgehangen hatte. Angeregt vom gelben Sand der Wüstenlandschaft, die Ueli an den Kachelofen gemalt hatte. Mit feuerfester Farbe. Am Horizont grüne Palmen, im Vordergrund, im rieselnden Gelb, ein Löwe mit fürchterlicher Mähne und glasigen Augen. Nein, sie lebte seit ihrem siebzehnten Lebensjahr nicht mehr im Bernischen Oberaargau. Verdiente sich ihren Lebensunterhalt im Ausland in verschiedenen Anstellungen. Zuletzt in Friedrichshafen. Von hier brach sie jetzt im Morgengrauen auf. Ohne Abschied genommen zu haben. Von wem auch? Vom Heimetli, an dessen Flurdecke noch immer die silbernen Sterne und ein geduldiger Mond leuchteten. Ebenfalls von Uelis Hand gemalt. Ohne den Ort oder das Grab noch einmal aufgesucht zu haben. Das Grab des Vaters. Den Ort ohne Bahnhof, den man nur im Sommer gut zu Fuß erreichte.

Drei Uhr in der Früh. Hartes Straßenpflaster. Lichtlose Gassen. Wer konnte, träumte noch. Sie wusste nicht, was sie erwartete. Unausgeschlafen. Die Handtasche hing schwer am Ellbogen. Obwohl darin nur ein Wachstuchheft steckte, die Schreibfeder und das Tintenfässchen, ein Fläschchen Riechöl, ein Kamm, die Geldbörse mit dem Ersparten für die Reise, das gestrige *Thurgauer Tageblatt* vom gegenüberliegenden Bodenseeufer. Nach Asien wollte sie fahren und konnte oder wollte niemandem sagen, warum. Die Zahnschmerzen waren in den letzten Wochen unerträglich geworden. Sie hatte die Stiftsleitung um ihre Entlassung gebeten. Mit dem Zug wollte sie nach dem Osten. Wenn auch nur zum Schein, nur zum Zahnarzt, so doch auf Arbeitssuche. Auf dem Festland von Europa bis nach Asien. Auf festen Schienen. Stampfen. Wie zu Fuß. Dem Japanischen Meer entgegen. Carolina liebte das Konkrete. Das Bodenständige. Nach Osten fahren, hinter den Ural, Sibirien durchqueren, die Mongolei, die Mandschurei, das Khingangebirge, und erst in Wladiwostok aussteigen. Etwas verschnaufen. Sich umgucken und mit dem erstbesten russischen Dampfer über das Japanische Meer nach Tsuruoka übersetzen. Von dort auf dem Festland mit der Eisenbahn nach Tokio. Eine Fahrt von, das wusste sie bereits jetzt, weiteren beschwerlichen vierzehn Stunden nach der zweiwöchigen Reise. Danach wollte sie in Tokio bleiben. Zum Zahnarzt gehen. Eine Anstellung suchen. An einer Schule. Oder in einer Familie. Als Privatgelehrte. Sie, die Autodidaktin. Das arme Bauernmädchen, die jüngste Tochter des Bodenueli, eines Schweizer Kleinbauern, um dessen stahlblaue Augen sich winzige Lachfältchen eingegraben hatten. Der Bodenueli hatte seinen Boden nie verlassen und sein Heimetli in der Talsohle, durch die immer eine scharfe Bise blies, von innen ausgemalt mit Bildern einer Welt, die nur er kannte.

Sie bog in die Charlottenstraße ein, vor ihr lag der Franziskusplatz. Schon konnte sie die Lokomotiven fauchen hören. Sie atmete erleichtert auf. Es wurde bereits gearbeitet. Der Kessel musste geheizt werden für die lange Fahrt. Sie war viel zu früh. Noch fast eine Stunde bis zur Abfahrt! Sie wollte noch einmal zum See hinunter, über die Promenade spazieren, wo an sonnigen Sonntagnachmittagen alles flanierte, was Rang und Namen hatte.

Der See lag stumm wie die ganze Stadt in der Morgennacht. Auch der Wind schlief noch. Nur der Kies knirschte unter ihren Füßen. Als Carolina sich auf eine Uferbank setzte, verschwand auch dieses Geräusch.

* * * * *

Mutter kommt als Letzte die Treppen hoch. „Irenko“, seufzt sie auf dem letzten Treppenabsatz. Ich gehe ihr die wenigen Stufen entgegen und schließe sie in meine Arme. Sie schluchzt. Wortlos führe ich sie in die Wohnung, nehme ihr Pelz und Hut ab.

„Czy nosisz pończochy?“, frage ich, mit leichtem Tadel. Wir sprechen immer Polnisch miteinander. Sie ist meine Mutter und dies ist unsere Sprache. „Och …“, sie winkt ab. Steigt aus den Lederstiefeln, schlüpft in die weichen Pantoffeln, die ich ihr vor die Füße schiebe. Steht vor dem Spiegel, holt aus dem Handtäschchen, klick, den Lippenstift, zieht sorgfältig das Rot nach, betrachtet sich kritisch, streicht das schüttere Blond aus der Stirn. „Gestern saß ich drei geschlagene Stunden bei Coignoul, er ist ja freundlich, mon Dieu … und so zuvorkommend, Boże mój, hat aber saftige Preise und nur alte Zeitschriften. Und sieh dir jetzt diese Dauerwelle an! Nach nur einmal Schlafen. Trotz Haarnetz. So ein Gestrüpp! Borstig! Widerwärtig. Ich blätterte dort sämtliche alten Journeaux durch, du weißt, du sitzt und sitzt, unter der heißen Haube, und der geizige Alte lässt sich von seinem Neffen aus dem Dixhuitième die vorletzten Nummern geben, zerblättert von ganzen Horden afrikanischer Frauen und Mädchen, Schnee von vorgestern, och …“ Sie zieht nervös ein Taschentuch aus der Tasche, schüttelt die gestickten, innig verschlungenen meerblauen Buchstaben AS aus der Ecke, knisternde Stärke, hüstelt, putzt sich die Nase, tupft sorgfältig eine Träne aus dem Augenwinkel. Weder die Wimperntusche noch das perfekt aufgetragene Wangenrouge dürfen tangiert werden. Sie sucht die Puderdose. Ihre Nase glänzt wie die frisch lackierten Fingernägel. Manicure vom Feinsten, stelle ich fest. Sie wirkt gepflegt, ausgeruht. Keine Sorgen, keine Trauer, kein Elend. Vaters Tod hat sie befreit. Sie hat ihn beerbt. Das Seufzen und Schluchzen, die rotgeränderten Augen – alles nur Theater. Der Winter kommt der Trauer entgegen. Scharfer Wind, trockene Luft. Der gefrorene Friedhof. Die unzugänglichen Grabmäler. Kürzlich rief sie mich am Abend an, erzählte, dass sie das Tor nicht aufbekommen hätte und der herbeigerufene Wärter erst mit einem Kessel kochenden Wassers die Scharniere enteisen musste. Sie tat empört am Telefon, aber ich spürte ihre große Zufriedenheit, dass zwei Männer für sie herumrennen und auf die Knie gehen mussten. Das Wasser aus dem Kochkessel gefror, kaum an die Luft gelangt, zu Eis. Sodass der Wärter den Gärtner rief, welcher einen Spirituskocher aus dem Geräteschuppen holte und damit die Luft um die Scharniere erwärmte, bevor der Wärter das Wasser aus dem Kessel goss.

„Irenko?“ Mutters Frage kommt aus dem Spiegel. Ich stehe hinter ihr und betrachte uns beide. Ich bin einen Kopf größer als sie und zweifle an allem, was ich sehe.

„Irenko“, warnt sie, wie erwartet. „Lass dich nicht gehen. Denk an die Kinder, an François. Die Familie ist das Wichtigste im Leben.“

Wir sind Marionetten. Hängen an feinen Fäden. Einen kurzen Moment belauern wir uns im Spiegel. Sie ist klein, rund, zart. Ich herzlos, höhnisch, hager.

„Keine Sorge, Mamo“, erlöse ich sie schließlich. Drehe sie an den leichten Schultern zu mir herum. Entwaffne ihre Arme und Augen. Meine Sinne sind frei, die Stirn auch. Ich fahre mit den Fingerspitzen über ihre falschen Perlen. „Heute feiern wir.“ Ich skandiere wie die Zwillinge. „Wigilia – und die Buben sind dreizehn. Werden Akrobaten. Was für ein Glück!“

Sie nickt. Beruhigt. Birgt das Gesicht an meiner flachen Brust. Der Spiegel zeigt mir ihren kugeligen Rücken. Wie zerbrechlich sie geworden ist! Trotz Panzer. Karmesinrotes Kostüm. Der blütenweiße Kragen der Bluse um den Nacken. Mein Kinn berührt ihren Hinterkopf. Das schüttere Haar ist in der Tat plattgedrückt. Coignoul, mein Stoßgebet, kannst du ihr nicht verbieten, nachts den Kopf auf das Kissen zu legen?

François ruft aus der Küche, wir sollten uns an den Tisch setzen, er würde die Kutja auftragen. Mutter löst sich von mir.

„Irenko …", sie klickt das Handtäschchen zu, quetscht die Bügel zwischen Zeigefinger und Daumen. Dann der letzte Versuch: „Du bist Mutter!"

„Du auch, Mutter", antworte ich. Diese Sätze haben wir im Laufe unseres Lebens auswendig gelernt.

„À cher père", François hebt sein Glas. Die Kristalle glitzern, blenden. Im Wodka. Spiegeln sich die Kugeln. Am Tannenbaum.

Auf der strohgedeckten Tafel halten Marc und Jean die Hände gefaltet zum Gebet. Unter dem Tisch veranstalten ihre Knöchel ein Wettrennen.

Ohne das Glas anzurühren, fragt ihre Oma: „Warum wollt ihr denn zum Zirkus?"

Der Vorwurf in Mutters Stimme gilt mir. Ich habe vergessen, den Ofen einzuschalten. Der Geburtstagskuchen für meine Kinder ist noch nicht gebacken. Der Abend ist noch weit. Auch Hefeteig braucht Wärme und scheut Luftzug. Wie die Pierogi. „Ich gehe in die Küche", sage ich und stehe auf. Gedankenlos drehe ich die Unterhitze auf zweihundertzwanzig Grad. Setze Wasser für die *uszki* auf. Salze es leicht. Der Barscht ist klar. Als ich an den Tisch zurückkomme, kippt François seinen Wodka. Ex. Und allein.

„Um dich zum Lachen zu bringen, Babciu! Dummer August zu spielen. Einrad zu fahren. Zirkuselefanten zu reiten. Zauberpinguins vorzuführen. Krokodilstränen zu rollen."

„À cher père!" Ich berühre mit meinem Glas leicht das vor Mutters Teller. Sie rührt es nicht an. Wendet den Kopf nicht von den Kindergesichtern.

Die Buben sind übermütig, zeigen schwarze Zähne. Gelöste Hände. Sie haben bei Oma im Stehen Johannisbeersaft getrunken. Das alte Ritual. Wintervitamine.

Ich gebe auf jeden Teller einen halben Löffel honigsüßer Grütze. „Mehr dürft ihr davon nicht essen", warne ich meine Söhne. „Sonst passt der Karpfen nicht mehr in den Bauch, der Hering, die Gurken, das Kraut, die Bücher, die Finken und die Charlotte ..."

„Irène", unterbricht mich Mutter brüsk, „proszę cię!"

„Pardon?" Aus Rücksicht auf François sprechen wir bei Tisch normalerweise Französisch. Ich hebe mein Glas und trinke es schnell aus. François gießt sofort nach. So viel hat er gelernt.

„Schmeckt die Kutja nicht?", wendet er sich an seine Schwiegermutter. „Habe ich die Walnüsse zu klein gehackt? Man muss sie kauen können, nicht wahr? Wie die Weizenkörner. Durchgesüßt. Durchgestampft. Und dazu ein Schlückchen. À cher père!"

„À cher père!", fordere ich.

Mutter greift endlich zu, ihr Gebiss klappert. Die Körner sind weich wie Birnenkompott. Ihre Finger zittern, als sie das Glas hebt. Kaum verständlich murmelt sie: „À cher père!"

* * * * *

Poltern, Schreie, schwere Schritte, Fluchen. Carolina warf einen Blick auf ihre Taschenuhr. Zwei Uhr zwölf Minuten. Sie wurden geweckt! Mitten in der Nacht. Wie eine Lunte flackerte die elektrische Beleuchtung, milchiges, weiches Lichtzüngeln zuerst, durch die Waggons, von den hintersten bis zu den vordersten, von der harten bis zur weichen Klasse. Bis die Ströme sich stabilisierten, zusammenfanden, sich stützten und der ganze Zug in grellen Flammen stand. Den Reisenden fuhr der Schreck durch die Glieder, das Blenden in die Pupillen, die Hexe ins Kreuz. Die schwarze Unendlichkeit, Sterne, verirrte Satelliten im All – sie alle erblickten die schmale Leuchtspur auf der Schattenseite der Erde. Und meinten eine mattblau sich im Widerschein wälzende gewölbte Oberfläche zu erkennen. Der Chitinpanzer eines Riesenkäfers, mit Phosphororganen.

Im Innern des Zuges herrschte ein unbeschreibliches Chaos. Gedränge. Kein Durchkommen für die uniformierten Beamten des Zaren, die die Reisenden, ungeachtet der Stunde, ungeachtet des Standes, aus dem Schlaf und aus dem Zug trieben. Schluss mit Liegen, Dösen, Halbträumen, Halbwachen. Im Sitzen, unbedacht an die weiche Schulter des fremden Nachbarn gekippt, Aufschrecken, Zurückweichen, Zusammenzucken, aus der Haut fahren, sich die Augen reiben. Was zum Donnerwetter ist hier los, mitten in der Nacht?

Scharfe Befehle durchschnitten die Gedanken. Nicht fragen! Nicht träumen! Nicht reden! Raus hier! Raus! Alles raus!

Abteiltüren schossen, eine nach der anderen, in ungeschlachten Händen auf. Forsche Worte schwirrten über Brauen und Locken. Verstörtheit machte sich breit. Die nach dem Einsteigen mühsam hergestellte Ordnung zwischen Reisenden, Koffern, Taschen, Kindern, *die bekanntlich nachts mehr Platz einnehmen als Erwachsene*, Hühnern, Ziegen und sonstigem Viehzeug war auf einen Schlag dahin. Gepäckstücke verselbstständigten sich. Sie rutschten, den Anweisungen kopflos nacheifernd, aus den Hängenetzen und fielen kantig in fremde Nacken. Keiner kannte den anderen. Zu kurz erst war man zusammen unterwegs, in den Coupés, die wie Kutschkästen hintereinander auf dem zweiachsigen Radkasten aufsaßen. Zu schnell war die Nacht hereingebrochen, ohne Abkühlung zu bringen. Zu groß war die erste Erschöpfung nach dem schwierigen Aufbruch von zu Hause. Sie hatten sich gerade der Ermattung ergeben und zurückgelehnt in die Sitze, versanken in Gedanken. Sie hatten gerade aufgehört, argwöhnisch nach rechts und links, oben und unten zu spähen, ob die fremden Nachbarn auch anständig seien und ehrlich. Sie waren gerade endlich mit einem erleichterten Aufatmen in die eigenen Sehnsüchte entwischt ... und wurden nun grob und laut zurückgeholt. In eine schmale Leuchtspur auf der Schattenseite der Weltkugel. An die Grenze von Preußen zu Russland.

Carolina zog noch einmal ihre Taschenuhr hervor, an deren Kette der kleine Granitsplitter aus dem Klöntal hing. Ihr Miniaturglücksfels. Zwei Uhr vierzehn, staunte sie. Der Steinsplitter baumelte unter ihrer Hand. Sie hatte ihn vor Jahren von einer Wanderung nach Hause gebracht. Und

Ueli hatte mit einer kleinen Feile ein Loch hineingebohrt und ihr augenzwinkernd versichert, den würde sie jetzt nie mehr loswerden, nirgendwo. Ob sie ihn nun an einer Kette um den Hals, um das Handgelenk oder an der Uhr in der Tasche trage. Zwei Uhr vierzehn. Moskauer Zeit. Die Englisch sprechenden Mitreisenden im Abteil, drei elegant gekleidete Herren mit öligem Haar, rieben sich verschlafen die Augen. Wie Bauernbuben auf der Alp, wenn sie im ersten Sommer zum Melken geweckt werden. Sie verstanden kein Wort. Ihre Haut war olivbraun. Noch nie in ihrem Leben hatte sie jemand so unsanft aus dem Schlaf gerissen. Wo sie herkamen, war man immer höflich.

„Kommen Sie, machen Sie schon, stehen Sie auf!", trieb nun auch Carolina die Engländer an, die keine zu sein schienen. Sie selbst war bereits damit beschäftigt, ihre Sachen ordentlich in die Taschen zurückzulegen, das Wachstuchheft, die alte Zeitung, den Kamm. Dazugekommen war nur der Teekocher, den sie auf Anraten ihrer Freunde in Berlin erstanden hatte. Sogar einen Picknickkorb wollten die ihr aufschwatzen. Aber auf die vitaminlose Selbstverköstigung während der fünfzehntägigen Reise wollte sie verzichten, wenn auch die Preise für die Mahlzeiten im Speisewagen der Transsibirischen Eisenbahn teuer sein sollten. Alles war wieder fest zugebunden, nichts konnte herausrutschen. „Wir sind an der Grenze! Meine Herren! Sirs! Border! Russian Border!"

Der älteste der drei, obwohl bei genauerem Hinsehen alle drei gleich alt aussahen, versuchte, seine randlose Brille aus einem Etui in der Tasche unter der Bank hervorzunesteln und auf die Nase zu setzen. Man könne doch nicht schon angekommen sein, knurrte er kopfschüttelnd, nachdem sie erst vor wenigen Stunden den Zug bestiegen hätten.

Das unwirsche Handgefuchtel der uniformierten Beamten belehrte ihn offenbar eines Besseren. Weiteres Disputieren war sinnlos. Er verschluckte einen groben Fluch, der ihn selbst zutiefst erschreckt hätte, herrschte die beiden Jüngeren an – sie waren wohl geschäftlich unterwegs und er der Chef –, ihm die schmalen Aktenkoffer herauszugeben und sich um die restlichen Gepäckstücke zu kümmern. Damit verließ er das Coupé.

Carolina spürte den Schmerz im Hirn und beeilte sich, an die Luft zu kommen. Im Korridor stank es unerträglich. Alle Menschen, die dort ohne Platzreservierung stehend, hockend, über Koffer und Taschen gebeugt, halb ohnmächtig vor Müdigkeit und Sauerstoffmangel mitreisten, waren als Erste auf den Perron hinausbugsiert worden. Von den Beamten, die sich Platz schaffen mussten, um ihr Amt auszuüben. Aber auch von den bereits hastig aussteigenden Reisenden. Manch einer hatte, verschlafen, torkelnd, geblendet vom plötzlichen Licht im Zug, die hohen Stufen verfehlt und war hart auf die Pflastersteine gefallen. Raus! Raus! Platz da! Nachdrängende Reisende stiegen mit Handköfferchen und Hutschachteln über die Gefallenen. Eine Welle der Entrüstung bäumte sich auf, mittendrin Unschuldige, die, gelähmt von ihren Gedanken, achtlos über Bittende, um Hilfe, eine stützende Hand wenigstens, Beschmutzte, Elende schritten. *Ekelhaft!* Hier zählte nur die Zeit. Und die Kraft der Ellbogen. Der Schuhspitzen. Wer nicht rechtzeitig sein Gepäck revisiert hatte, musste zurückbleiben. Auf diesem Bahnhof, zwischen den Gleisen. Auf der einen Seite befanden sich die Gleise für die einfahrenden Züge. Von Westen. Zur anderen die für die ausfahrenden. Nach Osten. Dazwischen ein Gebäude. Eine riesige Halle vor den Zollschranken, in der es nicht einmal Sitzbänke gab. Hier mussten diejenigen, die nicht rechtzeitig den Bahnsteig auf der anderen Seite erreicht hatten, auf den nächsten Zug warten, der in acht Tagen genauso überfüllt aus Berlin eintreffen würde. Die Vorstellung, halb verhungert, halb verdurstet, die Fahrt bis Moskau in eine Ecke des Korridors gedrückt verbringen zu müssen, in ständiger Angst, von anderen Reisenden angespuckt oder von einem mürrischen Schaffner zwischen zwei gottverlassenen Stationen mit einem Fußtritt aus dem fahrenden Zug gestoßen zu werden, machte die Menschen hier an der Grenzstation, beim Aussteigen aus den Waggons, aus der Wohligkeit eines kurzen Schlafes gerissen, zu wilden Geschöpfen.

Carolina hielt krampfhaft ihr Kleingepäck fest, die Teemaschine hatte sie unter den Arm geklemmt. Als sie mit dem rechten Fuß auf den Bahnsteig trat, fuhr wieder der Schmerz wie aus der Hölle selbst, so brennend heiß durch ihren Kiefer und lähmte das halbe Gesicht. Benommen setzte sie auch den linken Fuß auf und spähte nach einem freien Gepäckträger aus. Jemand musste ihre Koffer vom Gepäckwagen herunterholen und in die Halle transportieren. Vergeblich. Bis unter das Vordach der Bahnhofshalle standen Menschen, Tiere, Koffer. Das Durcheinander, der Lärm waren unbeschreiblich. Die Welt war plötzlich voll. Dicht. Zu. Aufgeschichtete Masse. Im Dunkel der Nacht. Es war zwei Uhr achtundzwanzig, stellte Carolina durch einen Blick auf die Bahnhofsuhr fest. Im Innern des gepanzerten

Leuchtkäfers herrschte die Ordnung der Waggons, der Coupés, der Sitz- und Stehplätze, der Gepäcknetze und Holzbänke. Unter der Chitinhaut war die Welt gut sortiert und eingeteilt. Die Menschen verbrachten die Reise auf engem Raum, aber die Enge war gerecht aufgeteilt. Jeweils sechs Personen saßen in den Erstklasscoupés und acht in denen der zweiten Klasse. In der Holzklasse und auf den Korridoren so viele, wie nur irgend Platz finden konnten. Mehr nicht. Nie. Draußen jedoch wälzten und türmten sich kreischende Kinder, gackernde Hühner, fliegende Hüte, ja ein verirrtes Hausschwein. Und nur eine einzige Tür führte in die Bahnhofshalle hinein. Davor standen zwei Zollrevisoren und verrichteten ihre Arbeit mit *Essighumor*. Überprüften Pässe und Visa auf ihre Echtheit und Gültigkeit. Eine langwierige Angelegenheit. Sie liebten das Prüfen, nicht das Stempeln. Sie liebten die Anspannung, nicht das Aufatmen der Reisenden. Nur mit abgestempeltem Pass wurden die Reisenden in das klassizistische Gebäude hineingelassen, wo man das Großgepäck revisierte.

Ellbogen entwickelten böse Energie. Ohne Druck keine Bewegung. Die Dunkelheit legte sich verschwörerisch um jeden Arm, jede Hand, jeden langen Finger. Hatte sie nicht von Dieben gehört? War sie nicht in Berlin gewarnt worden? Vor Gesindel? Vor Banden, die den leichtsinnig nachts Reisenden alles aus den Taschen zogen. Hätte sie nicht vernünftigerweise zu Hause bleiben müssen? Aber Carolina war nirgends zu Hause. Sie hätte nirgends bleiben können. Deshalb schob sie diesen Gedanken weit von sich. Und wandte sich den näherliegenden Dingen zu. Ein unerwartet frei gewordener Kofferdiener stand plötzlich vor ihr. Sie packte ihn geistesgegenwärtig am

Arm, drückte ihm ihre Billets in die Hand und gab ihm mit einer stummen Aufforderung des fliehenden Kinns zu verstehen, ihr Großgepäck heranzuschaffen. Die englischen Mitreisenden hatte sie längst aus den Augen verloren. Der Lärm bildete eine Wand. Das Getümmel eine weitere. Die Schienen die dritte. Daraus entstand der Raum, in dem Carolina den letzten Halt verlor.

Mit Öllampen, die schmutziges Licht und üblen Geruch verbreiteten, schoben sich uniformierte Beamte durch die mehrere Hundert Reisenden. Sie versuchten, der Situation Herr zu werden. Von allen Seiten wurde gestoßen und getreten. Geschrien, gerupft. An Ärmeln, Jacken, Hemden. Fetzen der Habgier flogen. Es gab keine Erstklassbevorzugten mehr, keine in weiche Kissen gebetteten, selig schlummernden Schlafwagenpassagiere. Nur Gepäckberge, Gestolper, Augenreiben, Kinderbrüllen, Röckeraffen, Hüterücken, Schleierlüpfen, Täschchensuchen, Fluchen, Somachtdochschon, Derohnmachtnahe, Nachtmüde, Unfreundliche, Unflätige, Mariewoistmeinriechfläschchen. In allen Sprachen, allen Händen, allen Ausdünstungen. Die Menschen stanken, zusammengepfercht, sogar unter freiem Himmel. Carolina rümpfte die Nase. Reisende sollten, dachte sie, ganz Schulmeisterin, mehr auf ihre Verpflegung achten, weniger Knoblauchwurst essen und statt Schnaps nur abgekochtes Wasser trinken. Alle hatten mehr Gepäck bei sich, als sie tragen konnten. Wie unvernünftig! Die Angst vor räuberischen Dienern am Bahnhof kannte man sogar in Heidelberg. Ungleich schlimmer war die Situation am Grenzbahnhof. Die Reisenden fürchteten scheinheilige Boten und bärtige Beamte. Mütter zerrten ihre kreischenden Kinder hinter sich her. Ihre Hände so unnachgiebig wie der Blick der Passrevisoren. Keine Widerrede, wurde da geschrien, Feigen gibt es erst wieder auf der Krim!

Wer die Passrevision überstanden hatte, durfte seinen Gepäckdiener entlassen. Gegen Bezahlung natürlich, die sich vorschriftsgemäß nach dem Umfang des Gepäcks sowie der beanspruchten Zeit berechnete. Dies brachte die Abfertigung immer wieder ins Stocken, da die Nachtreisenden sich partout nicht an die fremden Ortstarife halten wollten. Aber an einer Grenzstation kann niemand feilschen.

Drinnen, im scheunengroßen Bahnhofsgebäude, lag das Reich der Hallendiener. Die Reisenden waren endlich angekommen. In der Stadt Alexandrowo. Im russischen Reich. Mit gestempeltem Pass, aber unrevisiertem Gepäck.

In Alexandrowo wurden nicht nur die Reisenden sowie ihre Papiere und Koffer kontrolliert. Hier wurden auch Menschen und Lokomotiven ausgewechselt. Alle königlich-preußischen Bediensteten, die Schaffner, Fahrscheinverkäufer, Fahrkartenkontrolleure, Gepäckwagenaufseher, Schlafwagenpassagierbetreuer, Erstklassdiener, Heizer, Warmwasseraufbereiter und Lokomotivführer übergaben hier ihren Dienst an die Beamten des russischen Zaren. Die Entlassenen fuhren nach einer kurzen Verschnaufpause in einem eigens dafür hergerichteten Nebengebäude, in dem sie Kaffee kochen, sich hinsetzen und die Dienstmütze abnehmen durften, mit dem gegen Mittag aus Königsberg eintreffenden Nordexpress nach Berlin Schlesischer Bahnhof zurück. Sie verrichteten normalen Dienst. Nach getanem Tagewerk kehrten sie zu Fuß oder mit der Elektrischen zu Frau und Kindern nach Hause zurück. Setzten sich an den

Küchentisch, löffelten heiße Erbsensuppe und hatten nichts Besonderes zu erzählen. Für sie war der Tag, die Nacht, wie immer, nach Plan verlaufen.

Die Reisenden, die nach Osten unterwegs waren, wollten diesen jünglingshaften Ort auch so schnell wie möglich verlassen. Er verdankte seinen Namen angeblich dem schönen Zaren Alexander I. Doch keiner interessierte sich jetzt für Lokalgeschichte. Allen standen noch viele Tage in stickiger Luft bevor und genauso viele Nächte mit schlechten Träumen. In der Grenzstadt an der Zuckerrübenlinie Thorn–Kutno blühte der Handel. Aber auch das Geschäft mit gestohlenen Pässen. Seit immer mehr Menschen unterwegs waren, wurden Pässe zu saftigen Preisen an russische *Nihilisten* verkauft. Carolina traf im Innern der Bahnhofshalle wieder die drei Engländer aus ihrem Coupé. Wieder versuchte sie ihnen zu erklären, wo sie sich eigentlich befanden. Sie waren in Polen angekommen, in Kongresspolen, dem früheren Königreich Polen. Da aber Polen bereits vor über hundert Jahren unter den drei Großmächten Preußen, Österreich und Russland aufgeteilt worden war, gehörte dieses Gebiet „auf ewige Zeiten“ zu Russland. Die Engländer, die aus Indien stammten, runzelten verwundert die Stirn. Was in dieser Nacht geschah, erschütterte ihren Glauben an eine gerechte Ordnung der Welt. Die Russen, fuhr Carolina fort, obwohl die Engländer nichts von dem verstanden, was sie sagte, würden diese Gebiete „Weichselprovinzen“ nennen. Die Weichsel, das sei der Fluss, der in Danzig in die Ostsee münde. Die Kofferrevisoren beugten sich über die offenen Gepäckstücke. Ihre lüsternen Finger fuhren durch Unterröcke, Beinkleider, über Strohhüte, Seidenunterwäsche, Stricktrikotagen, Decken,

Rüschen, Kissen, Badeausstattungen und vieles mehr. Die mit größter Sorgfalt gefalteten und glatt gestrichenen Teile blähten sich auf, flogen durch die Luft, die Tische glichen Marktständen, die Revisoren gierigen Marktfahrenden, die Kofferbesitzer verzweifelten Käufern. Sie starrten auf ihre bewegliche Habe. Russische Halbadelige. Auf der Rückkehr aus der Sommerfrische. Von Heilwasserkuren in Baden-Baden. Aus verrauchten Spielhöllen. Die Damen fächelten sich Luft zu, herrschten die mitreisende Dienstmagd an, alles wieder ordentlich einzupacken. Die Federkissen. Das Bettzeug. Wer es sich leisten konnte, nahm vom Kopfkissen bis zur Badewanne alles mit. Manch ein Koffer ließ sich nach der Revision nicht mehr schließen. Der Nächste bitte. Schneller, schneller. Der Zug fuhr in einer Viertelstunde weiter. Wer nicht abgefertigt war, musste zurückbleiben. Ob arm oder reich. Mit oder ohne Hut. Aufregung. Hektik. Die drei englischen Herren wurden plötzlich laut. Es war ihnen selbst peinlich. Doch die Wut siegte. Ihre Pässe waren weg. Alle drei. „Gestohlen“, schrie der Chef und lief dunkelrot an. „Gerade eben. Just now. Haltet den Dieb …“ Er blickte sich hilfesuchend um. Keiner rührte sich. Keiner verstand die Sprache der Fremden. Fassungslos öffneten sie ihre ledernen Dienstköfferchen vor dem Revisor. Der bohrte gelangweilt in der Nase. Schob sie wortlos an einen Extratisch. Dort wurde jedem der drei ein Dokument überreicht, rot abgestempelt, schwungvoll unterschrieben vom zaristischen Obergrenzzollbeamten. Die englische Gesandtschaft in Warschau stelle provisorische Ausweise zur Weiterreise aus, so hieß es. Die Schwarzhaarigen waren empört und protestierten weiter. Ein Beamter des Zaren komplimentierte sie stumm in die Nacht hinaus.

* * * * *

„Attention!“ Mutter schreit. Schrill.

Ich, synchron wie meine Zwillinge, halte den einen Teller in der einen Hand, den anderen Teller in der anderen Hand. Im Sitzen. Gerechtigkeit üben. François steht. Mit blinden Brillengläsern. Im Dampf über der Suppenschüssel. Die Suppenkelle liegt wie eine Trophäe zwischen seinem Daumen und den restlichen Fingern. Er schöpft die Teller randvoll. Ich reiche sie ohne zu zittern über den Tisch. Einen für Jean. Einen für Marc. Reiche Beute. Heute rote Beete. In den Tellern. Vor meinen ausgestreckten Armen. Wie angewachsen an meinen Händen. Gelenke sind überflüssig. Und Gedanken selig. Die Ellbogen aufgehoben in der Geraden. So gelangen die vollen Teller seit Jahren über den Tisch. Ich senke die Arme. Stelle die Heiligabendsuppe vor meine Zwillingsbuben. Gleichzeitig. Keiner darf sich benachteiligt fühlen. Keiner darf später als der andere zu essen bekommen. Das war immer so und wird so bleiben. Sie danken es mir. Immer fröhlich. Stampfen mit den Füßen. Klatschen in die Hände. Bravo, bravo! Rollentausch. Ich führe das Kunststückchen vor und sie applaudieren. Wie in der richtigen Arena.

„Attention!“ Mutters Schrei.

Die Buben, solche Töne bei Tisch nicht gewohnt, lassen vor Schreck ihre Löffel in die vollen Teller fallen. Rote Flecken pulsieren wie über einer offenen Wunde. Die Rübensuppe tränkt das Tischtuch, eilt den vier Ecken entgegen. Wie auf der Flucht. Vor sich selbst. Auf Mutters weißer Seidenbluse tummeln sich Tausendfüßler, über der Brust quellen Blutegel. Rinnsale sammeln sich in den Ärmelfalten. Die karmesinrote Jacke ihres Kostüms hatte sie, wie leichtfertig, denke ich kopfschüttelnd, nach dem ersten Schluck

Wodka über die Stuhllehne gehängt. Sie hatte noch nie Vertrauen in meine Fähigkeiten gehabt. Sie ist sicher, dass ich der Verantwortung nicht gewachsen bin, zwei Suppenteller über den Tisch zu reichen. Wann haben wir zum letzten Mal zusammen gegessen? Ohne etwas zu verschütten? Das Suppenrot. Das gefärbte Stroh unter dem Tischtuch. Ohne aufzustehen. Vor Vaters Tod. Ohne um den Tisch herumzugehen. Kein Zittern. Kein Zucken. Kein Zappeln. Gebannte Kraft. Gebannte Blicke. Meine Buben können sich konzentrieren. Sie sind talentiert. Wir kennen uns. Und vertrauen der Schwerkraft. Nur Mutter meint, die Stille zerreißen zu müssen. „Attention!" Schrill. Wie immer. Ein einziges Wort. Drei zerdehnte Silben. Und schon fahren zwei Löffel aus zwei Händen. Absolut synchron. Der Barscht wundert sich. Ihre Geburtstage fielen immer auf Heiligabend. Jetzt sind sie starr vor Schreck. François lässt die Suppenkelle in die Suppenschüssel sinken.

„Es ist nichts passiert. Gar nichts", sagt er leise.

Der Dampf steigt und löst sich an der Zimmerdecke auf. Ich lege Papierservietten über die Flecken. Fingerdicke Stapel. Drücke sauerstoffgebleichte Zellulose in das gestärkte Leinen. Das Blut sprudelt und quillt. Wallt. Eine gewaltige Kraft bricht durch die Tischplatte.

Mutter tappt durch den Flur. Ihre zitternden Finger greifen an die kühlen Fliesen. Sie finden den Lichtschalter zum Bad nicht. „Po lewej …", rufe ich ihr nach.

Wir hören Wasser rauschen. Seife schäumen. Ihr keuchendes Atemholen.

Endlich rücke ich meinen Stuhl vom Tisch. Gehorche dem Gesetz der Familie.

„Poczekaj", sage ich, „dam ci coś swojego." Ich gehe ins Schlafzimmer und öffne meinen Kleiderschrank.

* * * * *

Sie hob vorsichtig ihre Beine hoch, auf die Liege, auf der sie schon eine Weile saß. Winkelte die Knie an, zuerst das rechte, dann das linke. Senkte den rechten Fuß, dann den linken in die weiche Oberfläche. Wie in den Pulverschnee auf den sanften Simmentalhügeln. Erst die Fersen, dann die Zehen, die Wadenmuskeln spannten sich für einen kurzen Moment zu stählernen Seilen, die Sohlen pflügten das Weiß des Schlafpelzes im sibirischen Zug, wie Hochseedampfer den stürmischen Pazifik, die Beine streckten sich. Endlich gerade. Ruhe und Kühle. Die epileptisch schäumende Gischt in einer zerklüfteten Bucht, etwa unter der Via Mala oder an der Boca do Inferno, besteht aus bloßem Sauerstoff. Ist reine Luft zum Atmen. Der Schlafwagenschaffner hatte die Betten zurechtgemacht. Auch in der zweiten Klasse. Die nachts Reisenden konnten einsteigen, sich hinlegen und auf der Stelle einschlafen. In gestärkten Laken. Unter einer dünnen weißen Decke. Glatt gestrichen. Eisgekühlt. Nur sie, die Schweizerin aus dem Bernbiet, hatte sich hingesetzt und seufzend zuerst die festgeschnürten Schuhe aufgebunden. Einen ganzen Tag lang hatte sie in Moskau nur auf diesen Moment gewartet, und jetzt ging ihr plötzlich alles zu schnell. Langsam streifte sie die Schuhe von den Füßen. Erlöste sie. Zum ersten Mal seit ihrer Abreise. Sie glühten. Sie massierte sie, gebeugt auf dem Rand der Liege, jeden mit einer Hand. Vor wie vielen Nächten war sie aufgebrochen? Sie wusste es nicht mehr. Sie konnte keinen klaren Gedanken mehr fassen. Sie war müde. Zum Totumfallen müde. Sie saß auf ihrem Schlafwagenplatz.

Die Füße noch am Boden. Auf dem abgeschabten grauen Filzteppich. Sie wollte schlafen, nur schlafen. Sich ausstrecken und den Kopf ins Federkissen bergen. Das lag allerdings zuunterst im Koffer. Sie musste es erst herausholen. Nach Tagen, Nächten und ungefähr zweitausend im Sitzen überwundenen Kilometern. Morgen würde sie alle Zeit der Welt haben, alles in ihr Tagebuch nachzutragen. Die gelochten Fahrkarten und der kleine kugelrunde Globus in der Handtasche würden ihr den Weg weisen. Zurück. Durch das Vergessen. Die Entfernungen. Die Erschöpfungen. Durch baumlose Ebenen. Mit Lehmhütten, die aus der Ferne aussahen wie Maulwurfshügel. Die Menschenmassen an den Grenzen. Das Aufplatzen von Rocknähten. Überquellen der Unterwäsche. Die geöffneten Reisekoffer. Das Verströmen von Liebesgier. Die Auflösung der Konturen. Der Verlust einer so winzigen Intimität, wie Carolinas in Falten gelegte Seidenstrümpfe. Ihre Systematik des Packens. Zuunterst im Koffer lagen die Dinge, die das Gewicht der anderen ertragen konnten, ohne Schaden zu nehmen.

Morgen, nahm sie sich vor, würde sie im Tagebuch noch vor dem Frühstück die Bilder entwirren und einen tadellosen Bericht über die ersten Tage ihrer Reise verfassen. Wie es ihre Art war.

Wasser war wahrscheinlich in die Unterbeine geschossen, dachte sie, deshalb schwollen jetzt die Knöchel an, so schnell, dass sie zusehen konnte. Das lange Sitzen. Die festgeschnürten Schuhe. Die überfüllten Züge. Zurückkehrende Sommerfrischler. Endsommerhitze. Die Atemnot und das Feuer in den Fußsohlen. Auf dem weißen Laken saß sie, starr vor Angst, wie auf einer dünnen Eisdecke. Knisternde Wäschestärke. Die Mitreisenden kannte sie nicht. Sie hatten sich ohne Aufhebens auf die Liegen verteilt. Zwei oben, zwei unten. Englisch schienen sie alle zu verstehen. Und todmüde wie sie selbst zu sein. Sie ergaben sich jedoch, ganz im Gegensatz zu ihr, augenblicklich der Nacht. Nickten einander nur einmal wortlos zu. Oben verschwanden die Leiber, das Gesicht unten drehte sich zur Wand. Übrig blieb nur ein schwarzer Haarschopf. Und das Rattern der Räder. Das Stolpern der Waggons über verbogene Schwellen, Schienen, Bolzen. Durch schlecht ausgerichtete Stellstangen, Radlenker, Spurleiter. Über den Körpern der Mitreisenden buckelten, wellten, stürmten die dünnen Bettdecken. Aufgeschreckt vom Fahrtwind.

Sie saß mit dem Rücken zum Fenster. Quer zu der Bewegung des Zuges. Der rollte und rollte und rollte. Durch die Dunkelheit. Die Gardinen waren zugezogen. Wie im richtigen Schlafzimmer. Wie im richtigen Leben. Das Laken kühlte die heißen Sohlen. Es roch sauber. Sie musste schlafen. Den Druck vom Brustbein vertreiben. Die Bluse aufknöpfen. Die Ruhe nahm ihren Anfang in den Zehenspitzen, stieg von den Füßen auf. Während im Kopf noch der Tumult toste.

Der polnische Offizier! Polterte. Mira auf Maui. Warum? Zurückgelassen auf Baldwins Zuckerplantagen. Meciszewski war der einzige vertrauenswürdige Mensch auf der Insel. Die Boca do Inferno, der Höllenschlund, wurde von der Atlantikgischt ausgewaschen. Von reinem Sauerstoff. Luftbläschen, die auf aufgewühlten Wellen tanzen. Vergnügt. Die Platzkarten konnten nicht lügen. Es wird eine lückenlose Aufzeichnung geben. Aber wozu? Darüber durfte sie nicht nachdenken, nicht jetzt. Nicht in der Nacht. Sie musste Schlaf finden. *Diesmal behalte ich so viel im Reservefonds, dass ich wenigstens mit dem Postzug über Sibirien zurück könnte,* wird sie morgen schreiben und bereits an Rückkehr denken. Voller Bange wird sie versuchen, den Sinn dieser Reise in Worte zu packen. Ihre Packwut. Ihren Ordnungssinn. Unten in der Seele ruhten die Dinge, die die Last der anderen ertragen konnten, ohne zusammenzubrechen. Stützpfeiler. Die Unberechenbarkeit der Natur wurde mit dem Bau dieser Eisenbahnstrecke vom menschlichen Geist überwunden. Morastiges Gelände, bergige Taiga, Basaltfelsen, Permafrostböden. Brennnesselmeere. Schlingpflanzenverstrickte Urwälder. Ein in Wolken von Stechmücken getauchter Riedgrasdschungel. Das Birkenholz erwies sich als zu weich für die Schwellen. Hartholz, Ebenholz, Buchen, Eichen mussten in riesigen Mengen aus der Tatra über die Flüsse herangeschafft und die Schwellen einzeln von Hand an Ort und Stelle zersägt werden. Auch mandschurische Räuberbanden galt es zu bekämpfen, Schutzgeld erpressende Rotbärte, ausgehungerte Wölfe und sibirische Braunbären. So wie Fieber, Infektionen, verseuchtes Trinkwasser. Allein die Beulenpest in Yingkou raffte mindestens 14.000 Menschen dahin. Dennoch wurde die Trasse gebaut, an drei Enden begonnen und schließlich geschlossen. Lückenlos. Und die Züge beförderten seither Reisende, Gefangene, Soldaten und schweres Kriegsgerät über die Zeit hinweg nach Osten. Wie im eigenen Schlafzimmer. Wer beten wollte, ging in den Andachtswaggon mit den Rundbogenfenstern. Wer essen wollte, in den Restaurantwaggon. Wer Musik hören wollte, in den Konzertwaggon. Wer schreiben wollte, in den Schreibwaggon. Wer lesen wollte, in den Lesewaggon. Wer die Aussicht genießen wollte, in den Aussichtswaggon. Fotografen konnten ihre Bilder im Dunkelkammerwaggon entwickeln. Und wer sein Gewissen erleichtern musste, betrat den Beichtstuhlwaggon. Und wer scharfschießen üben wollte, begab sich in den rollenden Scharfschützenschießstand. Denn es war Pflicht der Reisenden, ihr verschrecktes Karma, ihre rasenden Herzen und verglühenden Seelen, alle verlassenen Töchter sowie die springenden Gedanken zu bezwingen. In Schranken zu weisen. Zu besänftigen. Die Bange tapfer zu ertragen. Es gab unumstößliche Gesetze. Und eine immer wieder ausgleichende Gerechtigkeit. Der Zar bezwang die Natur. Und die Gewalt der Natur riss den Bauern den Boden unter den Füßen weg. Meist im Morgengrauen. Die Sonne blendete. Und verstörte den Verstand. Im Zug galt eine andere Zeit als am Himmel.

Der Kopf musste endlich zur Ruhe kommen. Dies gelang am besten, wenn er sich mit den Zehen auf eine geometrische Gerade begab. Das Hirn braucht acht bis neun Stunden Schlaf am Stück. Dazu muss der Rest des Körpers ruhig gestellt werden. Wer beichten wollte, musste seinen Bewegungsapparat im Griff haben.

Die Lokomotivführer und Heizer waren ausgeruht und pünktlich zur Arbeit um 23 Uhr am Kursker Bahnhof erschienen. Der Zug würde also, während Carolinas Glieder und Gedanken sich ausstreckten, ostwärts fahren. Ein paar hundert Kilometer überwinden. Mit dem Reisen verhielt es sich wie mit dem Träumen. Umsteigereien, Zwischenhalte längerer Art waren ungesund und führten an den Rand der

Verzweiflung. Noch schossen Carolinas Gedanken. In alle Richtungen. Wild. Kreuz und quer. Das Gedächtnis sackte darunter in sich zusammen. Am Nachmittag war Carolina mit einer offenen Pferdedroschke durch die Stadt gefahren. Sie wusste nicht, wo sie ihre körperliche Erschöpfung in Moskau sonst hätte ablegen können. Der Aufenthalt war zu lang, die Neugier zu gering. Die Müdigkeit siegte. Sie unternahm eine Fiakerfahrt. Die war nicht teuer, nicht anstrengend. Mit gemischten Gefühlen betrachtete sie die Stadt von ihrem hohen Guckkasten herab. Und die Stadt gab gemischte Bilder zurück. Paläste, goldglänzende Kirchenkuppeln, Holzkreuze mit dem zusätzlichen Schrägbalken, daneben elende Hütten, schmutzige Straßen, lamentierende Menschen. „*Hätte ich*“, wird sie morgen noch vor dem Frühstück notieren, „*den Kreml in einer würdigeren Umgebung gesehen, so würden mich seine Pracht und Schönheit entzückt haben, aber so stimmte er mich nur traurig.*“ Mit Sommerhut, am Ellbogen die Handtasche. Wieder mehrstündiges Sitzen, Rütteln, Wachbleiben. Der Zahn meldete sich. Stach ins Hirn. Der Staub in die Augen, der Lärm in die Ohren, die Sonne in die Poren. Die Pferde stolperten auf dem Pflaster, die Droschke schwankte, der Kutscher fuchtelte mit der Peitsche und schrie. Carolina verstand kein Wort. Ihr Großgepäck hatte sie nach der Ankunft in die Obhut eines Bahnsteigdieners geben lassen. Der döste jetzt bestimmt über ihre Koffer gelehnt, seines Tagelohns gewiss. Träumte von einer Streichholzfabrik. Und seiner struppigen Tatjana. Die Zeit verging nicht. Fünfzehn Stunden Aufenthalt in einer Stadt, während man noch unterwegs war, blähten die Mutlosigkeit auf wie eine Wasserleiche. Machten das Herz schwer. Eine Last, die ihr niemand abnahm, weder gegen Bezahlung noch nur für ein paar Stunden. Der sibirische Zug stand noch nicht bereit. Die Abfahrtszeit war erst um 23 Uhr. Die Schlafwagen würden aus verständlichen Gründen, wie ihr der Kofferdiener mit den schmutzigen Fingernägeln erklärt hatte, erst eine halbe Stunde vor Abfahrt in den Kursker Bahnhof hineinrangiert und an den Bahnsteig gerollt. Ansonsten sei des Gesindels nicht Herr zu werden. Sie sehe doch selbst, was hier los sei. Wie viele Menschen sich mit ihren Habseligkeiten in den drei Hallen drängten. Redete er ohne Aufforderung weiter. Hohläugige auswanderungswillige Bauern. Der Zar verspreche bis zu 65 Hektar Land, Steuervergünstigung, Befreiung vom Wehrdienst. Dazu eine Fahrkarte, umsonst, für die 5. Klasse, in eine Richtung. Sie berechtige zu einem Stehplatz im Güterwaggon, über dessen Einstiegstür zu lesen war: „Für 12 Pferde oder 43 Personen". Wer auswanderte, sei Analphabet. Und dennoch, brummte der für Kofferordnung auf dem Kursker Bahnhof zuständige Beamte, sei das heutzutage eine mehr oder weniger bequeme Angelegenheit von wenigen Wochen. Früher seien die Aussiedler zu Fuß zwei bis vier Jahre lang über Stock und Stein marschiert. Bei Eis und Dürre. Mit der wenigen Habe auf dem Buckel.

Carolina verstand nicht und fragte entsetzt, den eigenen Schmerz ganz vergessend, wer denn freiwillig solche Strapazen auf sich genommen habe.

Die dunklen Augen unter der speckigen Uniformmütze blitzten. Verbrecher, Mörder, Gotteslästerer. Niemand ging freiwillig. Er grinste breit. Seit der weiß schimmernde Bahnhof in Betrieb sei, würden sich alle hier versammeln. Mehrere hunderttausend Bauern. Die über Tula nach Sibirien gelangen wollten oder von Odessa über das Schwarze Meer ins Ussuri-Gebiet. Oft würden die tage-, ja wochenlang am Bahnhof festsitzen, mitsamt Hühnern, Truthähnen, Enten, Kühen und Schafen, knietiefem Mist, Heu- und Strohballen. Es gäbe zu wenig Güterwaggons. Wer denn den ganzen Tag die sauberen Schlafwagenabteile der Transsibirischen Bahn vor dem Gesindel freihalten solle?

Jetzt verstand Carolina. Sie nickte und trat in die pralle Sonne hinaus.

Den Abend verbrachte sie auf einer Bank an den Patriarchenteichen. Im Schatten einer grünknospenden Linde, die schräg aus dieser Jahreszeit ragte. Die Sonne verglühte in Carolinas Rücken. Sie spürte das Feuer noch lange am Hinterkopf. Einst hatte hier, nur mit Zeitungen zugedeckt, der Prophet des Satans geschlafen, während andere wilde Figuren der Weltliteratur ihre letzten philosophischen Diskurse führten. Carolina flirrte es vor den Augen, sie hatte Hunger. Sie krampfte sich an ihre Handtasche. Die Russin mit dem geblümten Kopftuch verkaufte in ihrer Holzbude nur warme Aprikosenlimonade. Dennoch lungerten barfüßige Gestalten mit blutunterlaufenen Augen um sie herum. Durstige Aussiedler, die noch ein paar Kopeken übrig hatten, bevor sie ihr großes Glück im Amur-Becken oder bei den Erinnyen von Petuschki zu finden hofften.

Sie streckte die Beine aus, klopfte das Federkissen auf den Oberschenkeln zurecht. Geborgen aus dem Koffer. Der Zug war mit etwas Verspätung losgefahren, die Lokomotive hatte gebrüllt. Zwei Krimtatarinnen wollten einfach nicht glauben, dass der Zug sie ohne Platzkarte nicht mitnahm. Ein fürchterliches Gezeter erhob sich an der einzigen noch offenen Waggontüre. Der dicke Schlafwagenschaffner wich keinen Millimeter zur Seite, die Frauen bewarfen ihn mit rohen Kartoffeln und Kohlköpfen. Zwei Laufburschen der Bahnhofspolizei mussten gerufen werden, die dann, da sie der geifernden Verzweiflung der Tatarinnen nicht Herr wurden, berittene Verstärkung anforderten. Als die Pferde vor dem bereits verspäteten Zug standen, schleuderte die eine Frau einen zornigen Fingerfluch an den Waggon. Der Schaffner hatte aber die Eisentür bereits zugezogen und war in seinem Dienstabteil verschwunden. Der Zug rollte an. Die Dampfmaschinen schnauften. Auf dem Bahnsteig lagen zerplatzte Kohlköpfe, wie vergessene Monde.

„Chabis", murmelte Carolina und befühlte ihre pochende Wange. Sie zog die Beine an den Körper, umarmte die Knie, die Oberschenkel, kugelte den Rücken. Sie befühlte die geschwollenen Knöchel, strich über die Fußsohlen. Murmelte ein Abendgebet. Die Zehen gefaltet. Gleich würde sie sich hinlegen. Die Reihen der Gedanken hatten sich geschlossen und den Offizier weggesperrt. Trotzdem raste der Zahn. Der Schmerz stach in die Schläfe, weiter kam er nicht mehr. Sie löste die Hände, öffnete die Brust, den Rumpf, streckte Arme und Beine aus, legte den Kopf auf ihr Kissen, drehte sich zur Seite. Lag quer über den schlechten, mit Kies und Sand versetzten Schotterbettungen. Von niemandem bemerkt zog draußen in der Dunkelheit das Dreieinigkeitskloster vorüber.

* * * * *

Auf der Anrichte stapeln sich die schmutzigen Teller. Die Türklingel schrillt. Jemand begehrt stürmisch Einlass. Es wird Elle sein, denke ich und betrachte unverwandt den Tellerstapel, bis sie die Treppen hochgestiegen ist. Sechzig Porzellanteller! Für einen Abend. Niemand wollte uns weiße Teller ausborgen. Geschirr wird zerschlagen, nicht ausgeliehen. Nicht einmal die Bar am Pont Neuf war bereit, uns Teller zu leihen.

Die Buben halfen bereitwillig tragen. Gutgelaunt wie immer. Spaßmacher. Sie kennen keine Mühsal. Wir fuhren zusammen, wie eine richtige Familie, an den Boulevard Haussmann, betraten die Galeries Lafayette, ließen uns vom gläsernen Aufzug, wie in einer Sänfte, in den fünften Stock hinauftragen, machten gezielt den Porzellanmarkt aus, kauften fünf weiße tiefe Suppenteller und fünfundfünfzig mittelgroße flache Teller zum Kilopreis von neun Francs neunundneunzig.

*****

Der klare Ton der Bankiersgeige zerschnitt jäh den Nachmittag. Manons Wehklagen. Mitten in der trägen Hitze. Carolina schreckte auf. Die Kartoffeln der russischen Köchin lagen ihr schwer im Magen. Birnen zur Verdauung waren teuer. Und nun dieser kristallene Klang. Durchsichtig. Weit. Tragend. Carolina schwitzte. Schwebend die Bitte. Ein letzter lang gezogener Schrei. Im Nachbarabteil reiste ein untersetzter Sizilianer aus Catania mit. Nach Osten. Durch Sibirien. Angeblich war er Direktor der Ätnabank und in Handelsmission in die aufstrebende Kapitalstadt Hongkong unterwegs. Jeden Nachmittag holte er seine Geige aus dem Kasten. Eine alte Giacometta. Ererbt, wie er Carolina auf dem rumpelnden Weg in den Speisewagen erzählte. Schweigen konnte er nicht. Seit Generationen im Familienbesitz. Besessen peitschte er einsame Nachmittage lang die Saiten über dem lackierten Holz, kitzelte Resonanznuancen hervor, versteckte Schwingungen des Klangkörpers. *Mit künstlerisch durchgebildetem Geschmack*, notierte Carolina. Sie hatte sich im Laufe ihres strebsamen Lebens angewöhnt, alles, was sie wahrnahm, sofort zu bewerten. Und, wenn möglich, niederzuschreiben. Klassenbucheinträge. Ohne es die Schüler wissen zu lassen. Vor dem halboffenen Fenster zog spärlicher Wald vorbei. Vertrocknete Weide. Der Horizont verengte sich. Die Hügel rückten näher. Und wurden felsig. Meisterei. Rechtschaffene Förster. Die Hitze im Coupé lähmte sogar die Angst. Vor dem Ungewissen. Und dann dieser unmissverständliche Klang. Scharf und blitzend wie eine Dolchklinge aus Zlatoust. Motive aus Puccinis Oper „Manon Lescaut“. In den Händen eines sizilianischen Bankdirektors. Klingenthal. Remscheid. Solingen. Mrs. Rattay, die englische Missionarin, war ganz aus dem Häuschen geraten beim gemeinschaftlichen Teetrinken im Coupé, das sie unhöflicherweise vorzeitig abbrach, als der Zug in die Station des *uralischen Birmingham* einfuhr. Der Schlafwagenschaffner marschierte durch die Gänge und informierte die Reisenden, dass der Zug in Zlatoust außer Plan eine Stunde stehen bleiben würde. Wer wolle, könne aussteigen, sich die Füße vertreten oder eine Pistole kaufen. Die mittelenglische Patriotin raffte ihre Röcke, griff nach der Geldbörse und eilte hinaus. In lautes Menschengetümmel. Windschiefe Holzbuden hielten kalte Waffen, Messer, Spazierstöcke und gröbere Arbeiten aus Gusseisen feil. Zlatouster Fabrikate. Beste Qualität. Der Granitsplitter an der Kette klirrte, als Carolina einen prüfenden Blick auf die Taschenuhr warf. Sieben Uhr zwanzig. Unglaublich. Sie verschloss die Abteiltür von innen, legte die Sicherheitskette vor und klappte das Fenster zu. Es war schon vorgekommen, dass schmutzige Langfinger während der Aufenthalte an den Bahnhöfen durch offene Abteilfenster Beute machten. Ganze Garderoben gelangten so an die frische Luft. Neben ihr stöhnte Solveig im Halbschlaf. Das Thermometer unter dem Lichtschalter zeigte 27 Grad Réaumur. Die junge Schwedin murmelte Unverständliches, Wirres, vom Tannenschatten an der Hanöbucht. Feuchte Strähnen klebten auf ihrer Stirn. Die Mitreisenden traf man bei den unregelmäßigen Mahlzeiten im Speisewagen. Jeweils von zwei Richtungen pilgerten sie in schwankenden Kolonnen im Takt der unebenen Schwellen durch die schmalen Seitengänge der Pullmanwagen. Wie Ameisen. Zwängten sie sich in die Harmonikaverschlüsse. Sie konnten sich frei bewegen, in welche Richtung auch immer, während der Zug nur vorwärts fuhr. Die Bewegungen der Reisenden im Innern hatten keinerlei Einfluss auf die Fahrtrichtung der sibirischen Bahn. Der dampfenden Lokomotive. Durch Granit und Gneis. Durch mächtige Malachitstöcke und den Magneteisensteinberg. Ans Japanische Meer. Die Reisenden durften nicht tagelang sitzen. Das Blut stockte sonst in den Beinen. Gefror in den Herzen. In den goldführenden Quarzgängen auf der einen Seite der Bahnlinie und den Platinseifen auf der anderen. Erinnerungsunterkühlt. Die Geige trieb Carolina jeden Nachmittag das Wasser in die Augen. Doch das gab sie nicht zu. Auf dem Weg in den Speisewagen. Sie konnten essen, ohne dass der Zug anhalten musste. Ohne dass die Hungrigen aussteigen mussten. Die russische Köchin fuhr mit, und mit ihr das saubere Geschirr, die Töpfe, die Zwiebeln, das Teewasser, halbe Schweine. Damit die Milch nie sauer wurde bei der Hitze, fuhren auch fünf Kühe mit, in einem separaten Waggon. Und der Melkbursche. Die dicke Köchin bevorzugte für eine gesunde Ernährung Milch von immer denselben Kühen. Wäre da ein Melkschemel gewesen, hätte auch Carolina in die Euter gegriffen. Aufmerksam lauschte sie den Berichten des Virtuosen über Wertanlagemöglichkeiten in der Kronkolonie. Nein, das Geigenspiel am Nachmittag störe sie keineswegs. Im Gegenteil. Sie bewundere seine Hingabe. An die Musik. An das Instrument. An das Zarte der Klänge. Das Zerbrechliche. Ungewöhnlich in Männerhänden. Brach sie schroff ab. Geduld und Höflichkeit. Woher sie komme? Wollte der Sizilianer prompt wissen. Reine Freude sprang aus seinen schwarzen Augen. Ihr Italienisch sei härter als üblich. Härter? Sie waren in der Holzklasse angekommen. Stiegen über Berge von Gepäck. Schlafende Russen, die ihre Frauen und Kinder zurückgelassen hatten. Gänsehälse in Käfigen. Noch vor dem ersten Frühstück. Carolina schwieg. Empört. Der Zug tobte ohrenbetäubend auf der Eisengitterbrücke über die Tsna. Es gab immer wieder Überraschungen auf dieser Reise. Und wohin sie wolle? Gegen Abend würden sie Penza erreichen und dort könnte sie vielleicht Fragen beantworten. Frühestens dort, nahm sie sich vor. Unvermutet in ihre Jungmädchenzeit zurückgestoßen. Das harte Italienisch. Die Teufelsschlucht. Auf dem Weg nach Tokio. Das Bergjahr. Ihre erste Anstellung im Ausland. In Neapel. Der Tod der Mutter. Im Jahr nach der großen Eruption des Feuerbergs. Alle hatten nur davon gesprochen. Sie war gerade fünfzehn geworden. Es wurden Photographien herumgereicht. Erste Lichtbilder. Aufnahmen. Sie verstand nichts. Sie war noch nicht volljährig. Aber tüchtig. Starrte auf das belebte Papier. Ungläubig. Halbwaise. Willig. Fragte. Hatte noch nie das Meer gesehen. Sauber. Anständig. Zweimal in der Woche wurde sie auf den Markt zum Einkaufen geschickt. Allein. Die fuchtelnden Kopftuchfrauen verstanden sie nicht. Und sie fürchtete den feuerspeienden Berg. Auf Schritt und Tritt. In der heißen Hafenstadt. Man lehrte sie Ehrfurcht. Und den feinen Haushalt. Hieß sie still sein. Und das Leinen stärken. Beschwichtigte sie. Das Wort Vulkan hatte sie noch nie im Leben gehört. Ihr Schullehrer kannte es auch nicht. Sie quälte sich durch Plinius' Aufzeichnungen. Fragte in der Freien Töchterschule nach. Lieh sich Bücher aus der Bibliothek des Hausherrn. Nach einem Jahr bat sie Ueli, zurückkehren zu dürfen. Nicht, weil sie Heimweh habe. Sondern weil ihr die Nächte schwer und schwerer würden, wenn sie immerzu das blutrünstige Grollen der Glut unter dem Berg hörte. Der verbot es ihr strikt. Schalt sie eine dumme Gans. Seine Tochter hätte keine Angst vor Bergen zu haben. Punktum! Krakelte er auf die Karte, setzte sein liebevolles *bhüetdigott* darunter und *dine Vatti*. Carolina in Neapel verstand und war auf einen Schlag erwachsen.

Poltern und schrille Pfiffe. Hochrot im Gesicht verlangte Mrs. Rattay Zutritt zum Abteil, zerschlug fast das Türfensterchen mit ihrer Faust. Señora Fajfar schnarchte unverdrossen weiter. Solveig träumte vom schwedischen Schatten. Auf dem Bahnsteig brüllte der Schaffner zerlumpte Händler an. Carolina schloss das Abteil auf, entfernte die Sicherheitskette, sie hätte doch aufpassen müssen, entschuldigte sie sich. Die beiden anderen Frauen würden nicht nur die schönsten Aussichten verschlafen, die kümmerten sich auch überhaupt nicht um die Sicherheit ihrer Habe. Die Missionarin verstand. Mit einem Ruck fuhr der Zug an. Stolz zeigte Mrs. Rattay Carolina den soliden Brieföffner, ein kleines blitzendes Schwert. In der Frauenhand. Damit würde sie, lächelte sie, die Briefe aus dem Black County mit einem einzigen scharfen Hieb aufreißen. Billig erstanden. In Zlatoust. Dem goldenen Mund. Der Geigenklang schürfte die Haut auf. Messerscharf. Er brannte über der Brust. Schlug unter das Herz. Deutsche Meister waren vor hundert Jahren hierhergekommen. Carolina keuchte. Der Zahnschmerz kehrte zurück. Mit Manons Verstummen. Mit seiner ganzen Schärfe. Unendliches Staunen. Die Tränen der Erschöpfung aus dem Schlussakt tropften in ihr Ohr. Abschied für immer. Eine feine Klanglinie eines verendenden Schmerzes. Eines verendenden Tieres. Einen Moment Stille. Nadelbäume. Im Boden Kieselmangan. Dunkelgrüne Beruhigung. Und dann brach er wieder auf, der Fingerspitzenton. Der sizilianische Bankdirektor übte sich in Ausdauer. Jeder Fleiß hat seinen Preis. Das wusste Carolina nur zu gut. Seine Lust am Geigenbogen war nicht zu bändigen. Manons Liebesgier schwoll wieder an. In atemberaubendem Tempo, aus seinen Fingern, seiner Elle. Der Bogen fegte über die Saiten, zerchilpte die Septemberschwere. Die in allen Höhen frohlockenden Klänge zersägten die dünne Trennwand der Nagelmackers'schen Erfindung im Nu, ihre Wucht traf Carolina in den Rücken, in den Nacken, das Beben drang ins Mark, ins Hirn, in die Erinnerung. Der Zahn raste. Die Hand schrieb automatisch. Das Urteil in das Heft auf dem Schoß. Die Augen waren geschlossen. Carolina fuhr nicht von Krakau nach Kwiatonowice. Ging nicht durch die Bracka. Sah nicht die saftigen Täler der Moszczanka und Sitanka. Spürte nicht die starken Arme Bs.

Im Frühstücksraum hatte der temperamentvolle Sizilianer alle Reisenden in seinen Bann gezogen. Noch vor der heutigen Kohlrübensuppe, versprach er, könnten sie in den Genuss einer bescheidenen Klaviermatinee kommen. Das weiße Pianino im Speisewagen müsste doch begattet werden. Am besten von vier Händen. Vergeblich schaute er sich nach einer Partnerin um. Für die „Sechs Stücke zu vier Händen". Carolina musste in diesem Fall passen. Der Bankdirektor wollte Schönberg zum Besten geben. Zur Einstimmung des Magens auf das Mittagessen. Die unvollendeten 26 Takte. Für die anderen Stücke fehlten ihm zwei Hände. An jeder Station hoffte er vergeblich, eine Pianistin würde zusteigen.

Solveig wachte auf und starrte ungläubig aus dem Fenster. „Wo sind wir?"

Mrs. Rattay warf ihr einen missbilligenden Blick zu. „Guten Morgen, Miss!"

Draußen flohen Lärchen in die Höhe. Die Hügel wurden schroff. Felsig. Entgrünt. Die Hitze stand im Coupé. Wie unfertige Gedanken. Granitfelsen ragten so nah an den Bahnkörper heran, als wollten sie ihn zerquetschten. Zur Rechten stach plötzlich auf einer Anhöhe der schneeweiße Obelisk in den Himmel.

„In Asien", antwortete Carolina freundlich, „da draußen steht es geschrieben." Sie deutete mit dem Finger auf den vorübergleitenden Stein. Die kyrillischen Buchstaben verschwanden ungelesen. Solveig war kurzsichtig und liebeskrank. Dennoch atmete sie erleichtert auf. Sie fuhr zu ihrer Hochzeit nach Shanghai.

„Es könnten Sägewerksgegenden im Norden Schwedens sein. Oder der Aussichtsberg Storknabben in Jokkmokk.

Waren Sie schon einmal an der Riviera des Nordens?" Solveig plapperte munter weiter. Sie wollte am Abend ein Bad nehmen und sich die Haare frisieren lassen. Außerdem war sie immer noch auf der Suche nach der Eisenbahnbibliothek. Im Reisebüro in Piteå, das ihr die Fahrkarte für eine einfache Fahrt nach Shanghai ausgestellt hatte, war ihr versichert worden, dass jeder Zug der Transsibirischen Eisenbahn eine Bibliothek mit sich führe sowie gymnastische Apparate. Zimmervelozipede, Armstrecker oder Reitvorrichtungen. Auf den großen schwedischen Überseeschiffen, der „Kalmare Nykel" oder „Fågel Grip" beispielsweise, die schon Tausende von schwedischen Auswanderern nach Amerika gebracht hätten, gehöre dies seit Langem zur Standardausrüstung, um die Bauern, Töpfer und Hüttenwerksarbeiter während der Überfahrt in Bewegung zu halten.

Carolina horchte auf. Die Jungfer schien nicht töricht zu sein. Mehr als an der Sehnsucht nach ihrem Verlobten litt sie an mangelnder Lektüre. Sie wusste, dass die ersten schwedischen Auswanderer den Indianern Land abgekauft und ein gutes Handelsverhältnis zu ihnen aufgebaut hatten. Kessel, Äxte und Angelhaken wurden gegen Mais, Lebensmittel, Tabak und Pelze getauscht. Für Ordnung unter den deportierten Wilddieben, Söldnern und finnischen *Waldverwüstern* sorgten abkommandierte Soldaten. Was ihr Zukünftiger denn in Shanghai treibe, erkundigte sich Carolina. Die Klagen über den fehlenden Rückenklopfer verstummten. Er sei Direktor der *Kaishantun Paper Factory*. Die Fabrik stelle Papiermasse her sowie andere Faserkompositmaterialien und Forstindustrieprodukte. Sie würden im Oktober heiraten. Sie wolle

Kinder gebären, viele Kinder, und nie wieder nach Schweden zurückkehren.

„Warum denn nicht?" Carolina war verblüfft. Mrs. Rattay las in der Bibel. Sie selbst war im allerschlimmsten Falle bereit, sofort *mit dem nächsten Postzug* heimzureisen. Worte aus dem Wachstuchheft.

Solveig schüttelte den Kopf. Unmöglich. Der Pfarrer in Piteå hatte ihr ein Umzugsattest ausgestellt. Damit durfte ihr das Reisebüro die Fahrkarte einfacher Fahrt verkaufen. Einen Weg zurück gab es nicht. Die schwedische Staatskirche hatte sie bereits aus ihrem Kirchenbuch gestrichen. Aus dem sogenannten *husförhörslängder*, in dem die Lutheraner alles über die Einwohner Schwedens aufschrieben, beispielsweise, dass ihr Vater im Streit mit ihrer Stiefmutter lebe oder dass Ingvar Andersson in seiner Geschichte Schwedens lüge. Von den Anfängen bis zur Gegenwart. Das Leben und die Geschichte kennt nur eine Richtung. Hinter den Anfang kommt niemand zurück. Der sibirische Zug drängt durch den Ural, am in den Himmel gerichteten Obelisken vorbei, der Wasserscheide zwischen Europa und Asien. Durch winzige, kaum erkennbare Diamanten. Ein Umzugsattest konnte ebenso wenig annulliert werden wie ein Schwangerschaftsattest. Carolina zuckte zusammen. Wie alt war Solveig? Fieberhaft begann sie zu rechnen. Fast achtzehn Jahre, bald volljährig. In der Hitze zerflossen die Zahlen. Die Flüsse ergossen sich nun in andere Meere. In andere Schlünde. Andere Delten. Andere Niederungen. Flugsand. Trotzdem erinnerte sie die Gegend vor dem Fenster an die Sägewerksgegenden. Wiederholte Solveig.

Nun sei sie im Wegzugsregister eingetragen, für immer und ewig. Auch aus diesem Register gäbe es kein Entkommen. Höchstens mit dem Tod. Sie musste die neue Adresse angeben. Am Bund 555, direkt am Ufer des Huangpu, nur ein paar Schritte von der Anlegestelle der Dampfer entfernt. Dort würde das Umzugsattest kontrolliert. Abgestempelt. Und sie selbst an die eingetragene Adresse komplimentiert. Eine Bestimmung, die seit ein paar Jahren von allen Einreisebehörden eingehalten werde.

„Und der Forstindustrieproduzent?" Carolina ließ nicht locker.

Der stamme aus Lappland und sei eigentlich ein Rentier. Es wurde aus den endlosen Weiten der Tundra nach Kiruna geholt. Von seinen Eltern in einem Liebessturm. In die zweitgrößte Stadt der Welt. Auch der Zeugungsakt habe nur eine Stoßrichtung. Wie das Umzugsattest und das Wegzugsregister.

„Kiruna ist halb so groß wie Ihre schöne Schweiz, Miss Caroline. Die Samen nennen die Stadt Giron. Können Sie sich vorstellen, wie verstörend eine so riesige urbane Fläche auf ein scheues Rentier wirken muss?"

Carolina schritt in Gedanken den Weg von Bern nach Herzogenbuchsee ab. „Das ist wunderbar!", flüsterte sie begeistert.

Um halb elf klappte der geigespielende Devisenhändler den Deckel über den Tasten des weißen Pianinos auf und schraubte das Drehstühlchen zwei ganze Umdrehungen hoch. Danach setzte er sich umständlich darauf zurecht. Hüstelte. Hob die Arme. Vollführte eine dramatische Fingergelenkgymnastik und haute dann einen wilden ersten Akkord in die Tasten. Das schüttere Haar flog durch die Luft. *Eine Marter für das Ohr*, notierte Carolina am Abend, während

Solveig ein Bad nahm. Es war noch hell, die Sonne stand hoch am Himmel. Das Wachstuchheft saugte die Tinte gierig ein. *Es war überhaupt unmöglich, eine bestimmte Komposition oder Melodie zu erinnern. Entweder ist das Instrument eine musikalische Missgeburt oder der Herr Bankdirektor schlug mit seinen dilettantisch geübten Fingern immer nur die falschen Tasten an.* Wer Erholung in der Landschaft vor den Fenstern suchte, dem stockte das Blut. Der Zug hing in der Luft über einem steil abfallenden Ufer. Unten toste die Wolga, wie ein Ortskundiger erklärte, der heilige Strom der Russen. Die Geleise lagerten auf Bettungen aus lockerer Erde. Das leichteste Ansteigen des Wassers oder die kleinste Erschütterung hätte die ganze schwere Masse, die gerade jetzt darüber hinwegbrauste, die Waggons erster, zweiter und die der Holzklasse, die Gepäckwagen, die Schlafwagen, den Speisewagen mitsamt Schönbergs unvollendeten 26 Klaviertakten, abrutschen und für immer im Wasser versinken lassen können. Die Reisenden versuchten durch Handfuchteln dem Musikbesessenen Einhalt zu gebieten. Der aber saß mit gebeugtem Rücken zum Publikum. Nahm nichts wahr. Mrs. Rattay erhob sich als Erste, entrüstet und totenbleich zog sie sich ins Coupé zurück. Den Appetit vertrieben hätte ihr dieses musikalische Intermezzo, klagte sie beim nachmittäglichen Tee und verlangte Kamille. Blass und spitz um die Nase. Solveig hingegen kam gutgelaunt und frisch gewaschen mit Kennans *Tent Life in Siberia* unter dem Arm von ihrer Abendtoilette zurück. Triumphierend erklärte sie, die Eisenbahnbibliothek befände sich in diesem Zug in einem Schrank im Badezimmer. Auch der Zugführer, den sie schon seit Tagen mit dieser Frage bedrängt hatte, hätte sie dort nicht vermutet. Señora Fajfar atmete schwer. Der graumelierte Bankdirektor könne ihr gestohlen bleiben. Solveig widersprach. Welch jugendlicher Übermut doch in dieser bunten Klangfarbenmelodieführung stecke. Ob es denn den Damen nicht aufgefallen sei, dass der Pianist eine offenbar angeborene Anomalie hätte. Ob sie denn glaubten, dass sich der reiche Bankdirektor Fingerprothesen leisten könne? Ob er sich etwa in einer sizilianischen Spezialklinik an jede Hand einen zusätzlichen Zeigefinger habe annähen lassen? Nur um Schönberg perfekt spielen zu können? Schräge Harmonien habe sie, Solveig, nicht gehört. Sie konnte ihre Augen nicht mehr von den schlanken zweimal sechs Fingern abwenden, die wahrscheinlich im normalen Leben den lieben langen Tag nur Geldscheine zählten. Draußen winkten die Goldgruben am Ilmensee. Zirkon und prachtvolle Topase blinzelten aus der feuchten Erde am Ufer. Auf dem Amazonenstein saß ein Rotkehlstrandläufer. Und sie konnte sich keine größere Erregung vorstellen, als diese zwölf Finger auf ihrer Haut zu spüren, auf den Brüsten, am Hals, um die Schenkel. Nichts begehrte sie so sehr, als von diesem zwölffingrigen Mann bestiegen zu werden. Wie das weiße Pianino im Speisesalon, das ja keineswegs verstimmt sei, sondern nur überglücklich und vielleicht bald hochschwanger. Großblätteriger sibirischer Glimmer. Und in Shanghai käme sie nieder mit einem bärenstarken Sohn mit sechzehn Zehen, zehn Fingerchen und vier Daumen. Und ihr wehmütiges Rentier würde sie in die Arme schließen und vor Freude weinen.

*****

Elle betritt die Wohnung und bringt den Winter mit. Frostwangen. Eiskalte Lippen. Ihre feuerroten Locken starren eisversilbert unter der Mütze hervor. Gefrorene Watte auf der Oberlippe. Sie legt ab. Überreicht mir mein Weihnachtsgeschenk und den Geburtstagsbuben Schokoladekugeln. Wir setzen Teewasser auf, holen den Mohnkuchen aus dem Ofen, zünden zweimal dreizehn Kerzen an. Die Jungs pusten, lachen, freuen sich über den verfrühten Nachtisch. Oma ist versteinert. Rührt nichts an. Spricht kein Wort. Um ihre Schultern schlottert meine gelbe Baumwollbluse. Sie ist entrüstet. Über das schlechtsitzende Kleidungsstück. Den unerwarteten Besuch. Obwohl der Tisch dafür vorbereitet ist. Auch der Tag. Elle setzt sich auf den Platz der Verstorbenen und Einsamen. François schenkt Wodka nach. Er ist ein guter Mann.

Ich löse das Band vom glitzernden Papier, das Knistern vom Geschenk. Ein Buch. Was für eine Überraschung. In deutscher Sprache. *Lina Bögli. Talofa – in zehn Jahren um die Welt.*

„Irenko!" Mutters Gesicht glüht. „Was ich dir immer schon sagen wollte ..." Das Feuer der roten Beete. Die Flecken vom Tischtuch sind auf ihr Gesicht gesprungen und brennen mit dem sorgfältig aufgetragenen Nachmittagsrouge um die Wette. Ich fülle die Teegläser, reiche Elle die Zuckerdose, schneide den Kuchen in gleichmäßige Stücke.

Elle berichtet von ihrem neuen Forschungsprojekt. Reisende Frauen. Vor hundert Jahren. „C'était tout un événement!" Elle wendet sich direkt an Maman, die aber verzieht keine Miene. Ihre Studentinnen hätten *Talofa* verschlungen und endlose Diskussionen darum geführt. Hingerissen vom Bericht einer armen Bauerntochter.

Eine hätte sich sogar während der vorlesungsfreien Zeit ins Bernische Oberaargau aufgemacht, eine andere nach Kwiatonowice. Jahrhundertwinter hin oder her. Und eine dritte befände sich bereits auf der Überfahrt zu den Samoainseln.

Ich blättere gedankenverloren in meinem Weihnachtsgeschenk. An Lesen in einer Fremdsprache ist jetzt nicht zu denken. Der Karpfen ist in der Küche angekommen und tot. Gesalzen und gepfeffert schmort er im warmen Kräuterölsud, zwischen der Länge nach aufgeschnittenen Limetten. Die Kartoffeln liegen im Kochwasser.

„Sieht altmodisch aus", sage ich, drehe und wende das blasse Buch in den Händen, rieche daran. „Bestimmt ein ehrgeiziges, aber unrentables Frauenprojekt."

„Der orgininalgetreue Nachdruck der Ausgabe von 1906! Gedruckt auf in einem komplizierten chemischen Verfahren angegilbtes Papier!"

„Oh matko! Dann wird es beim Blättern Giftstoffe absondern. Ich muss mit Handschuhen lesen."

Die Buben wollen aufstehen. Die Schokoladekugeln wollen fliegen. Hände wollen jonglieren. Bis das Süße schmilzt und durch die Finger tropft. François will die Weihnachtsbaumbeleuchtung einschalten. Die Nacht ist nah. Ich nicke zu den Wünschen an diesem Tisch der unendlichen Möglichkeiten. Mein französischer Mann sucht eine Steckdose. Er zwängt sich hinter den Stuhl meiner polnischen Mutter. Ihre Beine sind vom langen Sitzen angeschwollen. Eitel wie sie ist, trägt sie auch heute keine Stützstrümpfe. Morgen wird sie über Wadenschmerzen klagen. François kriecht unter die Äste, der künstliche Flitter gerät in Bewegung, die echten Tannennadeln rieseln in Mutters Kragen. Die Zwillingsbuben klauben das Kitzelnde mit klebrigen Fingern heraus. Mutter kichert kindisch und hat vergessen, was sie mir unbedingt sagen wollte.

Elle umarmt mich. Ich zucke zusammen. „Auch du wirst begeistert sein!" Sie küsst mich unbemerkt von den anderen auf den Mund und streichelt meine Brust. Ich schiebe sie weg. „Auch du wirst begeistert sein", wiederholt sie. „Der Karpfen muss gewendet werden", sage ich und stehe auf. Das Buch nehme ich mit.

„Was bedeutet der Titel?", frage ich aus der Küche und Elle kommt nach, weil wir dort eine Weile allein sein können. Während ich die Kartoffeln zerstampfe, Butter und ein paar Sahnetropfen darunter mische.

„*Talofa* ist der samoanische Gruß. *Guten Tag, bonjour, how are you.*" Elle ist süchtig nach Berührung. Auch in der Küche. Das Karpfenfleisch wird allmählich fest. Ich werfe eine Handvoll Senfkörner in den schäumenden Sud. Die Pinienkerne röste ich ohne Fett in einem kleinen Bratpfännchen. „Sie wähnte sich im Paradies, liebte die Prinzessin Fa'amu, die einzige Tochter des Königs Maleatoa Luapepa, kostete den aus der Kawawurzel zubereiteten Göttertrank. Und schrieb: ... *gewiss kann man in Samoa nur dann ganz glücklich sein, wenn man nichts auf dem Leibe hat. Das allerleichteste Kleidungsstück ist schon eine heiße und gänzlich überflüssige Bürde.* Irène, tu comprends? Sie reiste ohne Badewanne, ohne Geld, ohne Bedienstete."

„Compris!", antworte ich sachlich. „Bleibst du? Der Karpfen ist in sieben Minuten gar. Ich werde morgen anfangen zu lesen. Im Park. Mit Handschuhen und Mütze. Ich rufe dich übermorgen an. Im Sommer fahren wir zusammen weg. Nur wir zwei. Nach Polen."

François legt *kolędy* auf. Polnische Weihnachtslieder. Für belle mère. Die schwarze Schellackscheibe glänzt auf dem alten Plattenspieler. Dreht sich. Mutters Sopran zittert darüber wie tauende Eisberge in der Antarktis. Sie hat sich beruhigt. Elle schüttelt den Kopf und verabschiedet sich. Kartoffeln isst sie nicht. Ihr Wagen steht unten. Die Straßen sind trocken.

*****

Was sie draußen vorbeiziehen sah, machte Carolina überglücklich. Seit Sonnenaufgang lag Wasser vor dem Fenster. Sie war schon immer mit der Sonne aufgestanden, seit sie denken konnte. Inzwischen war das schwierig zu bewerkstelligen, denn die Sonne ging an jedem Tag der Reise zu einer anderen Stunde auf. Der Zug kam ihr jeden Tag näher. Das Wasser lag unverändert, unberührt da. Eine riesige Fläche. Tiefblau. Niemand im Zug wusste, wie spät es wirklich war. Carolinas Taschenuhr zeigte fünf Uhr fünfzehn. Sie hob die Uhr ans Ohr, der Granit klirrte, sie hörte das regelmäßige Ticken. Also funktionierte sie. Ob ihre Zeit aber in die richtige Richtung lief, blieb ungewiss.

Die Küche hielt sich an eigene Regeln. Diejenigen, die sich selbst verköstigten, Gurken und Sauerkohl auf den Bahnhöfen kauften und in den hellen Nächten an Blähungen litten, konnten sich die Essenszeiten aussuchen. Die anderen waren auf die Öffnungszeiten des Speisewagens angewiesen. Gerade war er geschlossen, die Suppenköchin schlief mit dem Melkburschen. Es gab nicht einmal heißes Wasser zu kaufen. Trotzdem war Carolina glücklich. *„Wären nicht die mongolischen Menschentypen"*, schrieb sie in ihr Wachstuchheft, *„die ich der Bahn entlang sehe, könnte ich mich beinahe in der Heimat glauben"*. Sie hielt das Schreibheft auf den Knien fest. Zog es vor, an ihrem warmen Platz am Fenster zu sitzen. Das Tintenfass war fest verschraubt. Sie hatte in den letzten Tagen gelernt, sich dem unterschiedlichen Fahrkomfort anzupassen. Unvermutetes Stocken der Räder oder ein gefährliches Schwanken der Waggons durch enge Kurven, über morsche Brückenpfeiler konnten die Ordnung ihrer Gedanken nicht mehr durcheinanderbringen. Das Wichtigste war, dass die königsblaue Tinte nicht auf die Notizen spritzte. Unleserlich waren sie nutzlos. Solveig ritt im Traum auf dem traurigen Rentier. Der Bankdirektor saß im Zigarrenzimmer und gab Rauchzeichen. Manon hatte Konzertpause. Die Nachmittagsarie stand kurz bevor. Nach Frühjahrsgewittern sprangen die Züge oft aus den Schienen wie Eichhörnchen. Carolina verzichtete auf den Aussichtswaggon, auch auf den Schreibwaggon. Sie konnte ja nicht in beiden gleichzeitig sitzen. An ihrem Platz hatte sie alles, was sie brauchte, außerdem störte sie hier niemand. Manche Reisende entwickelten Gefühlsöde. Die wollten dann, mangels eigener Vorstellungskraft, plötzlich von den anderen alles wissen. Hielten sich an keine Grenzen der Höflichkeit und des Anstandes. Was sie denn aufschreibe. Wollten die im Salonwagen wissen. Von ihr, der Alleinreisenden. Die Ruhelosen setzten sich nie hin. Ihre Blicke flohen. Wie die Birken vor dem Fenster. Ihre Fragen prasselten. Wie Gewitterregen. Ihre freche Ungeduld ähnelte den neumodischen Strahlen mit dem hohen Durchdringungsvermögen. Warum sie keinen Mann habe oder wenigstens zu einem fahre? Zu Kindern oder Enkeln, wie sich das gehörte. Wie die dicke Señora Fajfar. Und so weiter und so fort. Mira war beim Eichmeister Meciszewski gut aufgehoben, aber das ging niemanden etwas an. Untergebracht. Und der polnische Offizier hatte Hausverbot. Im Wachstuchheft. Im Kopf. Im Herzen. Beim Nachmittagstee mit Mrs. Rattay. Sie hatten ein Kompaniegeschäft abgeschlossen. Gleich am ersten Tag im

Zug nach Sibirien. Nach dem ersten Schlaf am Stück. Nach dem ersten Erzählen und Auspacken. Kam die Teekochmaschine, erstanden im letzten Augenblick vor der Abfahrt in Berlin, wieder zum Vorschein. Und der volle Kuchenproviantkorb. „*Das Teebrauen und Kuchenessen in angenehmer Gesellschaft vertreibt die Zeit und erspart uns manchen Pfennig*", kritzelte sie in winzigen Buchstaben auf die Karte, damit mehr Platz blieb für den Bericht. In Tscheljabinsk, wo der Zug zwei Stunden im Bahnhof stand, brachte sie sie zum Postamt. Die guten Freunde in Charlottenburg wollten bedankt sein. „*Einen Tag kaufe ich das Wasser – zehn Kopeken für einen Teekessel voll – und am andern Tag tut es Mrs. Rattay.*" Noch war es allerdings zu früh für den Tee im Coupé. Vor dem Fenster zogen Bruchstücke ihrer Heimat vorbei. Felsen des über zweitausend Meter hohen Baikalgebirges. „*Der Zug fährt durch nicht weniger als 54 Tunnels und Galerien, die mich nicht selten an die Axenstraße bei Luzern erinnern.*" Carolina sinnierte über ihre eigenen Worten. Stierte aus dem Schlafwagenabteil. Sie musste sich eingestehen, aber das würde sie auf keinen Fall im Tagebuch festhalten, dass sie die kurzatmige Señora Fajfar beneidete. Señora Fajfar war die Einzige im Zug, die nach Hause fuhr. Alle anderen entfernten sich stündlich mehr von dem Ort, aus dem sie kamen. Drei eiskalte Sommermonate hatte sie nun, berichtete Señora Fajfar schnaufend, in Europa verbracht. Bei Verwandten, ihrer Schwester und deren Familie, in Nordspanien und in den Pyrenäen. Hatte gelitten unter den trockenen Winden. Wäre beinahe erstickt am Weißbrot und den Olivenkernen. Jetzt kehrte sie nach Manila zurück. Sie wurde mit jedem Tag fröhlicher. Fing unvermutet zu singen an. Konnte wieder freier atmen. Schwärmte von der schweren tropischen Hitze und der salzigen Sulusee. Sehnte sich nach ihren Enkeln.

„Der Baikalsee soll das größte Süßwasserreservat der Welt sein", mit diesen Worten betrat Mrs. Rattay das Abteil. Sie kam geläutert von der Morgenandacht zurück. Also war heute Sonntag. Der Pope habe, berichtete sie aufgeregt, eine durch und durch touristische Predigt gehalten, *very nice,* nur in Superlativen. „Dieser See ist der älteste der Erde, der tiefste, besitzt das mineralisch reinste Wasser mit der größten Durchsichtigkeit und die älteste Seefauna. Er gilt als ...", die Missionarin geriet ins Stottern, „ein lim... ein limno... *damn!* Ich wusste, dass ich dieses Wort, das allerwichtigste, vergessen würde. Deshalb habe ich es mir aufgeschrieben."

Carolina runzelte die Stirn. „Ist es in Ihrer Kirche üblich, Predigten mitzuschreiben? Können Sie stenographieren?"

Mrs. Rattay suchte schwitzend nach den Augengläsern. „Nein, nein", beschwichtigte sie, während sie in der Handtasche nestelte, „aber auf Reisen ist alles anders. Die Russen behaupten sogar, ihnen sei es auf Reisen erlaubt, zu sündigen. So oft wie nötig. Und so schwer wie möglich. Denn unterwegs können sich Unausweichlichkeiten ergeben, gegen die auch der Himmel nicht ... ach, da ist es ja." Sie klemmte den Zwicker auf die Nase, richtete sich auf, faltete einen kleinen weißen Zettel auseinander und buchstabierte ehrfürchtig, als hätte es ihr der Allmächtige selbst in die Hand diktiert: „ ... ein limnologisches Museum. Mit Reliktcharakter!"

Señora Fajfar schnarchte in ihrer Ecke mit einem seligen Lächeln auf den Lippen. Carolina betrachtete die

Wasseroberfläche vor dem Zugfenster. Sie wollte nicht enden. Tiefblau. Fast wie ihr Tintenfass. Königsblau. Das Wasser könnte auch das Südchinesische Meer sein, überlegte sie, wer kann schon wissen, in einem fahrenden Zug, wo genau er gerade ist. Es könnte das Meer sein, von dem Señora Fajfar gerade träumte. Die Sulusee. Es gab kein gegenüberliegendes Ufer. Nicht für die Augen der Reisenden. Es gab keinen Horizont. Nur Dunst. Auflösung der Konturen. Genau dort fing vielleicht der Himmel an. Wer konnte denn wissen, fragte sie sich, welcher Teil aus dem Schulatlas gerade vor dem Zugfenster vorbeizog.

Noch vor wenigen Jahren hatten die Reisenden hier den Zug verlassen müssen. Im Sommer stiegen sie auf Fähren um, meist auf überfüllte Kähne. In den Wintermonaten, wenn das Wasser an manchen Stellen bis zu einem Meter dick gefroren war, fuhren sie mit Kutschen und Schlitten weiter. Oder sie mussten tagelang ausharren in der subarktischen Kälte. Manche machten sich dann, um nicht festzufrieren, zu Fuß über die gefrorene Fläche auf. Mit Fesseln und Pickeln. Soldaten oder Deportierten konnte alles zugemutet werden. Ob zu Fuß, auf Schiffen im August, auf Eisbrechern Mitte März, man gelangte nur heil an das Ostufer, solange die Winde stillhielten. Wie Carolinas Gedanken. Der entzündete Zahn. Die Erinnerungen. Der polnische Offizier. Winterstürme konnten das Eis unerwartet aufreißen. An jeder beliebigen Stelle. Sommergewitter Mensch und Maschine von den Einbäumen fegen. Mehrere russische Regimenter waren so auf dem Weg an die Front verschwunden. Trotz beheizter Unterkünfte, die alle sechs Kilometer auf dem Eis errichtet worden waren.

Die Japaner hatten im Februar 1904 Port Arthur belagert und erobert. Dann versenkten sie die russische Fernostflotte im Meer. Damals war das Nadelöhr der Transsibirischen Eisenbahn an der Südwestspitze des Baikalsees noch nicht geschlossen. Der Nachschub an Menschen, Tieren, Waffen und Brot staute sich am Westende des Sees. Nur diesem abgrundtiefen, zugefrorenen und doch unberechenbaren Schlund, dem fehlenden Verbindungsglied nach Fernost, galt der japanische Überraschungsangriff. Der Sieg war deshalb ein Leichtes. Wer einen Krieg beginnt, muss nicht stark sein. Er muss nur die schwächste Stelle des Feindes kennen.

Der Zar zog dreitausend Pferde ein, verpflichtete sie zum Dienst auf dem Weg an die Front. Die Pferde zogen unermüdlich Schlitten über den gefrorenen See. Soldaten gingen zu Fuß. Gefangene mit Fesseln. Vier bis fünf Stunden lang. Je nach Windrichtung. Die Kriegsingenieure verlegten in fieberhafter Eile Schienen über das Eis. Dann brachen die Dampflokomotiven ein. Sie versanken wie Kieselsteine. Wie Erinnerungen. Und Lebensabschnitte. Güterwaggons mit Vorräten für Monate, Kanonenkugeln für tausend Feinde verschwanden innerhalb von Sekunden in der oligotrophen Tiefe. Die verzweifelten Uniformierten spannten Pferde vor die vollbeladenen Waggons. In zwei Wochen sollen gerade mal zwanzig das gegenüberliegende Ufer erreicht haben.

Kriegsgerät lastet schwer auf dem Eis. Gefühle lasten schwer auf der Seele. Ein polnischer Offizier? Eine Tochter auf Maui? Carolina konnte sich nicht mehr erinnern. Der Zahn gab seit gestern Ruhe. Das Wachstuchheft hatte sie zur Seite gelegt. Sie stopfte jetzt Seidenstrümpfe. Eisbrecher. Solveig möchte so schnell wie möglich schwanger werden. Die Sauerstoffsättigung des Sees soll in fast allen Schichten gleich sein und ermöglicht Leben selbst in der tiefsten Tiefe.

„Wie tief, sagten Sie, ist dieser See?"

Mrs. Rattay griff nach ihrem Sonntagszettel. „Das ist nicht einfach zu beantworten. Er vertieft sich ständig, das Becken wird immer weiter. Die Erde ist hier noch nicht zur Ruhe gekommen, die Natur formt den Baikal, ob dies dem Menschen passt oder nicht. Zum letzten Mal versank vor achtzehn Jahren nach einem Erdbeben ein Uferabschnitt von zweihundert Quadratkilometern. Stellen Sie sich das einmal vor! Das ist mehr als Ihr ganzes Bernbiet! Also an der tiefsten Stelle ist er heute ...", sie suchte die Zahl auf dem Papier mit dem Finger, „ ... genau 1637 Meter tief."

Keine der Soldatenleichen war je wieder zum Vorschein gekommen. Auch keine andere. Weder Gefangene, Soldaten, Kinder, Sanitäterinnen noch unschuldig in die Irre geführte Reisende. Vergessene. Vertriebene. Verbannte. Millionen von Flohkrebsen reinigen das Wasser, sie verschlingen Menschen mit Haut und Haar, mit Kleidung, Rüstung, Knochen, Fesseln, Pfeil und Speer. Von diesen endemischen Krebsen gibt es so viele und sie sind so fleißig, dass sie in 300 Tagen den gesamten Wasserkörper einmal durchfiltern.

„Sehen Sie, Miss Caroline", nahm Mrs. Rattay den Faden wieder auf, „dieser ‚Selbstreinigungsmechanismus', von dem der orthodoxe Pope vorhin in seiner Predigt sprach, das ist doch eine saubere Sache. Wenn Sie dagegen an die stinkenden Leichenverbrennungen in Indien denken oder an unsere nordenglischen Hochmoortäler, beispielsweise am Tyne, da verwesen die in der Erde bestatteten Leichen sehr langsam, manche gar nie. Deswegen sind auch die Römer nie weiter nach Norden vorgestoßen. Hadrian wollte nicht am Tynemouth konserviert werden. Das Wasser in der obersten Bodenschicht isoliert, darunter gibt es keinen Sauerstoff mehr. Ohne Sauerstoff können die Bakterien ihre Arbeit nicht tun."

„Welche Arbeit denn?" Carolina hing ihrem eigenen Kummer nach und verstand kein Wort.

„Well ... das, was hier die Flohkrebse erledigen, diese ...", sie suchte das richtige Wort auf dem Zettel, „ ... Epischura-Krebse. Sie zersetzen Wasserleichen, säubern gleichzeitig das Wasser und versorgen es gleichmäßig mit Sauerstoff."

„Denken Sie am Sonntag immer über hydrologische Phänomene nach?"

„Nur im Sommer natürlich." Mrs. Rattay war bester Laune. Sie schlug vor, heute den Nachmittagstee ausnahmsweise schon am Vormittag zu brauen, und bot an, sofort abgekochtes Wasser zu besorgen.

Carolina fand es zwar eine unnötige Verschwendung von weiteren zehn Kopeken, wollte aber ihre Geschäftspartnerin nicht verärgern. Am Nachmittag würden sie nochmals Tee trinken müssen, zum klagenden Klang der Bankiersgeige, denn schwitzende Körper brauchten ausreichend frische Flüssigkeit.

„Ich habe auf meinen Reisen nie etwas anderes getrunken als heißes Wasser", erinnerte sich Carolina, während das Teekraut im Kessel zu Boden sank. „Das regte natürlich nicht auf, weshalb ich auch nie in Ohnmacht fiel oder ähnliche

Unpässlichkeiten durchstehen musste wie viele andere mitreisende Damen. Und dass ich zu viel davon getrunken hätte, war auch nie eine Gefahr."

„Oh, nice ... erzählen Sie!" Mrs. Rattay wollte mehr wissen.

„Vor achtzehn Jahren, als hier, wie Sie sagen", Carolina blickte die Engländerin prüfend an, „ein Erdbeben einen Teil der sichtbaren Welt verschluckte, fuhr ich durch das Rote Meer. Meine Tischnachbarin, ich glaube, es war eine australische Verlobte, trank zu jedem Essen mehrere Gläser Eiswasser. Und wenn wir Gefrorenes hatten, was, stellen Sie sich vor, Mrs. Rattay, fast jeden Tag vorkam, aß sie oft drei Portionen!"

Mrs. Rattays Gier nach Einzelheiten kannte keine Grenzen. Aber Carolina winkte ab: „Chabis!" Und versank in Schweigen.

„Unsere ganze Insel", fing nun Mrs. Rattay ihrerseits zu erzählen an, während sie ein Stück Sandkuchen kaute, „ist voll von verseiften Fettwachsleichen. Der Lehmboden, die sauerstofffreien Moorlandschaften und Steilküsten verunmöglichen eine natürliche Verwesung. Besondere Säuren, die im Fettgewebe entstehen, töten die anaeroben Bakterien bald ab. Bereits nach einem halben Jahr bildet sich deshalb ein unzerstörbarer Wachspanzer unter der Haut und konserviert die Leichname für alle Ewigkeit. Unser neues Kirchenoberhaupt, König Georg V., verbietet Leichenverbrennungen. Deswegen, hören Sie, Miss, entstehen in den Köpfen unserer Schafhirten und Friedhofsgärtner so absonderliche Phantasien wie die von Whitby. Sie haben bestimmt davon gehört, Sie sind doch so belesen, Miss Caroline?"

„Ach, Sie meinen die Untoten? Die Bluttrinker?"

„Right!"

„Aber Mrs. Rattay! Was für ein schlechter Scherz am Sonntagvormittag! Dracula stammte doch aus Transsilvanien und nicht aus North Yorkshire."

Mrs. Rattay verstummte. Nun war sie beleidigt. Stumm griff sie nach einem weiteren Stück Sandkuchen und fuhr mit dem Zeigefinger alle Wörter auf ihrem weißen Zettel ab. Memorierte. Kaute still vor sich hin. Würdigte die Bernerin keines Blickes mehr. Süßwasserrobben. Artenreichtum. Omul. Frühtertiär. Baikal-Riftzone. Olchon. Biomasse. Altmetall. Limnologie. Museum. Sie hatte sich erkundigt, sonntags war der Eintritt frei.

* * * * *

Das zarte Karpfenfleisch findet seinen Weg in die hungrigen Münder. Aufgespießt auf Fischgabeln. Bröckelig. Weiß wie der Schnee vor dem Fenster in der Dunkelheit. Die Gräten liegen in einem frühlingshaften Limettensud. Die elektrischen Kerzen am Tannenbaum flackern bunt. Meine Geburtstagskinder haben einen gesunden Appetit. Nach Mohnkuchen und Schokoladekugeln jetzt Stampfkartoffeln und saure Gurken. Nur Mutter schluckt leer und ringt nach Atem.

„Irenko!" Sie gibt nicht auf, nimmt noch einen Anlauf. „Nigdy nie … Ich habe nie verstanden ..., auch cher père nicht, er brachte es nicht übers Herz ..." Sie zittert. Hustet. Schlägt die Hände vors Gesicht.

François schiebt ihr ein Glas kalter Pfefferminze zu.

„Mamo! Bitte!"

Ein Fischmesser fällt zu Boden. Die Zwillinge ziehen Furchen durch das Kartoffelmus. Lassen Elefanten in der gelben Stampfarena tanzen. François und ich kauen weiter. Die polnische Weihnachtsplatte dreht ihre stummen Runden. Die Nadel krächzt kraftlos in der Endlosschleife. Keiner hört auf die Geräusche der Welt.

Ich weiß, was Mutter mir immer schon sagen wollte. Es hat keine Bedeutung für mein Leben. Nirgends auf der Welt verstehen Mütter ihre Töchter. Meist lieben sie die Schwiegersöhne, weil die ihr Gewissen erleichtern. Ihnen die Schuld wenigstens teilweise abnehmen. Weil die kopflos lieben. Das begreifen sogar meine eineiigen Buben und lachen. François' Vater ist blind. Er hat mich noch nie gesehen und weiß mehr von mir als jeder andere Mensch. Zur Begrüßung tastet er meine Wangen und die Augenpartie ab. Errät so, wie es mir geht und woher ich komme. Er lässt meine Hand ungern aus der seinen. Wenn ich aufstehe, um Kaffee zu kochen, bleibt sie verwaist auf seinen Knien.

Ich wage den Angriff. „Möchtest du nicht nach Krakau zurück?"

„Ich?" Sie blickt mich entsetzt an. Ich angle mir eine Gurke. Zerhacke sie mit den Backenzähnen. Essigsäure beruhigt den Magen.

„Zurück? Allein? Nach all den Jahren?"

„Pourquoi pas?" François greift mir unter die Arme, obwohl er nicht weiß, was es heißt, im Ausland zu leben.

„Für ein paar Tage. Für ein paar Eindrücke. In den *Planty* spazieren gehen. Auf dem Marktplatz *lody* essen. Das Haus an der Paradiesstraße fotografieren."

„Wozu???" Ihre Stimme überschlägt sich auf der letzten Sprosse der Jakobsleiter und stürzt wieder in die Tiefe. Maman ist verletzt. „Wollt ihr mich loswerden? Mich den Seelenschlächtern ausliefern?"

Gaffer. Neider. Erinnerungshengste. Was sie sich so vorstellt. Zeigefingerverräter. Sie ist außer sich und weiß nicht, wohin mit den Worten. Mit der Aufregung. Seit Vaters gerechtem Tod fehlt ihr das Gegenüber. Die Buben sind satt. Sie haben eine ganze Zirkusarena weggeschleckt. Kokospalmen und Sternenhimmel. Kleine Finger tupfen über Omas Hände. Altersflecken. Lacknägel. Lange Arme schlingen sich um ihren Hals. Falten. Runzeln. Knittern. Von zwei Seiten. Schmiegen sich nasse Küsse an ihre Pudernase.

„Niemand zwingt dich. Jahrelang bist du uns in den Ohren gelegen mit deinem Früher und Drüben. Dem Dort und Damals. Was alles besser war als jedes Hier und Jetzt. Und nun sind die Grenzen offen. Die Würfel gefallen."

François verteilt die letzten Tropfen.

„Wie kannst du nur so dumm daherreden, Irenko!"

Ich erlöse die sinnlos schwankende Nadel und setze sie in die Anfangsrille zurück. Wie Kometen brechen die hellen Chorstimmen über uns herein.

…

aniołowie święci
radością objęci,
wyśpiewują wykrzykują

…

Die heiligen Engel
Umschlungen in Freude
Singen und frohlocken

…

Mutter greift nach dem Kristallgläschen. Schlürft es aus. Schweigt plötzlich.

Ich trage die schmutzigen Teller und die Karpfenreste in die Küche. Bringe eine neue Halbliterflasche Żubrówka auf den Tisch. Und saubere, kühlschrankkalte Gläschen. In der warmen Stube beschlagen sie sofort.

„Der schmeckt besser, nach dem Fisch!" François gießt ein. Die ölige Flüssigkeit schimmert golden. Der Flaschenhals gluckst. Noch ist nicht alles gesagt. Wir wissen es. Die Geschichte fordert uns gnadenlos. Mutter wringt nervös ihr Taschentuch.

„Unser Haus …"

„… steht nicht in Krakau. Ich weiß! Du lamentierst, seit ich denken kann. Der Krieg. Die beweglichen Landesgrenzen. Die Schusterwerkstatt in Lemberg. Landraub. Lederentzug. Sohlentod. Kopfgeld. Vertreibung. Vergewaltigung. Flucht in die Wälder. Nach Westen. Die rote Gefahr. Du warst ein Kind und deine Eltern meinten es gut."

…

pastuszkowie usłyszeli,
jako anieli weseli,
więc i oni wstali,

…

Die Hirten weckte
Das Frohlocken der Engel,
Also erhoben auch sie sich

…

Mutter winkt ab. Das Gelb meiner Bluse steht ihr wirklich nicht. Es konkurriert mit Coignouls Bleiche im Haar.

„Aber du, Irenko!“ Unerwartet treffen mich ihre Speicheltropfen mitten ins Gesicht. Sie beugt sich über den Tisch. Faucht wie eine Raubkatze. Auf Polnisch. „Du hast dich freiwillig dem Bösen verschrieben. Deutsch gelernt, Germanistik studiert. Dich dem Emanzenweib Elle hingegeben. Warum tust du uns das an? Ausgerechnet die Sprache der Übermenschen. Ausgerechnet eine lesbische Germanistin.“ Erschöpft sinkt sie zurück. Sie schämt sich ihrer eigenen Worte.

„Mamo! Was weißt du denn? Ich wollte Zahn, Zorn, Zopfi lesen. Tschokke. *Hans Dampf in allen Gassen*. Bräker. *Der arme Mann im Tockenburg*. Und den Schweizer Walser. Robert, das einzige Demutsgenie des zwanzigsten Jahrhunderts. Allein seinetwegen hat es sich gelohnt, dir das aan-zuu-tuuun, wie du sagst.“

„Du denkst nur an dich.“ Matt kommt es über den Tisch.

„Ja, das stimmt. Es ist mein Leben.“

Ich gehe ins Bad. Spüle alles hinunter. Wände. Mauern. Kisten. Stimmen. Gefühle. Tränen. Nerven. Brüche. Fetzen. Wut. Aus. Amen.

* * * * *

Das fauchende Ungetüm näherte sich dem Umsteigebahnhof Harbin. Zog seine schwer in der Nacht liegenden Glieder hinter sich her. Brüllte. Schnaubte. Stieß seinen Zorn in die lichtlose Welt. Ein riesiger Gliederkäfer in der mandschurischen Steppe. Auf silberne Fäden, zwei parallele Schnurgeraden gespannt. Eine phosphoreszierende Spur. Auf Schotter gebettete Eisenbahnschienen weisen den Weg. In die Mitte. Die Lokomotive hat drei Augen. Die Reisenden schliefen nicht mehr. Ruhelos und hungrig waren sie bereits auf dem Weg zum kalten Speisewagen. Wankten durch die schmalen, langen Bäuche. Vom Chitinpanzer geschützt. Mit Riesenschritten. Durch unendlich viele aneinander gekoppelte, mit Harmonikaverschlüssen verbundene Glieder. Unter dem Poltern der Schwellen. In der Dunkelheit. In der Hoffnung auf ein Gabelfrühstück oder eine Sojamilchsuppe. *Wieder ändert sich die Landschaft*, rapportierte Carolina unausgeschlafen. Gereizt. Wieder war die Grenze mitten in die Nacht gefallen. Vor drei Tagen. Seither wurden sie von großen Augen beobachtet. *Die Bevölkerung ist chinesisch*. Ihre Uhr zeigte die vierte Stunde eines britischen Nachmittags an. Mrs. Rattay bereitete sich auf den Five-o'clock-Tea vor. Bürstete das fahle Haar. Ungeachtet der gleichmäßigen Nacht vor dem Fenster. Die Finsternis trommelte rhythmisch an die Scheiben des Schlafwagens. Aus den Wolken fielen vereinzelte Feuerspäne. Pechfackelspektakel. Kosaken wachten über die Geisterbahn und gaben dem Himmel Zeichen. Russische Schutzengel. Der letzte chinesische Kaiser schlief traumlos in der fernen

Verbotenen Stadt. Man hatte ihm die Windeln gewechselt und seinen Urin untersucht. Die Windpocken würden erst morgen ausbrechen, prognostizierte der Hofarzt, und Fieberträume ihren Anfang nehmen. Des Kaisers Vater war der Himmel. Die Eisenbahn sein Spielzeug. Den Palast konnte er nicht verlassen. Kein Flugapparat durfte über sein Haupt fliegen. Nicht einmal das Riesenei-förmige Luftschiff des Grafen Zeppelin. Nicht bei Nacht. Nicht am Tag. Die Bediensteten wuschen den kleinen Kaiser. Auf den Dächern des Palastes wachten geflügelte Drachen.

Nichts darf sich höher in die Luft erheben als die Drachen auf den geschwungenen Dächern der Verbotenen Stadt. Im ganzen riesigen Reich nicht. Und der Name des Kaisers darf niemals, auch hier und heute nicht, laut ausgesprochen werden.

Drei Tage war es her, dass sie die Grenze zur Mandschurei passiert hatten. Carolina konnte die Zeit im Tagebuch nachschlagen. Drei Seiten zurück. Fünf Seiten vor. Auch in der Dunkelheit. Die Welt um den Zug herum war so arrangiert, dass Koffer, Papiere und Menschen überall mitten in der Nacht revisiert wurden. Gähnende Staatsdiener hielten sich strikt an die Fahrpläne der Feuerbahn. Des schnaubenden Ungetüms. Auch die Grenzzäune und Schlagbäume zeigten Respekt. Bei Verspätungen marschierten sie ohne Zögern nach Osten, das diensthabende Personal rannte zu Fuß mit Stempeln und Mützen hinterher, sodass der Übertritt nie vor Mitternacht Ortszeit zustande kam.

Hinter der Grenze, in den ersten Morgenstunden, bereits in der Mandschurei, patrouillierte an der Strecke die

Matilde-Garde. Die Soldaten des letzten Zaren und seines Finanzministers Witte. Sie standen auf künstlich errichteten Anhöhen, auf Wassertürmen über artesischen Brunnen, auf den Dächern windschiefer Holzhütten oder massiver Stationsgebäude, deren Wände aus mindestens fünfundsiebzig Zentimeter dicken Steinen bestanden. Kleine Festungen. Kriegsgerüstet. Noch hielten sie sich höflich an die Regeln des Kinderkaisers. Stiegen keinen Millimeter höher als die Diensthabenden auf den Dächern der Verbotenen Stadt. Die Drachen des Kaisers wachten über Flüsse und Seen, über die gerechte Verteilung des Wassers im ganzen Reich. Wenn Reisfelder zu verdorren drohten, setzten sie sich in die Wolken und machten Regen. Die Drachen waren die Handlanger aller Kaiser. Der großen und der kleinen. Die Garde des Zaren hingegen verbrannte in der Nacht Werg an langen Stangen und schickte rußige Zeichen in den Himmel. Spielte mit den wasserspeienden Drachen Verstecken. Hede. Gehecheltes. In klaren Nächten tropfte das Feuer an die Fenster der Züge aus dem Westen. Tagsüber wedelten Wittes Beamte mit blauweißroten Fähnchen. Gaben rauchlose Signale ohne Furcht vor dem Regen. Die Steppe erlosch vor den Augen der Reisenden in der Septemberhitze. An Schlaf war nicht mehr zu denken. Die sibirischen Lichttöne gehörten schon der Vergangenheit. Verblichen. Verstummt. Sie befanden sich nur noch in Carolinas Wachstuchheft. Konnten dort nachgeschlagen, umgeschlagen werden. Aber vergeblich. Die Uhr stand auf vier. Kein Goldfeuer in der Mittagssonne und keine Rauchtopaskristalle im Boden. Dafür Honigtau. Wilde weiße Pferde galoppierten neben dem Ungetüm her, liefen mit ihm um die Wette. Zertrampelten dunkelrosarote Blüten. Maßen sich. Wilde Mähnen blähten sich im trockenen Wind. Wie der Haarschopf des Pianisten im Speisesalon nach dem Frühstück. Bis die Soldaten der Matilda-Garde sie einfingen. Und die atemlosen Stuten zügelten.

„Wussten Sie, Mrs. Rattay", fragte Carolina plötzlich aufgeräumt, „dass Stutenmilch Wunder wirkt bei Blutarmut und Schwindsucht?"

Sie deutete mit dem Zeigefinger aus dem Fenster. Dort war nichts mehr zu sehen. Die Welt war schneller als die Worte.

Mrs. Rattay nickte mit gefalteten Händen. Sie betete immer vor dem Tee. Konzentrierte sich, richtete das innere Auge auf die Verdauungssäfte. „Die Stutenmilch muss vergoren sein, Miss Caroline." Sie sprach wie in Trance. „Gefallene Soldaten werden damit regelmäßig in den Kumys-Anstalten in Samara wieder zum Leben erweckt. Beim Vergären entsteht Alkohol, und der beflügelt die Kraftlosen. Nicht das Milcheiweiß, wie europäische Mütter denken. Deshalb stirbt Matildas Garde nie aus. Auch ein Einfall Wittes."

Kamele wirbelten Sand und Staub auf. Ziegenherden. Schafe. Carolina war verwirrt. Sah nichts mehr. Sie suchte vor dem Zugfenster vergeblich Hirten und Bauern.

„Aber", wandte sie ein, sie hatte sich nämlich beim Zugführer erkundigt, „*die russische Militärbedeckung ist doch mehr traditionshalber da.*"

Chinesische Arbeiter besserten, nur einen bunten Lappen um die Hüfte geschlungen, Gleise aus, schütteten neue Dämme auf. Unter der sengenden Sonne befestigten sie lotterig gewordene Schwellen. Zu Hunderten zusammengetrieben *in kurzen Zwischenräumen,* hielt Carolina sofort im Wachstuchheft im Schoß fest. Sie verstand die Zusammenhänge nicht. Die Waggons verhielten sich seit der Grenze ruhiger. Das chinesische Ungetüm an der Spitze hatte Wasser getankt und schien zufrieden. Die Tinte im Heft war leserlich geworden.

Die Missionarin murmelte noch ein undeutliches „*... may the Lord ... our daily boiled teawater ...*“, warf ein großes anglikanisches Kreuz über den eigenen Oberkörper, schlug die Augen auf und prüfte umgehend die elektrische Einrichtung. Das Wasser kochte. Wie immer rechtzeitig. Über dem künstlichen Feuer.

„Man sagt ... “, nach dem Gebet wurde Mrs. Rattay redselig, „... die chinesischen Herrscher seien immer schon verspielt und abergläubisch gewesen.“

„Nur weil der jetzige Kaiser noch ein Kind ist?“

Carolina zerbröselte das Drachenbrunnenteekraut zwischen Daumen und Zeigefinger über dem Kessel. Die Scham brannte noch auf ihren Wangen. In Chorchonte hatte sie sich gestern die Füße auf dem Bahnhofsvorplatz vertreten und ein Säckchen vom besten Grüntee erstanden. Das durstige Ungetüm musste getränkt werden. Das technische Begleitpersonal klopfte währenddessen die Fahrgestelle der Waggons mit Eisenstangen ab. Eine langwierige Prozedur. Die Männer in den schmutzigen Uniformen behaupteten, am Ton Risse in den Radreifen erkennen zu können. Die Klopftöne gingen im wilden Marktgeschrei auf dem Platz unter. Chinesische Gemüseweiber umringten die Reisenden und schnatterten Unverständliches. Fetzen von Strohhüten hingen ihnen in die Stirn. Manche trugen verbogene Regenschirmgestelle mit aufgeplatztem buntem Gloriastoff. Alle redeten in einem fort. Die zahnlose Alte wollte für das Teekraut einen halben Rubel haben. Carolina drückte ihn ihr ohne Widerrede in die runzlige Hand. Zum Dank griff diese in ihr helles Haar, rupfte und zerrte vergnügt daran. Carolinas Backenzahn spie Feuer. Wie ein Vulkan. Angesichts dieser unerhörten Berührung. Sie unterdrückte einen Schrei und floh ins Abteil zurück. Beobachtet von unzähligen Augenpaaren. Auch Mrs. Rattay verfolgte jede Bewegung ihrer Reisegefährtin. Sie hatte die Hälfte des halben Rubels an das Kraut gegeben. Carolina schwitzte.

„Sie fürchten sich vor blitzblanken Eisenbahnschienen!" Mrs. Rattay blickte triumphierend aus dem Fenster. „Wer?" Carolina sah nur Eintönigkeit vorüberschnellen. „Die Palastbewohner, aber davon hat der Vierjährige noch keine Ahnung. Seine Berater sind Konfuziusschüler und arbeiten im Dienste der toten Ahnen. Sie fürchten die bösen Geister, obwohl sie überzeugt sind, dass diese dumm sind und nur geradeaus laufen können."

Böse Geister sind keine Feldhasen. Sie kennen keine Angst und schlagen keine Haken. Deshalb sind Brücken, Hauseingänge und Straßen überall im Kaiserreich verwinkelt angelegt. Die Geister finden so die Wege nicht über das Wasser oder in die Wohnhäuser hinein. Die Geometrie schützt Menschen, Tiere und Kinder. In der Nacht glänzende Eisenbahnschienen hingegen locken die bösen Geister der ganzen Erde an, denn sie führen geradewegs in das Reich der Mitte. Über den Sungari. In die Stadt Harbin, den Umsteigebahnhof. Von dort schlittern sie kichernd in alle Himmelsrichtungen weiter. Chinesische Geomantiker wollen schon Geister aus Portugal gesichtet haben, vom Cabo da Roca oder *Promontorium Magnum,* dem windigen Felsvorsprung, den sogar die alten Römer fürchteten.

„Die Taoisten“, fuhr die englische Missionarin fort, „lamentierten in den Tempeln im Rauch von Hunderttausend schwelenden, die Schleimhäute ätzenden Räucherstäbchen. Das *feng shui* im ganzen Reich würde verdorben durch die Eisenbahnstrecke von Chita nach Wladiwostok. Die Gräber aller kaiserlichen Dynastien in der Mandschurei würden geschändet. Vergeblich!“

Carolina goss sprudelndes Wasser über das Kraut. „Waren Sie denn heute früh schon wieder zur Predigt?“ Duft vom ersten Emmentaler Heu verbreitete sich plötzlich im Coupé. Carolina fasste wieder Mut. Sie war im Jahr des Pferdes geboren, hatte ihr der in Irekte zugestiegene chinesische Großhändler erklärt. Dort war eine zusätzliche Lokomotive angekoppelt worden, sodass sich der Aufenthalt am Bahnhof hinzog. Seither fauchten zwei Ungetüme vor dem Zug. Sie schleppten das schwere Gliedertier über die drei Kehren auf das Khingangebirge hinauf. Und Pferde, hatte der Chinese ihr versichert, seien ehrgeizig und hätten einen ausgesprochenen Unabhängigkeitsdrang. „Die Amur-Bahn wäre technisch viel schwieriger zu bauen gewesen“, sagte Carolina, während Mrs. Rattay Tee eingoss. „Die Mandelsteinfelsen sind härter als Granit und im Boden sitzt der Permafrost. Außerdem ist allgemein bekannt, wie bereitwillig Li Hongzhang Wittes Bestechungsgelder in Reissäcken versteckt über den Ural nach Peking trug!“ Mrs. Rattay musste mehrmals heftig niesen. Das Heu im Drachenbrunnen kitzelte. „Ja, dieser Li war ein Tausendsassa!“, rief sie begeistert. „Ihm gelang es sogar, die teuflische Kaiserinwitwe Ci Xi zu täuschen. Sie wissen doch, Miss Caroline, dass die chinesischen Geschichtsschreiber, wenn es um die Macht der Frauen geht, am liebsten schweigen. Ci Xi ließ nicht nur ihren eigenen Sohn ermorden, sondern auch dessen amtliche Mutter, die Stiefmutter, die unglückliche Hauptfrau des Kaisers, die keine Kinder bekommen konnte. Und vielleicht sogar den Kaiser selbst! Diese machtbesessene Konkubine war die Tochter eines minderen mandschurischen Beamten. Lan war sein Name. Lan war so arm, dass er seinen Kindern keine Namen geben konnte. Er nummerierte sie bloß. Ci Xi hieß eigentlich Lan Er, Lan zwei, das zweite Kind von Lan. Können Sie sich so etwas vorstellen, Miss Caroline?“

„Kinderreichtum ist auch ein Reichtum!“, murmelte Carolina ohne Überzeugung. Wieder schoss Hitze in ihr Gesicht. In die Oberarme. In die Brust. Der Zahn tobte. Der Eichmeister Meciszewski hatte in Paia die Zuckerwaagen und die Gewichte unter sich. Die Erinnerung an Mira schmerzte. Sie, Carolina, war im April geboren. Im Jahr des Pferdes. An einem Ort, wo man von solchen Dingen keine Ahnung hatte. Wo es gar keine Eisenbahnschienen gab. Sie war die jüngste Tochter des Bodenueli! Er verbrachte die kalten Winter im Wald. Seiner jüngsten Tochter aber gab er drei Vornamen.

Mrs. Rattay kostete von dem durchsichtigen Tee. „Excellent, my dear, excellent!“, entfuhr ihr unkontrolliert ein Lob. Carolina fächelte sich mit dem Wachstuchheft Luft zu.

„Denken Sie nur, Miss Caroline, Lan zwei hielt, nachdem sie dem Kaiser den Thronfolger geboren hatte, die Reichsgeschäfte fast ein halbes Jahrhundert in ihren Händen! In den offiziellen

Geschichtsbüchern wird das verschwiegen, vertuscht. Im Alter krönte sie ihren Neffen und zog sich in die Provinz zurück. Aber lange hielt sie es dort nicht aus. Denn nachdem der Neffe den Krieg gegen Japan verloren hatte, musste sie, die mürrische Tante, für Ordnung sorgen. Resolut! Sie stellte den Kaiser, ihren Neffen, unter Hausarrest. Verhinderte seine Reformen. Unterstützte den Boxeraufstand. Verschleuderte den Staatsschatz. Am Tag, an dem sich der Tod endlich auch an sie heranwagte, im November 1908, erließ sie in der Früh ihr letztes Dekret: Zuerst musste der Neffe vergiftet werden, dann würde auch sie einwilligen, zu sterben. Der Tod zeigte sich kooperativ. Übrig blieb ein einziger männlicher Spross, der Säugling, der keine Träume hat. Bis heute nicht."

In Carolina regte sich Widerspruch. „Niemand weiß, wer Träume hat und wer sie nur verschweigt." Das Pferd verträgt keine Einsamkeit. Es versteht sich gut mit der Ziege. Der Schmerz sitzt im Zahn. Der Offizier aus Wadowice war ein Affe. Mira kam im Jahr des Drachen auf die Welt. Davon weiß der Affe aus Wadowice bis heute nichts. Der Schmerz, der vom Zahn ausging, besetzte das ganze Hirn. Der Affe, hatte ihr der chinesische Großhändler im Aussichtswaggon erklärt, sei das launenhafteste aller Mondzeichen.

„Ci Xi hatte Träume, laute, große, helle. Sie ließ eine Miniaturkriegsflotte aus Marmor in die Teiche des Sommerpalastes ausschwärmen. In ihrem Schlafgemach brannte die erste Glühbirne Chinas. Tag und Nacht. Bis sie platzte."

Einhalt gebot am Abend die Stadt Harbin. Eine Stunde Ausgang. Aussteigen. Umsteigen. Einsteigen. Solveig kam lachend ins Coupé zurück, um sich zu verabschieden. Sie hatte die letzten Stunden, Tage, Grenzen im Bad beim Lesen verbracht. Es war ihr gelungen, alle Bücher der Bordbibliothek durchzulesen. Gepäck besaß sie keines. Der Abschied fiel deshalb leicht. Es musste nichts an der bisherigen Ordnung verändert werden. Es musste kein einziges Gepäckstück verrückt, keine Tasche herausgezogen, kein Köfferchen verschoben werden. Solveig drückte reihum Hände und verließ das Coupé. Die drei Zurückbleibenden, Mrs. Rattay, Señora Fajfar und Carolina, winkten ihr durch das offene Abteilfenster nach. Auf dem Bahnsteig hielt Solveig den Geigenkasten in der Hand. Der Direktor der Ätnabank stand mit seinen Koffern neben ihr. Im Geigenkasten lag nicht nur die Giacometta aus dem Familienbesitz, sondern auch Kennans Nomadenbericht. Solveig hatte ihn aus der Zugbibliothek gestohlen. Die linke Schulter des Bankdirektors berührte die rechte Schulter der Verlobten des Papierfabrikdirektors. Sie verschwanden, verfolgt von drei ungläubigen Augenpaaren, gemeinsam im lauten Treiben vor dem Stationsgebäude. In Dalny wird der Sizilianer Solveig Klavierunterricht erteilen. Im Pianinosaal der Musikschule. Erst wenn sie zusammen die „Sechs Stücke zu zwei Händen“ spielen können, ohne aus dem Takt zu fallen, werden sie ihre Reise getrennt fortsetzen. Er wird den ersten Geschäftserfolg an die Hausbank in Catania telegrafieren. Und sie wird mit vier Monaten Verspätung Shanghai erreichen, zum Neujahrsfest des Hundes, am 30. Januar 1911. Das Rentier wird weinen vor Glück.

„Endlich Ruhe!“ Dies waren Señora Fajfars erste Worte seit Tagen. Sie hatte sich zurückgezogen, war nicht mehr zu den

Mahlzeiten in den Speisewagen mitgewandert. Obwohl das Ungetüm in der Mandschurei ruhiger fuhr. Die glänzenden Schienen schlugen keine Haken mehr. Niemand stolperte mehr auf dem Weg zum Speisewagen. Keine Tinte spritzte mehr im Abteil. Schienen und Schwellen lagen im Kaiserreich auf kräftigen und stoßsicheren Bettungen. Die bösen Geister durften nicht unnötig gereizt werden. Señora Fajfar hatte auf feste Nahrungsaufnahme verzichtet, solange dabei Magen und Darm mit unharmonischen Geräuschen drangsaliert wurden. Die sizilianische Frohnatur fand sie unerträglich. Wer überglücklich sei, schimpfte sie, sollte es gefälligst für sich behalten. Sie wusste schließlich, wovon sie sprach. Ihre aufgewühlten inneren Organe beruhigte sie mit absoluter Abstinenz.

Nachdem auch sie den Coupé-Nachbarn mit den Koffern hatte aussteigen sehen, trabte sie sofort zum Speisewagen. Federleicht. Die Wasserkur hatte ihr viel Schweres abgenommen. Das Ungetüm würde in Harbin noch mindestens 57 Minuten am Bahnhof stehen bleiben. Señora Fajfar hatte keinen Hunger. Die Köchin kaufte ein. Verhandelte mit den Sojabauern den Tagespreis für frisches Futtergras. Einen ganzen Eisenbahnwaggon voll Grünzeug verlangten die fünf Wiederkäuer. Die mandschurischen Bauern akzeptierten nur Opium als Zahlungsmittel. Die Reise würde nicht ohne die Köchin und nicht ohne das frische Futter für die Milchkühe weitergehen können. Der Frühstückskellner schlief an seinem Fensterplatz. Der Kopf war ihm auf die Brust gesunken. Señora Fajfar schrie ihm ins Ohr, sie verlange ab sofort ein Musizierverbot vor, während und nach den Mahlzeiten im Speisewagen. Der russische Kellner schreckte hoch und hob beschwichtigend die Hände. In Señora Fajfars Augen loderten alle sibirischen Waldbrände, die sie unterwegs gesehen hatte. Der Pianist habe sich doch heute früh verabschiedet. Und ihm, übrigens, ein großzügiges Trinkgeld zugeschoben. Sein heiseres Flüstern hing am Ohr der Spanierin. Ihr wurde schwindlig. Die zusteigenden Chinesen, fuhr der Russe trocken fort und richtete sich langsam auf, würden in separaten Waggons untergebracht. Der unangenehmen Ausdünstungen wegen. Außerdem könne er sie beruhigen, weder ein Ginseng-Sucher noch ein Opium-Händler würde ein weißes Pianino anrühren. Señora Fajfar schluckte leer. Und warum nicht?

Der Frühstückskellner stand nun aufrecht vor Señora Fajfar. Er schwieg eine Weile und betrachtete sein zerknittertes Hemd.

„Weiß ist in China die Farbe des Todes, der Trauer, wussten Sie das nicht?"

Señora Fajfar schüttelte den Kopf.

„Weiß ist schlecht für jedes Geschäft, vom Stuhlgang bis zum Phoenix-und-Drachen-Spiel." Dann besann er sich plötzlich: „Was wollen Sie hier? Der Speisewagen ist geschlossen!"

Señora Fajfar wanderte durch den stehenden Zug zurück in ihr Abteil. Carolina und Mrs. Rattay tranken Tee. Die Spanierin beteiligte sich zum ersten Mal am Gespräch. Sie wollte wissen, wer Matilda sei.

Mrs. Rattay stockte der Atem.

Carolina sprang ihr schnell bei: „Wittes Ehefrau!"

Señora Fajfar gab sich noch nicht zufrieden. Warum denn die Kosaken, die in der Mandschurei ihres Wissens nichts zu suchen hätten, eine Spezialeinheit bildeten, die nach der Frau des russischen Finanzministers benannt sei – die Matilde-Garde?

Weder Mrs. Rattay noch Carolina wussten eine Antwort. Zum Glück wurden sie abgelenkt. Der Zug bereitete sich auf die Weiterfahrt vor. Hinter den Speisewagen wurde ein zusätzlicher Waggon, der Frischgraswagen, als Auslaufweide für die fünf Kühe angehängt. Die zwängten sich nun eine nach der anderen durch den Harmonikaverschluss. Das Ungetüm nahm grollend seine Arbeit wieder auf und stieß heiße Dampfschwaden in den Himmel. Zahnlose Bauern bewachten auf dem Bahnhofsvorplatz das ergatterte Opium. Ruckend fuhr die Lokomotive an. Und zog alle Waggons aus dem Bahnhof heraus. Als letzten den mit den glücklichen Kühen.

Morgen würden sie frische Milch zum Frühstück bekommen, freute sich Carolina und klappte das Wachstuchheft zu. Señora Fajfar summte leise vor sich hin und schloss die Augen. Niemand hörte das aus dem Rhythmus gefallene Stoßgebet der Missionarin: Witte sei Dank für frische Milch auf der Strecke. Witte sei Dank für die Wut im Bauch. Witte sei Dank für das Loch im Kopf. Witte sei Dank für das Gift in der Seele. Witte sei Dank für den Dorn in den Augen. Witte sei Dank für den Groll in den Ohren. Witte sei Dank für den Ball in der Faust. Witte sei Dank für den Fuß im Dreck. Witte sei Dank für Mangel und Trug! Ihre Hand fuhr mit dem anglikanischen Abendsegen aus dem offenen Fenster in den Fahrtwind. Das Feuer des Morgens schwelte über der Steppe. Menschenunmögliches vollbringen nur kranke Kreaturen. Konsequent über Jahre verordneter Liebesentzug, Vertrauensentzug,

Beziehungsentzug weckten in Witte diese *wütende Sehnsucht nach Ordnung*. Zeitlebens litt seine arme Seele darunter, dass die Mutter ihm die Brust vorenthielt. Dass die Warzen nach der schweren Geburt entzündet waren, hatte ihm nie jemand gesagt. Wittes Verwundung griff so tief, dass sie eine Schneise schlug quer durch Sibirien und die Mandschurei. Dass sie durch unwirtliches, feindliches Gebiet Eisenbahnschienen bettete. An der teuflischen Kaiserinwitwe Ci Xi vorbei. Am korrupten Li Hongzhang vorbei. Bis ins Goldene Horn am Stillen Ozean.

*****

François fischt trudelnde Teigtaschen aus dem Salzwasser. Noch gibt es saubere Teller. Auf dem kleinen Küchentisch. Den Bigos servieren wir zuletzt. Nach der Mitternachtsmesse. Zum Aufwärmen. Morgens um vier. Die Kirche ist nicht geheizt. Auch die Geburt Christi war schwer. Kalte Hände sind zum Gebet gefaltet. Die Buben machen ihr Nachmittagsnickerchen unter dem Weihnachtsbaum. Die Zeit ist überdreht. Das Tageslicht zurückgekehrt. Der Winter eisig. Ich hole die Szarlotka aus dem Ofen. Herbstgebräunt. Die Liebesschleifen sind aufgegangen. Ich bestäube sie mit Mohn und Puderzucker. Hochzeitsschwarzweiß. Mutter hat sich für einen Moment auf mein Bett gelegt und atmet gleichmäßig. Neben dem Bett liegt mein Weihnachtsgeschenk.

Ich stehe mit François im Dampf der Küche. Ich schneide mit der Gewürzschere die Schnittlauchsträhnen kurz und klein. Schnipp, schnipp, schnipp. Das Grün rieselt über die ungefüllten Faulenzerpierogi.

„Wir brauchen noch mehr Schüsseln", ermahne ich meinen Mann, „und ein Töpfchen für die saure Sahne."

„Ist alles da, Irène", beruhigt er mich. „Du weißt, das ist mein Lieblingsgang."

In der Tat. Sein Lieblingsgang. Weil die Pierogi angeblich nach Napoleons Kopfbedeckung geformt werden, hat er den Teig selbst geknetet, selbst zu einer Kugel gerollt, selbst ruhen lassen. Die Kinderclowns spielen im Traum mit Krokodilstränen Fußball und die Schwiegermutter schnarcht leise. Genau zwanzig Minuten lang. François mischt drei verschiedene Füllungen. Drückt mit der Gabel gesüßten Weißkäse in den Rest

Stampfkartoffeln. Salz und Rosinen. Für die russischen. Für belle mère. Für die Ostwehkranke. Original Lemberger Art. Süße Kartoffelquarkpierogi. Dann dünstet er Pilze, mahlt Muskat, schlägt Eier. Pfeffert Sauerkraut. Schneidet einen Winterapfel hinein. Entfernt das Lorbeerblatt, es könnte die Speiseröhre aufkratzen. Rollt den ausgeruhten Teig aus. Sticht mit einem leeren Wasserglas Kreise aus. Ordnet sie geometrisch an. Ich stehe in der Küchentür. Beobachte aus sicherer Entfernung. François verteilt die Füllung auf die Teigrondells. Jeweils ein gehäuftes Teelöffelchen voll. Eine kleine Erhebung. Die Teigreste fegt er zusammen. Knetet und rollt sie in der Faust. Klopft sie auf der Anrichte flach. Rollt nochmals aus. Er ist richtig gut! Denke ich. Immer mehr Kreisrundes. Immer mehr Geometrie. Berg auf Land. Land auf Berg. Links liegen die Pilzreihen, in der Mitte Krautreihen und rechts die Lemberger Zuckersüßen. Immer mehr Systematik. Die Faulenzerpierogi sind die Ersten. Warten, ruhig gestellt, im Ofen. Mein französischer Ehemann klappt den Teig über den Buckeln zusammen, drückt die Ränder mit mehlbestäubten Fingern fest. Behauptet, dies seien Dreispitze. Napoleonhüte. Wirft sie ins kochende Wasser. Wartet, bis sie an die Oberfläche wirbeln. Was nicht steigt, fällt. Geht unter. Stirbt. Die Teigränder haften, verkleben. In der Hitze aufgegangene Stärke bindet. Hält die Füllung fest. Das Herz. Die Seele. Unvermittelt stelle ich die wichtigste Frage: „Lieben wir uns?" Weihnachtsüberraschungen. Bunte Einwickelpapiere. François winkt ab. Dafür sei jetzt wirklich keine Zeit. Die Welt in der Küche muss von links nach rechts abgearbeitet werden. Zuerst die Pilzdreimaster, dann Sauerkraut mit Winterapfel, zuletzt kartoffelsüßer Quark. Mit Löcherlöffeln herausgeholt, auf verschiedenfarbige Schüsseln verteilt, mit verschieden gekräuseltem Grünzeug bestreut. Dill, Petersilie, Lauch. Butterflöckchen. Reiseröckchen. Scherenschnittchen. Die Geburtstagskinder tappen verschlafen in den Flur. Auch Mutter hat alles vergessen. Auf ihr Kurzzeitgedächtnis ist immer Verlass. Sie setzt sich an den Tisch. Streicht die gelbe Bluse glatt. Mit der Gabel sticht sie den ersten russischen Pieróg an. Der Teig ist weich und geschmeidig. Gibt sofort nach. Zwischen den künstlichen Zähnen. Auf ihrer Zunge zerfließt die süße Füllung. „Oh, c'est vraiment délicieux … aber du irrst dich, mein lieber François", erklärt sie aufgeräumt. „Unsere Pierogi haben nichts mit Napoleons Hut zu tun. Nichts mit der Zahl drei. Nichts mit Spitzen oder Zipfeln. Nichts mit einer Winterkopfbedeckung. Unsere Pierogi sind ein sprachliches Phänomen. Sie bestehen aus einem urslawischen Wortstammrest: *pir* – das Festgelage. Mit suffixalem *r*. Und nicht mit der Endung *róg* – wie Horn oder Ecke. Sondern -óg, -ogi …"

„… ugg, ogi. Ugg, ogi. Ugg, ogi …", die Zirkusclowns üben Schluckauf.

François ist perplex. Ich tröste ihn: „Sie unterrichtete historische Grammatik. Direkt nach dem Krieg. In Krakau. Die Menschen wollten lernen." Und er antwortet endlich auf meine Frage: „On aime les détails, Irène, ça suffit."

* * * * *

Dann stand der Zug mit einem Mal still. Sie waren angekommen! Niemand rührte sich. Alle blieben starr vor Überraschung sitzen. Mit geradem Rücken. Die letzten verstohlenen Blicke verliefen sich im Sande. Das Rattern war versiegt. Die Bewegung, das Schaukeln, das Schwanken, der stolpernde Boden, die hastenden Landschaften, fliehenden Berge, endlosen Wiesen, verdorrten Felder – plötzlich vorbei. Abgestellt. Der Drehmechanismus. Das Korn gedroschen. Der Hahn zu. Die zweiachsigen gedeckten Wagen eingelenkt. Der Kessel zischte ein letztes Mal. Die Rohre des Kühlwagens spuckten noch einmal Dampfstöße in den Himmel. Die Maschine atmete auf und alles war ruhig. Dann ein durchdringender Pfiff am Perron. Der Bahnhof verkündete triumphierend die pünktliche Ankunft des Zuges. Ein unmissverständliches Signal für die Reisenden. Endstation! Die Zeiger der runden Uhr unter dem Gewölbe standen auf 7 Uhr 5. Bitte alle aussteigen! Niemand wusste, ob es Abend war oder Morgen. Alle waren aus der Zeit gefallen und mussten jetzt gehen. Jeder seines eigenen Weges. Die Fahrt war zu Ende. Sie fingen unwillig an, die Gepäckstücke aus den Netzen herunterzuholen. Versuchten, alles an eine Hand zu bekommen. Die Kinder. Die Finger. Die Fragen. Das Aussteigen war umständlich. Die Taschen sperrig. Die Türöffnungen eng. Die Tritte hoch. Die Beine steif. Helfende Hände fehlten. Alle hatten sich an die schlechte Luft in den Coupés gewöhnt. An die begrenzte, fahrende Welt. Kohlenstaub und Schweiß stachen in die Nasen. Wechselnde Szenen zogen vor den Augen vorbei. Auf dem Bahnsteig, im salzigen, auflandigen Wind von der Bucht, verloren sie sich, als sei gar nichts gewesen, schnell aus den Augen. Wie der heiße Wasserdampf. Lösten sich die Reisenden in Nichts auf. Nicht einmal ein Kondensstreifen am Himmel blieb.

Auch die bösen Geister waren verstört. Sie irrten im Kopfbahnhof herum. Das abrupte Ende der Eisenbahnschienen am Goldenen Horn überrumpelte auch sie und warf sie aus der Bahn. An einer einfachen Kehrschleife. Es blieb ihnen nichts anderes übrig, als sich zurückrangieren zu lassen. Wie alle Waggons des Schlafwagenzuges folgten auch die bösen Geister dem Einfahrgleis, dem Richtungsgleis, dem Ausfahrgleis. Sie vollzogen eine Kehrtwendung. Genau an der Stelle, an der einst der Zarensohn die chinesische Schubkarre voll russischer Erde aufgeschüttet hatte. Damit begann der Bau des Eisenbahndamms. Mit einer Schubkarre voller Erde. Wittes Schneise durch Sibirien. Der Erdwall. Die schlechten Schotterbettungen. Tatraholzschwellen, die auf Tausenden von Kilometern befestigt werden mussten. Niemand durfte die Stelle, auf der Zarewitsch Nikolaj damals stand, betreten. Weder Mensch noch Tier noch Geist. Das Goldene Horn. Entweder reiste man von der Seeseite an oder von der Landseite. Um das Goldene Horn musste immer ein Bogen gemacht werden. Das Kehrende. Zu Fuß. Oder mit der ersten Elektrischen. Auf Hundeschlitten. Wittes Bahndamm wurde von drei Enden her durch das kalte Land aufgeschüttet. Die Wange des Zarewitsch war für immer gezeichnet. Er war durch den ganzen Orient gereist, hatte seinen Geist an den ältesten Kulturstätten gesättigt, seine Sinne für *fremde Individualitäten* geschärft. Das berichtete sein persönlicher Sekretär, Fürst

Uchtomskij, an den Hof. *Die Wundergebiete Griechenlands und Ägyptens, Vorder- und Hinterindiens waren an seinen Blicken vorübergezogen. Japan hatte alle seine Schätze vor ihm ausgebreitet und es war eine beschlossene Sache, einen Abstecher nach China zu unternehmen und dann die Heimreise über Amerika anzutreten.* Wenige Tage vor dem symbolischen Akt am Goldenen Horn traf den Zarensohn in Otsu der Säbelhieb eines japanischen Fanatikers. Eines Fremdenhassers. Der tötete nicht, zeichnete bloß. Für das ganze Leben und alle Geschichtsbücher. Zwar gerann das Blut, heilte die Wunde. Aber die Narbe blieb. Nach dem missglückten Attentat ordnete der Zar die Rückkehr in den Winterpalast an. Auf dem schnellsten Wege. Dieser führte, wollte man Nikolaj nicht weiteren Gefahren auf feindlichem Gebiet aussetzen, auf dem Landweg quer durch Sibirien. Der Himmel zeigte sich gnädig, es war Mai und die Flüsse bereits eisfrei. Das Tauwasser vom Werchojansker Becken ließ die Sungacha, den Ussurij, den Amur, ja sogar die Schilka dermaßen anschwellen, dass der Großfürst seinen Dampfer bis Nerchinsk nicht mehr verlassen musste. Die windgepeitschten Landstriche um Bagatai und Onjakon meiden alle Singvögel, auch die Zwergbrachvögel, man weiß nicht, warum. Tagelang war kein Ton zu hören. Nach zehn Wochen traf der Thronfolger wohlbehalten in Petersburg ein. Heute rangieren über die Ordnungsgleise die Dampflokomotiven mit ihrem langgliedrigen Gefolge. Rollen ihre Zeit zurück. Durch die Mandschurei. Über den Ural. Nach Europa. An den Patriarchenteichen vorbei geradewegs in den Kreml hinein. Vor Nikolaj hatte kein Romanow je seinen Fuß auf sibirischen Boden gesetzt. Im Winterpalast bereitete man sich auf die Feierlichkeiten zum dreihundertjährigen Thronjubiläum vor. Noch verbrachten die Herrscher der Welt traumlose Nächte. Die Windpocken des Kinderkaisers in der Verbotenen Stadt waren noch nicht ausgebrochen.

Carolina verließ den Zug am Kopfbahnhof. Ihre Reise war noch nicht zu Ende. Sie musste auf die andere Seite der Bucht gelangen, zur Dampferanlegestelle auf der Halbinsel Tschurkin. Die Schuhe hatte sie noch vor der Ankunft poliert und wieder zugeschnürt. Zielstrebig ging sie in Richtung Swetlanskaja. Sie wollte, während das Großgepäck aus dem Gepäckwaggon abgeladen wurde, bei Kunst & Albers einen Regenschirm kaufen. Zweifel kamen ihr nun keine mehr. Der Zugführer hatte berichtet, dass in Tokio zur Zeit starker Monsunregen fiel. Carolina hatte Anfang des Monats im Hamburger Abendblatt gelesen, dass am Goldenen Horn ein neues dreistöckiges Warenhaus eröffnet worden war. Es solle, wurde vermeldet, fußbodengeheizt und elektrisch beleuchtet sein, Tag und Nacht. Eine gusseiserne Treppe führe bis unter das verglaste Dach. Carolina wollte sich in der Drogenabteilung ein Schmerzmittel verschreiben lassen. Jeder verstand hier ihre Sprache. Zur Not würde sie dem Apotheker Lamprecht in Hochdeutsch ihren Zahnschmerz erklären. Sie hatte keine Zeit mehr zu verlieren. Die „Pultawa“ wartete drüben. Sie brauchte Proviant für die zweitägige Überfahrt über das Japanische Meer. Die Mahlzeiten an Bord des russischen Dampfers waren ihr zu teuer. Und wer konnte ahnen, ob nicht auf dem Speisedeck musikalische Intermezzi geboten würden. Carolina musste dringend ihre Gedanken ordnen. Auch bei unruhiger See. Getrocknetes Bündnerfleisch von Calgher Conrad gehöre zum Sortiment von Kunst & Albers, hatte ihr die Köchin im Speisewagen beim letzten Frühstück verraten. Carolina drückte den Hut fester in die Stirn. Der scharfe Seewind trieb ihr das Wasser in die Augen. Auch Geigen, Balalaikas und Grammophone solle das Hamburger Handelshaus hier am Ende der Welt verkaufen. Die Conrads betrieben seit fünf Jahren eine Hirschfarm auf der Halbinsel Pestschanyj. Zuchtstiere aus Nordfriesland besorgte ihnen der Kaufhauschef Dattan persönlich. Carolina trocknete die Augen und trat durch die Glastüre.

Der kleine Taschenglobus war vor dem Aussteigen unvermutet wieder zum Vorschein gekommen. Sie hatte ihn während der ganzen Eisenbahnfahrt nie vermisst. Das Wachstuchheft verlangte nicht nach ihm. Er war unter die Klappen gerollt, die das Bett bildeten. Der Schlafwagenschaffner hatte frühzeitig angefangen, die Coupés aufzuräumen und die zaudernden Damen zu verscheuchen. Der Zug würde über die Kehrschlaufe gleich wieder zurückfahren. Die Rückreisenden brauchten frische Bettwäsche! Also trugen sie die Teekochmaschine in den Aussichtswaggon und tranken dort den letzten grünen Tee zu dritt. Señora Fajfar hatte heißes Wasser für alle spendiert. Vor den Fenstern formierten sich Trauerseeschwalben zum Flug über den Suifen. Wermut wucherte auf den schlammigen Uferwiesen, Sumpfranunkel und Kopfklee. In solchen Mengen, dass Mrs. Rattay für einen kurzen Moment glaubte, ein englisches Kleefeld vorüberziehen zu sehen. Sie führte eine ganze Wagenladung Bibeln und religiöser Traktate mit.

Erzählte sie plötzlich, als wolle sie ihr Gewissen zum Schluss doch noch erleichtern. Die würde sie in der Diomed-Bucht auf einen Hafenschlepper verladen lassen, der sich zu Weihnachten und Neujahr auch als Eisbrecher bewähren müsse. Die Schriften werde sie in der ganzen Freihandelszone vom Wasser und Eis aus verteilen, von der Posjet-Bucht bis zum Tatarensund. An Koreaner, Chinesen, Russen, Japaner, Sträflinge, Verbannte. An die Raskolniki, die Nikons Reformen seit über dreihundert Jahren als Werk des Teufels ablehnten und sich weiterhin nur mit zwei Fingern bekreuzigten und nur zweimal hintereinander Alleluja sängen. Dafür aber sich vor den Ikonen der Länge nach auf den Boden warfen. Aber auch an Anarchisten, Gottlose, Minenarbeiter, Daktylographen, Telegraphisten, Ladenbesitzer, Parlographenverschrifterinnen, Holzfäller, Saisonbauern und Flüchtlinge. Im späten Frühjahr würde sie dann auf den Tauwasser führenden Flüssen durch die Tundra nach Europa zurückkehren.

Señora Fajfar schnaubte. Warum sie die Menschen im Winter nicht einfach in Frieden lassen könne? Heilige Schriften wärmten keine Füße, außer sie verschwänden als Brennmaterial in den Feueröfen. Warum sie um die halbe Welt fahre, um die Gesinnung anderer umzukrempeln? Gewissensbisse zu schüren und Skrupel zu wecken. Wo da die Nächstenliebe bleibe? Ihr, Mrs. Rattay, fehle es an Respekt und Toleranz, sie sei mit ihren Teegebeten anmaßend und dünkelhaft. Was sie gegen Altgläubige, Mennoniten oder Baptisten habe? Was gegen polnische Zuckerrübenanbauer oder calvinistische Hirschzüchter? Die der Zar mit leeren Versprechungen an dieses kalte Ende der Welt gelockt hatte. Wie die Hamburger

Lutheraner. Die weder Alkohol tränken noch Zigarren oder Opium rauchten. Manche sprächen in einer Sprache, die kein Mensch hier verstand. Aber sie bauten solide Häuser, mit den sogenannten „deutschen Ecken“, die auch dem schärfsten Eiswind trotzten. Das Wirtschaftshaus der Conrads beispielsweise sei das einzige nicht aus Holz erbaute Gebäude auf dem ganzen Festland rund um die Amur-Bucht. Und während der kurzen Sommermonate gewönnen diese angeblich vom richtigen Glauben abgefallenen Bauern und Mütter dem kargen Boden mehr Gemüse, Soja oder Sorghum ab als alle dem Zaren treu und faul ergebenen Kosaken zusammen.

„Dieses ganze Gebiet“, wandte Carolina ein, „gehörte doch vor einem halben Jahrhundert noch den Chinesen.“ Sie waren kurz nach Mitternacht wieder ins Zarenreich vorgestoßen. An der Grenzstation in den Bergen nordwestlich von Nikolsk, die Grenze hieß *Pograničnaja*. Carolina hatte sich den Namen von dem Beamten, der ihre Pässe stempelte, in lateinischen Buchstaben ins Wachstuchheft schreiben lassen. Der tat es gelangweilt. Das machte ihr nichts aus. Sie brauchte ein letztes Wort. „In der Bucht“, fuhr das chinesische Pferd in ihr ungeduldig fort, „in der Sie, Mrs. Rattay, morgen früh noch vor Sonnenaufgang englische Bibeln aussetzen wollen, fangen chinesische Händler mit ihren Netzen Trepang. Das sind eklige braune Würmer. Die Europäer nennen sie Seegurken, obwohl es Tiere sind, die im Sommersalat nichts zu suchen haben. Die Chinesen nennen sie *haishen*. Diese glitschigen, feuchten Dinger können mehrere Meter lang wachsen. Die Fischer zerhacken sie jeweils an Ort und Stelle mit einem scharfen Beil, einem entschlossenen Hieb in mundgerechte

Teile. Denn Seegurken sind es gewohnt, zu entkommen. Die Fischersfrauen hängen sie in die Kamine ihrer Hütten, wo sie monatelang trocknen. Später legen sie sie wieder ein, in Suppen oder Saucen. Weichen sie auf. Servieren sie ihren Männern. Es gibt nichts Wirkungsvolleres, um die Potenz zu steigern, als Haishen. Seien Sie also auf der Hut, Mrs. Rattay!"

Die Missionarin warf ein großes Stück Zucker in ihre Teetasse und wechselte das Thema: „Miss Carolina, woher wissen Sie eigentlich, dass der Zarewitsch damals eine chinesische Lastenschubkarre benützte?"

Der Zugführer betrat den Aussichtswaggon und gab bekannt, dass in fünfunddreißig Minuten fahrplanmäßig der Endbahnhof erreicht würde, die Damen mögen sich in ihr Abteil zurückbegeben und ihre Handtaschen packen. Mrs. Rattay jammerte, dass sie gerade erst damit begonnen habe, ihren Tee zu süßen. Der harte russische Zucker löse sich doch erst nach Stunden auf. Der Russe riet ihr freundlich, den groben Würfel entweder zu zerbeißen oder den ungesüßten Tee jetzt gleich aus dem Fenster zu kippen, bevor draußen die Lagerhallen und Verkaufskontore von Kunst & Albers auftauchten.

„Die chinesische ist leichter zu handhaben", erklärte Carolina. „Nikolaj war ein blutarmer Jüngling. Die Verletzung hatte ihn zusätzlich geschwächt. Auch seine Psyche war schwer beschädigt, denn er war nicht mehr unantastbar. Seine zitternden Hände hätten eine europäische Schubkarre nicht von der Stelle bewegt. Die chinesische Schubkarre hingegen nimmt dem Menschen jede Anstrengung ab. Das große, zentrale Rad, zu dessen beiden Seiten Lasten, wenn nötig sogar Menschen transportiert werden, trägt das ganze Gewicht überwiegend selbst. Bei günstigem Wind können sogar Segel aufgespannt werden. Bestimmt nützte man damals auch die Kraft des Küstenwindes aus, um den Zarensohn zusätzlich zu entlasten. Nach dem Schubkarreneinsatz musste er noch das Reskript seines Vaters verlesen, mit fester, klarer Stimme befehlen, *... mit dem Bau der durch Sibirien führenden Eisenbahn sofort zu beginnen, jener Bahn, die den Zweck hat, die reichen Gaben der Natur der sibirischen Provinzen dem Netz der inländischen Bahnen zu übermitteln.*"

Señora Fajfar lachte: „So wie die dänische Butter aus Kurgan!"

Carolina drehte sich irritiert zu ihr um: „Butter aus Kurgan? Kurgan ist doch ein traditioneller Totenhügel, das mittelsibirische Modell der ägyptischen Pyramide?"

„Richtig!" Señora Fajfar summte wieder ihre alte Weise aus der Sulusee. Bald würde sie zu Hause sein. Vorher musste aber auch sie ihr Gewissen erleichtern. „Danach ist jedoch auch eine Stadt am Tobol in Westsibirien benannt. Wir passierten die Stadt, hatten sogar zwanzig Minuten Aufenthalt für Beingymnastik, aber Sie alle schliefen tief und fest. Die Legende berichtet, dass dort der Kurgan der schönen Tochter eines reichen Tatarenfürsten so oft geplündert wurde, dass die blutjunge Tote in einer klaren Sommernacht aus dem Grab gestiegen und in einem silberglänzenden Wagen in den Himmel gefahren sei. Heute ist die Gegend um Kurgan bekannt für ihre grünen Milchwiesen. Und für die Butterproduktion. Seit die Eisenbahn in Betrieb ist, kann die hochwertige Tatarenbutter endlich in größeren Mengen nach Westrussland transportiert und verkauft werden. Schlaue Händler exportieren sie, in Eis verpackt, über Libau oder Petersburg nach Kopenhagen. Und die Dänen verkaufen sie frech als dänische Butter, vor allem den Engländern. Mrs. Rattay, fahren Sie zurück! Klären Sie zuerst Ihre blassen Landsleute über Glaubensirrtümer auf!“

Vor dem Fenster waren die ersten Bretterschuppen zu sehen. Mrs. Rattay zerbiss den Zuckerhut. Die teure Süße krachte durch ihre Kleinhirnzellen. Im Ohr ein Getöse wie noch nie auf der ganzen Strecke. Sie konnte nicht mehr verstehen, was im Aussichtswaggon geredet wurde.

Carolina hingegen blieb ganz bei der Sache: „Sind die Flüche der Tatarenfrauen nicht besonders gefährlich? Señora Fajfar, Sie erinnern sich doch an die Kohlköpfe auf dem Kursker Bahnhof?“

Señora Fajfar stand auf: „Bestimmt! Aber Sie entschuldigen mich jetzt, es ist Zeit für mich.“

Carolina schritt durch die junge Stadt. Ihr Gepäck befand sich bereits an Bord der „Pultawa“. Die Route hatte sie im Kopf. Drüben würde sie im ersten Telegrafenamt ihre Ankunft nach Tokio vermelden. Und um einen Notfalltermin ersuchen. Die Cannstätter Teigknetmaschine in der Hand. Die letzte aus dem Sortiment von Kunst & Albers. Erstanden auf Empfehlung der Leiterin der Haushaltsgeräteabteilung. Einer Schweizerin namens Stauffacher. Die hatte erzählt, wie begehrt gerade diese Maschine bei den Europäern sei, die längere Zeit in Japan verbringen wollten. Alle würden irgendwann, des rohen Fisches und des kalten Reises überdrüssig, selbst Brot backen wollen. Kuchen, mit süßer oder salziger Füllung. Es sei das letzte Stück. Die nächste Lieferung träfe frühestens in einem halben Jahr aus Hamburg ein. Wenn sie Magenkrämpfen und Wahnvorstellungen vorbeugen wolle, dann sei jetzt die beste Gelegenheit dazu. Der unerwartete Gotthelfdialekt tat seine Wirkung. Carolina zählte zweiunddreißig Rubel aus der Börse, träumte von einer duftenden blonden Sonntagszüpfe, in der Herrgottsfrühe geflochten und mit Eigelb bepinselt, noch vor dem Kirchgang aus dem Ofen gezogen. Nach der Predigt aufgeschnitten. Das schneeflockige Weiß unter der goldenen Kruste von ungeduldigen Kinderfingern zerrupft. Oder dick mit Anken bestrichen in den Milchkaffee getunkt. Sonntagsfrühstück mit Ueli im Sommer auf der Bank vor dem Heimetli. Das Wasser lief ihr im Mund zusammen und der Schmerz im Zahn hielt für einen Moment still.

*****

Die Pendule schlägt elf. „In einer halben Stunde müssen wir los", sagt François und gießt die drei Kristallgläschen ein letztes Mal voll. „Wir gehen zu Fuß. Über den *Pont des Arts*, am Hintereingang des *Louvre* vorbei, durch die vereisten *Tuileries*. Zieht euch warm an."

Der Tisch sieht wüst aus. Klebriges. Angebissenes. Weggestelltes. Vertrocknetes. Reste. Fettige Teller. Schmierige Löffel. Nichts ist übrig von der Reinheit des Heiligen Abends. Von dem gestärkten Tuch. Dem duftenden Stroh. Von dem makellosen Morgen, als der Karpfen noch in unserer Badewanne geschwommen war. Draußen fällt Schnee. Weiße Weihnachten. Wir werden spazierengehen. Um Mitternacht beten. Das Allerheiligste teilen. Die Kinder sollen schon mal die Hände und das Gesicht waschen. Rufe ich, nachdem die Uhr verstummt ist. Damit das Bad nachher für Oma frei sei. Charlottenreste in den Mundwinkeln. Buchfinken an den Füßen. Meine Gedanken sind schwer wie die bevorstehende Geburt Christi. Die Pfefferminze ist braun und dick geworden. Heringsschuppen glänzen im Öl, Zwiebelringe, Wacholderkörner. Brotscheiben. Die halbe Vorspeisenplatte. Hecht in Aspik. Traurig. Herzlos. Die besten Stücke verzehrt. Ausdruckslose Augen. Pumpernickel. Safranstrauß. Kümmelstangen. Kaviareier. Der Wisentschnaps brennt im Hals. Treibt Tränen. Weckt Geister. Ich bitte François, Wasser aufzusetzen. Er scheucht die einradfahrenden Jungs durch den Korridor wie ein Conférencier. Ins Bad. „Und mit Seife!" Brüllt er ihnen aus der Küche nach. Wir sind eine normale Familie. Er brüht kräftigen Schwarztee. Mit normalen Kindern. Einer normalen Schwiegermutter. Einem normalen toten Vater. Nur die

Salate stiften Unruhe. Weil sie vielerlei Namen haben. Zirkusclowns können über Dinge lachen, die den Ernst unseres Lebens ausmachen. Wie über den Spinat unter dem Spiegelei. Meine polnische Mutter isst *italienischen Salat.* Elle, wäre sie geblieben, meine Institutskollegin an der Sorbonne, hätte sich aus der gleichen Schüssel mindestens drei Portionen *russischen Salat* auf ihren Teller geschaufelt und heißhungrig verschlungen. François verzichtet wortlos. Schiebt das Mayonnaisegebirge weiter. Als Franzose findet er es widerlich und ungesund, weichgekochtes Wintergemüse als Salat zu bezeichnen. Alles quadratisch geschnitten. Sogar Erbsen aus der Dose bekommen rechte Winkel in polnischen Küchen. Und die Kartoffeln aus dem Keller. Er widerspricht seiner Schwiegermutter. Im mediterranen Italien käme kein Koch auf die Idee, kalte Kartoffeln in Mayonnaise verpackt auf den Tisch zu bringen. Auch nicht, wenn sie farblich angereichert werden mit Möhren, Erbsen, Maiskörnern. Was auch immer. Hartgesottenen Eiern. Schwiegermutter kontert, die Napoleonhüte im Bauch, vor dem Gang in die Kirche, vor dem prüfenden Blick in den Spiegel, im Bad, Lippen nachziehen, Rouge auflegen, Coignoul-Dauerwelle kämmen, man könnte umgesiedelten Polen nicht zumuten, dass sie sich im Winter von *russischem* Salat ernährten. Da die alte, großfürstliche litauisch-polnische Küche Salate nicht als Nahrungsmittel anerkenne, sei es doch verständlich, dass moderne Ernährungspsychologen den entwurzelten Menschen Vitamine unter dem Deckmantel des *Südländischen* schmackhaft machen wollten.

„Ihr seid immer schon anachronistisch veranlagt gewesen, patriotisch, sentimental ...“ François unterbricht sie. Mutter gibt sich nicht geschlagen. „Italienische Deckmäntel wärmen in

Sibirien nicht. Aber das Fett der Mayonnaise schon!“ Wie eine Plastikhülle nach dem Tod durch Ertrinken. Eine Ohrfeige für das sizilianische Olivenöl. Kaltgepresst und cholesterinfrei. Die Säure der Zitronen. Vitamin C pur. Der beruhigend dunkle Balsamicoessig. Roma Termini. Ein paar Blättchen frischen Basilikums. Gerupft vom Küchenfenster. Wintergarten. Gewächshaus. François kann endlich seinen Satz beenden: „... und ernährt euch, als müsstet ihr morgen früh das Wild für den Weihnachtsbraten selbst im Stadtwald erlegen.“

Mich packt eine unbändige Sehnsucht. Jean und Marc stehen mit sauberen Taschentüchern bereit. Ich greife mir die letzte *Łamance*. Der Mohn ist mit Rum und Honig vermischt.

„Im August fahre ich nach Polen“, verkünde ich unvermittelt. „Nehme Regenstiefel mit. Schaue mir Krakau an und wandere zu Fuß durch die Unteren Beskiden.“

Mutter nickt. „In einem Monat schaffst du es bis nach Rzepedź. Eine schöne Gegend. Keine anstrengenden Steigungen. Beruhigende Wälder. Am Ende des Tals triffst du auf eine Bahnstation. Und die bringt dich zurück.“

„Gehen wir“, mahnt François, „damit wir in der Kirche nicht stehen müssen.“

*****

Ein leeres Zimmer. Gelbweiße Matten auf dem Boden. In der Ecke eine dünne Matratze. Carolina schaute sich verzweifelt um. Außer sich. Kein Schrank, kein Stuhl, kein Tisch. Nicht einmal ein Nagel an der Wand. Den Hut musste sie auf den Boden legen. Ebenso die Jacke. Kein Staub. Dennoch fühlte sie sich verloren. Es war immer noch September, draußen heiß und feucht. Aber in dem zugigen Zimmer fröstelte sie. Sie zerrte das Wachstuchheft aus der kleinen Handtasche. Ihr königsblaues Tintenfass. Die Schreibfeder. Alles landete auf dem Boden. *Vor der Zimmertür erwartete mich ein lächelndes Zöfchen, das mir dienstbeflissen die Schuhe auszog. Nur in bloßen Strümpfen durfte ich das Zimmer betreten.* Die Hand gestützt auf die Teigknetmaschine. Die Haare zerzaust vom stürmischen Japanischen Meer. Der Kamm unerreichbar. Das Riechölfläschchen war in die Blumennische gerollt. Zwei Nächte hatte sie kaum ein Auge zugetan. Zwei Tage nichts gegessen. Nicht einmal Calghers luftgetrocknetes Hirschfleisch wollte der Magen annehmen. Keinen einzigen klaren Gedanken hatte sie fassen können. Nur immer wieder nach Luft geschnappt auf dem Oberdeck. In Decken eingewickelt. Sauerstoff in die Lungen gepumpt. Flachbrüstig. Das Herz beruhigt. Der Zahn gab immerhin Ruhe. Wie keine andere Faser des Körpers. Die „Pultawa" lief verspätet in den Hafen von Tsuruoka ein. Das Landen und Zollabfertigen nahm wieder viel Zeit in Anspruch. Die Gischt spritzte auf den Steg. Der Monsunsturm peitschte den neuen Tag. Der Morgenzug hatte die Station längst in Richtung Yokohama verlassen. Grün im

Gesicht hatte sich Carolina bis zum Abendzug ein Tageszimmer im einzigen Hotel am Ort genommen.

Ein sauberes Zimmer. Sie kauerte am Boden und setzte den Telegrammtext auf. Eine ungewohnte Körperhaltung. Der Schmerz fuhr sofort ins Kreuz. In die Kniegelenke. Ins Genick. Sie fasste sich kurz. *Will arrive tomorrow noon railway station, dental medical service needed immediately, Carolina.* Ächzend richtete sie sich wieder auf, bat das Zöfchen mit Handzeichen, das Telegramm vom Hotelbureau an den Zahnarzt Doktor Ben K. Azman, Tokio, Suginami-ku, Asagaya-kita 9-64, spedieren zu lassen. Es schob die Wand zu. Lächelte unverfroren, bis die Ritze und dahinter ihr Gesicht verschwunden waren. Carolina legte sich erschöpft auf die Tatami und schlief sofort ein.

Ein stummes Zimmer. Sie träumte von sandigem Boden, mächtigen Matsutannen und Tempelhöfen. Gleichzeitig notierte sie im Friedrichshafener Stiftszimmer die brennende Frage: *Ob die Japaner gar kein Verständnis für grünen Rasen haben?* Darüber wollte sie die Schülerinnen einen Hausaufsatz schreiben lassen. Die größten japanischen Landschaftsgärtner, erklärte sie den Mädchen am Nachmittag, waren Mönche. Sie glaubten, in der Gartenkunst moralische Lehren zum Ausdruck bringen zu können oder abstrakte Ideen wie Keuschheit, Treue, eheliches Glück, Kinderliebe. Die Mädchen kicherten. Das war zu erwarten gewesen. In einem traditionellen Garten, fuhr sie streng fort, ist die Stimme der Natur immer im Einklang mit der Stimme der Seele seines Besitzers. Buddhistische Gartenbaukünstler unterscheiden Dinge, die keine Wünsche haben – wie Bäume, Sträucher, Steine –, von Dingen, die Wünsche haben, nämlich Menschen und Tiere. Alle müssen im Garten unterkommen. Und sich vertragen. Keifereien kennen die Japaner nicht. Immergrüne Kiefern gelten als Sinnbild nie wankender Entschlossenheit und kraftvollen Alterns. Reiche Kinder spielen im Hausgarten, arme Kinder im Tempelhof. Knaben machen am Lotosteich Jagd auf die Weibchen der Kaiserlibellen und binden sie mit einem Zwirnfaden an einem Zweig des Zitronenbäumchens fest. Damit locken sie die Männchen an, von denen es weit mehr geben soll als Weibchen. Wie kommt das? Das weiß nur die Dienerin der Göttin Kompira. Und der Nachtvogel *awamakidori* weckt jedes Jahr von neuem die Bauern mit seinem langen, tiefen „hooo, hooo“. Dann muss die Hirse ausgesät werden.

Die letzte Nacht verbrachte Carolina im japanischen Zug mit der bangen Frage, ob Dr. Azman und seine Frau noch an der alten Adresse in Tokio wohnten. Sie saß in der überfüllten ersten Klasse, eingezwängt zwischen einem schnarchenden Japaner und einer Demi-mondaine in strotzender Seide. Es gab keine Coupés. Für Notizen fehlte ihr das Licht. Alles war offen und frei. An den Fenstern entlang zogen sich zu beiden Seiten durchgehende rotgepolsterte niedrige Bänke. In der Mitte türmte sich das Gepäck. Konservendosen wurden als Kopfkissen ausgegeben. Gepäcknetze baumelten über den Köpfen im Fahrtwind. Man fuhr mit dem Rücken zu den Fenstern. Den letzten Brief hatte sie vor ungefähr einem Jahr erhalten. Frau Azman schwärmte darin nach wie vor von dem

Land und seinem Klima. Kein Wort von Heimweh oder von Rückkehr nach Pukalani. Kein Wort von Reiseplänen. Die üblichen Grüße und Wünsche. Zum neuen Jahr, zum Geburtstag, zur Kirschblüte. Sie hatten, als die Amerikaner die Inseln annektierten, Maui verlassen. Dr. Azman bekam eine Stelle in der Tokioter Universitätszahnklinik. Sie waren kinderlos geblieben und deshalb ungebunden.

Auch als der letzte Morgen im Zug tagte, konnte sie sich mit niemandem unterhalten. Wer geschlafen hatte, setzte sich auf und rieb sich die Augen. Kalte Blicke durchbohrten sie. An den Stationen reichten Knaben Essensschachteln durch die geöffneten Fenster herein. Reis, Fisch, Holzstäbchen. Die Frauen hockten auf den Fersen. Teeverkäufer schritten würdevoll an den Wagen auf und ab. Teekännchenbehangen, in der einen Hand die Teekrautbüchse, in der anderen das kochende Wasser. Es goss in Strömen. Carolina ekelte das Schmatzen der Frühstückenden. Sie wandte sich dem Wachstuchheft zu. Zum Glück gab es reichlich Spucknäpfe. Die Männer saßen mit gekreuzten Beinen. *Sogar ein Offizier in voller Galauniform saß so, was sehr lächerlich und unwürdevoll aussah.* Was, wenn sie weggezogen waren? Oder das Zöfchen die Adresse bereits vergessen hatte, bis es im Bureau unten angekommen war? Und sich dann eine Phantasiehausnummer ausgedacht oder der Sturm dem Postboten das Papier aus der Hand gerissen, der Regen die Tinte aufgeweicht hatte. Wenn Dr. Azman zur Erholung in Singapur weilte. Unbezahlten Urlaub hatte. Sechs Monate. Ohne Kinder. Nach all den Jahren. Kein Mensch verstand hier Englisch. Sie blätterte zurück im Wachstuchheft. *Wenn ich in Japan nichts zu tun finde, komme ich nach Charbin zurück. Der Handel dieser Stadt ist so bedeutend, dass die meisten Länder hier Konsulate errichtet haben. Lehrerinnen sollen sehr gesucht sein.* Wie unnütz ihre eigenen Aufzeichnungen bereits geworden waren. Charbin lag längst außerhalb des Erreichbaren. Vorsätze zerrannen zwischen den Fingern wie Wachs und Hauptsätze. Bestimmt würde sie jemanden finden, der ihren Zahn behandeln konnte. Wenn nicht Dr. Azman, dann sein Stellvertreter. Oder sein Nachfolger. Im schlimmsten Falle würde sie den Zahn opfern. Ausreißen lassen. Wie zur Milchzahnzeit. An einen Faden gebunden, die Tür kräftig zugeschlagen, auf der Handfläche stolz herumgezeigt.

Der Perron war übersät mit Menschen. Sie konnte niemanden erkennen. Die Menge wogte wie ein schwarzes Blumenmeer im Schatten. Sie übergab einem Träger ihre Pakete. Als sie den ersten Fuß auf die steile Waggontreppe setzte, hörte sie einen Namen rufen. „Miss Bogi! Miss Bogi!" Sie stieg rücklings aus. Fühlte sich so sicherer. Im letzten Moment. Sie fürchtete den Fall. Klammerte sich an die Metallgriffe. Das Schutzgeländer. Scheute fremde Gesichter. Gleich im ersten Augenblick. Wollte ihnen lieber den Rücken zukehren. Sie war nicht mehr die Jüngste. Regen prasselte auf das Vordach. Etwas Warmes nahm sie in Empfang. Kräftige Arme schlangen sich um sie. Und eine vertraute Stimme sagte: „Miss Bogi, Miss Bogi! Welcome in Tokio! Mira is fine!"

Teil 2
Wie in Krakau 1892 ein Kind gezeugt wird, das erst 1996 in Basel zu Wort kommt

Wieder klingelt das Telefon. Elle fragt, ob ich gepackt habe. Wieder stehe ich mit nassem Haar im Flur. Es ist nun kurz geschnitten und muss nicht mehr verknotet werden. Der Flur gehört zu einer Neubauwohnung im Norden der Stadt. Die Wände fühlen sich körnig an. Sie sind so gestrichen, damit sie an Wüstensand und Abendrot erinnern. Naturbelassen und saharawarm. Für meinen blinden Schwiegervater, der mit den Fingerbeeren sieht und mich gerne samstags besucht. Die Zwillinge sind volljährig geworden und studieren an der Artistenschule von Meister Lu Yi in San Francisco. Ich bin noch nicht angezogen. Obwohl die Vögel bereits verstummt sind. Alle Fenster gehen nach Osten und stehen offen. Ein Neubau muss trockengewohnt werden. Die Auslegeware sondert Geruchsstoffe ab, die unerfreulich in der Nase, aber ohne Schaden für die Lunge sind. Draußen ist es ruhig. Die Straße, an der ich wohne, gibt es auf keinem Stadtplan. Es ist noch keine Straße. Sie hat keinen Namen. Sie ist nicht befestigt, nicht asphaltiert, nicht markiert. Um das Haus herum entsteht eine Grünanlage. Aus Wind, Flugpollen und Muttererde. Schonflieder. Im April. Noch bin ich umgeben von Bauzäunen. Latten. Absperrungen. Sandbergen. Dünen. Runen. Gräben. Hünen. Jeden Tag werde ich von den Arbeitern über andere verschlungene Wege zum Bäcker geleitet. Über grobe Holzplanken. An Stellwänden vorbei. Zum Boulevard Macdonald. Hinter Schutzwällen, Sichtschranken und Sommerpfützen. Provisorischen Seilen, Plastikbändern, rot gestreiften Metallgeländern entlang. Zur

Métrostation Porte de la Chapelle. In der Nacht leuchten Richtungspfeile notausgangsgrün. Sie weisen mir den Weg nach Hause. Mein Zuhause ist nun der Notausgang. Meine Nachbarn sind wie ich Erstbezieher. Taufrisch wie der Frühlingsmond. Sie fahren Hyundais, Peugeots oder Citroëns. Ihre Wagen stehen in der Tiefgarage und glänzen in der Dunkelheit. Wir sehen uns nie. Ihre Zufahrtswege kenne ich nicht. Sie müssen witterungsunabhängig, temperaturbeständig und sandfrei sein. Außer mir betritt niemand mit staubigen Schuhen das Treppenhaus. Die Stadt wächst nur nach Norden. Wie das Gras. Und der Wille Gottes. Ungefärbte Bourretteseide fällt von meinen Schultern. In der Wohnung ist es heiß. Draußen nimmt ein Pariser Septembervormittag seinen Anfang. Ich trage meinen *sortie de bain*. Ohne Gürtel. Ohne Knöpfe. Antworte ich Elle. Das ist gut so, raunt sie in mein Ohr. Sie begehrt mich am hellen Morgen. Ich freue mich darüber. Sie ist überzeugt, dass es Unsinn ist, sich in der Nacht zu lieben. Wir würden in der Dunkelheit die Hälfte der ausgelassenen Stimmung verschlafen. Das Ausströmen der Lust. In jede Pore der Haut. Sie bevorzugt die bewusste Rückkehr in die Welt und ich sperre mich nicht dagegen. Sie bestand darauf, dass ich den Mittagsflug nehme. Nannte haufenweise gute Gründe, die niemand brauchte. Mit vollen Händen. Schleppte sie Taschen, Rucksäcke, Einkaufskörbe an. Ich war damit beschäftigt, Umzugskisten auszupacken, und sie schichtete Stichhaltigkeiten im Schlafzimmer auf. Dann sackte ihr instabiles Gedankengebäude plötzlich in sich zusammen. Die Argumente kollabierten in der Mittagshitze und zerstoben gegen Abend, als endlich Wind aufkam. Noch endet hier die Stadt. Beim Aufstehen kann ich Narcissusschnäpper und Feldsandläufer beobachten. *Alors* ... Sie würde mich fahren, mit dem Dienstwagen. Lockt Elle. In der Dunkelheit, sagt sie, rotten sich Schadstoffe und negative Energien zu einem ungesunden Mix zusammen. Unaufhaltsam. Deswegen will sie Sex nicht in der Nacht. Mit welchem Dienstwagen? Frage ich elektrisiert. Auf der *Autoroute du Nord*. Alles zieht nach Norden. Auch die Kizukispechte. Wenn der Sommer vorbei ist. Zum Aéroport *Charles de Gaulle*. Bis direkt vor die Abflughalle. Dienstwagen? Wiederhole ich und sie fährt ungestüm fort. Wir bräuchten dann nicht im Stau zu stehen. Im Frühberufsverkehr. Im Dienstwagen. Das Sonderkennzeichen berechtige sie, überall bußzettelfrei zu parken und jede Geschwindigkeitsbegrenzung zu überschreiten. Ich verstehe kein Wort. Ob sie schwerbeschädigt sei oder zum olympischen Corps gehöre? Die *pollution*. Redet sie weiter. Auch sie zieht nach Norden. Sammelt sich in der Nacht über den Dächern der Stadt. Über den Hauptverkehrsadern. Über den Bewegungs- und Energieströmen. Über Entlüftungsschächten, Dunstabzugshauben, Kühltürmen. Stickoxide vermählten sich mit ansonsten flüchtigen organischen Verbindungen. Und zwängen sie ungestraft zu Boden. Dies ist nicht gottgewollt. Wende ich ein. Dass ein Verkehrsminister bestimmt, wie viel Zeit ich brauche, um zum Flughafen zu kommen. Wie lange François' blinder Vater beim Überqueren einer Straße die Automobile aufhält. Wie viele kostbare Minuten jeder Franzose Tag für Tag investiert, nur um am Arbeitsplatz zu erscheinen. Der August ist vorbei und die Pariser sitzen wieder in den Bureaux. *Administrateurs, administratrices*. Fahren Kinder zur Schule. Kaufen frische *baguettes*. Bringen Schwiegermütter zum Arzt. Am frühen Morgen sei es am schlimmsten, warnt Elle. Ich habe keine Ahnung, woher die *pollution* kommt. Und wohin sie geht. Tagsüber soll sie abflauen, behauptet Elle. Wie unsere Ekstase. Dem Äquator entgegen. Immer, wenn der August in Paris vorbei ist, werden Tabellen veröffentlicht.

Von allen links- und rechtsgerichteten Blättern. Auf ihren Titelseiten leuchten Durchschnittswerte. Stundenstatistiken. Über- und Unterschreitungen. Der tägliche Zustandsbericht des Lufthygieneamtes. Neue Luftreinhalteverordnungen sind in Kraft getreten. Nach dem Sommerloch kommt der Schwebstaub. Ich nehme ein Taxi. Werfe ich ein. Auf Kosten der Sorbonne. Die Forschungsreise ist genehmigt. Und zur Reise gehört der Weg von der Haustür bis zum Flughafen. Die Tageszeit spielt überhaupt keine Rolle für die Abrechnung. Mit diesem unschuldigen Satz schüre ich Elles Eifersucht. Was ich denn um acht Uhr mit den Geschäftsleuten im Flieger bereits in Basel wolle? Der Wallnister balzt. Die Konferenz beginne erst am Abend. Sie steigert sich ins Lächerliche. Mit einem feierlichen Diner im *Drei Könige* am Rhein. Im Beisein des Bürgermeisters, des Ministers für Gleichstellungsfragen, des Rektors der Universität. Sie weiß alles. Sie hat meine Teilnahme an dieser Konferenz bis ins letzte Detail geplant. Ich esse fleischlos. Auf dem Höhepunkt scharrt sie wie ein Kupferfasan. Vor meinem Fenster beginnt die Wüste. Aus meinem Kopf ragt der Firnalpeligletscher. Der ewige Schnee. Der verschollene Traum. Der gibt keine Toten wieder her. Ein Abendessen ohne Frauen? Wo die Konferenz doch die Literatur von Frauen zum Thema hat? *Bien sûr, les femmes auteurs* … Elle steigt endlich ab. Auch Frauen nehmen teil. Anstandsfrauen. Studentenfrauen. Vorzeigefrauen. Wie ich. Irène Lęczner. Sie lacht. Ein unaussprechlicher Name. Höhnt sie. Wenn ihr Verlangen gestillt ist, kann sie verbal gewalttätig werden. Ihre Gedanken gefrieren zu Blöcken, werden durchsichtig wie hexagonale Eismoleküle. Sie braucht vor jeder guten Vorlesung ihren Orgasmus. Wie andere Koks. Vitamin E plus. Selen. Oder Meersalzlösungen. Die Schweizer sind scheinheilig. Gutgläubig. Ihre Stimme überschlägt sich.

Und vorurteilsbesessen. Die addieren geschiedene Mutter und Paris zu Nutte und Moulin Rouge. Die Konferenzteilnehmer, laut Referentenliste mehrheitlich Männer, sagt Elle, würden zur Verdauung vor meiner Zimmertür anstehen. Der emeritierte Literaturhistoriker wird Nummern verteilen. *C'est à voir*. Nach Alter. Schrumpfgröße. Und Bedürftigkeit. Alle warten geduldig, bis auch der letzte Volkskalenderforscher abgespritzt hat. Sie bleckt die Zähne. Ich höre es durchs Telefon. Und kann mir ihren Gesichtsausdruck gut vorstellen. *Dobra, dobra* ... beschwichtige ich in meiner Muttersprache. Ich nehme den Mittagsflug. Dies ist aber nicht der ganze Abschied. Ich werde nach Basel-Mulhouse fliegen. Ans Dreiländereck, wo die Welt winzig ist und hart. Filzbrettartig eingelaufen. Im Rhein laichen wieder Lachse. Berichtet Elle. Sofort besänftigt. Zehn Jahre brauchte das Flussbett, um seinen Lebensraum wieder aufzulassen. Zeugen sind Fische, Flöhe und Stockenten. Die Löschwasserwelle war rot wie Blut auf die Stadt zugerollt. Damals, nach dem Brand in einer Chemiefabrik südöstlich des Flussknies. Niemand konnte sie aufhalten. Die Giftwelle. Und so drehten die Barsche resigniert ihre Bäuche nach oben. Die Algen verwelkten. Das Seegras erblindete. Kontaminiert waren Sandablagerungen, Steinschüttungen, Uferböschungen, Parkbänke, Hundeklos, ja sogar die stadteigenen Abfalleimer. Woher willst du das wissen? Unterbreche ich sie. Es stand in allen Zeitungen! Ausführlich und jahrelang. Dann erteilt sie mir den Auftrag, vor dem Sektempfang rheinabwärts zu schwimmen. Von der Wettsteinbrücke bis zur Dreirosenbrücke. Am linken Ufer befänden sich sichere Ein- und Ausstiegsmöglichkeiten. Auch das könne ich in jeder Zeitung nachlesen! Dies sei ein Befehl. Jawohl! Ich stehe stramm. Salutiere. Ich müsse mich von der Strömung durch das ganze Rheinknie treiben lassen. Mit allen Fasern des

Körpers. Untertauchen. Dies sei ein Ritual. Damit würde ich ankommen im mittelalterlichen Panorama. Wie früher die Hexen. *Dobra, dobra …*

Ich rekapituliere: Mutter liegt im Krankenhaus. Gut versorgt. Stabile Lage. Dies hatte Grobet gestern Nachmittag erklärt und dabei zuversichtlich den Krankenhausboden studiert. François ist mir abhandengekommen. Jean und Marc besuchen die chinesische Akrobatenschule. Sie lernen das Gleichgewicht halten, die Ohrsteinchen aktivieren. Am Vertikalseil. Bei der Stuhlnummer. Auf dem Hochseil. Von Kirchturmspitze zu Kirchturmspitze. Überall. Immer. Äquilibristen brauchen mehr Steinchen im Ohr als normale Menschen. Das haben chinesische Evolutionsbiologen an der Universität Quanzhou nachgewiesen. Die Steinchen sind auf Haarzellen im Innenohr gebettet. Sie bilden sich ähnlich wie Knochen oder Zähne. Bestehen aus Kalziumkarbonat und Eiweißmolekülen. Können durch eine gezielte Diät ergänzt oder durch Scharfsinn erworben werden. Strandflohkrebse produzieren die für ihren Gleichgewichtssinn notwendigen Steinchen nicht körpereigen. Es sind die einzigen Lebewesen im ganzen Tierreich, die sie sich besorgen. So wie wir, Schwiegervater und ich, am Samstag im *supermarché* die Zutaten zum Sonntagsbraten. Flusskrebse sammeln Sandkörner am Südseestrand. Transportieren sie mit ihren Zangen und Scheren an die richtige Stelle im eigenen Körper. Zum Gleichgewichtsorgan. Deponieren sie in den dafür vorgesehenen Einbuchtungen der Antennen. Bewiesen haben dies Biologen des deutschen Kaisers vor über hundert Jahren mit einem grausamen Experiment. Sie legten den Flohkrebsen Eisenpartikel statt Sandkörner vor. Die Krebse betteten die Eisenpartikel sorgfältig dort, wo die Ohrsteinchen hingehören. Dann quälten die Forscher sie im Labor so lange mit

Magneten, bis die Krebse resignierten. Wie die Barsche im Rhein. Sie verloren den Verstand, eierten in den Unterwasserkäfigen herum, krepierten qualvoll. Asiatische Forscher gelangten mit humaneren Methoden zu der wissenschaftlichen Erkenntnis, dass die Ohrsteinchen des Zebrabärblings nicht nur wachsen, sondern sich auch vermehren. Im Ohr der Larven sitzen zwei Steinchen. Der ausgewachsene Fisch, der gern in Reisfeldern lebt, hat aber drei. Das Kristallwachstum wird von einem speziellen Gen gesteuert. Meine Zwillinge sind Zebrafische und werden sich, sobald sich ihr drittes Ohrkristallsteinchen ausgebildet hat, Künstlernamen zulegen. Langzehenstrandläufer – *Calidris subminuta.* Und Graubruststrandläufer – *Calidris melanotus.* Ihr Ruhm wird um die Welt gehen, elastisch und federnd wie eine Wirbelsäule. Graubrust und Langzeh. Das Gleichgewichtsorgan in ihrem Innenohr ist ein knöchernes Schlauchsystem mit drei Bogengängen. Der obere Gang steuert die Orientierung „oben – unten", die beiden seitlichen „rechts – links" und „vorne – hinten". Subminuta und Melanotus werden eines Tages die Erdanziehung überwinden und Schwerelosigkeit erlangen. Ich bin gebucht auf AF 1735. Abflug 12:55. Ankunft 14:05. Meine Linearbeschleunigungsrezeptoren. Ziffern wie aus einem falschen Tagebuch.

Seit Vaters Tod fahren Elle und ich zusammen in Urlaub. Immer im August wandern wir durch die Beskiden. Durch die Kleinen, die Unteren, die Mittleren, die Westlichen, die Östlichen, die Waldbeskiden, die Roggenbeskiden, die Zahnwurzbeskiden, die kieselsauren Tonerdebeskiden, die Jochbeinbeskiden, die Schädelbeskiden. Die verwitterungsanfälligen Flyschfelsen sind nach intensiven periglazialen Wind- und Wasserprozessen zu sanften Hügeln abgeschliffen. Tannenbaumgrün. Es gibt keine steilen Abhänge mehr. Keine schroffen Vorsprünge. Keine engen Schluchten. Keine angstbesetzten Gratwanderungen. Weil es mir gut tut, durch das Tal der Wisłoka zu stapfen, kommt Elle mit. Ich empfange sie dafür den ganzen Rest des Jahres vormittags an meiner neuen Adresse. In Grenzgebieten übernachten wir in getrennten Schlafsäcken. Obwohl wir in den entleerten Tälern tagelang keine Menschenseele antreffen. Nur Beutelmeisen. Amseln. Hausspatzen. Elle vergöttert mich dort noch mehr als sonst. Nicht, weil ich mich problemlos mit Gespenstern, Bauern und Kindern verständigen kann. Sondern weil ich, wie sie es nennt, eine grandiose Gelassenheit ausstrahle. *Décrispation absolue.* In Südostpolen schlafe ich besser, stimme ich ihr zu. Und meine Träume sind reines, fließendes Wasser. Elle hingegen ist überzeugt, ich müsste in einer früheren Inkarnation Lemkin gewesen sein. Unsinn! Protestiere ich. Wir nähren unsere Phantasie mit Übergangswelten, Hilfskonstruktionen und Versatzstücken. François überließ mich Elle freiwillig. Ihr stürmisches Begehren befreite ihn. Liebe zwischen ihm und mir war nie vorgesehen gewesen. Nur Liebe zu Details. Deshalb kam kein Trennungsschmerz auf. Das Grobe erledigten die Umzugsmänner. Das Feine verschwand aus meinem Blickfeld. François hinterließ keine Spuren auf meiner Haut. Sein blinder Vater besucht mich weiterhin. Meiner Wüstenwände wegen. In diesem Jahr konnten wir nicht wegfahren, weil der Neubau bezugsbereit wurde. Ich verließ den Stadtplan. *Administrativement* gehörte ich immer noch zum *dixhuitième.* Wir verbrachten ein paar Tage bei Elles Mutter im Turmhaus von Carnetin, wo von grandioser Gelassenheit keine Rede sein konnte. Zum Ausgleich sprachen wir dem dreißigjährigen Armagnac zu. Gelagert im hauseigenen Verlies. Aßen *foi de gras*, Hummersuppe, mit Orangen und

Rosmarin gefüllte Gans. Zum Nachtisch gebrochene Walnüsse auf Vanilleeis. Und vergaßen alle anderen Bedürfnisse.

Ich fliege beruflich nach Basel. Die Kunming-Akrobaten absolvieren ihre asiatische Ausbildung auch auf Tourneen. Wechselnde Auftrittsorte gehören zum pädagogischen Konzept. Kürzlich traten die Zwillinge auf der Zürcher Sechseläutenwiese auf. Ich reise mit Sommerhut. Er beschleunigt die Ankunft. Dennoch werden meine Buben die Schweiz verlassen haben, bis ich lande. Auch das ist Teil der Bildung. Keine persönliche Bindung. Erst Ende des Jahres gastieren sie in Paris und geben die traditionellen Silvester- und Neujahrsvorstellungen. Die Pariser *gosses* werden enttäuscht sein. Keine Elefanten, keine Löwen! Der *Matin* wird mit Lob nicht geizen, sich aber spießige Anspielungen nicht verkneifen können. In der Art von *Trotzdem hätte zwischen Schlangenfrau und Ringhüpfern auch die eine oder andere Tiernummer sicher ihre Wirkung nicht verfehlt, denn gerade für Kinder sind es vor allem Clowns und Tiere, die den Reiz des Zirkus ausmachen.* Meine Söhne haben früh genug begriffen, dass es im Leben nur auf die Beherrschung des eigenen Körpers ankommt. Das ist weder mein noch François' Verdienst. Jede einzelne Zelle muss elastisch werden. Es ist keine Meisterleistung, den Willen wilder Tiere zu brechen. Elefanten tanzen und Löwen stillsitzen zu lassen. Wie Schulkinder. Die Kunst besteht vielmehr darin, die Festigkeit der eigenen Knochen, die Beschränkung der eigenen Haut zu überwinden. Meine beiden *Calidris* schreiben mir, dass sie bereits bis zu acht Teller auf dem Stab jonglieren. Ich freue mich über jeden ihrer klugen Briefe und klebe das dünne, einseitig beschriebene Seidenpapier an die Kühlschranktür. Manchmal sind die schmalen Papierrollen bis zu vier Meter lang, so dass ich sie dreidimensional auffalte beim Lesen. Sie träten mit den Suppentellern in eine harmonische Beziehung, schreiben sie. Unternähmen nichts gegen das Porzellan, nichts gegen seine Zerbrechlichkeit. Sondern nähmen im Gegenteil mit den Tellern einen freundschaftlichen Dialog auf. Die Vibrationen auch der Sprache sind wichtig. Das Knistern des feinen Papiers. Das verbale Erleben von Energie. Die Sprungkraft. Die Sprengkraft. Die Flügelspannweite des Kranichs. Ein guter Porzellantellerjongleur unterstütze die Teller, damit sie in der Luft bleiben und endlos drehen, trudeln, wirbeln. Der gute Porzellantellerjongleur erfreue sich an der Bewegung, an der Leichtigkeit. Mit seinen Gefühlen lade er den Moment positiv auf. Das Bestreben sei nicht, Sturz, Bruch, scharfe Kanten zu verhindern. Solch destruktive Gedanken dürften erst gar nicht aufkommen. Sein Bestreben sei vielmehr, etwas Vergängliches zu verherrlichen, zu vergöttlichen, zu verewigen.

AF 1735 hat alle Fluggäste aufgenommen und sie auf die Sitze verteilt. Das Gepäck hat ihr Bauch verschluckt. Die Türen sind versiegelt, *locked.* Draußen hat sich der Andockfinger an Terminal H zurückgekrümmt. Wie der Zeigefinger in Schwiegervaters Handfläche. Bei Gefahr. Oder Unwetter. Das Fingerdock erwartet bereits die nächste Maschine. Aus London. Oder Madrid. Die Himmelsrichtung spielt keine Rolle. Sie verändert weder die Bereitschaft noch den Einsatz selbst. Ein Flugzeugtraktor schiebt uns an die Startposition. Weg von der befestigten Welt. Seine metallene Faust hält unser winziges Bug rad fest. Die Hände des Rangiermeisters bringen mit einer einzigen Drehung des Lenkrades die sechzehn Hinterräder in einen rechten Winkel und bewegen den schweren Hohlkörper auf die richtige Zufahrtsstraße zur Startbahn. Wir sind ungelenk, solange wir Bodenhaftung haben. Gefangen in der eigenen Masse. Ein Flugzeug ist kein Säbelschnäbler. Ein Flugzeug ist ein Kunstvogel. Gehuntauglich und schwachsichtig. Ohne Weitwinkelaugen. Ohne Sturzflugtechnik. Ohne Jagdtrieb. Das Flugzeug muss keine Feldmaus aus achthundert Metern Höhe erkennen können. Die Triebwerktanks werden nach der Landung auf fremdem Boden von fremden Männern in blauen Overalls wieder befüllt. Die schwerfällige Kerosinverbrennungsanlage kann sich weder selbst versorgen noch um die eigene Achse drehen. Das Flugzeug ist kein Graureiher. Es kann nicht rückwärts schreiten wie Rotschenkel oder Kraniche. Nicht aus körpereigenem Antrieb. Seine Türen schließen nicht selbsttätig. Das Flugzeug ist kein Fernreisezug. Der Flughafen ist kein Bahnhof. Noch begleitet uns ein Mechaniker am Boden. Angekabelt. Wie ein Kettenhund. Er spricht mit dem Flugkapitän über Funk. Winkt mit beiden Armen. Gibt dem Mann im Flugzeugtraktor Zeichen. Trägt dicke Ohrmuscheln. Und eine Weste mit Leuchtstreifen. Ich beneide ihn, weil seine Arbeit klar umschrieben ist. Ich erschrecke. Ich kann die Anwesenheit eines anderen Menschen weder fordern noch verbieten. Weder aus diesem halbleeren Airbus heraus. Noch zwischen den Leitplanken meines Neubaugebiets. Mich verstört der Anblick dieses angeketteten Mechanikers. Seine Gesichtszüge kann ich nicht erkennen. Ich sehe nicht, ob sein Haar glatt ist oder kraus. Gefärbt oder naturblond. Ich weiß nicht, ob der Mann jung ist oder alt. Ich bin nur sicher, dass er am Boden bleiben und gleich weggehen wird. Mein Magen ist leer. Der Zwölffingerdarm sauber. Eine blinde Gier steigt in mir hoch. Ich keuche. Auf dem Rollfeld wird nur getan, was getan werden muss. Es ist kein Tanzboden. Der Mechaniker beendet die Bodenzeit des Flugzeugs, unterbricht die Stromversorgung, löst die Verklammerung mit dem Push-Back-Truck. Der Traktor rast mit blinkenden Lichtern auf und davon. Über die Pistenrandmarkierungen, das Vorfeld, geradewegs auf das Flughafengebäude zu. Der Fuß des Fahrers drückt in wahnsinnigem Übermut das Gaspedal. Auf dem Rollfeld gibt es keinen Gegenverkehr. Keinen Stau. Keine *pollution*. Keine Kompetenzüberschreitungen. Der Kettenhund hat sich selbst befreit. Er schlingt das Bodenstromkabel mit dem nun losen Ende mehrmals um seinen Bauch. Dreht den Schraubdeckel auf die Kabelklappe. Hebt beide Arme in die Luft. Mittagsfroh. Um eine abgefertigte Maschine leichter. Hat nur Augen für Pilot und Copilot. Schreit in den Gegenwind: *Have a nice trip up in the sky!* Und verschwindet aus meinem Gesichtsfeld. Der Pilot antwortet: *Do miłego!* Diese beiden Worte bringen meine Körpersignalanlage durcheinander. Der Herzmuskel tobt. Das Brustbein droht zu zerspringen. Die Hände zittern auf den Knien. Hitze schießt in die Beine. Tränen aus den Augen. Wasser aus den Achselhöhlen. So etwa hat noch niemand fertiggebracht. Schweißausbrüche! Weder Elle noch François. Der Mechaniker am Boden geht seinem Feierabend entgegen. Sein Tag ist übersichtlich. Sein Werk für heute beendet. Seine Existenz markiert. Um Knöchel und Oberarme trägt er waschbare Warnsignale. Achtung! Hier Mensch! Hier Leben!

Verzweifelt sitze ich Spuckbeutel, Sicherheitshinweisen und Airlinemagazin gegenüber. Sie stecken in der Rückentasche des Vordersitzes. *Please do not remove from aircraft*. Verschlüsse rasseln. *Fasten seat belt*. Ich bin an Sitz 9 A gefesselt. Außer mir. Aus AF 1735 gibt es kein Entrinnen mehr. Ohrensausen. Sturmflut in der Halsschlagader. Die Maschine rollt nun aus eigener Kraft. Vorwärts. Die Motoren sirren wie Mücken um meinen Kopf. Die Vorstellungskraft hebt jede noch so leise Empfindung herein in die Druckkabine. Es gibt eine finale Startposition. Der beinlose Kunstvogel wartet auf den Imperativ des diensthabenden Lotsen. *Go on. Do miłego. Auf Wiedersehen. À Dieu. Z Bogiem*. Das Rotkehlchen putzt sein Gefieder. Die Stewardessen klappen Handgepäckfächer zu und lächeln professionell. Auch sie können nur vorwärts gehen. Wie Bachstelzen überprüfen sie mit gereckten Hälsen die Passagierlisten. Die Sitzbelegung. Berechnen die Auslastung nach statistischem und tatsächlichem Körpergewicht. Schnallen Sicherheitsgurte um Übergrößen. Verstauen Handtaschen. Hutschachteln. Wenn das Flugzeug nicht voll besetzt ist, werden die Reisenden zerpflückt. Vereinzelt platziert. Damit kein Sprechkontakt aufkommt. Kein Körperkontakt. Damit sich keine unkontrollierte Wärme entwickelt. Keine Gefühlswallung. Keine *pollution.* Damit nichts das aerodynamische Gleichgewicht in der Luft gefährdet. Tast- und Fühlkörperchen an Muskeln und Sehnen der Seitenruder verhindern Schwankschwindel. Eine chiropraktische Manipulation der Nackenwirbel sollte dem Fachmann überlassen werden. Fehlstellungen der Halswirbelsäule können chronische Bewegungsillusionen bewirken. Zwischen Start und Landung wird ein Mittagessen serviert. Bei Druckabfall versorgen Oxygenmasken die Lungen mit gereinigtem Sauerstoff. Mütter werden angehalten, zuerst sich und dann ihren Kindern die Maske über Mund und Nase zu stülpen. Die Startbahn draußen ist trocken. Mein Mund auch. Keine Nasshaftkraft. Hitze flimmert am Boden. Über meiner Haut auch. Turbulenzen erwarten uns erst auf der Reiseflughöhe. Über Lautsprecher kommt der Befehl *cabin crew take your seats*. Das blonde Lächeln verschwindet. Die Notausgänge sind gekennzeichnet, aber nicht zu benützen. Auf Flugzeugflügel sollte der Mensch, anders als auf den Mond, seinen Fuß nicht setzen. *Do not step.* Wir sind allein und unseren eigenen Gedanken überlassen. Wir? Ich schaue mich um. Die Sitzreihen vor und hinter mir sind leer. Aus Platz 12 F ragt die gestrige Ausgabe von *Le Monde.* In zwei behaarten Händen. Am Ringfinger glänzt ein Reif. Auf der Titelseite das Foto eines international geschätzten Staatsmannes.

Schwere Stoffbahnen trennen uns von der Business Class. Gefaltet wie die Faltenröcke meiner Kindheit. Imprägnierte Schwelbrandverhinderer. Wir werden überwacht, aber nicht betreut. Die Hitze über der Haut sträubt die Wimpern. Der Druck auf die Brust wächst. Gegendruck. Kabinendruck. Unrast sitzt plötzlich neben mir. Angeschnallt wie ich. Noch sind wir am Boden. Noch verharren wir auf der Stelle. Die sichere Abwesenheit eines Rollfeldspaziergängers geht mir nicht mehr aus dem Sinn. Wie lächerlich. Er zögerte keinen Augenblick. Im Arbeitsoverall wirkte er echt. Die aufgeplusterten Dämpfer auf den Ohren waren unverwüstliche Zeugen seiner Existenz. Die oft nur millimetergroßen Gehörsteinchen sind extrem beständig gegen Verwitterung. Mehr erwartet die Ewigkeit nicht von uns. Der Lärm draußen muss betäubend sein. Die Druckkabine ist schallisoliert. Abgründe tun sich auf zwischen einer leidenschaftslosen Hingabe und überstürztem Herzweh. Weder Panik war vorgesehen. Noch Todesangst. Oder übertriebene Freiheitsliebe. Einfache und perfekte Sätze bringen mich vollkommen durcheinander. Der Kabelmann hatte heute Frühschicht. Die Suppe wartet zu Hause. Mein Puls hämmert am Handgelenk. Die Brandung schlägt ins Ohr. Hitze liegt auf der Wange. Dick wie ein Verband. Nur der wasserdichte Spuckbeutel beruhigt. *After use fold toward you.* Die Maschine setzt sich in Bewegung. Die Crew sitzt. Der ganze Innenraum zittert. Die Handgepäckablage vibriert. Mein Sommerhut fliegt über brodelnde Landschaften. Ich schnalle ihn unwirsch auf den Vordersitz. Die Stimme des Flugkapitäns zischt durch die Kabine. Ich verstehe kein Wort. Wahrscheinlich hat der Messfühler meine Armbewegungen ins Cockpit gemeldet. Die Akustik ist gestört. Das Rauschen des Blutes hüllt mich ein. Wie der Mantel die Nacht. Niemand reagiert auf meine Bitte, den Satz zu wiederholen. Das Band um wenige Sekunden zurückzuspulen.

Vielleicht war es eine Zurechtweisung. Die Rückenlehnen schweigen. Menschenleer. Wir haben noch nichts zu trinken bekommen. Zwei Stunden vor dem Einchecken darf nichts mehr konsumiert werden. Weder feste Nahrung. Noch koffeinhaltige Getränke. Daran erinnerte mich der Taxifahrer auf der *autoroute*. Eine Anweisung der Innung. Entsprechende Detektoren kontrollierten neuerdings Mageninhalt, Verdauungsvorgänge sowie Darmgeräusche und speicherten die Daten mitsamt Lebendkörpergewicht im elektronischen Code auf der Bordkarte ab. Nach dem Einchecken sind wir in einen gläsernen Raum geleitet worden Getrennt von Freunden und Verwandten. Zum verordneten Abschied. Jede Destination hat ihre eigene Prozedur. Ihre eigene Abfertigung. Mit keimfreien Toiletten und bunten Piktogrammen. Auf den Metallsitzen im Wartebereich lag das flughafeneigene Informationsbulletin aus. Schillerndes Hochglanzpapier. Ich zählte die ankommenden Flugzeuge. Siebenundvierzig standen fest. Statt zu hungern, blätterte ich in dem Heft. Überflog ein Interview mit dem reichsten und ältesten Schweizer. Seine Einsichten: Wer keine Begeisterung für die Kunst aufbringt, ist zu keiner Liebesbeziehung fähig. Und: Wahre Leidenschaft kennt weder Grenzen noch Einschränkungen. Neugier ist vorurteilsfreie Aufnahmebereitschaft. Der Nobelpreisträger Eigen spielt angeblich konzertreif Klavier. Und Einstein beendete jeden Arbeitstag mit seiner Geige. Ohne sie wäre er zu Grunde gegangen.

Beim Einsteigen überwältigte mich die Eindimensionalität. Eine groteske Ausweglosigkeit. Sogar die Luftzufuhr regelt der Kapitän. Wir rasen bereits auf das Ende der Startbahn zu. Die Bordbeleuchtung erlischt. Die Motoren jaulen schon jenseits des Ozeans. Ich würde zu gern das Flugzeug verlassen und jenem Mann am Boden folgen. Bedingungslos. Ohne cine einzige Frage zu stellen. Mit ihm einfach ein normales Leben beginnen. Niemand weiß, wann der Tod eintritt. Der hohe Ton der Turbinen versteckt sich hinter einer doppelten Milchglasscheibe. *Paris Match*. Niemand hat je berichtet, wann die Gefühle aussetzen. Wie die Gedanken aufgeben. Wo das Erinnern endet und der Schmerz. Noch wallen die Körperflüssigkeiten. Wie das Wasser im Topf vor dem Siedepunkt. *Fasten seat belt*. Die Tragflächen weinen. Kondenstränen rinnen aus den rostigen Schraubenmuttern. *Do not step*. Nur im Notfall. Todesmutig. Bevor wir in den Atlantik stürzen oder auf ein ungepflügtes Feld. Die Abflugangst. Die Furcht, den Boden unter den Füßen zu verlieren. Die Höhenluftbeklemmung. Es macht keinen Unterschied, ob wir in Bäume oder auf Wasser krachen. Eine gewellte Oberfläche wirft uns nicht zurück in die Schwerelosigkeit. Wie ein Trampolin. Das Meer ist eine Fläche aus Beton. Wie die Tiefgaragenzufahrt. In den Baumwipfeln ruhen Samuraischwerter. Einzig unser Lebendgewicht ist entscheidend. Deshalb das Essverbot vor dem Start. Die kurzzeitig lahmgelegte Verdauung. Der geistige Mittagsschlaf. Der Aufputschmittelentzug. Schwere und Trägheit. Sollbruchstellen und Trostpflaster. Schubumkehr und Triebwerkschaden. Nur solange wir uns bewegen, haben wir eine realistische Chance anzukommen. In einem vom öffentlichen Interesse abgeschirmten Hangar werden die eingesammelten Trümmer in Reih und Glied gelegt. Marschkolonnen. Die Todesangst der Passagiere ist flüchtig. Der Körper verkohlt zur Unkenntlichkeit. Mit Ausnahme der Ohrsteinchen. Vor dem Aufprall soll der Kopf mit beiden Händen geschützt, die Stirn an die Rücklehne des Vordersitzes gelegt werden. Sagt man. *Brace for impact*. Angeblich schützen wir so einzig und allein unseren Kiefer. Ein unversehrtes Gebiss erleichtert den Forensikern die Identifizierung verbrannter Luftreisender. Niemand sieht dem Wrack an, in welcher Sitzreihe noch gekotzt, geschrien, die letzte Notdurft verrichtet wurde. In welchem Moment das blonde Lächeln verglühte. Nur ein geistesgegenwärtiger Pilot kann seinen letzten Willen bruchsicher hinterlegen. In der Black Box. Meist reicht die Zeit jedoch nur für einen wüsten Fluch. Gedanken sind unstet wie der Anfahrtswirbel. Wie das Entsetzen. Der Druckunterschied allein an den Tragflächen, zwischen der Oberseite und der Unterseite, ist enorm. Der zersäbelte Gegenwind, nicht die Ausgleichsströmung verursacht den Auftrieb. Harmonie gebiert kein Leben. Kalter Schweiß steht mir auf der Stirn. Harmonie schafft keinen Auftrieb. Schon eine Sonnenböe kann tödlich sein. Meine Existenz ist verwahrt. Der Sicherheitsgurt eingerastet. Das Lächeln der Stewardess verschwunden. Mich umgibt eine ultraleichte Aluminiumhülle. Kein Eichensarg. Schall- und schadstoffgeschützt. Herzrasen. Charlie Chaplins Grab wurde nach der zweiten Beisetzung zubetoniert. Diebstahlsicher. Jetzt hebt AF 1735 ab. Drückt mich mit aller Wucht in Sitz 9 A. Ich liege im Himmel. Auf dem Rücken. Wie ein Kind in der Wiege. Wehrlos. Nun können alle Poren platzen. Niemand will dem Unausweichlichen ins Auge sehen. Harmonie bedeutet Stillstand. Krümmungsmittelpunkt einer ebenen Kurve. Meine Handflächen liegen reglos auf den Oberschenkeln. Die Täuschung steckt im Donnern der Düsen. Meer bedeckte einst das Bayerische Oberland. Otolithe sind beständig sogar gegen Verdauungssäfte von Tieren. Selbst Jahrmillionen auf dem Meeresgrund konnten ihnen nichts anhaben. Sie sind die einzigen Zeugen für erdgeschichtliche Entwicklungen. Gehörsteinchen von Dorschen weisen auf kaltes Wasser hin, Brassen hingegen kommen in warmem Wasser vor. Das wissen die Paläontologen von Xiamen. Sie sieben den Meeresgrund der Taiwanstraße. Und sammeln unverwitterte Kristallgehörsteinchen. Ich bin fünfundvierzig Jahre alt. Dies ist mein erster Flug.

*****

Auch im Jahre 1892 dauerte in Krakau die Weihnachtszeit bis Mariä Lichtmess. Die Krippen blieben so lange in den Kirchen, auf den Marktständen, in den Handwerksbuden, beim Schneider, Schuster, in den Schulhäusern und Fenstern der Privathäuser stehen. Vermummte Gläubige bewunderten die großen und kleinen architektonischen Wunderwerke, verehrten auf dem kalten Boden kniend, in ein inniges Gebet versunken, geschnitzte, bunt bemalte, lachende Holzfiguren. Polnische Prachtequipagen. Hochzeitskutschen. Königspaare. Das Florianstor. Den Rathausturm. Prinzessinnen. Prinzen. Den Tapferen. Den Mutigen. Den Schiefmäuligen. Den Jüngeren. Den Ellenlang. Den Älteren. Partisanen. Pferde. Räte. Trompeter. Mildtätige. Aufständische. Vom Kościuszkohügel herabgeeilte Kämpfer. Aber auch, natürlich, das neugeborene Kind. Den Erlöser. Vor seiner Einführung in den Tempel. Im Stall. Die drei Weisen. Das Abendland. Den Esel. Und über allen der Stern von Bethlehem. Am 2. Februar wurden die hölzernen Helden und Türme während eines lauten Volksfestes auf den Marktplatz getragen, losgeschraubt von Holzplatten, Schienen und Verankerungen. Die Mechanismen stillgelegt und alle weltlichen und christlichen Personifizierungen einzeln auf Holzwolle in beschriftete Kästchen gebettet, die Deckel geschlossen, die Särge vernagelt. Die kleinen Kästchen kamen in große Kisten, für jede Krippe, jedes Motiv gab es eine. Begleitet von singenden Ministranten trugen die unverheirateten Söhne des Stadtadels die Krippenkisten in die Kellergewölbe unter den Tuchhallen hinunter. Zur inneren Stärkung wurde heißer

Honigwein gereicht. Wintertauben pickten verstört Strohhalme vom Pflaster, während die kirchlichen Dreher, Schrauber, Zerleger, Verpacker, Holzwollestopfer, Kistenstapler und Lichtspender sowie alle Schaulustigen und Weithergereisten dem dampfenden, süßen Getränk tüchtig zusprachen. Zur siebenten Abendstunde weihte der Bischof in der Marienkirche die Kerzen, danach bewegte sich eine Lichterprozession quer über den nun leeren Marktplatz. Wer sich noch auf den Füßen halten konnte, besuchte anschließend das traditionelle Fortepianokonzert im Cristofori-Haus.

Es war Carolinas erster Winter in der Stadt und sie hatte bisher nicht gewagt, zu Gesellschaften zu gehen. Die Kälte setzte ihr zu. Den Advent und die lange Weihnachtszeit hatte sie in Gedanken versunken verbracht. Schneider Welarski sprach nur polnisch, wie fast alle Handwerker in Krakau. Musia, die älteste der Sczaniecki-Töchter, begleitete sie zu den Anproben, bis der Pelzmantel saß. Das Lichtlose der Gassen verstörte sie. Die Enge. Seit Allerheiligen hatte sie eine Anstellung im Hause des Richters Sałasz. Auf Empfehlung ihres früheren Dienstherrn, Justiziar Kazimierz von Sczaniecki. Als Hauslehrerin. Für die drei Söhne mit den tatarischen Gesichtszügen der Mutter. Schlecht erging es Carolina in jenem Winter nicht. Sie genoss eine gewisse Freiheit. In der Stadt. In den schmalen Augen der Buben blitzte das Feuer der Barabasteppe. Carolina hatte bisher nur Töchter unterrichtet. Die Kwiatonowicer Mädchen waren stiller und blasser gewesen. Die temperamentvollen Richtersöhne mussten streng geführt werden. Verse auswendig lernen. Rhythmisches Sprechen.

Die Wochentagsgeschichte von *Solomon Grundy*. Wenn es ihr zu bunt wurde, ließ sie alle drei im Kreis herum rückwärts laufen. *Solomon Grundy / Was born on a Monday ...* Die Gedichte von hinten her aufsagen. Das half immer. Und der gut sitzende Schafspelz war warm und schwer. Dennoch konnte sie ihrer Schwester bereits zu Weihnachten 200 Kronen schicken. Unglücklich war sie nicht. Nur innerlich verwaist. Eine verwüstete Landschaft forderte ihr Recht. Die Erinnerung. Die Sehnsucht. Der Schmerz. Das Wachstuchheft blieb über Wochen unbeschrieben. Mit klammen Fingern trat sie in der Frühe aus dem Haus. Suchte das Licht. Hielt in der gepflasterten Bracka Ausschau nach den Schattenteppichen. Sah nur die backsteinrote Franziskanerkirche. Mit noch leblosen hohen Fenstern. Wyspiański hatte seine Farben noch nicht in Glas gebrannt. Erst gegen Ende des Jahrhunderts wird die wilde Pracht eines polnischen Blumenfeldes im gotischen Kirchenschiff ekstatische Wellen schlagen. Und Bewegung in die Frühmessebesucherinnen bringen. Glühendes Licht in den Raum am Morgen. Wind in die Litaneien. Noch waren die Glasscheiben stumpf wie abgewetzte Messer. Es war nicht Carolinas Kirche. Sie lag nur auf ihrem Weg. Sie ging sonntags zur Predigt. Sie betete nicht täglich. Sondern richtete ihren Tag im Wachstuchheft. Noch vor Weihnachten begann sie wieder mit ihren Notizen. *War in der protestantischen Kirche, traf aber auf den polnischen Gottesdienst.* Vorsichtige Versuche. An den Werktagen wurde sie nicht mehr richtig wach. Der Spaziergang durch den Tau fehlte ihr. Das Blechkannenscheppern in den Stallungen. Die mageren Weichselwiesen boten keinen Ersatz. Auch die Planty nicht. Und auch nicht die Alte Weichsel, an der Frau Alexandra mit den Töchtern wohnte und dem Jüngsten, der das Sobieski-Gymnasium besuchte. Carolina fürchtete das Wasser. Auch auf der Straße. Der Strom erschien ihr unberechenbar. Herrenlos gewordene Schutzengel der Selbstmörder bedrängten sie von allen Seiten. Wer Spielschulden oder Liebeskummer hatte, erschoss sich an der Weichsel. Oder sprang von den Wawelmauern. Deshalb ging die Sonne auf diesen Wiesen nicht mehr auf.

Die Fortepiano-Fabrik befand sich im Eckhaus am Markt. Man beschloss, das kurze Stück von der Bracka zu Fuß zu gehen. Madame bestand darauf, dass Carolina sie begleitete. Die Schonzeit sei nun um. Weihnachten am Nachmittag zu Ende gegangen. Akute gelbe Atrophie des Gehirns, des Herzens und der Verdauungsorgane würde ihr sonst drohen. Richter Sałasz war nach dem ungewohnten Mittagsschläfchen an einem Dienstag in glänzender Laune. An Mariä Lichtmess arbeitete niemand in Krakau, auch die österreichischen Gerichte nicht. Fabrikbesitzer Gabryelski begrüßte seine Gäste persönlich und führte sie durch den Saal mit den Konzertflügeln. Erklärte die Vorzüge von Birnbaumholz, Büffelleder und Metallverschraubungen. Erinnerte an Erards *Piano à tambourin*. An die Entwicklung vom *Cembalo*, *Clavizister*, *Manichordium* über das *Clavichord* zu Cristoforis *Pianoforte*. Er habe, verkündete Gabryelski, während er der Zofe Zeichen machte, den Gästen Getränke zu reichen, sein Haus nach dem wichtigsten Tasteninstrumentenbauer der Medici, dem Erfinder des *Pianoforte,* Bartolomeo Cristofori, benannt. Gabryelski verschnaufte nach diesem fremdwortreichen Introitus, nahm ein Wodkaglas vom

Tablett und fuhr mit glühendem Kopf fort, der Name Cristofori stehe für Individualität, für die persönliche Note jedes modernen Pianisten. Das Pianoforte sei nicht mehr, wie vor ihm das Cembalo, das Virginal oder das Spinett, ein Zupfinstrument mit Klaviatur. Die Saiten würden nicht mehr durch Federkiele gekratzt oder von Lederstückchen gezupft wie früher. Die verehrten Gäste könnten sich ja bestimmt an die metallenen Klänge dieser Materialien erinnern. Ähnlich einer Schreibfeder in der ungeübten Hand eines Eleven. Das Pianoforte sei anders gebaut, mit Rücksicht auf Hörorgan und Tastsinn. Hämmer, deren Köpfe mit Filz bezogen seien, schlügen die Saiten an. Das Weiche, Sanfte, zum Nachgeben Bereite tippe an das Harte, Unnachgiebige, Straffe. Die gesamte Saitenspannung aller Klaviere und Flügel, die die Anwesenden heute in seinem Hause bewundern dürften, unterbrach sich Gabryelski selbst, hätte eine Stärke von ungefähr 20 Tonnen. Zu Zeiten Cristoforis seien die Baumaterialien für Musikinstrumente noch nicht so weit entwickelt gewesen, dennoch hätte schon damals der aus einem wirren Durcheinander von fest zusammenhängenden einzelnen Fasern bestehende Filz an der Stahlsaite seine Wirkung nicht verfehlt. Das Pianoforte – ein Schlaginstrument! Gabryelski hob sein Glas. Der Druck auf die Taste übertrage sich als Schlag an die Saite. Das Pianoforte – ein Tastenschlaginstrument! Die filzbesetzten Hammerköpfchen fielen nach dem Anschlag sofort zurück, ließen unverzüglich ab vom Gegenstand ihrer Begierde, in nachgiebiger Wollust, was bedeute, dass die auf einen bestimmten Ton gestimmte Saite nicht unnötig lang in ihrer Bewegungsfreiheit eingeschränkt werde. Sie könne, einmal nur berührt, angestoßen und gleich wieder losgelassen, nach Lust und Laune ausschwingen, die Töne dürften ausklingen, die Musik Gestalt annehmen, aus dem Instrument heraustreten, sich in die Sphären erheben. Gabryelski verstummte, stierte einen Moment auf das Glas in seiner Hand, leerte es dann in einem Zug und stellte es hart auf den schwarzglänzenden Petroff, den kleinen Frauenflügel tschechischen Fabrikats, neben dem er sich aufgepflanzt hatte. Die Gäste zuckten zusammen, vor allem den Damen der Gesellschaft tat es leid um die Oberflächenpolitur. Aber Gabryelski schritt, die Hände nun frei, zum Höhepunkt seiner kurzen Ansprache. Der Pianist, begann er leise, hätte seit Cristofori die Möglichkeit, die Taste schnell, langsam, heftig, sanft, mit leichtem Druck oder entschiedener Kraft niederzudrücken. Zehn Finger hüpften auf und ab in der Luft, um dies zu veranschaulichen. Er könnte so entweder einen lauten Klang – *forte* – oder einen leisen Klang – *piano* – erzeugen. Pianoforte – Fortepiano! Nun erhob sich Gabryelskis Stimme. Die Stimmbänder schwangen ungehindert im Kehlkopf, hin und her, der Schildknorpel sauste an den gestrafften Halsmuskeln auf und ab, alle sahen es, und die Worte zitterten über den Glaslüstern. Das Instrument, verkündete Gabryelski, habe seinen Namen nach dem Umfang der Schalldruckgröße bekommen. Eine im wahrsten Sinne des Wortes sprechende, ja tönende Bezeichnung. Piano – forte. Forte – piano. Das Italienische habe sich seit dem Mittelalter als Sprache der Musik und Komposition durchgesetzt, deshalb sei es heute nur natürlich, das Instrument überall auf der Welt *Pianoforte* zu nennen, und nicht hier *Leislaut*, da *Cichomocno*, dort *Softloud*. Komponisten könnten zudem fortan in ihren Partituren nicht nur Tempobezeichnungen, sondern auch Ausdrucks- und Lautstärkenotierungen vornehmen. Etwa *con brio, semplice, amabile* oder *smorzando.* Gefühle fänden endlich Einlass in die Tasteninstrumentenmusik. Tränen. Trauer. Glück. Wut. Das Brausen der Gezeiten. Stürme der Entrüstung. Entladungen von Energieströmen am Sternenzelt. Aber auch Gewitter in der menschlichen Brust. Die romantische Idee von der Erquickung der Herzen. Das Schöne! Edle! Und natürlich gehöre seither die Fingerfertigkeit, das unablässige Trainieren der Handmuskulatur, der Mittelhandknochenbau sowie das seelische Gleichgewicht und insbesondere die Glücksfähigkeit und Ekstasebereitschaft des Tasteninstrumentenmusikmachers unabdingbar mit zum musikalischen Werk. Kein *Concertino*, keine *Canzonetta*, keine *Chaconne* existierte mehr ohne die Gemütslage des Ausführenden. Komponist und Interpret wüchsen unzertrennlich zusammen. Geist und Sinn. Kopf und Kuppe. Genie und Gerüst. Siamesische Zwillinge. Das Werk – die Musik! – finde erst in dieser Symbiose die Vollendung. In einer Viertelstunde würde den verehrten Gästen eine Uraufführung der ganz besonderen Art gegeben: Auf dem neuesten *Bösendorfer*, erst vor einer Woche vom „k. u. k. Hof- und Kammerklavierverfertiger" aus Wien angeliefert, trage die hochbegabte Schülerin von Emil Śmietański – Izabela Boznańska – die Wintertatra-Impressionen von Natalia Maria Cecylia Janotha vor. Verhaltener Beifall brach los. Mit diesen Berg-Werken, beschwichtigte Gabryelski sein Publikum, stelle die als Pianistin im In- und Ausland geschätzte Natalia Janotha ihre ersten eigenen Kompositionen vor. Die sechs Impressionen aus Zakopane trügen vielversprechende Namen: Szarotki, Kościelisko, Morskie Oko, Gerlach, Zbójnicki und Sabała. Nun war der Sturm der Begeisterung nicht mehr aufzuhalten. Er machte sich schnell breit, zerfetzte in unregelmäßigen Wogen die unerträglich gewordene Anspannung von Körper und Geist. Die Gäste klatschten. Die Gesichter leuchteten. Der Gastgeber verbeugte sich höflich, dankend, mehrmals. Das Schweigen durfte gebrochen werden, die Erregung laut mitgeteilt. Und es wurde getrunken, geklimpert, gefragt, gelauscht, gelacht. Man drängte sich um die glänzenden Ebenholzklangkörper der *Steinways*, *Pleyels*, *Bechsteins*. Manch einer ließ seine Finger über die Tasten fahren. Das war erlaubt. Schnell und leise. In unüberlegter Hast. Richter Sałasz entdeckte am *Broadwood* einen Bekannten in Uniform und steuerte auf ihn zu. „Julian", rief er erfreut, „du bist wieder in der Stadt?" Er winkte seine Frau und Carolina heran. „Und du beherrschst das Pianofortespiel? Hört sich professionell an! Ich dachte, ihr lernt auf dem Wawel bloß im Gleichschritt marschieren." Carolina beeilte sich, Madame zu folgen. Sie rang nach Luft. Sie fühlte sich fremd. Ihr war heiß. Schweißnässe drängte sich durch das eng geschnürte Mieder. Der Julian genannte Mann griff stehend nochmals in die Tasten, ließ ein paar Akkorde im *accelerando* anschwellen und dann, *poco*, *poco*, verebben. *„Ce sont des improvisations,* Euer Ehren, nichts als Improvisationen. Du weißt, ich hasse Vergnügungen mit sterbenslangweiligen Schreittänzen." Dann drückte er Sałasz fest an sich. Sie klopften sich kameradschaftlich den Rücken.

„Gut siehst du aus, Julian. Die Manöver mit der Garnison in Wadowice haben dir nicht geschadet. Begrüße meine Frau!

Hrga, sei ausnahmsweise einmal nett zu ihm, er hat schwere Zeiten in der Provinz hinter sich!" Sałasz lachte, während Julian die Frau Richter höflich mit einem Handkuss verehrte. „Enchanté! Und wie geht es den Steppensöhnen?"

Sałasz fuhr dazwischen. „Darf ich dir unsere neue Hauslehrerin, Panna Carolina, aus der Schweiz vorstellen – Fräulein Carolina, mein guter Freund, Julian Bujak, Hauptmann des k. u. k. Infanterieregiments Graf Daun."

Der Hauptmann musterte Carolina. Routiniert. Offiziersdienstgrad der dritten Stufe verpflichtet. Gründlich. Sie hielt seinem Blick stand. Von Natur aus neugierig. Lernbegierig. Weltoffen. ... *Gardez moi toujours en bon souvenir ...* Auf der Brust leuchteten die Uniformknöpfe. Dann beugte er sich über ihre Hand, küsste sie leidenschaftlicher als nötig. Flüsterte: *„Si seulement je pourrais être le veau dont la peau on a fait votre sac à main ...!"* Carolina zuckte zusammen. Starrte auf den Haarschopf vor ihrem Bauch. Gebändigte Locken. Verbargen die Uniformknöpfe. Sauber zur Seite gekämmt. Ein Hinterkopf. Ein gerundeter Rücken. Schnurgerade Seitennähte. Regloses und Lebloses. Vorne am Kopf hingegen schnellte eine Zunge über ihren Handrücken. Tastete pelzig die Haut ab, die Erhöhungen und Grübchen, Knochen, Sehnen und Adern. Hinterließ warme, feuchte Spuren. *Sac à main*, was war mit ihrer Handtasche? Hoffärtiger Unsinn. Französische Wörter. *Si seulement ...* Purzelnde Sinne. Die Zunge auf der Hand. Uneinnehmbar. Etwas tropfte dazwischen. Schweiß, Speichel oder Sperma? Das Kalb. Die Handtasche. Der Hinterkopf. Die Kuh. In einer fernen Heimat. Im Stall. Im Konzertsaal kokettierten Stahlsaiten und Filzflicken miteinander. Im

Kristallleuchterlicht. Eine klare Kräfte- und Materialaufteilung. Sie staunte über ihren plötzlichen Scharfsinn. Forte – piano. Schwach – stark. Mann – Frau. Uniformknopf – Handtaschenriemchen. Die Zunge gab die Hand frei. Der Hinterkopf war aus Carolinas Blickfeld entschwunden. Der Mann hatte sich wieder aufgerichtet. In ihre Augen stachen nun die Metallknöpfe des Ausgehrockes. Wie die Augen des Löwen an Uelis Kachelofen. Nicht auf rieselndem Sand, sondern im anthrazitgrauen Webstoff. Königlichkaiserlich gewirktes Leinen. Er war viel größer als sie. Sie reichte ihm vielleicht bis unter die Schultern. Sie wagte nicht, dies zu überprüfen. Den Kopf zu heben. Sie war klein und schmächtig. Immer schon gewesen. Warum sollte sie ausgerechnet an Mariä Lichtmess über sich hinauswachsen? Sie sah nicht auf. Er wandte den Blick nicht von ihr. Sie spürte, dass er ihr onduliertes Haar betrachtete. Sie hörte, dass er schwieg. Tonnenstarke Saitenspannung. Nie mehr, nahm sie sich vor, würde sie seinen Augen begegnen wollen. Und wusste, wie nichtig dieser Vorsatz war. Wie verloren sie. Bereits jetzt. Ein Kalb. Ein Kuss. Ein Knopf. Seine Begrüßung war nichts Ungewöhnliches. Nicht in diesen Breitengraden. Sie entsprach den Gepflogenheiten. Auch der polierte Uniformknopf. In dem sich die Welt spiegelte wie in den Furnieren und Oberflächenvariationen der Konzertflügel. Das Kalbsleder hatte ihre Welt ins Wanken gebracht. Damit hatte der Hauptmann sie in seinen Bann geschlagen. Sie war unfrei. Gebunden. Gefesselt. Gebändigt. Er hatte ihre Hand geküsst. Ihre Haut geleckt. Feuchte Scham stieg ihr ins Gesicht. Drang aus Wangen, Stirn und Kinn. Wie der Schweiß. Unter den Achseln. Über den Rippen. Ihre Nase war zu lang, sie wusste es. Immer schon. Zu gerade, zu spitz. Zu entschlossen. Der kleine Mund auf dem Abschiedsfoto zu einem schmalen Strich zusammengekniffen. *Gardez moi toujours ...* Gabryelskis heiserer Bass fiel in ihr eitles Abwägen. Er stand auf der geschwungenen Treppe und bat seine Gäste, sich nun ins obere Stockwerk zu bemühen und im Konzertsaal die angewiesenen Plätze einzunehmen. Szarotki beginne in drei Minuten. Zum ersten Mal, erinnerte Gabryelski, würde das neueste „Wiener Meisterstück", der satinierte *Bösendorfer,* in diesem Hause erklingen. Mit den ersten Kompositionen von Natalia Maria Cecylia Janotha. Er winkte die Damen und Herren hoch. Carolina folgte Madame. In der Hand das glitschige Riemchen der Kalbslederhandtasche.

Emil Śmietański saß bereits in der ersten Reihe. Neben ihm Paderewskis wilde Lockenpracht. Die beiden hatten es vorgezogen, sich nicht beim Stehempfang vor dem Konzert zu zeigen. Sondern oben stillzusitzen. Und ein paar Minuten in sich zu gehen. Eine gewagte Sache. Dieses Konzert in der Fortepiano-Fabrik. Die Janotha wurde von der polnischen Gesellschaft in Krakau als *grande dame* der Interpretationskunst verehrt. Sie war Schülerin von Marcellina Czartoryska gewesen. Paderewski hatte ihr sein Jugendstück *Danses Polonaises* op. 5 gewidmet. Und Izabela Boznańska – blutjung! Ein von den Eltern uneingeschränkt gefördertes Wunderkind. Aber konzertunerfahren. Warum trat nicht die Virtuosin selbst auf mit ihren Kompositionen? Wetterte Śmietański. Die Boznańska war genial. Kein Zweifel. Außerordentlich begabt. Stilsicher. Fleißig. Absolut unerbittlich sich selbst gegenüber. Nur: die Gefühle. Die

Menschen. Die unüberbrückbaren Gegensätze. Weichselgeflunker. Eine Frau! Śmietański tobte innerlich. Paderewski hatte sie entdeckt, ihr die ersten Stunden gegeben. In Zakopane. Er war nur unwesentlich älter als sie. Also keine Vorbildfigur. Keine Vaterallüren. Śmietański konnte seinem Ärger nicht Luft machen. Laut über ein Frauenzimmer herzuziehen, war nicht mehr *comme il faut*. Die Zeiten hatten sich geändert. Ein zartes, verletzliches Weib, das sich selbst nichts verzieh. Nicht den leisesten Fehler. Kein Zögern vor dem *ca capo*. Oder Stocken am *ritenuto*. Wenn sie allein am Instrument saß und nur er, Śmietański, ihr Lehrer, neben ihr, dann spielte sie himmlisch. Aber sobald Menschen ins Spiel kamen, Zuhörer, Masse, Publikum im Konzertsaal, dann war es aus mit der Disziplin. Lampenfieber. Schüttelfrost. Schwindel. Kaum befanden sich mehr als drei Personen im Raum, verfiel die Boznańska in panische Apathie. Vermochte die ineinander gekrallten Finger nicht mehr auf die Tasten zu zwingen. Fand keine Melodieführung, keine Tonfolgen. Vergaß, wer sie war und warum sie an einem *Bösendorfer* saß. Litt unbeschreibliche Qualen. Hatte Herzrasen. Fingerschwitzen. Das ganze Programm. Gabryelski war eine Fabrik, kein Konzerthaus. Dies war die letzte Hoffnung Śmietańskis. Die letzte Chance für die Boznańska. In Anwesenheit Paderewskis, ihres Vertrauten. Ein Konzert in der Manufaktur, nicht in der Philharmonie. Am neuesten Wiener Modell. In Leipzig war sie nicht zum Abschlussexamen in der Musikhochschule erschienen. Hatte auf Prüfungskonzert und Konzertdiplom verzichtet. Etwas, erklärte sie nach ihrer Rückkehr in Krakau, habe sie an jenem Morgen ans Bett gefesselt. Sie konnte nie sagen, wer oder was. Und nicht einmal ihre Mutter schöpfte den Verdacht, es könne ein Mann gewesen sein.

Richter Sałasz war angesehen in der Stadt. Deshalb wurden sie in der ersten Reihe platziert. Carolina war es peinlich, mit flammendem Gesicht den ganzen Saal durchqueren zu müssen. Das Kleid klebte. Die Schleife war verrutscht. Sie musste aufpassen, dass sie nicht stolperte. Im Nacken spürte sie heißen Atem. Er strömte von Kragenknöpfen auf sie herab. Er hätte sie aufgefangen, der Hauptmann, vor aller Augen, wenn sie gestürzt wäre. Sofort gestützt, wenn sie zu wanken begonnen hätte. Sie durfte es auf keinen Fall so weit kommen lassen. Erleichtert sank sie auf den Stuhl neben Madame Sałasz. Aber damit war gar nichts ausgestanden. Die Frage kam aus dem Mund über dem Kragen, so natürlich wie vorher der Atem: *„Vous permettez?“* Carolina nickte stumm und hob den Kopf nicht mehr. Die ganzen Zakopane-Impressionen hindurch würde sie seine Nähe ertragen müssen. Sie gönnte ihm weder einen Blick noch einen Ton. Schwieg. Beharrlich. Suchte ihre alte Entschlossenheit. In der Handtasche. Ein Taschentuch. Er hatte ihre Sinne durcheinandergebracht. Ein für allemal. Eine Pause war nicht mehr vorgesehen, da die Gäste schon vor dem Konzert unterhalten worden waren. Carolina würde darauf drängen, dass man sich danach unverzüglich nach Hause begebe. Sie könnte auf ihre Mittwochspflichten verweisen. Sie würde die Lektionen, die heute wegen des Feiertags ausgefallen waren, morgen nachholen wollen. Die Knaben mussten lernen. Disziplin war das oberste Gebot. Carolina klemmte die Handtasche zwischen ihn und sich. Dieses harmlose Lederstück. Hatte etwas ins Rollen gebracht. Aufgebracht. Aufgebrochen. Sie wusste nicht, was. Sie konnte nicht das Wachstuchheft hervorziehen, um ihre Gedanken zu sortieren. Aber sie ahnte, dass so etwas, einmal ins Rollen gebracht, nicht mehr aufzuhalten sei. Wachstuch hin oder her. Wirr oder geordnet. Ein rollender Kieselstein schert sich einen Dreck um die blühende Wiese. Der Uniformstoff streifte ihre Schulter. Der Hauptmann hatte sich umgedreht, um einen Bekannten zu grüßen. Ein sengender Schmerz schoss bis in Carolinas Ellbogen hinunter. Sie unterdrückte einen Schrei. Das Publikum klatschte bereits. Eine schmale, fast durchsichtige Frau war an den *Bösendorfer* getreten, verneigte sich verhalten lächelnd, nickte den Herren in der ersten Reihe zu und setzte sich mit dem Rücken zum Saal. „Die Boznańska! Eine wunderbare Musikerin!“, flüsterte der Hauptmann.

Irgendwann gab es in Kwiatonowice für Carolina keine Arbeit mehr. Justizrat Kazimierz von Sczaniecki hatte sie eines Morgens nach dem Frühstück in sein Kabinett gebeten. Die drei Töchter kämen nun ins heiratsfähige Alter. Und der Jüngste, der lang ersehnte Stammhalter Stefan, träte nach den Ferien in das Krakauer Sobieski-Gymnasium ein. Keuchhusten hin oder her. Bettnässerei. Blutarmut. Atemnot. Nun sei die Zeit reif für Zucht und Internat. Polterte Pan Kazimierz in seiner Hauskanzlei. Ende mit den Verzärteleien. Auf dem Lande. Wangentätscheln. Brustklopfen. Rund um die Uhr. Rund um den Globus. Von der Köchin. Dem Kutscher. Dem Gärtner. Der Gouvernante. Der Vorleserin. Der Händchenhalterin. Zuhörerin auf Waldspaziergängen. Einsamen Vokabelabfragerin.

Stummen Diktiererin. Unermüdlichen Grammatikpeitscherin. Mehr Französisch und Deutsch könne Carolina seiner Jungschar nicht mehr beibringen. Donnerte der tiefe Bass ohne Vorwurf in den Morgenraum. Im Gegenteil. Er sei außerordentlich zufrieden mit ihr. Fuhr er fort. Ohne innezuhalten. Vor dem Unausweichlichen. Dem Unaussprechlichen. Es war Anfang Juni und noch empfindlich frisch. Die Küchenmagd hatte früh die Öfen eingeheizt. Carolina sah den Rauch aus dem Kamin steigen. Auf ihrem Spaziergang durch die frostigen Felder. Sie kam mit taunassen Schuhen zurück. Nach Sonnenaufgang. Ihr tägliches Wachwerden. Die Simmentaler Kühe wurden gemolken. Sie hörte das Scheppern der Kannen. Das Lachen der Burschen.

Seine Sprösslinge hätten gesunde Milch getrunken und klare Luft geatmet. Der alte Traum. Aus der Heimat. Die Milchkühe. Seien hoch aufgeschossen. Wie Roggenähren. Höchste Zeit für andere Dinge. Großer Dickkopf. Dorndreher und Nägenmürer. Die Ausläufer der Malastower Maguren lagen im Schatten. Wie dunkelgrüne Teppiche vor dem Fenster. Nach dem Frühstück. In Carolinas Augen. Sie schluckte leer. Gewellt und gewölbt vom Drängen der tektonischen Platten. Erdkrusten. Aufgetürmt zur Hohen Tatra im Süden. Und da war es wieder, unvermittelt, ungefragt: das Nachtgefühl aus Neapel. Das Grollen des Feuerberges. Im eigenen Bauch. Gewiss, zuckte sie zusammen, nickte. Beugte das Haupt. Vor dem kühlen Himmel über Galizien. Vor dem bärtigen Richter, Pan Kazimierz. Ihrem zweiten Vater. Geistigen Fürsprecher. Die Tochter des Bodenueli fürchtet keinen Abschied. Und kennt keinen Gram. Sie hatte es erwartet. Gewusst. Aber nicht heute schon. Das entscheidende Wort fällt immer einen Tag zu früh. Auch Blumenkinder mussten lebenstüchtig werden. Schwachsichtige Schlosstöchter. Anämische Gutsbesitzersöhne. Erben. Rauchfänge. Alleinerben. Schnasalber. Haupterben. Schallerben. Landadelsfamilien. Tripviolen. Blaue Lupine. Figbohne. Auch die Mädchen, natürlich, bekräftigte der Kreisrichter Carolinas aufmüpfige Frage. Gehörten nun alle in die Stadt. Musia würde Kurse am Baranäum belegen. Sophie sei verträumt, was Carolina nicht entgangen sein dürfte. Unentschlossen und verstockt. Vor allem ihm, dem Vater, gegenüber. Das würde sich geben, sobald sie in eine andere Umgebung käme. Und Mimi habe sich in den Kopf gesetzt, das Noviziat bei den Prämonstratenserinnen anzutreten. Flausen! Dröhnte es über den mächtigen Schreibtisch. Die eine wolle sich der Kunst, die andere der Kirche verschreiben. Er hoffe auf gute Gesellschaften. Empfänge im Palais der Gräfin Czartoryska. Jagiellonentänze im Hotel Saski. Die Mädchen würden Augen machen. Und die Welt schnell in einem ganz anderen Licht sehen. Sein schweres Lachen krachte in den Raum. Gewiss. Auch sie, Carolina, gehöre nun in die Stadt. Unter die Leute. Mit diesen Worten stand er auf. Ernst geworden. Bot er ihr die Hand. Drückte ihre fest. Zum Dank. Ja, auch sie, wiederholte er, jage er, wenn der Sommer vorbei und die Hitzegewitter über der Ebene abgeklungen, fort. Ihr stünden mit Diplom und Referenzen Tür und Tor offen. Überall. In Kwiatonowice habe sie nichts mehr zu suchen. Warum sie nicht an eine große Reise denke, über die Meere?

„Über die Meere?“, stammelte Carolina erschrocken. Hatte sie nicht vor zwei Jahren im Wachstuchheft den festen Vorsatz gefasst: *Nie im Leben werde ich mich mehr auf das Meer wagen!* Mit zitternden Fingern. Auf unsicheren Beinen. Der feuchte Winter an der Themse war ihr in die Knochen gefahren. In der Handwurzel brannte das erste Rheuma. Sie war mit Abstand die älteste Absolventin der École Supérieure in Neuchâtel gewesen. Und dann zur Nachdiplomierung nach London gefahren. Das Fachexamen in Englisch hatte sie nach nur einem Semester abgelegt. Glänzend. Auf dem Heimweg, auf der Überfahrt an die französische Atlantikküste, hätte sie trotzdem sterben mögen. Alles brach aus ihr hervor. Ein unaufhörlicher Galleschwall. Zuerst gelb, dick, dann durchsichtig. Fein. Fadenscheinig. Die Konvulsionen wollten nicht aufhören. Auch als der Magen nichts mehr herzugeben hatte. Mit letzter Kraft verlangte sie nach frischer Luft. Einer der Unteroffiziere band sie mit Lederriemen auf einer Liege an Deck fest. Die eiskalte See hätte sie sonst sofort verschlungen. Und nie wieder hergegeben. Schmalbrüstig und still trat sie danach wieder ihren Dienst im Hause Sczaniecki an. Als Sprachlehrerin. Mit Feuer in den Gelenken. Sie bekam jetzt mehr Geld für ihre Dienste. Die Furcht vor dem Wasser blieb. Wie froh war sie, auf der grünen Hochebene über den Tälern der Moszczanka und der Sitanka zu arbeiten. Trotz der Gewitter, die hier im August tobten wie nirgendwo sonst auf der Welt. Ihre Empfindungen gingen niemanden etwas an. Wortlos ergriff sie die ausgestreckte Hand. Nickte. Gewiss. Und verließ die Kanzlei. Die Pendule schlug neun. Mehrere Bittsteller warteten bereits auf dem Flur.

Carolina wunderte sich über die aufgebrachten Stimmen auf der Paukentreppe. Das Letzte, woran sie sich erinnerte, war wollüstige Wärme, die durch die Ohrmuschel tropfte. In sie hinein. Und sich in ihrem ganzen Körper breit machte. Sowie ein Brennen am Arm. Weiter nichts. Worte konnte sie nicht verstehen. Musik nicht hören. Ihre Gehörgänge waren verschlossen. Versiegelt. Die Erdanziehungskraft aufgehoben. Sie schwebte in einem luftleeren Raum. Wie sie wieder auf die Füße gekommen war, konnte sie sich nicht erklären. Wie sie den Konzertsaal verlassen hatte. Wahrscheinlich mit aufgerichtetem Nacken. Vor dem Hauptmann. Schreitend. Er war ihr gefolgt. Wie ein kühler Schatten im Hochsommer. Sie hätte nicht zu sagen gewusst, ob die Sonne am Himmel stand oder nicht. Während sie traumwandlerisch die Vorhoftreppe hinunter ins Vestibül gelangt war. Die Stimmen um sie herum wurden lauter, heftiger. Sie schwangen in einer anderen Tonlage als ihr Schneckengang. Unwirsch. Erregt. Saiten klirrten. Glas zersprang. Scherben knirschten unter den Schuhen. Ritzten die Haut auf. Scharfe Klingen schälten die Schneckenspindel. Störten. Schüttelten. Weckten ihr Bewusstsein auf. Streckten ihre Beine. Ob Bujak sie hatte stützen müssen? Bujak? Woher kannte sie seinen Namen? Ob sie in ihrer Ohnmacht den Kopf an seine Brust hatte sinken lassen? Wörter wurden verständlich, schritten in schillernden Farben neben ihr her. „Skandal“, „mangelnde Fingerfeinkraft“, „unkontrolliert“, „eine Schande“, „Sabała“, „aus dem *legato* herausgefallen“, „ungeschöntes *mezzopiano“*, „Schulaufgaben nicht gemacht“, „untalentiert“, „Anfängerin“, „schade um Gerlach“. Schwirrten vor ihren Augen. Wie Schmetterlinge. Carolina hatte keine Ahnung, von wem die Rede war, und fürchtete einen Moment, sie könnte selbst gemeint sein. Als jedoch ein Schreiber der „Czas Cracovia“ laut nach Śmietański verlangte, beruhigte sie sich. Einen Menschen diesen Namens kannte sie nicht. Paderewski, rief ein anderer, sei eben aus dem Hinterausgang geeilt und strebe, eskortiert von Gabryelskis Pagen, dem Bahnhof zu. Neben dem *Silberman* posierten die drei Sczaniecki-Töchter. Mit ihrer Mutter. Carolina erkannte sie nicht. Sie hatte das Portrait von Malczewski vor Augen. Das im Westflügel im Salon hing. Im Kwiatonowicer Gutshaus. Sie suchte nach alter Gewohnheit den Rahmen nach Goldsplittern ab. Im Winter hatten sie sich abends in der windstillen Küche versammelt. Dort war es am wärmsten. Und es gab immer heißes Wasser. Vor Beginn des Karnevals würde sich niemand in die Stadt wagen. Dreikönig war gerade erst ins Land marschiert. Und Carolina konnte sich vor Erschöpfung kaum noch auf den Füßen halten. Der Hauptmann wich nicht von ihrer Seite. Ihre neue tatarische Madame hatte sie im bunten Gewirr aus den Augen verloren. Mimi trat auf sie zu, nahm ihre heiße Hand und fragte, ob sie ihr ein Glas Wasser besorgen solle. Sie sähe blass aus. Carolina schüttelte den Kopf und fragte, ob sie die Vokabeln für morgen schon aufgeschrieben hätte. Gedanken könnten wie Wäschestücke sortiert werden. Ordentlich. Manche Wörter müssten bloß glatt gestrichen werden. Damit sie sich nicht auflehnten im Schrank. Am Nachmittag erwarte sie alle drei zur gewohnten Stunde zur *convérsation*. Sie würden sich unterhalten über die Unterschiede im Stadt- und Landleben. Und sie mögen sich bitte gut vorbereiten: Blumennamen. Vogelnamen. Pflastersteine. Bierkutscher. Bürgerhäuser. Nachtwächter. Klosterkräuter. Fortepianomarken. Wolkenformationen. Morskie Oko. Kościelisko. In Deutsch und Französisch. Sie kicherte unbändig. Bunte Schmetterlingsschwärme stürzten sich auf sie. Flatternde Flügel verschlossen ihre Augen.

Danach lag Carolina lange krank an der Bracka. Der Arzt, auch er ein Freund von Richter Sałasz, verordnete strikte Bettruhe. Keine Besuche, keine Lektionen, keine Bücher. Das Augenlicht müsse geschont werden. Die Patientin leide an einer schweren Gefühlsverwirrung und an Blutarmut. Außerdem habe sie eine Brandwunde am linken Oberarm. Zugezogen beim Sturz von der Treppe. Vielleicht von einer brennenden Kerze. Die offene Wunde könne akute Fieberdelirien auslösen. Der Hauptmann kam jeden Nachmittag. Hrga ließ ihn gewähren. Berichtete weder ihrem Mann noch dem Arzt davon. Sie sagte auch niemandem, dass das Kleid unversehrt geblieben war. Sie hatte es weder ausbessern noch waschen lassen müssen. Es gab am Ärmel keinen Brandfleck. Auch die Kinder setzten sich jeweils eine Stunde in das Krankenzimmer. Marschierten rückwärts um das Bett herum, um ihre Lehrerin zu beruhigen. Fragten leise nach *Solomon Grundy*, *... / Christened on a Tuesday / ...*, die Worte reichten nicht aus. Eines Nachmittags verriet ihnen Carolina mit fester Stimme *.. / Married on a Wednesday / ...,* und wiederholte die Worte geduldig, bis auch Izydor, der Jüngste sie richtig aussprach. Die beiden Älteren wollten Grammatik, Syntax und Semantik erklärt haben. Am Abend richtete sie das erste Wort an den Hauptmann: „Nalej wody!“ Der eilte voller Glück in die Küche und umarmte die Köchin. Das Glas Wasser, das er ihr brachte, trank sie in einem Zug aus.

Als es wärmer wurde, gingen sie zusammen im Jordan Park spazieren. Er im weißen Ausgehrock mit der himmelblauen Hose. Sie in Schafspelz und Wintermütze. Sie sah blass aus. Wie sein Rock. Wie selbstverständlich ging sie an seinem Arm. Hrga riet ihnen, sich an Ostern zu verloben, damit das Geschwätz gar nicht erst anfange. Der Hauptmann zögerte aus gutem Grund. Da er kein Adeliger sei, müsse er dazu die Erlaubnis des Kaisers einholen. Der Antragsweg sei langwierig, jede Dienststelle prüfe das Gesuch eigenverantwortlich, bevor sie es an die nächste weiterleite. Zuerst würde sein Kommandant auf dem Wawel, Oberst Johann Linhart, ihn ins Kreuzverhör nehmen. Ganz bestimmt. Und bis der Kaiser das Gesuch zu Gesicht bekäme, könne gut und gern ein Jahr vergehen. Carolina blieb stumm. Entscheidungen der k. u. k.-Kanzlisten gingen sie nichts an. Sie fragte nach dem Verbleib der jungen Pianistin. Sie würde sie gerne noch einmal spielen hören. Der Hauptmann erzählte ihr auf dem Weg zur Twardowskigrotte, dass die Krakauer Blätter so vernichtende Kritiken zum Cristofori-Konzert abgedruckt hätten, dass Izabela Boznańska die Stadt am Tag darauf verlassen habe. Man munkelte, sie habe sich in Genf am naturwissenschaftlichen Institut immatrikuliert. Ihre ältere Schwester hingegen feiere in München große Erfolge mit ihren Ölgemälden. Die müsse ja auch nicht vor Publikum malen, fiel ihm Carolina unwirsch ins Wort. Die hätte den Vorteil, öffentlich ausstellen zu können, was in der Einsamkeit des Ateliers auf die Leinwand gekommen sei. Der gucke doch keiner auf die Finger. Wie im Konzertsaal, wo die Musikerinnen sich geradezu prostituieren müssten. Seit die Tage heller wurden, war der alte

Trotz wieder da. Carolina fand es ungerecht, dass Erfolg trotz Begabung an der psychischen Konstitution scheitern könne. Auch eine Verlobung könne trotz Liebe an diversen Widrigkeiten scheitern, bemerkte der Hauptmann. Carolina musterte ihn finster. Ob ihm dazu nichts Gescheiteres einfalle? Ob Boznańska die Jüngere die Musik endgültig an den Nagel gehängt habe? Gewiss doch, bestätigte der Hauptmann. Was für eine charakterfeste Frau! Rief sie. Es braucht das Chaos, damit ein Stern geboren werden kann! *„Allez-y!“* Carolina trieb ihren Begleiter zur Eile an. Der aber fing an, von Zauberern und Schwarzkünstlern zu schwärmen. *Verweile doch! Du bist so schön!* Meister Twardowski, dessen Grotte sie suchten am Weichselunterlauf, sei höchstwahrscheinlich ein Deutscher gewesen, Laurentius Dhur aus Nürnberg. Als Magier habe er am Hof Zygmunt Augusts gewirkt. Und es sei ihm gelungen, eine Bitte des Königs zu erfüllen. Er habe ihm den Geist seiner Geliebten, der jung und unberührt verstorbenen Barbara Radziwiłłówna vor Augen geführt. Und deshalb, weil er dem polnischen König gedient habe, würden die Polen ihn heutzutage für sich beanspruchen. Man habe seinen Namen, abgeleitet von lateinisch *durus,* polnisch *twardy,* polonisiert zu *Twardowski.* Carolina sah darin nichts Außergewöhnliches. Untertanen seien überall auf der Welt das Eigentum ihrer Herren. Warum sollten sie nicht die Nationalität dieser Kaiser und Könige annehmen? Mit der Nationalstaatenbildung sei eben auch das Weltbürgertum verschwunden. Notgedrungen. Weit folgenreicher sei hingegen, fuhr sie fort, was Bach mit der Musik angestellt habe. Denn die Musik sei Allgemeingut – und nicht Bachs persönliche Untertanin! Dieser Kantatenkomponist habe die *Tonleiter der gleichschwebend temperierten Stimmung* eingeführt. Er habe die Oktave in zwölf mathematisch gleichklingende Halbtöne unterteilt. Mit dieser Generierung der Tonschritte deformierte Bach die Hörgewohnheiten der Menschen ein für allemal. Carolina ließ sich nicht unterbrechen. Sie redete sich in Rage, was sonst nicht ihre Art war. Niemand, nicht einmal die Kinder, würde von einem polonisierten Nürnberger Härtling Schaden nehmen. Im Gegenteil, Legenden würden durch importierte Figuren bereichert, nahrhafter gemacht. Davon zehre die Seele jahrhundertelang. Bach hingegen habe das musikalische und ästhetische Empfindungsvermögen des menschlichen Hörorgans auf eine physikalisch genaue Oktave beschnittten. Eine Reduzierung, die nicht mehr rückgängig zu machen sei. Wenn er, der Hauptmann, je die Naturtöne eines Büchels oder Alphorns über dem Vierwaldstättersee gehört hätte, verstünde er, wovon sie spreche.

Er umarmte sie ungestüm. *„C'est ravissant!"*

Sie stieß ihn von sich. *„Vous êtes un mangeur de cœur!"*

Die Verlobung zu Ostern fand nicht statt. An ihrem Geburtstag sprachen lauter neugierige Gratulanten vor, aber Carolina schwieg wie ein Grab. Sie war nicht mehr die Jüngste. Es war mitten in der Fastenzeit. Zum Tee gab es nur Sandkuchen. Der Hauptmann ließ durch ein Billet ausrichten, er sei verhindert. Erst drei Tage später, am Palmsonntag, holte er sie zum üblichen Spaziergang in der Ausgehuniform ab. Er war sehr niedergeschlagen. Erzählte Carolina in den Planty, Oberst Linhart habe ihn mehrmals zu sich zitiert. Zum Gespräch. Zum Rapport. Zum Verhör. Habe ihm auszureden versucht, eine Bürgerliche, eine Ausländerin, eine Protestantin zu ehelichen. So ein Weibsbild beschädige seine Reputation. Und mit einer Beförderung außer der Rangtour dürfe er, gesetzt den Fall, nicht mehr rechnen. Carolina ging stumm neben ihm her. Am Arm hing die Handtasche. Das *Corpus Voluptatis*. Er küsste ihre Hand zum Abschied und versprach, nicht abzurücken von seinem festen Plan. Um sie zu kämpfen. Sie seien füreinander bestimmt. Er konnte nicht beim toten Ueli um ihre Hand anhalten. Er musste es beim österreichischen Kaiser tun. Sie lächelte seine glänzenden Uniformbrustknöpfe an, erkannte sich darin, in jedem einzelnen, vervielfacht und verformt. Tausend güldene, winzige Spiegelbildchen. Und war plötzlich glücklich. Er solle jetzt gehen, ermahnte sie ihn, es sei schon spät. Am Gründonnerstag kam er mit der nächsten Hiobsbotschaft. Auf sein beharrliches Drängen hin habe Linhart das Gesuch gutgeheißen und per Eilpost nach Wien spediert. Vom Finanzministerium sei es postwendend zur Revision zurückgesandt worden. Ob denn besagter B. schon die Offizierskaution von 50 000 Kronen eingezahlt hätte? Ohne entsprechendes Zahlungszeugnis könnte von ihrer Stelle aus keine weitere Bearbeitung vorgenommen werden. Gezeichnet Oblt. Frantisek.

Fünfzigtausend ... Carolina weinte erst in der Osternacht. Zweihundert hatte sie ihrer Schwester zu Weihnachten geschickt. Mehr Erspartes blieb nicht. Der Mond stand noch fast voll über dem Turm der Franziskanerkirche und Miecio hatte ihr erklärt, dass Meister Twardowski dort oben herumbalanciere, weil der Teufel ihn auf halbem Wege fallen gelassen habe. Carolina fragte ihn, woher er denn wisse, dass der Mond sich auf halbem Weg zur Hölle befinde. Dies habe ihnen der Pfarrer nach der Karfreitagsandacht erklärt, fuhr Miecio fort. Aber sie könne es doch selbst sehen, die dunklen Flecke auf dem Mond, dort sitze jemand. Und das sei Meister Twardowski. Wer denn sonst? Carolina strich über sein schwarzes Haar. Das sei der Mann im Mond. Den würden alle Kinder auf der Welt kennen und einfach Mann im Mond nennen. Die hätten eben noch nie etwas von Meister Twardowski gehört, spottete der Naseweis. Carolina schickte ihn schlafen. Er könne nächste Woche darüber einen Aufsatz schreiben, auf Englisch. Erst als sie allein war, schluchzte sie haltlos. Dieser polnische Magier hatte den letzten Rest ihrer Beherrschtheit weggefegt. Der Mann im Mond – ein Pole! Meister Twardowski – ein Pole! Der Nürnberger Laurenz Härtling – ein Pole! Wie konnte es auch anders sein! Sie zitterte am ganzen Körper. Sie musste nachdenken. Über den Kuss. Den Knopf. Das Kalb. Die Brandnarbe am Oberarm. Sie wollte zur Ruhe kommen. Mochte keine Legenden mehr hören. Weder von Meister Twardowskis schöner Frau. Noch vom gemalten Pferd. Noch von einer Feuersbrunst im Dorf Nirgendwo.

Sie hatten sich zwei Wochen nicht gesehen. Täglich gingen mehrere Billets hin und her. Carolina erklärte dem Hauptmann die Naturtonreihe des Alphorns. Die nicht egalisierten Tonschritte. Das Phänomen der mit Klängen gefüllten

Schweizer Bergkessel. Der Hauptmann erklärte ihr seine Liebe. Die stetig wachsende Unerschütterlichkeit seiner Gefühle. Obwohl sie damals nicht bis zur Grotte vorgestoßen seien. Sie hätten ja vor Einbruch der Nacht wieder in der Stadt sein müssen. Des Geschwätzes wegen. Die gespreizte Oktave mache die eigentlich faszinierende Spannung in Klang und Melodie aus. Die ekmelischen Töne. Die Naturseptime oder das Alphornfa. Die auf keinem *Bösendorfer* zu spielen seien, da sie zwischen den Pianofortetasten lägen. Niemand habe die Grotte an der Weichsel je gefunden. Sie sei einem auserwählten Paar in Laufnähe von Krakau versprochen. Naturhörner seien nach Bach wegen ihres beschränkten Tonvorrats aus den Reihen der Orchester- und Kirchenmusikinstrumente verdrängt worden. Alle Alphornspieler flohen in die Schweiz. Wer nicht freiwillig ging, den knüpften die Bachschüler an der chromatisch-temperierten Tonskala auf. Was das heiße, kam eine erschrockene Frage vom Wawel herunter. Säuberungen? Carolina ließ den Boten warten. Schrieb dann ein einziges Wort auf einen Bogen Papier, faltete ihn zusammen, steckte ihn in einen Umschlag, den sie versiegelte. *„Oui!"*

Sie schlief unruhig und traumlos. Das Herz tat ihr weh nach dem Aufwachen. Sie wartete auf ein Zeichen von Ueli. Die Nächte blieben seit Mariä Lichtmess undurchdringlich. Schwarz und schwer. Wie die Welt vor den geschlossenen Stadttoren. Ueli fand sie nicht mehr. Etwas stand im Weg. Im letzten Sommer, als der alte Graf Ciulisz aus Biecz um ihre Hand angehalten hatte, war er sofort gekommen. Keuchend. Zu Fuß. Herzkrank. Rannte er von der Bahnstation in Zagórzany bis nach Kwiatonowice hoch. Durch finstere Nacht. Klopfte an ihr Fenster und rief *Pass auf, mein Kind!* und verschwand sofort wieder im Regen. Aber sein *bhüetdigott* blieb an ihrem Bett, bis die Sonne aufging. Bujak sprach unangemeldet bei seinem Freund Sałasz vor. Bat darum, die Hauslehrerin zur Maifahrt einladen zu dürfen. Nach Tyniec. Sie selbst wechselten im Flur einen zeremoniösen Gruß. Ein unverlobtes Paar. Sie hatte gerade ihre Nachmittagsstunden beendet. *... / Took ill on Thursday /* ... Da der 1. Mai auf einen Sonntag fiel, gab es keine Ausflüchte. Von keiner Seite.

Er kam zum ersten Mal in Zivilkleidung. Leinenanzug. Stumpfe Hornknöpfe. Ein weißes Hemd. Offener Kragen. Ein stattlicher Mann, dachte Carolina. Ein stolzer Gatte. Aber sie sah es sofort: Der Glanz fehlte. Nicht nur an den Knöpfen der Weste. Der innere Glanz. Das innere Feuer. Die Begeisterung. Bujak war kein Mann für Zivilkleidung. Den Dampfer bestiegen sie an der Anlegestelle vor der Drachenhöhle. Schaulustige drängten sich dort bereits für die Nachmittagsvorstellung. Nach zwei Stunden träger Fahrt flussaufwärts verließen sie in Tyniec das Ausflugsschiff. Sie hatten kaum gesprochen, Bujak zeigte nach links und nach rechts, wenn es etwas zu sehen gab. Klöster. Kirchtürme. Hügel. Wälder. Das frische Grün. In der Sonne. Im Himmel. Sie spazierten zur Benediktinerabtei. Die hoch über dem Fluss auf den Kalksteinfelsen thronte. Bujak wollte in der barocken Klosterkirche beichten. Carolina kniete in der Seitenkapelle. Sie hielten getrennt Andacht. Danach liefen sie ausgelassen wie

Kinder durch den Wald. Den Bergrücken hinunter. Zum Fluss. Mieden die schroffen Felsen. Am Ufer der Weichsel breitete er sein Leinen auf dem frischen Gras aus. Damit ihr Kleid nicht befleckt werde. Er lud sie ein, Platz zu nehmen. Mit einer galanten Verbeugung. Sie lachte. Zum ersten Mal, seit sie sich kannten, lachte sie. Holte aus der Handtasche trockene Kekse. Kasernenkekse. Scherzte er. Setzte sich neben sie und legte den Arm um ihre Schultern. Sie wehrte ihn nicht ab. Sie würden heiraten, flüsterte er in ihr Ohr, obwohl weit und breit keine Menschenseele war. Früher oder später. Sie schüttelte den Kopf. Blieb stumm. Er liebe sie über alles, fuhr er fort. *Viribus unitis* – wie sein oberster Dienstherr zu sagen pflege. Es würde ihnen gelingen. Alles auf der Welt. Würde ihnen zu Füßen liegen. Eines Tages. Caroline starrte auf das Wasser. Der Dampfer wird erst in der Dämmerung wieder erscheinen. Auf dem Fluss. Sie mitnehmen und zurückbringen. In die Stadt. Sie lebten in einem astronomisch bedeutsamen Jahr. Mit Neptun-Pluto-Konjunktion. Diese Planetenkonstellation tritt am Himmel nur alle 492 Jahre ein. Auf der anderen Seite der Erdkugel hatte vor vier Tagen eine totale Sonnenfinsternis stattgefunden. Paderewski war auf Tournee und hatte sie beobachtet. Carolina starrte in den Himmel. Er grollte in der Ferne. Wind kam auf. Trieb Schwarzes, Kaltes zusammen. Sie begann zu zittern. Etwas Unheimliches ballte sich zusammen. Die Kalkfelsen leuchteten gespenstisch weiß. Regenvorhänge wurden vor der Abtei zugezogen. Eben noch war heller Nachmittag gewesen. Jetzt Niemandsstunde. Er wollte sie an sich drücken, sie umarmen, besänftigen. Da fielen auch am Ufer bereits die ersten Tropfen. Platzten so schwer auf dem Handrücken auf, dass Carolina aufschrie: *„Il grêle!“* Angstbesessen. Er riss sie hoch, schüttelte sein Leinen aus, legte es um ihre Schultern, über das Maikleid. Sie rannten in den Wald zurück. Vorhin waren sie an einer verlassenen Köhlerhütte vorbeigekommen. Dort suchten sie jetzt Schutz. Wortlose Absprache. Zum Kloster schafften sie es nicht mehr hoch. Die Beichte war schon abgenommen. Die Absolution erteilt. Für den heutigen Sonntag. Alle Sünden schon gesühnt. Scherben lagen am Boden. Die Tür schwang in rostigen Angeln. Sie war weder zu schließen noch ganz zu öffnen. Das Holz verzogen. Das Dach jedoch wie durch ein Wunder noch heil. Bujak flüsterte. Der Sturm wirbelte letztjähriges Laub auf. Fauliger Geruch. Trotz zerschlagener Scheiben. Vielleicht hatten Tiere hier überwintert. Es sauste in den Ohren. Ohne Luft wäre alles um sie herum absolut lautlos. Die Äste der Bäume ächzten über ihren Köpfen. Bujak nahm ihr den durchnässten Hut ab. Der Waldboden tat sein riesiges Naturtonreservat auf. *„Écoutez donc!“* Rief sie ihm zu und er breitete sein Leinen auf das Laub. Die Stärke des Alphornklangs liegt in den tiefen Teiltönen. Der Sonograph macht akustische Bilder optisch wahrnehmbar. Er legte seine gespannten Lippen auf ihre. Der Atemstrom versetzte sie in Schwingungen. Sie schmeckte zum ersten Mal seine Zunge, die sich nicht pelzig anfühlte. Während sie sich wunderte über eine nie dagewesene *sensatio*, knöpfte er ihren Rücken frei, streifte das Kleid von den Armen, löste von der Brust an abwärts die Miederbändel. Seine Finger waren warm und sanft. Ihre Haut verlangte nach Schalldruckknoten und Bujak bettete sie in das windstille Reservat. Ein erster Blitz schlug in die Weichsel und der Donner krachte an die Kalkfelsen. Seine gepolsterten Lippen hatten ihre Schamlippen gefunden. Wörter, die in ihrem Unterricht nie vorkamen. In keiner Sprache der Welt. Sie schrie und wusste nicht warum. Reagierte auf die heftige Druckwelle des Donners. Vergaß. Zu denken. Fiel zurück in ein einfaches, gerades Vervielfachen der Grundtonschwingung. Mitklingender Partialton. Höhere Teiltöne können durchaus auch einmal stärker sein als tiefere. Der Wind rüttelte an der offenen Tür. Bujaks Schamlippenarbeit. Seine Finger waren überall. Auf ihren Brüsten. In ihrem Mund. Die Zunge hatte einen bewachsenen Hügel gefunden. Umspülte ihn. Bis auch dort Regenvorhänge sich schlossen. Allein das Alphorn hat die Gewalt, ein ganzes Tal mit Klängen zu füllen. In der Luftsäule im Innern entstehen Zonen der Luftverdichtung und Luftverdünnung. Bei Dreiteilung der Saite erklingt die Quinte über dem Ausgangston. Es war nicht mehr zu unterscheiden, wer Melodie, wer Klangfarbe gab. Wer Anregung, wer Aufregung. Wer Stoß, wer Welle. Bis er endlich die Oktave spreizte. Und sie in den Mund bekam, was dicker als der Zeigefinger war. Und anschwoll, kaum fing ihre Zunge an zu tasten. Zu suchen. Eingang, Schutz und Schild. Stieß an eine feste Membran. Irgendwo trommelten die Ureinwohner einen immer schneller werdenden Wirbel. Der stille Laubboden war weit und warm. Sie fürchtete zu ersticken, bis sie sich der Konvulsion ergab. Die Schwingbewegungen an die benachbarten Luftteilchen weitergab. Und er von ihrer Scham abließ. Brüllte wie ein Tier. Und sie gierig schluckte, was er ihr gab. Der Regen fiel von allen Seiten, der Sturm hatte sie durch die Luft geworfen wie das frische Maigrün. Blitze zuckten vom erbosten Himmel, Pluto drohte die Erde aufzureißen. Sie kehrten zurück. Nun lag er auf dem warmen Boden und sein Rücken tat sich auf. Nahm die Naturtöne auf. Er spannte die Arme zu Saiten, die Hände suchten ihre Brüste. Geschwellte Warzen unter seinen Fingerkuppen. Lippen suchten Lippen. Zungen Zungen. Er drang in sie ein. Sie spürte den Brand wie damals, nur tausendfach sengender. Die glühende Dolchspitze fuhr unter die Rippen. Er hatte sie aufgeschlitzt. Ihr den Mund verschlossen. Sie schleuderte den Schmerz als Luftwelle in seinen Rachen. Er verebbte irgendwo zwischen ihnen. Das verlängerte Rohr. Die überblasene Oktave. Vibrierende Obertöne. Sie befreite den Mund. Fand die Klangfarbe. Den Grundton. Es gab keine klaren Teilungen mehr. Sie setzte sich auf den Dolch. Stützte sich mit den Händen im Rücken auf seine Knie. Frohlockte im Kegel. Ihr blutiges Gesäß tanzte auf und nieder. Auf seinem glühenden Dolch. Draußen ein Blitz. In der Ferne schon. Der Donner berührte sie nicht mehr. Die Brüste sprangen im Takt. Die Saiten gespannt, Fingerkuppenköpfchen, filzbesetzt, tippten und ließen unverzüglich ab vom Gegenstand der Begierde. Augenpaare leuchteten in die Nacht wie Uelis Sterne. Der speicheltechnische Schwierigkeitsgrad bei Ventilhörnern ist überwindbar. Das Alphorn erfordert einen flexibleren Ansatz. Von der Lippenspannung her wird auf dem Alphorn ein Tonumfang gefordert, der mindestens eine Oktave größer ist als bei der Trompete. Bujak beschleunigte das stufenlose Glissando. Erzeugte mehr Druck. Der Schmerz wurde unerträglich. Sie bremste ihn auf Mensuralnotation. Verlangte eine Verschnaufpause. Der junge Maimond stand am Himmel. Eine schmale Sichel. Wie ein abgeschnittener Kinderfingernagel. Aus den Regenwolken hervorgetreten. Es hatte aufgeklart. Der Dampfer war nicht wieder gekommen. Plötzlich schlug er sie ins Gesicht. Brutal und wild wälzte er sich über sie. Er war größer. Kräftiger. Ihr Hinterkopf fiel in das faulige Laub. Er zerschmetterte die Tonkrüge. Biss, würgte und stieß, bis sie heulte vor Höllenangst, unter seinen Zähnen, seinen Händen, seinem Dolch, dem Schwert, mit dem er sie sich jetzt gefügig machte, ein für allemal. Sie gehörte ihm, er war Hauptmann des Infanterieregiments No. 56, sie hatte zu gehorchen, den Mund zu öffnen für seine Begattungen. Er würde sich alles wieder zurückholen, was seines sei, sie ausschlürfen, die Kehle, bis sie erstickte, die Scham, bis obertonlos ihm ergeben. Ihr dummes Gerede von verlängerten Alphornrohren und in zwei Wellenlängen sich beschwingenden Luftsäulen. Es gäbe nur einen Herrn. Nur einen Willen. Nur eine Stoßrichtung. Er begrub sie unter sich. Sie war klein und schmächtig. Er trieb seinen Samen in den Muttermund. Füllte die Luftsäule im Innern des Horns. Stieß nochmals zu. Rücksichtslos. Und nochmals. Leer schon. Schwer. Mächtig.

*****

Das Bankett im *Drei Könige* ist kurzfristig abgesagt worden. Stattdessen sitzen wir am Bahnhof außerhalb der Stadt. Die Sprechmembran hängt in Fetzen. Hier erteilt niemand mehr eine Information. Vorsignalbaken. Langsamfahrstrecken. Im ehemaligen Wartesaal wird Theater gespielt. Eine Adaption von *Talofa*. Premiere eines Einfrauenstücks. *Lina Böglis Reise*. Danach würde Twanner ausgeschenkt, hieß es in einem eilig verteilten Communiqué, und *fingerfood* serviert. Die Scheiben der Überwachungsfelder am Gleisbildstellwerk haben sich in tausend spitze Splitter verwandelt. Eine gewaltige Kraft drängt aus dem Schotterbett. Hitze schießt als Erstes hoch. Eine milchige Sprühwolke. Dann Feuer, blendende Glut. Die Hölle selbst. Frisch zuerst, verführerisch sonnig leuchtend. Dann die Annäherung. Die lebensgefährliche Berührung. Die Verbrennung. Ein Schmerz, der auf der Haut Erlösung mimt. Dann in den Kopf und in den Bauch fährt. Hinunter bis in die Knie. In die Fersen. Und das Zittern der Muskeln innerhalb von Zehntelsekunden auslöscht. Mich überläuft ein Frösteln. Dies ist nichts Ungewöhnliches nach einer Reise. Einem halben heißen Tag am Juranordfuß. Und einem Bad im Rhein. Es ist spät geworden. Auf der Reiseflughöhe hielt ich Zwiesprache mit Rument, dem Unbefleckten. Jetzt weiche ich jedem Gespräch aus. Ich laufe durch einen Stollen dem Ausgang zu und hoffe, ein offenes Tor zu finden. Das Unterirdische auch eines stillgelegten Bahnhofs muss irgendwo enden und die wirkliche Welt wieder beginnen. So ist das nach jeder Vorstellung. Heiße Luft entweicht mir in Stößen. Wie einer Dampflokomotive. Elles Anweisungen fehlen mir. Sie konnte nicht wissen, dass das Programm geändert wird. Mir scheint, ich werde verfolgt. Aber wahrscheinlich hechelt nur das Echo meiner Schweinsledersohlen hinter mir her. Der Rhythmus ist gleichbleibend schnell. In jedem kahlen Gang unter der Erde vermehren sich die Laufgeräusche einer Einzelnen zum beunruhigenden Galopp einer Pferdeherde. Von meinem Atem bleiben vernachlässigbare Edelgase, kaum noch Sauerstoff. Böse Gedanken fallen mir in den Rücken. Wie Dolchstöße. Ich bin wortlos verschwunden. Ein erklärter Abschied hätte nur Unruhe gestiftet und die Theatergesellschaft aufgeschreckt. Also zog ich mich unauffällig zurück, bewegte mich wie eine Raubkatze durch den oberen Querbalken des Buchstabens E. Der Sektorengrenze über dem Bahnsteig. Duckte mich unter Elektroschleppern und Förderwagen. Gelangte endlich im rechten Winkel in das lange Rohr. Dort fing ich an zu rennen. Dies ist kein Irrtum. Sondern eine Flucht. Das Theater spielt am Bahnhof. Die Primadonna wartet auf den Wiener Schnellzug. Andere Länder. Andere Sitten. Ein zugiger Komplex, luftiges Winken, Fuchteln, Arme, Reiche, Rufe hin und her, über Geleise, Lautsprecher, auf- und absteigende Holztreppenstufen. Als die alten Rangierweichen quietschten und die Signallampen rot blinkten, verstanden auch die Zuschauer in den letzten Reihen, dass die Nerven der Protagonistin zum Zerreißen gespannt waren. Und ich wäre am liebsten aufgestanden und hätte die unpassende Kulisse verlassen. Dieses ergebnislose Arrangement von Ankommen und Abreisen. Wegfahren und doch Innehalten. Absetzen. Ansetzen.

Nach der Schneeschmelze steigt der Rheinpegel gefährlich an. Untergebracht war ich in einem mittelalterlichen Haus am Rheinsprung. Dieses Land ist klein. Wo der Sauerstoff an einen leblosen Saum stößt, verenden auch die Sterne. Hier hat die Zeit keine Zähne und der Feind keine Waffe. Das Mittelalter gehört zum Alltag wie der rote Fluss nach dem Giftbrand. Der reichste Mann dieser winzigen Welt sagt, wahre Leidenschaft kenne weder Grenzen noch Einschränkungen. Unbegleitete Befürchtungen verglühen in der Atmosphäre. Wie das Abendrot. Die Fische starben, weil es keine Auffangbecken für das Löschwasser in der Chemiefabrik gab. Die Feuerwehr rückte an und tat, was sie immer tut. Sie suchte den Brandherd und ersäufte ihn. Das Altehrwürdige thront unzerstörbar auf dem Münsterberg. Am Nadelberg. Am Heuberg. Am Spalenberg. Am Kohlenberg. Am Mühlenberg. Am Klosterberg. Zu viele Berge um einen einzigen Fluss herum. Den Weg vom Unterirdischen ins Übersinnliche finde ich alleine. Noch einmal hole ich Luft, spüre den Schweiß zwischen den Brüsten. Die Angst sitzt tief unter der flatternden Bluse. Das Herz schlägt heftig. Meine Gegensprechanlage. Ich fürchte bis zuletzt, dass jemand mich am Ellbogen packen, mit fester Stimme erklären könnte: Ich begleite dich. Du könntest sonst verloren gehen. An den geschlossenen Schaltern vorbei. Unter dem riesigen Spiegel hindurch, dem Auge des Gesetzes. Wie überschreitet man eine unvorstellbare Landesgrenze? Die Glastür öffnet sich nur von einer Seite automatisch. Nur die Tür weiß, welche Seite zu welchem Land gehört. Ich will zurück in die Stadt. Sie liegt in der Schweiz, ihr stillgelegter Bahnhof in Deutschland. Ich verstehe diese Ordnung nicht. Geräuschlos teilt die durchsichtige Scheibe mein Unverständnis in zwei ungleiche Hälften. In ein Innen und ein Außen. Der Sensor, das elektronisch ferngesteuerte System, reagiert auf Bewegung, Wärme, Licht und Schatten. Aus Sicherheitsgründen, behauptet die Theaterdirektion. Ohne funktionierenden Notausgang darf hier nicht einmal die Bildprobe stattfinden. Der Bahnhof ist eine kulturelle Einrichtung. Ich habe keine Wahl. Exit. Die Glastür geht vor mir auf und hinter mir zu. Ein Zurück gibt es nicht. Ich halte im entscheidenden Moment inne. Die Angst hat sich gesenkt. Wie das Kind vor der Geburt. Eile ist nicht mehr geboten. Behutsam steige ich in den Raum hinter dem Glas. Betrete Glimmerschiefer. Gesteinsarten erkenne ich auch im Dunkeln. Die Austrittsstufe. Der Treppenabsatz. Auf dem Vorplatz leuchten Limousinendächer. Unter regelmäßig verteilten Lichttropfen. Mehr kann ich nicht sehen. Nicht hören. Außerhalb der Helligkeitskegel herrscht eine entsetzliche Ruhe. Dazwischen drängen Gedanken an die Schädeldecke. Entscheidend sind die ausgleichenden Teildruckunterschiede. Gase wandern stets von Stellen höheren Drucks zu Stellen niedrigeren Drucks. Das Überirdische ist öffentlich. Die Straßen. Die Plätze. Die Schicksale. Ich vermisse den Eingang zur Pariser Métro. Porte de Clignancourt. Das abgeschlossene System. Die überall offenen Tore. Die teerige Luft. Kilometerlanges Leben ohne Buchstaben. Ohne rechte Winkel. In Abteilen von Gefühllosigkeit, Zusammenhangslosigkeit und Ungezügeltheit. In gleichmäßig schlecht belüfteten, sonnenlosen und niederschlagsfreien Verzweigungen. Zwischen Simplon und Cluny-La Sorbonne. Oder im durchsichtigen Météor auf der fahrerlosen Linie, in dem, weithin erkennbar, wissensbesessene Menschen bereits das Unterwegssein über Büchern verbringen. Sie sausen durch Anlagen, die mit Saug- oder Druckluft betrieben werden. Wie früher *courrier du cœur* und andere *correspondances*. Briefwechsel. *Échange de lettres.* Die Météor-Linie spuckt ihre Passagiere in die tageslichtdurchfluteten Lesesäle der neuen Bibliothèque Nationale aus, auf deren Dächern Bäume wachsen. Diese noch zarten, biegsamen Stämme bieten den Seelen der Verstorbenen Sichtschutz.

Der Weg führt stufenlos in die Tiefe. Unter der Schwarzwaldallee hindurch. Rollstuhlgängig und kinderwagenfreundlich geneigt. Der Schwarzwald liegt jenseits des Hiesigen. Jenseits des gläsernen

Bahnhofsportals. Den Kindern diesseits erzählen die Mütter vor dem Einschlafen, dass im Schwarzwald Hexen wohnen. Diese Gutenachtgeschichten gewinnen mit jedem Tag mehr Wahrheitsgehalt. Die Liebe ist unendlich. Aber das Land ist klein. Es hat keinen Platz für etwas Böses, Neues oder Großes. Übernatürliches und Überdurchschnittliches sprengt die Grenzen. Deshalb sind Bahnhof und Flughafen im Ausland untergebracht und wohnen Märchen, Sagen, Legenden, Nymphen, Nixen und Elfen im schwarzen Wald. Die Studentinnen hatten mich vor der Schwarzwaldunterführung gewarnt. Obwohl es hier keine Bäume gibt. Kein Versteck für die Verstorbenen. Aber ein *règne du terreur*, wie sie behaupteten. In Paris sprechen alle Menschen Französisch. Hier nur der Flughafen. Die Stadt besitzt ihre eigene, kehlige Sprache, die kein Fremder versteht. Ihre Bewohner graben die Phoneme unter dem Verstand hervor. Die Wörter stecken hinter der Zungenwurzel. Und dies, obwohl sich das Leben nur über dem Erdboden abspielt. Im natürlichen Sonnenlicht. Im freien Fall von Felsen, Steinschlag, Geröllawine. Und mit *Remiserosselenkern*. In Paris nicht auszudenken. François behauptete immer, das Paradies könne nicht Wind und Wetter ausgesetzt sein. Das Paradies dürfe nicht als Hut im Regen stehen. Die Seele meinetwegen, *mon dieu, regarde* … er deutet auf seinen écran. Wir sind immer noch insgeheim ein Paar. Unsere Seelen korrespondieren, während die Menschen auf der Straße ihre Konturen verlieren. Auf seinem Bildschirm schwinden tatsächlich Muskeln, liegen Knochen blank, treten Innereien blutig an die Oberfläche. Wie in einer Schlachterei. In steril glänzenden Blechschüsseln. Nieren von Leber säuberlich getrennt. Haut von Harn. Und das Herz pumpt und pumpt und pumpt. Das Blut pulsiert und pulsiert und pulsiert. Saugt. Drückt. Ein. Aus. Sauber und sinnlos. Unverstopfte Adern, freie Venen. Keine Kalkablagerungen. Ein nicht endenwollender Kreislauf. Dennoch sind die Menschen in diesem Gebirgsland verletzlicher als ihr berühmter löcheriger Käse. Sie sind ersetzbar geworden. Dabei spielen weder Hunger noch Gewohnheit eine Rolle. Nur die Liebe zum Detail. François zieht mit der Maus ein Graphikelement über den Bildschirm. Bei solchen Rochaden muss immer etwas anderes weichen. Figuren sind nur Segmente einer Geschichte oder eines Bildes. Übertretbar. Überschattbar. Überlagerbar. Der Bildschirm leuchtet am Tag und in der Nacht blau. Er ist endlich und zeigt den Ausschnitt einer Welt, den François sehen will. Alles andere kann er mit einem Tastendruck eliminieren. Mit dem *Click* seiner Feld-Maus. Über die Ränder hinausschieben. Verbannen. In den Papierkorb ziehen. Oder in ein nicht aktualisiertes Fenster setzen. In diesen toten Schaufenstern türmt sich der Überfluss. Das Dreiländereck zeigt auch nur einen Ausschnitt einer Welt. Einen goldumrandeten. Hier herrscht das Recht des Reicheren. Nur Geistesblitze sind ein wirkliches Anlagevermögen. Mich überrascht die Stille auf dem Bahnhofsvorplatz.

Nach dem Schlussapplaus wurde tatsächlich im ehemaligen Stellwerk Twanner ausgeschenkt, *gratuit.* Das Lieblingswort der Stadt und des Landes. Mir schmeckte er nicht. Nicht auf nüchternen Magen. Nicht nach einer Uraufführung. Ohne Pause. Ich konnte weder vor noch nach dem Flug essen. Keine Möglichkeit, der Einsamkeit auf der Bühne zu entkommen. Und dann saurer Weißwein! Mein zufälliger Stehnachbar wollte nicht goutieren, dass ich das unumwunden erklärte. Laut! Dass ich meine Ansichten nicht für mich behielt. Oder einfach nur dankbar war. Er wollte auch partout nicht verstehen, dass es mich nach Hause zog. Wo ich doch bloß zu Besuch sei in der Stadt. Dass ich noch arbeiten wolle, zu dieser Stunde. In einem Zimmer, das mir nur vorübergehend zur Verfügung stand. Die Uraufführung zeigte eine Reise an Ort und Stelle. Eine vierstündige Reise. Eine Zumutung. Fand ich. Niemand pflichtete mir bei. Ein künstlerisches Konzept, fuhr ich ungebeten fort, das scheitern musste. Die Reise führt in die Langeweile hinein, aber nicht wieder aus ihr heraus. Jede Sackgasse ist eindimensional. Langeweile erweitert nicht den Horizont – was die Reise notgedrungen tut. Ein fundamentaler Widerspruch. Wie exzessiv darf ein Regisseur, auch wenn er begabt ist, ihn ausweiden?

In diesem Land eine müßige Frage. Ich steige auf Mineralwasser um. Die junge Kellnerin bietet mir Eptinger an. Es käme aus der Gegend, sprudle zwischen zwei schönen Anhöhen des Oberbaselbiets aus dem Boden. Ich achte nicht auf sie. Gequälte ICE-Radreifen als lebendige Kulisse. Stimmig, *bien sûr*, aber leider ungemütlich. Kalt, laut, zugig. Die leicht bekleideten Gattinnen der Prominenz werden morgen mit Blasenentzündung das Bett hüten. Die Reisende auf der Bühne bewegte sich keinen Schritt. Weder vorwärts noch rückwärts. Sie saß oder stand hilflos herum. Wickelte Rasierpinsel in Seidenpapier. Wozu? Eine Marionette der Einfallslosigkeit. Verheerend. Ich leere mein Glas in einem Zug. Ich muss laut geworden sein. Der Kreis um mich wird enger. Es war nicht auszumachen, ob die Schauspielerin einen auswendig gelernten Text sprach oder ob sie diesen Text im Moment des Sprechens aufschrieb. Es ist ein Unterschied, ob jemand schreibt oder spricht. Auf der Bühne muss jedes wichtige Detail grotesk überhöht werden. Sonst versteht es der Zuschauer nicht. Aber die unentschlossene Dialektfärbung der Hauptdarstellerin hemmte den Fluss, verhinderte eine ungestörte *communication*. Legte jedem *ah!* oder *tiens!* der Zuschauer, Zuhörer immer wieder Steine in den Weg. Man wusste nicht, wiederholte ich mit Nachdruck, ob hier Theater gespielt wurde oder eine Lesung stattfand. Oder eine *répétition*. Das Radio hingegen, das Radio auf der Bühne am Bahnhof war deutlicher erkennbar als jede Person aus Fleisch und Blut. Der Radiosprecher mit seinen unruhigen Beinen auf dem Hochstühlchen. Wie ein Kind im Kindersitz! Nun mischen sich Stimmen ein. Fehlende Handlungsanweisung. Ruft einer. Schwaches Drehbuch. Ein anderer. Unausgereifter Stoff. Ein dritter. Eine Wachsfigur, eine Wachsfrau. Wortfetzen umzingeln mich. Zollbeamte. Stellwerksmeister. Kursbuchverkäufer. Meine Kehle ist ausgetrocknet. Das Glas leer. Die Hitze brennt auf den Wangen. Die Privatdozentin aus Zürich bekennt, bislang nichts von einer großen Liebe der Protagonistin gewusst zu haben. Eine sensationelle Entdeckung! Die Aargauer Feministin versuchte ihre Freude zu trüben. Die Existenz dieses Mannes sei keineswegs verbürgt. Bestimmt spielt sie in der Freizeit ein Blasinstrument, denke ich und frage sie, was sie damit sagen wolle. „Verbürgt"? Die Zürcherin zischt, offenbar an einer empfindlichen Stelle getroffen. Die bisherigen Forscherinnen hätten schlampig und überheblich gearbeitet, von Wissenschaftlichkeit keine Spur. Hätten sich, persönlich befangen oder frauenpolitisch manipuliert, über gute Standards hinweggesetzt. Unter dem Diktat eines Weiblichkeitswahns alle Fakten verschwiegen, die nicht ins Konzept passten. „Liebe ...", unterbricht sie die junge Sekretärin. Bevor sie ihren Satz beenden kann, nimmt ein Mann aus dem äußeren Ring das Stichwort auf. Es ist der alte Dorfschullehrer, ich erkenne ihn an seiner Baskenmütze. Die Liebe, ruft er, das wussten schon die Griechen, verändere nicht nur das Leben, sondern auch die Handschrift. Im Tagebuch liege alles offen. Der Winzersohn lobt die geschmeidige Fruchtigkeit des

Twanners. Preist die Schönheit einer Gegend, von der ich noch nie gehört habe. Visperterminen. Über dem Rhônetal. Die höchstgelegenen Weinberge Europas. Ich verstehe nichts mehr. Der Kellner schenkt Bielerseewein nach. Mir schmeckt er trotzdem zu sonnenarm. Die Sekretärin hat ihren Faden wieder gefunden und erklärt die abgewürgte Liebe. Ihr kommen tatsächlich Tränen. Ich greife ihr unter die Arme und verkünde, deshalb trete die Inszenierung auf der Stelle. Das Radio, das einzig adäquate postmoderne Medium auf der Bühne mit den Gleishemmschuhen, schalte die Hauptdarstellerin immer wieder aus. Immer bei den entscheidenden Sätzen, die ihre Liebesgeschichte zum Leben erwecken könnten, bringt sie den Nachrichtensprecher zum Schweigen. *Aber nun trat doch ein Ereignis in ihr Leben, das ihr Innerstes aufwühlte. Sie begegnete ihrer einzigen und großen Liebe. Ihr Freund war polnischer Offizier ...* Sie ist eine Wiederholungstäterin. Eine Töterin. Eine Umbringerin. Man hätte der Schauspielerin die Hand und das Wort verbieten sollen. Wie oft er diese Sätze gehört habe, belle ich den Winzersohn aus Visp an. Der fährt zusammen und stammelt, er habe nicht mitgezählt. Schade! Die Schweizer sind zu keiner Lüge fähig. Die eskapistische Lebenshaltung einer weiblichen Figur erfährt in der künstlerischen Bearbeitung durch einen Mann eine neue Form. Stereotype Multiplikationen degradieren sie zu reiner Retardation. Ich bahne mir einen Weg durch die Menge, lasse mir das Glas noch einmal mit Eptinger auffüllen und steuere auf den Regisseur zu.

Ohne Umschweife frage ich ihn, ob er den Geliebten erfunden habe. Sein bärtiges Gesicht strahlt. Nein, den habe er nicht erfunden, sondern ge-funden. Das Leben sei reicher als jede Fiktion. Seine Aufgabe sei es nicht, Wahrheiten zu erschaffen, sondern sie zu bebildern. Sie lägen überall herum. Auf der Straße. In der Luft.

In den Kellern. Man müsse nur nach ihnen greifen und sie in den richtigen Rahmen stellen.

Rahmen? Wundere ich mich und will ich wissen, wo der Geliebte gelegen habe.

Auf einem Dachboden in Spych, ordentlich verschnürt in Schuhschachteln. 24 Wachstuchhefte. Tagebücher von 1893 bis 1940.

Seine Aufrichtigkeit verschlägt mir die Sprache. Wozu also die Langeweile? Das Treten an Ort und Stelle? Mit authentischen Aufzeichnungen aus siebenundvierzig Jahren in der Hand?

Mein *accent dur* irritiert ihn. Er fragt, woher ich käme.

Ich lache. Aus verschiedenen Richtungen. Mein Gesicht glüht. Heute, verrate ich ihm, bin ich aus Paris gekommen. Aber geboren wurde ich in Krakau. So etwas kennen Sie nicht. Behauptete ich. Von hier und von dort. Aus zwei entgegengesetzten Himmelsrichtungen. Meine Eltern mussten fliehen, immer weiter nach Westen. Für sie lag Krakau einmal im Westen. Von Lemberg aus. Im Süden. Von Vilnius aus. Nachdem wir nach Paris emigriert waren, befand sich Krakau plötzlich unerreichbar weit im Osten. Das können Sie sich nicht vorstellen. Dass Basel eines Tages ans Ionische Meer hinunterrutscht.

Ich merke, dass er mir nicht mehr zuhört. Also frage ich, ob er einen Namen habe.

„Wer?“ Es klingt nach Misstrauen.

„Der Geliebte. Im Tagebuch.“

„Meist nur eine Initiale mit Punkt“, sagt er. In all den Jahren nur „B.“. Erst 1914 „Bijak“ oder „Bujak“. Die Handschrift sei stellenweise kaum zu entziffern. Wenn die Tagebuchschreiberin müde oder erregt war, wurde ihre Hand fahrig. Oder sie verfiel wieder in ihr geliebtes Sütterlin. Auf Wunsch der Schauspielerin sei er als Binjak in die Schlussszene eingegangen. Alles andere wäre sprachlich nicht zu meistern gewesen. Ins Ausland fahre heutzutage praktisch niemand mehr. Deswegen könne man in bahneigenen Kleinhallen Theater spielen.

Ich nicke. Ein *évenement* also, in einem ausrangierten internationalen Schaustellerwagen. Mit einer einzigen Initiale im Gepäck. Warum er mit seiner Schauspielerin nicht verreist sei. Sie nicht in ein Schnellzugabteil gesetzt habe. Das wäre für alle die beste Gelegenheit gewesen, sich in die Materie hineinzuversetzen. Die Bewegung gleichzeitig zu verinnerlichen und zu veräußerlichen. Das Heimweh im Überseekoffer. Auf Ausziehpolstersitzen. Mit Armlehnenascher. Warum er die Protagonistin nicht im Intercity habe auftreten lassen. In einem Triebwagenzug der Deutschen Bahn. Vor einem Publikum, das keines war. Nicht als *prima donna*. In einer natürlichen Reisegesellschaft. Unter zufällig zusammengekommenen Fahrgästen. Sondern als *prima inter pares*.

Wie ich mir das vorstelle, brummt er verstimmt. Wer eine mobile Theateraufführung finanzieren wolle. Allein die Fahrkarten für die Statisten seien unerschwinglich.

Noch gibt es Menschen, die Geld haben. Beharre ich. Und er stelle ein Einfrauenstück auf die Bühne. Mobile Menschen kaufen eine Zubringleistung und werden keinen Zug vorzeitig verlassen. Niemals! Auch nicht, wenn Langeweile oder Panik aufkommen. Egal, ob durch Theater oder aufgrund schwindender Tageslichtreste. Moderne Menschen laufen nicht weg. Nicht, bevor der Zug in den Zielbahnhof eingefahren ist. Im Gegensatz zu Theaterbesuchern haben Zugreisende eine wechselnde Aussicht vor Augen. Der Preis richtet sich nach dem Endbahnhof. Im Zug würde niemand auf den Schlussapplaus warten. Die Mitreisenden seien seinen

Lautsprecherdurchsagen hilflos ausgeliefert. Sogar im Speisewagen. Der immer wieder an derselben Stelle abbrechenden Radiostimme. Dem gestrengen Diktat einer Sprachlehrerin. Die Schlafwagenschaffner könne er wach halten. Mit Verspätungsmeldungen, Stationsansagen, Unwetterwarnungen usw. Gesprochen mit Nasaldiktion von der Hauptdarstellerin. Mit Unglücksfällen und Verbrechen. Mit fingierten Informationen aus dem Innenministerium. Vier gekaperte Flugzeuge würden die nächste Großstadt angreifen, weshalb der Zug außer Plan mitten auf der Strecke stehen bleibe. Für unbestimmte Zeit. So könnte das Ensemble das ganze Land bereisen. Und über seine Möglichkeiten hinauswachsen. Von Krakau bis nach Triest. Von Herzogenbuchsee nach Zagórzany. Von Friedrichshafen nach Wladiwostok. Von Zuruga nach Tokio. Das wäre ein *évenement!* Die Zuhörer brächten ihre eigene Zeit und ihre eigene Geduld mit. Und er hätte sich noch viele wunderliche Verzögerungen einfallen lassen dürfen. Gefrorene Oberleitungen. An die Gleise geschmiedete Kulturgegner. Mutwillige Umweltzerstörer. Weichensteller. Hungerstreikende. Orkanartige Windböen. Hochwasser. Schneeschmelze. Schlammlawinen. Global warming. Terroristen. Mörder. Bomben. Transsibirienreisende wären gewiss dankbar für jede Art kluger Unterhaltung.

Sicher bin ich unter der Schwarzwaldallee hindurch auf die andere Seite gelangt. Vor mir liegt Finsternis. Die Innenstadt. Das *Schiefe Eck* ist geschlossen. Nutten und Taxifahrer haben heute früh Feierabend. Der neue Tag bricht mutlos und stumm an. Keine Uhr schlägt. Endlich der Fluss. Die Brücke. Meine Rettung! Rechts die Terrasse, der Aussichtspunkt. Helvetias achtlos über den Koffer geworfener Mantel. Schild und Speer. Sie selbst schweigend auf dem Sandsteinpfeiler. Lässt das eine Bein baumeln, zieht das andere an. Stützt den Ellbogen auf das Knie, den Kopf in die Hand. Erschöpft und nachdenklich. Ich lehne mich an sie. Sie rührt sich nicht. Blickt stur rheinabwärts. Die Toga fällt in kalten Falten von den breiten Schultern. Maman liegt im Sterben. Erzähle ich ihr. Ein eindeutiger Satz. Aber in der Nacht für niemanden von Nutzen. Sie ist nicht alt. Sie ist krank. Die Krankheit heute ist der Preis für die Freiheit gestern. Ich rede ihr seit Jahren zu. Erkläre ich. Aber die Bronzefrau reagiert nicht. Ich versuchte Maman immer wieder zu überzeugen, dass es gut für sie wäre, zurückzukehren. Für ihren inneren Frieden. Wenigstens für ein paar Tage oder Minuten. Sie müsse nicht bleiben. Könne aber noch einmal das alte Haus an der Paradiesstraße sehen, in dem wir gewohnt hatten. Ich selbst hatte nichts davon. Spürte nichts, erkannte nichts. Als ich vor sechs Jahren am Bahnhof ankam. Und aufgeregt durch die Gassen der Altstadt lief. Nichts wurde wach. Nichts stieg in die Nase. Aus dem Leben eines Gehenlernkindes. An Omas Händen. Im Hinterhof unter einem Nussbaum, wie Maman sagt. Auf Omas Schoß. Aus dem Leben eines Sprechenlernkindes. Omas Namen. Mira. Er war, wie Maman nicht ohne Bitterkeit ständig betont, mein erstes Wort. Bevor ich „mamo“ oder „tato“ sagte, verband meine kindliche Einfalt die zwei Silben „mi“ und „ra“. Nichts tauchte auf. Kein Bild. Keine Farbe. Kein Geruch. Keine Stimme. Kein einziges Wort, keine unverbundene Silbe. Nichts. Das Kind hatte zu früh die Welt gewechselt. Aber Maman, flüstere ich der Bronzefrau ins Ohr, um nicht die Anwohner zu wecken, Maman war damals, als wir emigrierten, erwachsen. Sie wechselte die Welt bewusst und mit Schmerzen. Für sie hätten sich die

Sphären aufgetan. Sie hätte nur einmal tief Luft holen brauchen. Etwas Unerklärliches bleibt immer. Gestank oder Kohlenstaub. Abblätternder Putz. Natürliche Verwitterungsvorgänge. Die Seele ist weder ästhetisch veranlagt noch putzwütig. Das Gedächtnis zaubert Glücksmomente aus Straßenpfützen. Heilt uralte Verletzungen. Verschütt gegangenes Gerührtsein. Trotz Zugluft, bleiversetzter roter Rübe oder dem Keifen der Nachbarin. Was kein Oberarzt vermag, kein Skalpell, kein Morphium, keine Chemotherapie, keine Kunsthaarperücke, das hätte Maman selbst aktivieren können. Die körpereigenen Selbstheilungskräfte. Sie hätte ihren alten Schmerz an die alten Mauern schleudern dürfen. Und nicht sterben müssen. Noch ist sie nicht tot. Weist mich der Bronzerücken zurecht. Irgendwann ist es zu spät, wende ich ein. Dann schwindet der Mut *rapidement*. Und der Mensch blickt nicht mehr in den Spiegel. Maman nimmt nicht einmal mehr einen Kamm in die Hand. Geschweige denn einen Stift. Das Exil ist längst keines mehr. Ihre Entscheidung zu bleiben, fiel letztlich aus Bequemlichkeit. So wie am Ende einer Abrechnungsperiode eine Fehlbuchung storniert wird. Ein Rückstand saldiert. Eine Anlage abgeschrieben. Wer nicht einmal tage- oder stundenweise zurückkehren will, entwertet sein ganzes Leben. Wie eine Lochkarte. Als hätte der Ort, *d'où l'on est*, nie existiert und sei nicht jahrzehntelang unversiegbarer Quell aller *sentiments*, aller *disputes* gewesen. An jedem Sonntag, jedem Feiertag. An jedem Familienfest. Erinnerungen. Mit Füßen getreten. Wie einen Türvorleger. Auch kochendes Wasser kann man schockfrosten. Sein Aggregatzustand gleicht dem Wasserdampf. Schüttet man es im sibirischen Winter aus einem Fenster im 17. Stockwerk, gefrieren die Tröpfchen zu Eiskristallen, ehe sie den Boden erreichen. Naturgesetze sind effektiver als Sprechakte. Resignation beschleunigt den Zerfall. Nicht die Krankheit, nicht Metastasen, nicht Lymphknoten. Ich klopfe der stummen Helvetia auf die Schulter, *à bientôt*, und trete auf die Brücke. Weit und breit kein Mensch. Unter meinen Füßen tost der Strom. Die beiden Studentinnen, die mich am Flughafen abgeholt hatten, erzählten auf dem Weg in die Stadt, dass im Mittelalter von dieser Brücke liederliche Weiber in den Rhein geworfen wurden. Gefesselt. An der unteren Stadtmauer, beim St. Johannestor, fischten Henkersknechte die „Geschwemmten" wieder aus dem Fluss. Nicht einmal als Wasserleichen durften Kindsmörderinnen die Stadt verlassen. Der Teufel hätte sie holen können. Und die Pest in die Stadt zurückbringen. Viele dieser sogenannten Luder kamen lebend beim Heiligen Johannes an. Damit erbrachten sie den leibhaftigen Beweis, dass sie Hexen waren. 1634 wurde deshalb ein neues Gesetz eingeführt: Den Übeltäterinnen musste der Kopf abgeschlagen, ihnen mussten die Sinne geraubt werden. Aus den Henkern wurden Schlächter. Ich spüre den starken Sog unter mir und widerstehe ihm. Wahrscheinlich, denke ich, haben die Frauen überlebt, weil sie sich dem Schicksal fügten. Sie hatten nichts mehr zu verlieren, also ließen sie sich treiben. Geknebelt behielten sie den Verstand im Kopf. Sie trauten dem Fluss. Drehten sich auf den Rücken. Das gelingt auch mit zusammengebundenen Händen und Füßen. Sie wollten noch einmal in den Himmel blicken. Die Sonne, das Licht sehen. Ich muss Elle anrufen. Ich wohne in einem winzigen Häuschen am anderen Ufer. Durch eine Lücke in der Bebauung kann ich das Rauschen beobachten. Auch mitten in der Nacht. Ich muss ihr sagen, dass hier die eiserne Lady, *la femme de fer*, sitzt. Auf halbem Weg über den Fluss gibt es eine

Andachtsbank. Eine Ausruhbank. Eine Brückenkapelle. Stein, schon wieder Stein. Ich beuge das rechte Knie zu einem einfachen Vergibmirmeinegedanken. Dann setze ich mich, strecke die Beine aus und lehne den Hinterkopf an das Geländer. Über mir steht ein sternenloser Abgrund.

„Mumpitz!"

Das Wort aus der Theateraufführung. Ich schrecke hoch. Schaue mich um. Die Gummiwulstdichtung ist keine neue Gattung, sondern das Ende eines Eisenbahnwagens. „Mumpitz!" Dieses Wort wiederholte die Hauptdarstellerin so oft, wie der Radiosprecher zur Liebesgeschichte anhob. Jeder Mensch hat sein eigenes Tempo. Auch das Radio. Der Rhein lärmt unverschämt. Die Weichsel ist viel träger. Nur hinter den Wawelmauern, aus dem inneren Königshof, erhebt sich immer Tumult. Warum behauptete der Regisseur, ins Ausland fahre praktisch niemand mehr. Das kann nicht die ganze Wahrheit sein. Auf dem Wawel versammeln sich Touristen aus aller Welt. Sie wollen den akustischen Zauber hören. Und sich einen geheimen Wunsch erfüllen. Die Konservatoren haben Erosionsprobleme und schädliche Umwelteinflüsse unter Kontrolle. Sie verpflichten in regelmäßigen Abständen Mauerärzte. Steinmetze mit Sandsteingebläse, Fäustel, Klöpfel, Scharriereisen, Flacheisen. Die hiesige Übermutter dreht der Heimat den Rücken zu. Ihr Blick folgt den Säuglingserstickerinnen auf ihrem letzten Weg. Den Giftmischerinnen, Ehebrecherinnen, Albtraumjägerinnen. Die Helvetia lässt zu, dass Blut fließt und Köpfe rollen. Über die Weichsel gibt es kaum Brücken. Morgen werde ich den Kartographen im geographischen Institut darauf aufmerksam machen. Der Rollfeldgänger geht mir nicht mehr aus dem Kopf. Auch Rument, der Makellose, nicht. Brücken sind nur Segmente einer Landschaft. Sie verbinden.

Überspannen. Überwinden Hindernisse. Auf Brückenköpfen brüten Seeadler und Graugänse, rasten Allegorien. In Polen wachen an allen Straßenkreuzungen plastikrosenumrankte Heiligenstatuen. Regen- und diebstahlgeschützte schwarze oder weiße Madonnen. Die Wasserwege hingegen bleiben unbetont.

„Chabis!"

Wieder ein Wort aus dem Übersetzfenster. Ich stehe auf. In Paris, rufe ich ihr zu, die immer noch auf der Bühne steht und aus dem eigenen Tagebuch zitiert, weil der Zug nicht kommt, auf den sie wartet, in Paris, wiederhole ich, ja in ganz Frankreich steht in jedem Rathaus eine barbusige Marianne mit Jakobinermütze. Jeder Bürgermeister hat ein Anrecht auf eine Marianne. Sie gehört zum Inventar der Amtsstuben wie Papierkorb und Schirmständer. Marianne wird regelmäßig für die Männer der Politik *updated.* Nach Brigitte Bardot und Cathérine Deneuve durfte die korsische Schönheitskönigin Laetitia Casta Modell stehen. Sie hält nun die Beamten des Landes bei Laune. Elle ärgerte sich grün und blau. Kennen Sie Elle, Fräulein Carolina, Panno Carolino? Sie las alles darüber. Sammelte Artikel, Interviews, Berichte, Protokolle. Fanatisch. Süchtig. Gierig. Elle glaubt an keine Institution, weder eine kirchliche noch eine staatliche. Sie vertraut nur auf ihren eigenen Körper und ihre eigene Sammelwut. Um es einmal auf einen klaren Nenner zu bringen. Ihrer Meinung nach besitzen die französischen Rathausbüsten – im Gegensatz zu fahnenschwingenden Freiheitsstatuen wie der Bierfestwiesn-Bavaria, der Britannia oder auch der Helvetia dort drüben – „handgreiflichen Index-Charakter". Es sind „ikonische Inkarnationen". Ein Nebenprodukt der Massenmedien. Nichts von griechischer Allegorie, vollbusiger Symbolik, einem gebärfähigen Becken unter wallenden Eisengewändern.

„Mumpitz! Chabis!“

Ihre Stimme wird scharf. Duldet keinen Widerspruch mehr.

D'accord, d'accord ... Ich stehe auf und gehe. Verlasse das Flussbett und steige den Rheinsprung hoch. Gelange ohne Schwierigkeiten in eine schroffe Dreitausenderwelt. Vor dem schmalen Fachwerkhaus mit der Nummer 26 grabe ich den Schlüssel aus meiner Tasche. Das Schaufenster der Condomeria im Erdgeschoss leuchtet hell in diesem finsteren Tal. Kunterbunte Penisse hängen prall von den Felsvorsprüngen. Das Schloss klemmt. Ich versetze der Tür einen kräftigen Tritt. Sie stöhnt und gibt nach.

*****

Das Regelblut blieb aus. Im Mai. Im Juni. *Si seulement ...* Carolina trug hochgeschlossene, langärmelige Kleider. Ordnete ihre Gedanken im Wachstuchheft. Vermied es, Bujak zu sehen. Er bestürmte sie in Billets vom Wawel herunter mit Liebesbezeugungen. Beklagte sich über *die Masse Arbeit, die man ihm aufbürde, und das langsame Avancement.* Sie trug Schleifen um den Hals. Wollte vermeiden, dass jemand ihre Haut sah und Fragen stellte. Gleichzeitig beteuerte er, den Dienst quittieren zu wollen, falls er die Offizierskaution nicht aufbrächte. Für sie. Sie scheute Aussprachen. Im Haus. Auf der Straße. In der österreichischen Bibliothek. Wo sie deutsche Lektüre für die Sałaszbuben suchte. Und eine neue Bekannte fand, Olga Slapa. Die Farben der Würgemale und Druckstellen wechselten von dunkelviolett über goldgrün, ehe sie allmählich verblühten. Über einen Monat lang war ihr Körper eine Wildblumenwiese. Am Tag und in der Nacht. Mit Sonnenlicht und ohne. Der Tyniecwald. Ihr schmerzfreies Staunen. Am Morgen. Vor dem Anziehen. Betrachtete sie ihren nackten Rücken. Im Spiegel. Die Regenbogenhaut. Sie hatten kein Wort darüber verloren. Wie lange sie in der Hütte liegen geblieben waren. Im blättertropfenden Wald. Mit den zerschellten Tönen. Sie mussten eingeschlafen sein. Beide. Vor Erschöpfung. Auch der Wind war verstummt. Bujak hatte sie zugedeckt mit seinem mächtigen Körper. Begraben. Erstickt. Ihre Träume. Aber auch gewärmt. Den Schmerz. Das Feuer. Am Leben erhalten. Als ob nichts geschehen wäre. Standen sie irgendwann auf. Das Gewitter hatte alles geklärt. Die Nacht war zur Ruhe gekommen, die Maimondsichel längst untergegangen. Dünn und spitz. Wie ein Kinderfingernagel. War sie über den flachen Horizont gezogen. Brauchte dazu bloß ein paar Minuten. In denen Carolina den Kopf hob. In den Himmel aufsah. Und um eine Verschnaufpause bat. Am frühen Morgen kamen sie zurück in die Stadt. Ihr Kleid und der Hut waren nass, aber sauber. Darunter die Scham verkrustet. Die roten Rinnsale an den Oberschenkeln trocken. Die Haut auf der Brust noch fast weiß. Die Flecken traten erst nach Tagen hervor. Stiegen allmählich, wie eingeschüchterte Zeugen, an den Stellen hoch, die seine Finger gedrückt, seine Hände geschlagen, seine Zähne gebissen hatten. *Die Haut ist das Ende des Körpers.* Schrieb Carolina ins Wachstuchheft. Die Schranke zwischen innen und außen. Dorthin gelangt die Demütigung zuletzt. Sie hatte sich am Abend gewaschen. Allein in der Küche. Die äußersten Hautschichten abgeschrubbt. Die schwarze Erde sorgfältig vom Rücken gelöst. Nachdem alle schlafen gegangen waren. Die linke Brustwarze eiterte. Sie setzte Kamille auf. Sie wollte nicht, dass die Küchenmagd ihr, wie sonst immer, das heiße Wasser in die Schüssel gab. „Nalej wody." Gieß Wasser ein. Das waren die Worte, die sie in Kwiatonowice gelernt hatte. Ihre Waschschüsselworte. Mehr Polnisch hatte sie nie zum Überleben gebraucht.

Der Ausflugsdampfer war unterhalb von Grotowa vom Blitz getroffen worden. Einige Passagiere ertranken in der dort noch jungen Weichsel. Die anderen wurden auf Pferdewagen in die umliegenden Bauernhäuser verbracht. Aus der Stadt kam ein berittener Arzt. Auch ein keuchender Priester mit der letzten Ölung. Das Schiff war beschädigt. Der Blitz hatte in die Bramstenge eingeschlagen und Feuer war ausgebrochen. Panik. Der Schiffsjunge lag plötzlich leblos auf dem Oberdeck, mehrere Damen sprangen kreischend ins Wasser. Kapitän und Steuermann hatten alle Hände voll zu tun. Mehr Mannschaft war nicht an Bord. Sie beschlossen, zuerst den Brand zu löschen, um das Sinken des Dampfers zu verhindern. Einige beherzte Männer versuchten, Hilfe zu leisten. Packten die ausgestreckten Arme. Und fielen dabei selbst ins Wasser. So ungeschickt stellten sie sich an in den gestärkten Sonntagskragen. Der Sturm war heftig und laut. Niemand verstand ein Wort. Kalter Regen peitschte die erschrockenen Gesichter und Hände. Wer an Deck blieb, hatte keinen festen Boden mehr unter den Füßen, kam nicht an gegen Nässe und Luft. Die Passagiere rutschten hilflos über die Eichenplanken. Flüche verhallten ungehört. Am Mittag waren sie in der Hitze fast krepiert. Aus Angst vor den lodernden Flammen waren manche zu früh gesprungen. Der Blitz schoss unten aus dem Schiffsrumpf wieder heraus und versengte die Menschen in der kalten Weichsel.

Niemand hatte um diese Jahreszeit einen so verheerenden Gewittersturm erwartet. Vier Tage zuvor, am 26. April, hatte, wie Paderewski von seiner Tournee aus San Francisco telegrafierte, eine totale Sonnenfinsternis stattgefunden. In Krakau schliefen alle. Die Sonne trat hier gegen 23 Uhr Ortszeit in den Neumondschatten. Von niemandem bemerkt. Nachtblind. Die *Reforma Cracovia* berichtete von hysterischen Menschenansammlungen und rituellen Tänzen in Australien.

Seither herrschten in ganz Europa ungewöhnlich hohe Temperaturen. Carolina vermerkte im Wachstuchheft: *Solchen Wetters erinnert man sich in Polen gar nicht*. Und weiter: *Olga Slapa behauptete heute in der Bibliothek, dass diese warme Witterung mit den Ausbrüchen des Vesuvs zusammenhängt*. Der Krakauer Kessel kühlte auch in den Nächten nicht mehr ab. Carolina sehnte sich einmal mehr nach der luftigen Kwiatonowicer Hochebene. Die siedende Luft stand über der Bracka. Die Menschen konnten nicht mehr schlafen. Klagten über Sand in den Augen. Man freute sich auf die Maifahrten. Schwärmte in alle Himmelsrichtungen aus. Um dem Hitzespeicher der Stadt zu entfliehen. In der Herrgottsfrühe. Suchte man auf Pferdewagen mit Weib und Kind das Weite. Wie sich erst sehr viel später herausstellte, gab es damals keine Vulkanaktivitäten. Weder in Italien noch im Pazifischen Ozean noch auf dem japanischen Inselbogen. Olga Slapa war dem Geplapper ihrer Köchin aufgesessen, die dieses Gerücht von den Lemberger Kohlbäuerinnen auf dem Marktplatz nach Hause gebracht hatte. Mit Zwiebeln und Kartoffeln. Die Bauern aus der Umgebung fürchteten Gottes gerechte Strafe und guckten nicht in den Himmel. Legten lieber das Ohr auf den galizischen Boden und erschraken. Der Eilzug aus Jasło erschütterte gerade den jungen Roggen auf den Feldern. Im Stall brüllte das Vieh. Die Arbeitsgäule scheuten. Und so waren die Wadowicer Bauern überzeugt, dass auf Sizilien der Ätna rumorte. Denn Vulkane brechen aus, weil der Druck in den tief liegenden Magmakammern steigt und steigt. Soviel hatten sie sich merken können. Die Energie unter dem Erdboden wird in Form gelöster Gase gespeichert. Wenn der Druck steigt, wächst die Energie. Je zähflüssiger das basaltische, ilmenitische, plagioklastische Magma ist, desto dichter verschließt sich oben der Schlot. Dann explodiert irgendwann die Erde. Weil sie nicht anders kann. Ohne weitere Vorwarnung. Wirft sie die Staukuppen ab. Entstehen aufsteigende Pinienwolken. Absteigende Eruptionswolken. Sogenannte *Nuées ardentes* oder Glutwolken im Vokabular der k. u. k. Regimentsgeologen. Sie sammelten Gesteinsproben am Ufer der Skawka und verfassten einen Bericht für den Kaiser. Glutwolken, notierten sie, schieben halbverfestigte Lava ins Tal, über Mensch und Tier und Haus und Hof. Glutwolken decken alles mit grobkörnigem Dolerit ab. Anders der Tyniecsturm. Er war zwischen Himmel und Erde entstanden. Er stieg nicht aus dem Erdinneren auf. Er entlud sich nicht entgegen aller Schwerkraft nach oben. Er spuckte keine glühende Lava. Nein, das ungewöhnlich heftige Maigewitter sammelte seine Kraft hoch oben in den Wolken. Der Sturm braute sich in der aufgeheizten Atmosphäre über den Köpfen der Bauern und manövrierenden Soldaten zusammen. Während auf der anderen Hälfte der Erdkugel die Sonne den Tag nicht mehr erhellte, sammelte der Wind die subtropische Hitze über Samoa ein und trieb sie in Form von zinnenförmigen Cumulonimbussen über den Himalaja nach Nordnordwest. Geschwächt von der Neptun-Pluto-Konjunktion verlor er ausgerechnet über Galizien seine Triebkraft. Die feuchten Böenkragen blieben am Himmel über dem Weichselknie in Grotowa hängen. Gefesselt von der geomorphologischen Sonderform der Erdoberfläche am Eingang ins sogenannte Krakauer Tor. Dort beginnt die noch zarte Weichsel im tektonischen Graben zwischen den erdölhaltigen Karpatenflyschzonen im Süden und dem Kleinpolnischen Hochland im Norden ihren epigenetischen Durchbruch durch den Jurakalkstein. Dort spült sie den jüngeren Boden weg und wäscht ihr Becken aus. Legt das unter den Deckenschichten verborgene ältere Gebirge frei. Ein schweres Stück Arbeit. Die junge Weichsel tiefte sich im Laufe der Zeiten mehr und mehr ein. In das Urgestein. In das erste Gesicht. Das sie findet. Und furcht. Weiter. Und weiter. Waschschüsselworte. Der Dampfer mit den Maifahrenden hatte Grotowa passiert, den Weichselkniewinkel durchfahren und Kurs auf Norden genommen, als die Spannung in den luftelektrischen Feldern so stark wurde, dass sie zerriss, in der Troposphäre zersprang und sich in einem Perlschnurblitz zur Erde hin entlud. Angezogen von den mineralmagnetischen Feldern des Kalksteinflussbettes. Und dem trockenen Eichenmast. Steckte der Stromschlag aus dem Himmel das gebeizte Holz auf dem Fluss in Brand und schickte mehrere Menschen in den Tod. Eine unglückliche Verkettung höchst natürlicher Phänomene.

Richter Sałasz beglückwünschte seine Hauslehrerin am Abend. Julian habe ihr das Leben gerettet. Indem er ihr galant den Arm bot, sie von Bord führte, sie aufforderte, ihn zur Beichte in die Benediktinerabtei zu begleiten. Sie seien ein verheißenes Paar. *Quelle bonne fortune!* Carolina schwindelte. Nicht alle Passagiere seien umgekommen, murmelte sie. Sie selbst hätte bestimmt Ruhe bewahrt. Und da sie nichts so sehr fürchte wie Wasser, auch nicht schwimmen könne, wäre sie nie im Leben in die Weichsel gesprungen. Der Richter lachte. Hrga saß totenbleich im Salon. Sie bat ihren Mann, endlich still zu sein. Ihr saß der Schreck immer noch in den Gliedern. Sie hatte angenommen, die beiden seien ertrunken oder vom Blitz erschlagen und würden in den nächsten Tagen mit aufgedunsenen Bäuchen im trägen Fluss durch die Stadt treiben. Weiber! Brummte Sałasz. Hysterien! Er stand auf, er wolle in der Bibliothek noch eine Zigarre rauchen und sich dann zur Ruhe begeben.

Am nächsten Morgen nahm Carolina den Unterricht wieder auf. Wie gewohnt. Sauber gewaschen. Ausgeruht. Nur die Hände zitterten etwas, als sie im Englischbuch die Seite suchte, auf der sie stehen geblieben waren. *Worse on Friday.* Die Buben gingen rückwärts im Kreis und wiederholten, ohne zu stottern: *Solomon Grundy / was born on a Monday / Christened on a Tuesday / Married on a Wednesday / Took ill on Thursday / Worse on Friday ...*

Kalktuff besteht aus Teilen abgestorbener Lebewesen. Carolina blätterte in der Bibliothek in den Büchern der Umgebung. Auch am steilen Weichselufer unter der Benediktinerabtei von Tyniec. Aus Grillenflügeln, Steckenpferden, Backfischen, Kollern, Urvögeln, Marotten, Heringspickeln. Noch sah sie keinen Anlass für Unruhe und traf sich jeden Nachmittag mit Olga Slapa. Mehr als zweitausend Kronen würde sie nicht sparen können in einem Jahr. Bei aller Bescheidenheit. Kalksilikatgesteine sind metamorphe Gebilde, wie Hornfels oder Eklogit. Jura ist eine Bodenschicht, ein Steinzeitalter, ein Erdoberflächengeburtstag. Sie hatte ihre festen Ausgaben. Sie fasste sie immer zum Jahresende zusammen. *War seit aller Früh auf den Beinen, eilte auf die Post, um die Abonnements für den*

„Schweizerspiegel“ und das „Schweizerhaus“ zu überweisen, was über eine Stunde in Anspruch nahm. Eine Woche später war schon wieder Feiertag. Stanisław – Nationalheiliger. Patron der Stadt. Carolina verstand den Zusammenhang nicht und äußerte sich im Wachstuchheft ungehalten. *Was doch diese Polen für Feiertagsmacher sind! Die kleinste Gelegenheit erfassen sie, um nicht arbeiten zu müssen.* Es war nicht zu vermeiden, dass Bujak sie zum Spaziergang in den Krakauerpark abholte. Ihr den Arm reichte, die Hand küsste, versicherte, alles werde gut. Und erzählte. Wie König Bolesław Szczodry, der „Freigebige“, Bischof Stanisław am Altar während der Transsubstantiation mit einem einzigen Schwerthieb tötete. Dann seinen Schergen auftrug, den Leichnam zu zerhacken und in alle vier Himmelsrichtungen verstreut verwesen zu lassen. Stanisław Szczepanowski. Unsanft zu Tode gekommen. Carolina schüttelte sich vor Ekel. Was für furchtbare Konsonantenhäufungen. Szczodry. Szczepanowski. Von diesem Tag an musste sie sich jeden Morgen nach dem Aufstehen übergeben. Warum er als Schutzheiliger verehrt werde? Wovor er die Stadt und ihre Bewohner beschützt habe? Der Offizier an ihrer Seite, in Ausgehuniform, redete von militärischen Ehren. Kleinste Verstöße würden bestraft. Streng. Geldgeschäfte zu tätigen, sei unehrenhaft. Leichtsinniges Schuldenmachen. *Verbum nobile debet esse stabile.* Mönchsgeier wollten sich das Aas holen. Hochbeinige Schreiadler vertrieben sie. Tag und Nacht. Ob das reiche für ein Martyrium? Auf offenem Felde verwesen zu müssen? Sie unterbrach ihn: *„J'ai mal au cœur ...“* Wieder war ein wunderschöner Tag im Mai angebrochen. Bischof Stanisław habe König Szczodry

von der Kanzel herunter getadelt und zur Buße aufgefordert. Dies müsse sich ein König in der Kirche nicht gefallen lassen, rechtfertigte nun auch Carolina eilig die Bluttat. Gottesfürchtige Bauern hätten die Leichenteile eingesammelt, weil sie sie nicht den Gabelfressern überlassen wollten. Sie richteten dem Märtyrer ein christliches Begräbnis aus. Worin also das Martyrium bestehe? In Carolina regte sich etwas. Sie dachte, es sei Unmut. Oder ihr Widerspruchsgeist. Sie fände es unglaublich, ließ sie den Offizier wissen, dass die katholische Kirche einen derart aufmüpfigen Mann heiligspreche. Nur weil er einem Mord zum Opfer gefallen sei. Bujak beschwichtigte sie, der Kirchendienst sei mit dem Militärdienst zu vergleichen. Weder hier noch dort dürfe der Dienstgrad für private Zwecke ausgenützt werden. Es sei immer wieder zu Streitereien zwischen dem König und dem Bischof gekommen. Szczepanowski habe einst dem Ritter Piotrowin das Dorf Ściejowice an der Weichsel abgekauft. Weil kein schriftlicher Kaufvertrag vorlag, verlangten die Erben nach Piotrowins Tod die Rückgabe des Dorfes oder das Zeugnis ehrbarer Männer für den rechtmäßigen Erwerb. Die Beamten des Königs schüchterten die Zeugen ein und diese zogen es vor, unerkannt zu bleiben. Sie verschwanden von der Bildfläche, wie die Demütigungen von der Haut. Verblassende Flecken. Bischof Stanisław fastete und betete am Grab Piotrowins, bis dieser sich erhob und in seinem dünnen Leichentuch auf den Wawel eilte. Es sei ihr unvorstellbar, unterbrach ihn Carolina ungeduldig, wie er die Fünfzigtausend aufbringen wolle, ohne unehrenhafte Selbstbereicherung. *Si seulement ...* Er verstummte. Runzelte die Stirn. Schaute sie finster an. Das könne sie seine Sorge sein lassen. Teile der Gliedmaßen des Bischofs hatten die Handlanger des Mörders in den Skałka-Teich geworfen. Und sich in seinem Wasser die Hände gewaschen. Tage später verirrte sich ein Blinder in der Dämmerung. Er fiel in den Teich. Es gelang ihm nicht nur, aus eigener Kraft an Land zu kommen. Er fand auch den Weg zurück in die Stadt. Er konnte plötzlich sehen, obwohl es Nacht geworden war.

Er lade sie am nächsten Sonntag zu einem Spaziergang auf die Skałka-Anhöhe ein. Sagte der Offizier versöhnlich zu seiner Braut. Und drückte sie an seine Brust. Ihr tat die Umarmung weh. Sie biss sich auf die Lippen. Unter ihrem Kleid blühten die Mundmale. Scharen von Todkranken und Gebrechlichen ließen sich seither an den Wochenenden an den Skałka-Teich tragen. Der Bischof sei ein Wundertäter! Das Wasser bekam heilende Kraft durch seine Knochensplitter. Und durch das von den Händen gewaschene Blut. Durch einen ungerechten Tod. Deshalb habe ihn Papst Innozenz IV. heiliggesprochen. Sie schüttelte den Kopf. Sie sei weder katholisch noch krank. Sie erwarte ein Einsehen vom Kaiser. Seinem Dienstherrn. Sie wolle nicht, dass er sich dem *hasard* ergebe. Sie habe sich erkundigt. Bei Olga Slapa. Ihr Mann sei Stabsveterinär beim Kavallerieregiment. *„Vous le connaissez, certainement?“* Seine Stirn verschattete sich erneut. *„Vous parlez avec des gens?“* Von seinem Offiziersgehalt könne er sich die Kaution in hundert Jahren nicht absparen. *„Pourquoi donc?“* Auf der Militärakademie habe er nichts anderes gelernt, als die Dienstordnung einzuhalten. Nach oben zu buckeln, nach unten zu treten. Sie stampfte mit dem Fuß. Wütend. *„Est-ce-que vous voulez m'interdire de parler?“* Übergeben wird sie sich am nächsten Morgen zum ersten Mal. Die Haut glühte. Die Brustwarze schwärte. Sie war in Erwartung ihrer Tage. Die Hitze deshalb nichts Ungewöhnliches. Er möge sie an die Bracka begleiten, bat sie. Sie habe noch zu tun, fügte sie hinzu. Fasste sich kurz. Hefte. Korrekturen. Vorbereitungen.

Dummkoller, erklärte der Veterinäroffizier Slapa vor den Kulturarabergestüten den Pferdehaltern, sei einer der fünf Hauptmängel ihrer Tiere. Auch die Entfernungsschätzer und Meldereiter hätten hier oben auf den Bielaner Hügeln ihren Anteil an gesunden Zuchtbeständen zu leisten. Wenn sie, die Ulanen, ihre Shagya nicht beobachteten, könne er, der Stabsveterinär, sie nicht heilen. Wenn sie nicht täglich Gesundheitsrapporte verfassten, käme er mit jeder Behandlung zu spät. Wenn einmal eine seuchenhaft verlaufende Infektionskrankheit eingeschleppt sei, dann könne diese altösterreichische Reinzucht nicht erhalten bleiben. Dann müssten alle Tiere geschlachtet, abgedeckt und die Kadaver vergraben oder verbrannt werden. Slapa redete an eine Wand. Die Soldaten standen in Reih und Glied. Locker. Verwegen. Zweireihige, kurze Waffenröcke mit Kompasseln. Krapprote Hosen. Hohe Reiterstiefel. Die Tschapkas hatten sie abgenommen. Im Winter war bei den Zuchtpferden nässende Warzenmauke aufgetreten. Slapa schrieb in den Bericht an den Kavalleriegeneralmajor, man habe ihn, den Veterinär, zu spät von den Hautrötungen, den Knoten und Bläschen an der Hinterhand unterrichtet. Die entzündlichen Veränderungen in der Fesselbeuge konnten die Folge einer mechanischen Überreizung dieser dünnen Hautpartien sein. Aber auch ständige Feuchtigkeit und Schmutz kamen als Auslöser in Frage. Slapa weigerte sich, die Stallburschen wegen mangelnder Hygiene zur Rechenschaft zu ziehen. Dies sei zu kurz gedacht. Jeder Ulane, hielt er nochmals fest, sei für die Pflege und das Wohlbefinden seines Pferdes selbst verantwortlich. Jeder sei weisungsbefugt und befehlsgebunden. Wenn er Beanstandungen habe, weil der Boden in der Box nicht trocken sei oder die Fesseln nach den Ausritten zu oft abgespritzt würden, dann müsse er handeln. Die Burschen anweisen. Oder einen dringlichen Tagesrapport verfassen. Als Slapa endlich gerufen wurde, sonderten die betroffenen Stellen bereits gelbliche Flüssigkeit ab. Einige Pferde lahmten, da die Verkrustungen durch die täglichen Orientierungsausritte immer wieder aufbrachen, die Hautauflagerungen verdickten, die Gelenke versteiften. Der Veterinär tobte, da sich in den offenen Wunden Bakterien befanden und weitere Komplikationen nicht auszuschließen waren. Es konnte aber nicht mehr festgestellt werden, ob die Pferde wochenlang in Matsch oder Schlamm gestanden oder von den Reitern und Trompetern täglich über die schneefreien Roggenstoppelfelder gejagt worden waren. Slapa empfahl deshalb in seinem Rapport Sensibilisierungsschulungen für alle Kürassiere, Dragoner, Husaren und Ulanen. Die Kavalleristen müssten nicht nur Blankwaffen polieren können, sondern auch hippiatrische Grundkenntnisse in der Symptomerkennung erlangen. Teilnahmslosigkeit, fuhr Slapa an die stummen Ulanen gewandt laut fort, äußere sich zuerst bei der Nahrungsaufnahme. Saufen mit untergetauchten Nüstern oder apathisches Herumstehen mit dem Maul voller Hafer oder Heu, ohne zu kauen, ohne zu schlucken. Müsse sofort gemeldet werden. Später kämen Gehstörungen dazu, Lähmungen. Und dann der Tod. Im Pferdegehirn sammle sich zu viel Flüssigkeit, dadurch steige der Druck in den Schädelkammern und die Nerven lösten Koordinierungsblocker aus. Das sei beim Menschen übrigens nicht anders. Koppen sei ein weiterer Hauptmangel oder Gewährsfehler. Man nenne diese Unart, bei der das Pferd – meist aus reiner Langeweile! – Luft in den Magen ziehe, auch Aufsetzen, Krippensetzen, Köken oder Windschnappen. Wenn zu viel Luft in den Magen gelange, könne es, wie beim Menschen, zu einer Kolik kommen. Das Koppen habe außerdem oft eine Leistungsminderung zur Folge. Kehlkopfpfeifen, der dritte Hauptmangel, sei unheilbar. Entstehe durch ständige Verkrampfung und somit Verengung im Kehlkopfbereich meist nach einer Infektionskrankheit wie Brustseuche oder Druse. Sie könnten das Kehlkopfpfeifen sofort eindeutig selbst diagnostizieren, wenn das Pferd „Töne“ von sich gebe. Nun ging ein Murren durch die Ulanenreihe. Einer hob die Hand. Slapa erlaubte ihm zu sprechen. Sie müssten, fing dieser leise an, sich auf strategische Positionen konzentrieren. Slapa unterbrach ihn, er möge deutlicher reden. Wie lange er schon zu den Ulanen gehöre? Ob er einer der Einjährigen sei? Der nickte und fistelte, während der Manöver, wenn der Stabstrompeter zum Angriff blase und die Fahnenjunker aufmarschierten, seien die Wallache kaum zu halten. Das Geschrei der Bataillonskommandeure sei kaum zu ertragen. Das Pfeifen der Schreckpatronen.

Das Trommeln der Tamboure. Das Fuchteln der Armeemusikinspizienten. Der Rauch vom Geschützfeuer. Wie sollten sie da noch horchen auf „Töne" der Pferde. Oder schnellen Atem. Pulsmessen. Sie seien doch keine Feldscher! Die ganze Truppe starrte den Veterinäroffizier feindselig an. Einer schrie zornig, Infektionskrankheiten gehörten ins Tierlazarett. Wenn dort die Druse verschleppt würde, könnten nicht die Ulanen wegen unheilbaren Kehlkopfpfeifens belangt werden. Er, Slapa, Panie Doktorze, sei nicht den Schikanen von Vorgesetzten oder deutschen Kameraden ausgesetzt, mischte sich ein anderer ungefragt und heftig ein. Müsse nicht für jedes *Avancement* Schläge und Fußtritte einstecken. Die körperlichen Aggressionen, gerade der Offiziere aus Nordmorawien, hätten in der letzten Zeit überhand genommen. Die würden ihre Versetzung nach „Skandalizien", wie sie Galizien nannten, als Verbannung betrachten. Und sich rächen. Brutal. Handfest. An den polnischen Ulanen. Nicht einmal in der Freizeit sei es ihnen mehr erlaubt, in ihrer Muttersprache zu sprechen. Weder mit den Kameraden noch mit der Familie. Dienst an der Kaiserkrone verpflichte immer, habe der Regimentsquartiermeister kürzlich so erzürnt über den Platz gebrüllt, dass drei Araberhengste ausgebrochen seien. Die Patrouillenposten hätten Stunden gebraucht, um die verängstigten Tiere wieder einzufangen. Sogar während der Beichte. Müsste deutsch gesprochen werden. Mit dem polnischen Feldprediger. Kranke Pferde, dröhnte es nun von verschiedenen Seiten gleichzeitig, sollten einfach ausgewechselt werden wie stumpfe Lanzen. Eingestampft. Eingeschmolzen. Abgedeckt. Die Rosshaarbüsche der Tschapkas wackelten in den Händen. Die Männer waren verärgert. Slapa verstand sie. Konnte aber nichts ausrichten. Verfügte über keine Befehlsgewalt. Dass so viel Verdruss herrschte hier oben, hatte er nicht geahnt. Der Rittmeister und der Major hatten sich sofort einen freien Nachmittag genommen. Als er die Schulungen auf Dienstag ansetzte. Eine tierärztliche Sensibilisierung hätten sie nicht nötig, gähnten sie und galoppierten in die Stadt hinunter. Hinterließen eine Staubwolke. Die sich nur langsam legte. Bestimmt vergnügten die sich jetzt an der Miodowa. Die Ulanen konnten sich dies genauso gut vorstellen wie Slapa. Und mit sicherem Gespür. Nutzten sie jetzt die Gelegenheit. Des deutschfreien Übungsplatzes in den Bielaner Bergen. Fingen an, polnisch zu fluchen und zu schimpfen. Sie hätten keine Nerven, gellte ein Corporal aus der hinteren Reihe, die Tiere wie dermatologische Patienten zu behandeln. Ihnen wie verhätschelten Kindern die Langeweile zu vertreiben. Damit keine Luft in den Magen komme. Aufsetzen. Absetzen. Krippensetzen. Sie hätten keine Zeit, Pferdehaut vor Menschenhaut zu setzen. Fiel ein zweiter ein. Um die Haut der einfachen Reitsoldaten kümmere sich im ganzen Heer niemand. Ein dritter. Und schon gar nicht um die der polnischen Ulanen. Ein vierter. Die Stimmung kochte. Ob die geschützt sei. Ein fünfter. Ihre Haut. Vor den Fäusten der Vorgesetzten. Vor den Schwänzen der Vergewaltiger. Ein sechster. Ein siebenter. Ein achter. Die in sie eindrängen. Von hinten. Siebenundzwanzig. Sie blutig scheuerten. Mit Peitschen knallten. Neununddreißig. Striemen auf Rücken. Backen.

Schenkeln. Wie sie je eine Frau abkriegen sollten. Einundfünfzig. Schrien. Hitzig. Bei dem Hungersold. Danach frage niemand. Schäumend. Aber er, Slapa, verordne Fesselmassagen mit Zink-Lebertran-Salbe für die Shagya-Stuten. Dumpfes Gebrüll fegte den letzten Rest von Respekt vor dem Stabsveterinär von den grünen Hügeln. Es war Mitte Juni und die Sätze überschlugen sich. Wozu den Tieren Mitgefühl entgegenbringen, wenn sie selbst kein warmes Abendessen bekämen. Den Zuchttieren würde hochwertiges Futter vorgesetzt, auch wenn sie das nicht brauchten. Während der Winterruhephasen beispielsweise. Auch der schmächtige Kornett hatte nun Mut gefasst. 750 Gramm Brot pro Tag, das müsse er sich, Panie Pferdedoktorze, einmal vorstellen. Davon werde bei der Schufterei hier oben keiner satt. Ernährungsbedingte Stoffwechselstörungen könnten auch nässende Mauke verursachen, das habe er gelesen. Das Pferd sei Mittel zum Zweck, schoss es aus dem Hinterhalt, wie die Pike, der Säbel und die Pistole. Eine Waffe, um die Entscheidung im Kampf herbeizuführen. Den Feind zu besiegen. Seelenlos. Müsse zugestochen werden. Slapa bat um Ruhe. Vergeblich. Warnte vor Chronizität. Betete die Krankheiten der Atmungsorgane herunter, um seiner Pflicht Genüge getan zu haben. Die Ulanen wetzten die Messer. Schlugen die Hacken zusammen. Eröffneten die Flankenoffensive. Dämpfigkeit, dozierte der Veterinär, chronische Lungenerkrankung, Lungenblähung. Kurzes, pumpendes Atemholen durch Zusammenziehen der Lachmuskeln, vor allem beim Galopp. Viel mehr Atemzüge als beim gesunden Tier. Nach Anstrengungen wie dem Orientierungsritt erst nach Stunden wieder Beruhigung und Rückkehr zur normalen Atmung. Rotz: meist tödlich verlaufende Virusinfektion, eitriger Nasenausfluss, Geschwüre in Nase, Lunge und Haut, höchst ansteckend, unbedingt anzeigepflichtig ...

Am nächsten Tag fehlte Olga in der Bibliothek. Carolina machte sich Sorgen. Es war kein Feiertag. Bis *Corpus Christi* noch weit. Sie begab sich zum Five-o'clock-Tea an die Rajska. Die Dienstmagd öffnete mit verweinten Augen. Und führte sie in den Salon. Dort lag Olga auf Kissen gebettet auf dem Sofa. Schluchzend berichtete sie von dem Gemetzel in den Bielaner Bergen. Bujak könne alles bestätigen. Wenn sich die Aufregung gelegt habe und alle Rapporte abgefasst seien. Aufgebrachte Ulanen hätten mehrere Zuchtpferde getötet. Gezielt. Mit zwei Messern. Jeweils vier Mann. In die Flanke. Geworfen. Ohne Rückenmarkszerstörer oder Betäubungsbolzen. Einen hätte ein Hengst in Panik noch fast zu Tode gestampft. Der läge jetzt mit gebrochenen Rippen und Beinen im Krankenhaus. Die Messerstiche. Gekonnt. Geführt. Zuerst in die Haut. Dann hinter der Kehle. Zwischen Luft- und Speiseröhre. Und der Wirbelsäule. Quer in die Tiefe geführt. Zum gegenüberliegenden Schulterblatt. Carolina verstand kein Wort. Durch den starken Blutverlust würde die Sauerstoffversorgung des Gehirns auf der Stelle unterbrochen. Ihr Mann sei in der Nacht nach Hause gebracht worden. Von den österreichischen Sanitätern. Dem Wahnsinn nahe. Dr. Kalicki habe ihm in der Frühe Morphium gespritzt. Nun schlafe er. Sie selbst habe sich nach dem Essen hier im Salon hinlegen müssen. Er fiebere.

Phantasiere. Im Narkotikarausch. Fasele unverständliches Zeug. Unverzögerte Ausblutung. Bruststiche. Herznahe Eröffnung der Hauptblutgefäße. Brustkorbeingang. Unterdrückung von Nervenzellimpulsen. Man habe ihn gefunden, ohnmächtig, an einen Baum gefesselt. Im eigenen Dreck. Vor ihm die geschlachteten Tiere. Ob sie sich das Blut vorstellen könne? Den Gestank. Das Geheul. Der Ulanen. Das Dampfen. Der kalt werdenden Leiber in der Dunkelheit? Bauern seien mit Fuhrwerken gekommen und hätten die Haut abgezogen. Das Fleisch ließen sie natürlich liegen. Carolina übergab sich in die Waschschüssel. Im Nachmittagsschlafzimmer. Das herbeigeeilte Mädchen trug das Gelbe weg. Ohne eine einzige Frage. Olga hörte auf zu weinen. Was denn los sei, fragte sie, als sie wieder allein waren und das Zimmer ausgelüftet. Sie richtete sich in den Kissen auf. Ob ihr das verwesende Pferdefleisch derart zusetze? Carolina schüttelte den Kopf. „Aber nein“, sagte sie tapfer und fuhr stockend fort, „der Magen ...“ Olga war sofort auf den Beinen. Rief nach Tee. *Tisane*. Ohne Gebäck. Und sie wollten jetzt ungestört bleiben.

Die Donnerstagsausgabe der *Czas Cracovia* brachte einen knappen Bericht. Am Dienstagnachmittag kam es in der altösterreichischen Reinzucht in den Bielaner Bergen zu einem bedauerlichen Zwischenfall. Eine ausgemergelte Ulanenschwadron tötete zwölf hochwertige Kulturaraber. Die Häute wurden fachgerecht abgezogen. Ohne Kerben. Ohne Fleischerschnitte. Sie gelten als gestohlen. Das Fleisch blieb auf dem Übungsplatz liegen und stinkt zum Himmel. Ein Offiziersaspirant erlitt mehrere Knochenbrüche. Der diensthabende

Stabsveterinär war am Eingreifen gehindert worden und steht unter Nervenschock. Die Kavalleristen wurden vom Dienst suspendiert und dem Profoss übergeben.

Bujak blieb aus. Auch seine Billets. *Den Adeligen gibt man die Retribution und den Bürgerlichen die Arbeit*, hatte seine letzte Nachricht gelautet. Die Militärgerichtsbarkeit auf dem Wawel war bemüht, den Schaden kleinzureden. Die Pferde seien, wie dem Bericht des zuständigen Veterinärs zu entnehmen war, bereits untherapierbar krank gewesen. Chronische Veränderungen des Knochenapparates. Chronische Schäden der Lunge. Chronische Atemwegserkrankungen. Die Hengste waren zuchtuntauglich. Aus boxenhygienischen Gründen hätten sie noch vor der Ernte als Arbeitstiere an die Bauern der Umgebung verkauft werden müssen. Der eigentliche Skandal bestand im Hautdiebstahl. Im Terminus *fachgerecht abgezogen*. Den jetzt alle aus der Zeitung kannten. Ohne Kerben. Ohne Fleischerschnitte. Die Krakauer Zungen verbreiteten in Windeseile Gerüchte, die nie mehr aus der Welt zu schaffen waren. Dass die polnischen Ulanen nebst allen anderen Schikanen, denen sie in der österreichischen Armee ausgesetzt waren, auch hungern mussten. Dass sie die Pferdehäute gegen Brot eingetauscht hätten.

Carolina wollte noch vor den Sommerferien die Geschichte mit Solomon Grundy abgeschlossen haben. ... / *Died on a Saturday* / ... Die Buben sahen blass aus und waren traurig. Carolina tröstete sie. Nach den Ferien würden sie eine neue Lektüre anfangen. Der Vater arbeitete viel. Angeblich auf dem Wawel. Nach der Johannisnacht war Carolinas Haut genesen. Schneeweiß. Von den Flecken und Malen wusste auch Olga Slapa nichts, die sie zu Dr. Kalicki begleitete. Beide hatten vorgegeben, die Frühmesse besuchen zu wollen. Carolina betete wochentags nie. Madame Sałasz hatte andere Sorgen und ließ die Hauslehrerin ziehen. Die Buben schliefen noch. Um Mitternacht hatten die Krakauer Jungfrauen ihre selbstgeflochtenen Kräuter- und Blumenkränze am Fuße des Wawel in die Weichsel geworfen. Der Richter war wieder nicht nach Hause gekommen. Eine brennende Kerze oder ein Öllicht im Geflochtenen zeigte den Mädchen an, wohin das Wasser ihre Kränze trieb. Sie sangen und waren ausgelassen. Wenn die Strömung den Kranz mitriss, dann würde die Blumenbinderin bald heiraten. Wenn er sich aber im Schilf am Ufer verhedderte, hängen blieb oder gar zerpflückt wurde, von hungrigen Schnäbeln aufgefressen, dann musste sie noch mindestens ein Jahr auf den Bräutigam warten. ... / *was buried on a Sunday* / ... Die jungen Männer halfen dem Schicksal nach. Sie lagen am Ufer auf der Lauer. Versteckten sich in der Dunkelheit in einem Boot. Versuchten den Kranz der Angebeteten aus der finsteren Weichsel zu fischen. Mit langen Stangen, Angelruten oder Mistgabeln. Wem dies gelang, durfte am nächsten Morgen um die Hand der Geliebten anhalten. Sie solle bloß Wasser zum Frühstück zu sich nehmen, erinnerte sie Olga tags zuvor in der Bibliothek. Dr. Kalicki müsse den Urin untersuchen. Carolina war mit ihren Gedanken anderswo. Das Schuljahr ging zu Ende. Sie könnte an eine Reise denken. Gespart hatte sie nicht viel.

Der Arztbesuch bedeutete eine zusätzliche, nicht geplante Ausgabe. Dr. Kalicki sprach deutsch und stellte wenige Fragen. Nach der letzten Blutung. An ihrem Geburtstag. Antwortete Carolina mit fester Stimme. Vor Ostern. Mitten in der Fastenzeit. Es gab nur Sandkuchen. Sie erinnerte sich genau. Sie hatte sich elend gefühlt. B. war nicht gekommen. Dr. Kalicki lächelte freundlich. Fragte nach der Übelkeit am Morgen. Seit wann. Seit ihr der Hauptmann die Legende von Bischof Stanisław erzählt habe. Wie oft. Täglich einmal. Nach dem Aufstehen. Sie habe sich damals den Magen verdorben. Sie könne sich aber nicht erinnern, womit. Sie trinke nur warmes Wasser. Der Arzt sagte nichts. Die Analyse des Urins dauerte ein paar Minuten. Sie setzte sich draußen zu Olga. Sie ahnte immer noch nichts. Er rief sie wieder ins Behandlungszimmer. Bat sie, den Oberkörper frei zu machen. Das Mieder aufzuschnüren. Sich auf die Pritsche zu legen. Er horchte den Bauch ab. Sorgfältig. Der Höraufsatz wanderte kühl über die makellose Haut. Die zuckte trotzdem jedes Mal. Unter dem blanken Metall. Dr. Kalicki zählte. Konzentriert. Die Herztöne. Setzte das Stethoskop ab. Reichte ihr die Hand. Beglückwünschte sie. Wie damals Richter Sałasz. „Sie sind kerngesund und guter Hoffnung!“ Sie könne sich wieder anziehen. Er setzte sich an den Tisch in der Ecke und schrieb den Befund in das Krankenblatt. Schwangerschaft. Zehnte Woche. Verlauf normal. Voraussichtlicher Geburtstermin 20. Januar 1893. Sie suchte hinter der spanischen Wand ihre Bluse. Das Halsband. Die Schleifen. Die Knöpfe. Die Bändel. Wie vom Donner gerührt. Fingerte sie an sich herum. Einmal im

Monat wellte sie sich selbst das Haar. Mit der Brennschere. Früher hatten ihr die Sczaniecki-Töchter dabei geholfen. Jetzt war sie allein. Und verstand kein Wort. Es wäre ihr unerträglich gewesen, mit einer Übersetzerin zum Arzt zu gehen. Olga wartete draußen. Dr. Kalicki redete unaufhörlich weiter. Hinter der Wand. Um es ihr klar zu machen. Mitte des dritten Monats, Übergang vom Embryo zum Fötus. Die Gesichtspartie präge sich gerade aus. Die Augen rückten zusammen. Die Augenlider verklebten. Die Ohren schöben sich nach oben. Schultern und Bauch träten deutlicher hervor. Im Urin gonadotrope Hormone. Aus dem Hirnanhang. Eindeutig. Eine gesunde Mutter! Sie solle sich freuen und in einem Monat zur Kontrolle kommen. Es sei wichtig, dass sie reichlich positive Gefühle entwickle. Regelmäßig an der frischen Luft spazieren gehe. Im Sommer an die Küste fahre. Das Gewicht der befruchteten Eizelle würde sich bis zur Geburt des Kindes nahezu vertausendfachen. Sie dürfe dies aber nicht als Last empfinden, die sie auszutragen habe. Sondern dem Himmel danken dafür. Carolina starrte auf ihren flachen Bauch. Sie war klein und schmächtig. Zog energisch die Schnüre fest und die Luft ein. Sie war nicht katholisch. Nie im Leben, dachte sie sich. Wird sich hier etwas vertausendfachen. Oder auch nur verfünfzigfachen. Danach, fuhr Dr. Kalicki ungerührt fort, einmal geboren, sei der menschliche Organismus bis zum Tod nie mehr so intensiven biochemischen Veränderungen ausgesetzt.

Carolina musste an die Bracka zurück. Die Frühmessezeit war um. Olga fragte, ob sie denn kein bisschen glücklich sei. In Carolinas Kopf brauste der Tyniecsturm. Sie gab keine Antwort. Sagte nur: „Die Pflicht!“ Versprach, am Nachmittag in die Bibliothek zu kommen. Dann eilte sie über den Marktplatz. Glücklich? Nein. Sie war außer sich. Gleichzeitig begriff sie schlagartig, warum Ueli kein Zeichen gegeben hatte. Nie mehr, seit dem Ende der Krakauer Weihnachtszeit. Seit Mariä Lichtmess. Seit dem Cristofori-Konzert. Seit der ersten Gefühlsverwirrung. Ein Kind! Ueli musste es gesehen haben. Er wollte nicht im Wege stehen. Ein Kind! Seine Augen hätten geleuchtet. Ein Schmerzenskind. Dr. Kalicki hatte keinen Verdacht geschöpft. Keine Druckstellen erkannt. Die neue Haut war sauber und rein. Nachgewachsen. Abgeschuppt. Die Kränkung. Das Herabwürgen. Die Mutter war wohlauf. Wieder hörte sie nur ihr eigenes Gellen. Wie so oft im Traum. War es Angst, Schmerz oder Wollust? Sie wusste es nicht. Hatte es nie auseinanderhalten können. Den Schmerz und die Gier. In der Nacht schreckte sie auf. Horchte, ob jemand kam. Ob ihr Gellen echt war oder nur geträumt. Ihre nackte Seele. Satan und Priapos. Die teuflische Begattungsorgie. Der polnische Härtling. Das Toben des Gewitters. Sein glühendes Schwert unter ihren Rippen. Sie dachte, alle müssten es hören. Ihr Schreien. In der Nacht. Wenn sie träumte. Oder gellte. Während er sie bezwang. Damals. Als der Wald zerschellte und mit ihm alle Naturhörner. Wie der Weckruf vom Turm der Marienkirche. Aber die Luft war lau. Und leer. Wie immer Ende Juni. Sie hielt ihren Unterricht ab. Wie gewohnt. Ruhig. Repetierte Vokabeln. ... */ was buried on a Sunday /* ... Es gab immer mehr Wörter, die sie ihren Schülern nicht verriet. Stumm aß sie mit der Familie zu Mittag. Zog sich dann zurück. Blätterte im Wachstuchheft. Suchte ein altes Versprechen. Zählte ihre Ersparnisse. Schickte den Dienstboten mit einem kurzen Billet an die Alte Weichsel, zu Frau Aleksandra. Kündigte ihren Besuch für den Nachmittag an.

Das Militärgericht versuchte, den Prozess gegen die polnische Ulanenschwadron abzuwenden mit dem Argument der Unzurechnungsfähigkeit infolge übermäßigen Genusses von Alkohol und Narkotika. Ein ehrgeiziger Untersuchungsreferendar wollte herausgefunden haben, dass es im Arsenal des Satans Mittel gäbe, die dem gebildeten Menschen höchstes Staunen abverlangten: das peruanische Koka. Koka habe, erläuterte der schneidige Sachberater dem hohen Gericht, ebenso wie Haschisch, einen unerhörten Einfluss auf den Astralleib und versetze diesen in den Stand, Leistungen zu vollbringen, von denen der Mensch in nüchternem Zustand nicht zu träumen wage. Es sei bekannt, dass Arbeiter nach dem Genuss von Koka zwölf Stunden und länger in den Minen arbeiten, Soldaten zehn Stunden lange Märsche ohne Nahrung hinter sich bringen und riesige Lasten schleppen. Das Pferdetöten in den Bielaner Bergen sei nur unter dem Einfluss von Opiaten, Koffein, Morphium, Kokain, Haschisch, Nikotin, *vin triste* oder Koka möglich gewesen. Kein noch so geübter Kavallerist verfüge über die natürliche Körperkraft, einen Zuchthengst von Hand zu töten. Auch nicht mit der Zweimessertechnik. Die im Saal anwesenden Ulanen brachen in höhnisches Gelächter aus. Ob sie es noch einmal beweisen dürften. Am lebendigen Pferdeleib. Der Vorsitzende forderte donnernd Ruhe, vertagte die Sitzung und ordnete eine medizinische Untersuchung aller beteiligten Reitsoldaten an. Auch desjenigen, der mit gebrochenen Rippen im Lazarett lag. Und der Arzneischrank des Stabsveterinär Slapa müsse versiegelt, die Medikamentenentnahmelisten mit den Therapieverordnungen müssten überprüft werden.

... / *and that was the end of / Solomon Grundy*. Am 30. Juni hielt sie ihre letzten Stunden ab. Das Gespräch mit ihrer früheren Herrin, Aleksandra Sczaniecka, hatte sie bestätigt. Der Kreisrichter war leider nicht in der Stadt. Aber Pani Aleksandra erinnerte sich an die Empfehlung ihres Mannes. *Warum sie nicht an eine große Reise denke, über die Meere?* Wenn sie in Not sei, bot sie Carolina an, könnte man ihr die Kosten für die Überfahrt vorstrecken. Carolina wies dies energisch von sich. *Noch nie habe ich etwas von fremden Menschen annehmen müssen.* Schrieb sie in ihr Wachstuchheft. Olga hatte sie in der Bibliothek warten lassen. Zum ersten Mal in ihrem Leben hatte sie es versäumt, sich rechtzeitig zu entschuldigen. An der Bracka fand sie eine besorgte Notiz vor. Carolina bedankte sich sofort für die *freundschaftlichen Warnungen*. Sie sei guter Dinge. Schickte den Boten trotz der späten Stunde nochmals an die Rajska. Am nächsten Morgen bat sie Richter Sałasz um eine Unterredung. Es würde nicht lange dauern. Sie müsse, so leid es ihr täte, ihre Stellung in seinem Haus aufgeben. Er war erstaunt. Ob sie nun doch so schnell die Erlaubnis aus Wien bekommen hätten? Julian sei sehr beschäftigt auf dem Wawel. Sie hätten sich lange nicht gesprochen. Carolina schüttelte den Kopf. Nein. Sie wolle das Land verlassen. Ob das Heimweh, diese speziell schweizerische Krankheit, sie ergriffen habe? Sie verneinte abermals. Sie denke an eine große Reise. Allein? Sie nickte. Sobald sie seine Erlaubnis habe, ihren Dienst als Hauslehrerin zum Beginn der Sommerferien zu beenden, würde sie die Fahrkarte bestellen und ihm das genaue Datum ihrer Abreise mitteilen können. Bis dahin bitte sie darum, in seinem Haus wohnen bleiben zu dürfen. Es würde sich höchstens um ein paar Tage handeln. Eine Woche vielleicht. Und Julian? Sałasz war verwirrt. Er hatte sich seit Wochen nicht mehr um die Familie gekümmert. Alles ging seinen gewohnten Gang. Der Haushalt funktionierte, die Dienstboten waren willig. Hrga wie immer etwas launisch. Aber ihn verschlang die Arbeit. Das Militärgericht verlangte Gutachten um Gutachten im Zusammenhang mit dem Pferdetöten. Möglichst außerhalb der Öffentlichkeit. Seine Frau verstand das nicht. Ihn band die Schweigepflicht. Eine heillose Situation. Nicht zum ersten Mal, übrigens. Und trotzdem heillos. Carolina vermied es, den Richter anzuschauen. In ihrem Bauch hatte sich etwas eingenistet, was noch keine Fußtritte gab und höchstens vierzig Millimeter lang war. Er konnte es bestimmt nicht erkennen. Es sei ihr nicht leicht gefallen, fuhr sie schließlich fort. Diese Entscheidung zu treffen. Ob er vielleicht die Freundlichkeit haben würde, sie hob den Kopf, Herrn Bujak zu bestellen, dass er sie diesen Sonntag noch an der Bracka antreffen könne. Richter Sałasz begriff, dass es ihr ernst war. Selbstverständlich. Er werde das Nötige in die Wege leiten. Und, wenn sie in die Ferne ziehen wolle, ein Empfehlungsschreiben vorbereiten. Die Kinder würden am Nachmittag mit seiner Frau wegfahren. Nach Osten. Zur tatarischen Verwandtschaft. Sie möge sie bitte verschonen mit dieser endgültigen Nachricht. Sich verabschieden. Für die Zeit der Sommerfrische. Alle drei Söhne würden sehr an ihr hängen.

Sie schrieb an die Peninsular- und Oriental-Schiffsgesellschaft in London. Berechnete die Reisekosten. Sie besaß immerhin eintausendvierhundert Franken. Und war doch so weit entfernt von fünfzigtausend Kronen. Sie bestellte eine Kabine *auf dem ersten ostwärts ziehenden Dampfer*. Zweiter Klasse. Die Schiffskarte von Brindisi nach Sydney kostete tausend Franken. Die restlichen vierhundert würde sie für Vorräte und die Fahrt bis Brindisi brauchen. Nur Olga vertraute sie an, dass es ihr von Australien aus in den nächsten Monaten ganz und gar unmöglich sein werde, zurückzukommen. Sie würde bettelarm auf dem neuen Kontinent ankommen und müsse sofort eine Arbeit finden. *Bis dahin wird das arme Herz schon etwas abgehärtet sein!* Am Abend vor der Abreise gab ihr Olga an der Rajska das Ehrenwort, Stillschweigen zu bewahren. Dr. Kalicki würde sie überzeugen, dass ihr Krankenblatt vernichtet werden müsse.

Der Militärgerichtsarzt konnte bei keinem der Kavalleristen Suchtsymptome feststellen. Die Blutanalyse ergab keine Rückstände leistungssteigernder Fremdstoffe. Weder Nikotin. Noch Koffein. Noch Alkohol. Das körpereigene Immunsystem aller Probanden wies deutliche Schwächungen infolge lang anhaltender Unter- und Fehlernährung auf. Der Arzneischrank von Stabsveterinär Slapa sowie alle von ihm gezeichneten Verordnungslisten waren in einem tadellosen Zustand.

Sie gingen nochmals ans Weichselufer. Spazierten flussabwärts. Sie wolle ihn nicht ins Unglück stürzen. Sagte Carolina. Würziger Wermutduft lag in der Luft. Sie ging an seinem Arm. Wie selbstverständlich. Wie von Anfang an. Am anderen Arm hing die Handtasche. Wie immer. Er schwieg. Die Knöpfe der Ausgehuniform leuchteten in der Nachmittagssonne. Auch Gefühle zu zeigen, war unehrenhaft. Sie habe es längst gesehen. Er brauche den Dienst. Die Uniform. In Zivilkleidung sei er nur ein halber Mensch. Er habe seinen Platz auf der Welt. In Wadowice. In Galizien. In Polen. Um sie hingegen würden sich keine Eltern grämen. Sollte sie sterben, würde niemand ärmer oder unglücklicher sein. Sie bedauere nur, weder Zeit noch Geld zu haben, auf Uelis Grab den Segen zu erbitten. „Doch Seelen kennen ja keine Grenzen ...“, sie sprach zum ersten Mal deutsch mit ihm. Er fragte, warum sie so plötzlich weggehe. Und warum so weit? Warum ihre Trennung so absolut sein müsse? Ende des Schuljahres. Die beste Zeit. Für sie und ihre Schüler. Bis nach den Sommerferien hätten die Sałaszbuben sie vergessen. Die würden am Schwarzen Meer baden und Sonne und Wärme tanken. Sie erspare den Kindern so viel Leid. Bujak war bestürzt. Soviel kalkulierte Kaltblütigkeit traf ihn sonst nur auf dem Wawel. „Ein Mann ist so oft im Leben so sterblich verliebt, dass es vorübergeht wie Kinderkrankheiten.“ Sie blieb dabei. Ging methodisch zu Werke. Ohne Bitterkeit. Sachlich. Sie hatte ihm nie einen Vorwurf gemacht. Ihm nie die Flecken gezeigt. Er durfte ihre Haut kein zweites Mal sehen. Geschweige denn berühren. Das langärmelige Kleid. Der knisternde Uniformstoff. Der Handrücken. Die Wangenpartien. Die Stirn mit dem kurzen krausen Haar. Kein Schritt weiter. Sie würde ihm nie sagen, beschloss sie jetzt, zum letzten Mal am Weichselufer, dass der halbe Mensch im Leinenanzug mit den stumpfen Hornknöpfen auch ein halbes Tier war. Bestimmt besaßen seine Fingerkuppen keine Erinnerung daran, was sie angerichtet hatten. An ihrem Hals. In ihrem Bauch. Auf ihrer entblößten Seele. *Fachgerecht abgezogen*. Er rauchte ab und zu eine Zigarre. Zusammen mit den anderen Offizieren im Kasino. Sie roch es an seinen Knöpfen, auch wenn er nichts erzählte. Und sie versprach: „In zehn Jahren werde ich, wenn es menschenmöglich ist, wieder am Krakauer Bahnhof ankommen. Der 12. Juli 1902 wird mein Ziel sein, nach dem ich unaufhörlich strebe."

*****

Elle schläft nicht. Und sie wundert sich auch nicht. In Paris sei es noch früh. Ich solle aufhören, ungeordneten Gedanken nachzuhängen. Sagt sie, aufgeschreckt aus der eigenen Übersicht. Nach einer Pause. Die Frage, ob ich allein sei. Nein, sage ich. Rolland, mein Rollfeldgeliebter, ist mir nachgeflogen. Mit der Abendmaschine. Im Hörer knackt es. Dann ist die Leitung tot.

Elles Mustergültigkeit. Rolland gehört zum Bodenpersonal, Rument zum fliegenden Personal. Aber so weit kam ich nicht. Meine Gedanken ordnen sich nicht unter. Rolland hält Fremdkörper von der Startbahn fern, Rument von der Flughöhe. Auf der Überholrollbahn sehen beide Elles Morgenlicht. Mutters Sterben. François' Verschwinden. Mich verfolgt das Bahnhofstheater. Die Weltreisende. Die Verfasserin von Elles Weihnachtsgeschenk. *Talofa.* Kurzatmig im Korsett. Zu eng geschnürt vom Regisseur. Seit der Premiere scheucht sie mich mit ihren zweisilbigen Wörtern auf. „Mumpitz!" „Chabis!" Treibt mich vor sich her. Über die Brücke. Ausgelassen nach der inszenierten Verschwiegenheit am Bahnhof. Lacht über den General, der den Ersten Weltkrieg überlebte und dennoch nicht mehr in Erscheinung treten durfte. Sie liebt ihn noch immer. Für sich allein. Nimmt triumphierend ihr Geheimnis mit ins Grab. In der geballten Faust eine Schere. Damit schneidet sie vor dem Tod alle verdächtigen Seiten aus dem Tagebuch heraus. Vor Publikum verhielt sie sich, wie es das Drehbuch des Bärtigen verlangte. Würgte die Radiostimme an der immer gleichen Stelle ab. Jetzt wirkt sie befreit. Und ich befangen. Was habe ich mit ihr zu tun? Ausgerechnet mir fächelt sie Luft zu mit dem schwarzen Wachstuchheft. Ausgerechnet mir folgt sie auf die andere Rheinseite. Weil ich die Erste bin, die das Theater verlassen hatte? Ausgerechnet mich jagt sie hoch. In die Berge. In den Winter. Über Nacht wird Schnee fallen. Und unser beider Spuren verwischen. Dies ist mein letzter Gedanke, bevor mich der Schlaf übermannt.

Im Traum ist der Tod ein Bild. Mutters letzter Wunsch kommt aus Lwów. Sie muss lange rufen, bis ich sie höre. *„Irenko! … Irenko, proszę Cię … Irenko? … Irenko! … Irenko! Nalej mi wody! Irenko, proszę Cię bardzo!"* Bis ich verstehe. Bis ich aufstehe und eine Flasche mit kaltem Wasser fülle. Bis ich das Haus verlasse und ihr antworte. *„Nie bój się, Mamo!"* Fürchte dich nicht! Ich trete auf ein abgemähtes Roggenfeld hinaus. Der Himmel ist sternenlos wie das Meer, der Neumond längst untergegangen. Ich kenne den Weg durch die winterharten Stoppeln. Bin ihn oft gegangen. Ohne zu stolpern. Ohne das Wasser zu verschütten. Der Raum, den ich erreiche, kennt keine Farben. Ihr Lager ist ebenerdig. Die Tücher rein. Die Luft frisch, feucht und undurchdringlich. Dunst oder Dampf. „Im Herbst", ihre Worte tropfen aus dem Nichts, klar wie Kristall, „geh an die frische Luft. So oft, wie du nur kannst. Tau und Nebel sind die besten Feuchtigkeitsspender für die Haut. Billiger als Givenchy." Ihre Hand streckt sich mir entgegen, reicht mir das leere Trinkglas. Unsere Finger berühren sich nicht. Ihre Fingernägel verbreiten überraschenden Glanz. Schneeweißer Lack. Tadellos. Ihre Finger beruhigen mich. Manicure vom Feinsten. Ich fülle das Glas mit meinem Wasser. Der Klang des Füllhorns verrät, wann der Eichstrich erreicht ist. Die Hand ergreift das volle Glas und bringt es sicher durch den weichen Schleier auf die andere Seite. Ich höre sie trinken. Beherrscht. Langsam. Sie schluckt regelmäßig. Wie aus einer Bergquelle. Murmelnd. Fließend. Durchsichtig. Ich bin erleichtert. Die Gier ist überwunden. Also auch die

Angst. Es ist sehr still hier. Wir verlieren keine Worte mehr. Nur das Wasser plätschert. Leise. Wie in einer Tropfsteinhöhle. Stetig. Aus dem getrübten Universum. Aus meiner Flasche. In ihr Trinkglas. In den Mund. Die Kehle. Den Magen. Die Seele. Sie hat keinen zusammenhängenden Körper mehr. Ich freue mich an den tadellosen Fingernägeln. Schenke Wasser nach, wann immer die Hand den Vorhang teilt. Kein Vorwurf mehr. Keine Vorsicht. Kein Gefecht. Wir erleben die Unendlichkeit. Unaufgeregt. Zusammenhangslos. Die Flasche ist leer, ihr Durst gestillt. Nichts verschüttet, nichts vergeudet. Sie gewährt mir einen letzten Moment. Dann gibt sie mir das Glas zurück. Für immer. Es fühlt sich glatt und kühl an. Ihre Finger bedeuten mir, jetzt zu gehen. *Idź teraz!* Stumm. Unmissverständlich. Der geborene Tellerjongleur, ruft mir eine hohe Stimme hinterher, vergisst sich und die Zerbrechlichkeit seines Materials vollkommen. Seine Aufmerksamkeit richtet sich nur auf die Bewegung des Porzellans in der Luft. Sein Bestreben ist es, diesen Zustand des Tellerundenkbaren so lange wie möglich zu erhalten.

Im Traum ist die Geburt ein Propellerflug. Ich begreife und schließe den Kanzelhimmel. Rument hilft mir, Höhe zu gewinnen. Rolland löst die Verkabelungen. Schreit sein „*bonne chance*“ in das Krachen des Gegenwindes. Ich drehe eine Schleife über der schlafenden Lagune, winke ihm mein „*do miłego*” zu und nehme Kurs auf die aufgehende Sonne. François zieht derweil den Horizont an den Bildschirmrand herunter. Ich danke es ihm inbrünstig. Nun wird der Raum hell und absehbar wie das Ziel im Zielfernrohr. Ich kann auf einer grünen Wiese in San Francisco Melanotus und Subminuta erkennen, inmitten hoher Scherbenberge. Sie lernen das gedankenlose Jonglieren mit preußischblauen Suppentellern. Die Bruchkanten sind weiße Rinnsale. Flüssiges Kaolin. Ihre Geburt war schwer, aber natürlich. Keine Saugglocke. Keine Zange. Kein Kaiserschnitt. Deswegen diene ich heute werdenden Müttern. Ich bin eine Doula. Begleite den Schmerz. Massiere Rücken. Aktiviere Energiebahnen. Unterstütze Erstgebärende emotional. Verkürze Wehenzeiten mit nichtmedizinischen Mitteln. Vermeide einfühlsam Epiduralanästhesien. Und durch Zusprechen Dammschnitte. Ich bin auf dem Weg zu einer Hausgeburt. Über der Steppe Alaskas. Meine Kinder sind wacher, trinken mit größerer Leichtigkeit an der Brust. Kursänderung. Ein Notruf. Durch enge Straßenschluchten. Nach Süden. Auf Bergwiesen. Immer nur knapp über dem Boden. Wäre das Heu nicht schon trocken und eingefahren, würde mich das feuchte, schwere Futtergras zum Absturz bringen. Die Navigationsanzeige funktioniert einwandfrei. Trotzdem brauche ich Rolland. Am Boden. Die Verbindung über Sprechfunk. Seine Stimme. Seine Anweisungen. Im Ohr. Meine Reaktionsfähigkeit ist getrübt, brülle ich. Damit er kommt, spiele ich Verzweiflung. Hysterie. Mutters Sterbemantel hängt vor meiner Sichtklappe. François hat die Pariser *pollution* von der Kugellibelle entfernt. Die Luft ist rein, das Rollfeld leer. Ich sehe nichts. Ich fürchte, Hausdächer zu streifen, Oberleitungen von Straßenbahnen zu kappen, Verkehrsampeln zu rammen. Der Wehenschmerz einer Gebärenden will mich. Die Schreie stammen nicht aus Krakau. Nicht aus Paris. Nicht aus Vilnius. Das weiß ich. Das Echo auf Reiseflughöhe ist hinterlistig wie ein Teufel. Dagegen kommt auch Rument nicht an. Es schlägt mir die akustischen Signale von allen Seiten um die Ohren. Hebt meinen natürlichen Orientierungssinn böswillig auf. Sichtflug unmöglich. Melde ich sachlich. Sacke ab. Das automatische Peilgerät setzt aus. Hilf mir, Rolland. Deine Mutter. Gibt er zurück. Liegt gestärkt im Morphiumkoma. Coignoul hat sie gestern im Krankenbett frisiert und versprochen, morgen wiederzukommen, um das Nackenhaar zu kürzen. Sie war zum ersten Mal zufrieden mit ihm und geizte nicht mit dem Trinkgeld. Nicht an Geschwindigkeit verlieren! Rollands Bruststimme springt abrupt eine Oktave in die Höhe. Fahrtenmesser überprüfen. *Compris?* Seine geschliffene Frage. Er muss sich bei Notfalleinsätzen absichern. Fordert ein doppeltes *d'accord*. Hausgeburt in Sydney. Helikopterlandeplatz auf dem Hausdach. Abstieg bis zur 17. Etage über die Feuertreppe. Wohnzimmerfenster offen. Spuckt der Bordcomputer aus. Elle setzt sich neben mich. Mut zur Höheneuphorie. Spornt Rolland die Co-Pilotin an. Ein Luftloch über dem Golf von Aden. Warnt er. *Mais allez-y, allez-y!* Treibt er uns an. Trotzdem. Oder gerade erst recht. Nicht das Tempo reduzieren. Mit voller Kraft auf den Indischen Ozean zu. Südsüdost. Dort warten die Spinnenmeerschwalben auf dich. Beruhigt er mich. Sie werden dich in der Luft lotsen. Besser als ich es kann vom Rollfeld aus. Sie werden dich in ihre formierten Schwärme aufnehmen, dir mit koordinierten Flügelbewegungen den Windkanal freihalten. Dich heil auf deiner Zugstraße durch die Eisstürme in den Hafen geleiten. Ich atme auf. Hier ist meine gefrorene Seele richtig. Und verweilt noch über dem mondlosen Hinterhof. Wo Presslufthämmer gerade den Asphalt aufreißen. Zwei Baggerschaufeln tragen den Boden ab. Alle Konferenzteilnehmer und Premierenbesucher haben sich um die Baustelle versammelt. Stehen wortlos im Kreis. In Trauerkleidung. Kaum wiederzuerkennen. Der Regisseur kratzt sich am Kopf. Verlegen. Die Schauspielerin ist blond und trägt eine getönte Brille. Eine Jedermannswitwe. Ein Notfall im Hochsommer. Im sybaritischen Sydney. Eine Doula hat immer Dienst. Kennt keinen Schichtwechsel. Der Winzersohn im Nebenberuf fuchtelt aufgeregt mit den Armen, holt schließlich einen Spaten und fängt an zu graben. Der Goplo-See tut sich auf. Wie ein Magnet zieht er Blitze an. Sein Ufer besteht aus Millionen silberglänzender Blitzsteinchen. Versengter Sand. Geschmolzenes Salz. Darauf ruhen die Mutterallegorien. Eisengewänder und Jakobinermützen, in Eile abgeworfen, liegen zerstreut auf den umliegenden Hügeln. Gewichtsreduzierung. Nicht sie brauchen meine Hilfe. Sie hecheln professionell. Ihre Schambeinäste sind beweglich. Sie üben Entspannungsatmen. Setzen die Bauchmuskulatur ein. Die Raumverhältnisse in ihren Becken sind großzügig gehauen, gemeißelt, gebrannt, gegossen für die Söhne der Kunst. Großzügiger, als es die Natur vorsieht. Mehrgebärende lassen die Nabelschnur auspulsieren, zögern so den amtlichen Geburtstag hinaus. Rolland mahnt zur Eile. Das Gewitter könnte uns über dem Festland einholen. Die Nacht ist lang. Rechtfertige ich mein Zaudern. Über Paris komme ich nicht hinweg. Dann nimm Kurs auf Nordnordwest. Umrunde die Seine in nördlicher Richtung. Dann erreichst du die Küste schneller. Elle interveniert. Einflüsterungen! Nach Calais? An den Kanal? Nach Irland? Im Geheul der Schubdüsen kann ich nicht verstehen, was sie sagt. Sie beherrscht alle Handgriffe. Der Flugrausch kommt von selbst. Wir steuern auf das Rote Meer zu. Es ist am einfachsten zu erkennen in der grauen Luftlandschaft. Ich strenge mein Gedächtnis an. Mutter richtet einen Laserstrahl über das Firmament und weist uns den sichersten Weg aus der Hohen Tatra. Erschöpft komme ich mit ausgebreiteten Armen an. Im heißen Morgen. Die weißschwingigen Wasserschwalben sind zu ihren Winterbrutplätzen zurückgekehrt. Nachdem sie mich in den Hafen geleitet hatten. Ans Land. Auf festen Boden. Die gehirnähnlichen Nervenknoten der Wandervögel speichern schlichte Formen von Landkarten. Ich finde mühelos das offene Fenster. Jetzt locken mich die Schreie der Gebärenden. Sie ist nicht mehr jung. Ich schüttle mein grünes Gefieder trocken. Ich bin ein Pirolweibchen. Sie wandert während der Wehenpausen ab. Durch die Cieszkowicer Berge. Ist nicht ansprechbar. Wehenfieber. Schmerzdelirium. Verlangt nach Mimi. Ich packe sie an den Schultern. Setze sie grob auf. Du darfst nicht schlafen während der Geburt, flüstere ich ihr ins Ohr. Massiere ihre Wangen. Wische den Schweiß von der Stirn. Nicht träumen. Nicht weggehen. Den Pressdrang nicht scheuen. Wo ist der Kindsvater? Sie schlägt die Augen auf. Verstört. Sagt in der Sprache, die auch am Bahnhof gesprochen wurde: tot. Er ist tot. Sie staunt auf ihren Unterleib. Sie war immer klein. Und schmächtig. Von einem russischen Marodeur. Fährt sie stockend fort. Im Wald. Hinterrücks. Erstochen. Der goldenen Uhr wegen. Am Handgelenk. Einer lumpigen Jaeger le Coultre! Die Doula ist eine ungeplante Ausgabe. Du musst mich nicht bezahlen, rufe ich, ich gehöre zur Familie! Du darfst bloß nicht einschlafen! Mich haben die Windmesser über die Javasee geschleust. Jetzt sind wir unter uns. Lass keine Wehenschwäche aufkommen. Zieh die Beine an den Körper. Denk an die Kalkfelsen von Tyniec. Spüre die Lust im Kegel. Schaff Platz für den Kopf des Kindes. Im Muttermundhals. Die Scheide ist der Klinge angepasst. Dem Windschwert. Dem warmen Waldboden. Ich werde dafür Sorge tragen, dass dein Damm nicht einreißt. Dass ich weder schneiden noch nähen muss. Mein Großvater war Schuster in Lemberg. Ich verstehe mein Handwerk. Du musst ihn gekannt haben. Er hat deine Tochter geehelicht. Es ist gefährlich, zu dieser Jahreszeit die Weltmeere zu überqueren. Auch nur in Gedanken, Träumen oder Sehnsüchten. Bleib hier und lass den Leichenfledderer sein Werk verrichten. Den Damm schütze ich mit meiner Hand. Meine Fingerspitzen stimulieren dich. Der Geburtsweg wird nicht verunreinigt. Der Darm ist entleert. Die mütterlichen Weichteile gehören dem Kind. Ich werde sein Köpfchen drehen und senken. Du wirst während einer Welle auflandiger Wollust dich vollkommen vergessen. Und den Zustand des Menschenundenkbaren so lange wie möglich erhalten wollen. Kein Andenken an den toten Galizier. Zu schnell darfst du den kindlichen Schädel nicht herauspressen, da sonst die Blutgefäße in seinem Hirn platzen. Der Druck auf die flächigen Knochenlücken, die hintere und vordere Fontanelle, darf nur allmählich entlastet werden. Wie das Abflauen des Sturmes. Der Übergang zum freien Atmen. Keine Ausflüge nach Moeczenier. Keine schockgefrosteten Früchte im Krakauer Kessel. Zu langsam darf der Kopf des Kindes aber auch nicht geboren werden, da sich sonst in den Gedächtniszellen eine Geburtskanalphobie absetzt. Wie die Kollersedimente im Kalktuffstein. Für immer und ewig. Erster frühkindlicher Stress. Wachsende Angst vor dem ungelockerten Beckenring. Dem Weichteilansatzrohr. Dem verschlossenen längsovalen Ausgang. Da hilft nur schraubenartiges Drehen. Erster Einsatz körpereigener Energiemasse. Der verformbare Rumpf als zylinderförmige Geburtswalze. Gebären der vorderen Schulter. Zunächst werden einzelne Körperteile geboren. Nie ein zusammenhängendes Kind. Kein Verkeilen hinter dem Schambein. Das ist gut so. Der Rest folgt schnell. Problemlos. Weist weniger Durchmesser als der Kopf auf. Das Steißbein weicht nach hinten aus. Die Mutter ist wohlauf. Macht eine Reise auf der „Balaarat“. Das Kind ist groß. Ich überprüfe den Säurewert im Nabelschnurblut. Bestimme die Geburtszeit. Nabele ab. Sydney, 23. Januar 1893, 13:41. Noch eine Frage nach dem Vater. Wegen der Blutgruppenunverträglichkeit. Sie ist weit weg. Weint. Will das Mädchen nicht auf der Brust. Verstößt es. Erinnert sich nicht an seinen Namen. Wimmert leise. Warum nicht ein kleiner österreichischer

Kaiser aus ihrem Bauch gekommen sei. Eine tausendfach vergrößerte Eizelle. In Ausgehuniform. Phantasiert sie. Windkanalrichtungen. Kindbettdepressionen. Es ist noch nicht zu Ende, schreie ich und hole sie nach Sydney zurück. Noch kannst du sterben. Verbluten. Wenn das Kind da ist, schont die Doula nicht mehr. Die Gebärmutter verkleinert sich stetig. Zieht sich sofort zurück. Die Plazentahaftstellen lösen sich. Flächen verschieben sich. Reiben sich. In deinem Innern. Entsteht Feuer und Glut. Der Mutterkuchen muss ausgestoßen werden, bevor er erkaltet.

Im Traum sind Wolken Schmetterlinge. Die Drachen des Waldes schützen mich im Hochland von Zentralmexiko vor Wind und Kälte. Wir rücken eng zusammen in den Fichten. Lachen über die Lepidopterologen, die nicht verstehen, warum sie jedes Jahr im Herbst in Texas von Neuem die Spuren der Monarchfalter verlieren. Ihre Labore speichern unsere Daten. Flügelspannweite: neun Zentimeter. Gewicht pro Falter: ein halbes Gramm. Die Biologen errechnen daraus einen naturgemäß begrenzten Energievorrat und wollen uns nicht zutrauen, dass wir ein ideales Winterquartier aufsuchen, das viertausend Kilometer südlich des Großen Sklavensees liegt. Sie übersehen, dass wir passende Winde abwarten. Geduld üben an der Grenze. Kräfte messen. Gewichte austarieren. Uns eines Tages ohne Zwischenlandung, ohne Auftanken, Honigsaugen, Luftholen über den Golf von Mexiko wehen lassen. Ohne Vorwarnung. Ohne Ankündigung. Im Gleitflug. Sommerfalter haben ein vergleichsweise kurzes Leben. Unsere Urenkel können sich nicht an die Reiseroute erinnern. Sie entwickeln sich ahnungslos aus der Verpuppung. Besitzen kein Gedächtnis. Keinen Rucksack. Oma Mira hat sich an Allerheiligen mir gegenüber auf dem Steinturm von San Felipe niedergelassen. Ihre Flügel rascheln. Sie fragt: Erkennst du mich? Ich nicke. Oma Mira. Mein erstes Wort. Unsere Fühler berühren sich. Sie lädt mich ein zum Tanz auf den Friedhof von Zitácuaro. Wir erheben uns taumelig. Stehen am Rand der winterlichen Inaktivität. Schonen unsere Fettreserven für die Paarung und den Rückflug im Frühjahr. Vermeiden normalerweise in diesem Stadium Herzflattern. Pulsrasen. Emotionale Gleichgewichtsstörungen. Kräfteverzehrende Vorfreuden. Nutzen jetzt den erhöhten Energieverschleiß zum Sturzflug. Setzen heftig atmend unten nebeneinander auf einem Grabstein auf. In der Diapause trinken wir Nebel und bevorzugen Temperaturen leicht oberhalb des Gefrierpunktes. Unerwartete Kälteeinbrüche und ausgedünnte Koniferenwälder machen uns zu schaffen. Wir finden nur noch wenig Schutz vor Winterstürmen. Schau mir in die Augen! Oma Mira ist hartnäckig. Sie erwartet einen Beweis der richtigen Zuordnung. Wir erwachen aus unserer Winterlethargie nur, wenn das Quecksilber tagsüber ansteigt. Suchen bei zehn Grad an den Tannen Nektar. Bestaunen auf Kirchtürmen die Aussicht. Wärmen abends Nadelwälder auf einer Fläche von zehn Fußballfeldern. Bunte Pulswärmer. Pelztiere. Kranke Äste brechen unter unserem vereinten Federgewicht zusammen. Die befruchteten Eier legen wir im Frühjahr am Rainbow Lake ab. Nach der ermüdenden Heimreise. Wir Winterfalter gleiten entlang der erdelektrischen Felder. Waldboden und Meeresoberfläche sondern Signale ab, die uns Auskunft geben über ihre Biosphärenbeschaffenheit. Magnetkompassnadeln schlagen aus. Weisen uns die Richtung auf dem Instrumentenbrett. Den Sonnenstand lesen wir vom Horizontkreisel ab. Du! Oma Mira fordert Aufmerksamkeit. Dich meine ich. Im rotbraunen Schleier auf dem Indiograb. Du! Trägst Siebenmeilenstiefel. Erklärt sie. Im siebzehnten Stock in Sydney hast du meinen Kopf in die Welt gedreht. Sachte. Mit Fingerspitzengefühl. Hast einfühlsam Blutsturz und Beckenbodentrauma vermieden. Und uns danach doch verlassen. Mich und meine Mutter. Sie war erschöpft vom übermenschlichen Schmerz. Ihre Gefühle brauchten Zeit. Du warst bereits auf dem Weg nach Alaska. Zu deiner eigentlichen, eiskalten Bestimmung. Carolina machte mir Platz auf ihrem Bauch, gab die Brust frei. Ich rührte mich fast fünf Jahre lang nicht vom Fleck. Wuchs in ihrem regelmäßigen Herzschlag auf, bis sie eines Tages von einer Bergtour nicht zurückkehrte.

Im Traum ist kein Telefon angemeldet. Schrill drängt es sich in mein Übergangshaus. Ich wehre mich gegen das Widerwärtige. Es muss von einem altmodischen Wandapparat stammen. Ich bin halb wach. Und halb taumelig. Will Oma Mira festhalten. Und ihr meine wichtigste Frage stellen. Bevor sie geht. Bevor ich vergesse. Vergeblich schlage ich die Flügel. Das Klingeln ist grauenhaft. Ich verstopfe mir die Ohren. Es verschließt mir die Erkenntnis. Für immer. Verhindert die Reise in den Frühling. Zerfetzt die Sommerbrut. Zerstäubt die Sinne. Resigniert schlage ich die Augen auf. Durch meine Fensterscheiben fließt der Rhein. Der Fluss führt Hochwasser. Vielleicht hat es in der Nacht geregnet. Das Gletschertauwasser überflutet die Niederungen. Die Konferenz. Der Schreck tritt aus allen Poren. Die Hand tastet nach dem Ebonithörer. Greift ihn. Wie Mamo das Wasserglas. Durch einen Mantel des Schweigens. Damit das entsetzliche Läuten endlich aufhört, das unsäglichen Schmerz ins Zimmer bringt. Sonnenbanner liegen reglos auf den Holzdielen.

„Halo?"

Grobet hat in Paris seinen Frühdienst angetreten. Er trägt einen sauberen Kittel und spricht mir sein Beileid aus. Zitiert die Nachtschwester: *„Madame Lęczner, votre chère mère nous a quittée. Il y a une heure ..."*

Teil 3

Wie Carolina am 17. Juli 1897 den Haleakalabesteigt und Irena am 17. Juli 1997 in Moszczenica ankommt

Um sieben Uhr morgens brachen sie auf. Carolina trug ihr gewöhnliches Winterkleid und die festen Schuhe. Am Berg war es frisch. Im Krater lag zuweilen Schnee. Auch im Hochsommer. Mitten im Pazifik. Heulte der Wind manchmal so erbärmlich, dass Carolina immer wieder die Stimme verlor. Das war für sie als Sprachlehrerin sehr ärgerlich. Dr. Day, den sie deswegen in Honolulu konsultierte, diagnostizierte erhitztes Blut und riet, weniger Fleisch zu essen. Sie beschloss, in den Ferien ihre langärmeligen Lingerieblusen aufzutragen. Miss Lisle und Miss Kelsey hingegen präsentierten sich in den Damensätteln wie Königinnen. Sie hatten sich in Waikiki Reitkleidung aus taubengrauem Kammgarn anfertigen lassen. Weiße Handschuhe. Zierliche Reitgerten. Enggeschnittene kurze Tuchtaillen. Kleine Frackschößchen. Geschlossene Stehkragen um den Hals. Großzügige Röcke über Hüften und Schenkeln, Breeches und geschnürte Stiefeletten mit niedrigem Absatz. Miss Lisle, die Matrone der Kamehameha-Knabenschule, hielt große Stücke auf sich. Unter ihrem gepuderten Kinn glühte eine karmesinrote Knotenkravatte. Carolina ging zu Fuß hinter den Pferden her. Deren Fell glänzte in der Morgensonne wie frisch geprägte vierzehnkarätige Goldmünzen. Das stimmte Carolina zuversichtlich. Mit der rechten Hand stützte sie sich auf einen Koastock. Zacca, der japanische Diener, ritt voraus. Er saß als Einziger rittlings. Er hatte das Kochgeschirr und die Decken aufgepackt. Im Haus tat er nur die gröbere Arbeit. Den Tisch und die Zimmer besorgten die Frauen selbst. Das Kochen war ganz Mrs. Tucker überlassen, die sich heute unwohl fühlte und es deshalb vorgezogen hatte, zu Hause zu bleiben. Ihre Tochter Anna und deren Freundin Marie Smith, beide Carolinas Schülerinnen, trugen einfache Reitröcke. Anna wollte ihre Kahomi selbst satteln und hatte sich die Erlaubnis erbeten, als Erste vom Frühstückstisch aufzustehen. Draußen liebkoste sie Kamm und Widerrist, zupfte der Stute zwei Strohhalme aus dem Schweif. In der Luft lag der schwere Duft von Hibiskusblüten und Engelstrompeten. Die Palominos waren ausgeruht, die weißen Mähnen gestriegelt. Sie weideten im hohen Gras, während die Ausflugsgesellschaft noch Tee trank. In der Frühe waren die Ställe gründlich ausgemistet, die Tiere geputzt und getränkt worden. Trittsicher stiegen die Zehenspitzengänger nun auf. *Eine prächtige Cavalcade*. Wird am Abend im Wachstuchheft stehen. Durch nassen Farn. Moose. Flechten. Kiawe, Kiefern und Eukalyptus. Die Jakarandabüsche blühten. Schwärme von schwarzgefiederten Mynahs hatten sich im Morgengrauen am dunkelblauen Nektar berauscht. Und veranstalteten nun einen höllischen Lärm. Carolina drohte ihnen mit dem Koastock. Sie war versucht, „Mumpitz!" zu rufen. Nach alter Gewohnheit. Dreimal mit dem Lineal auf das Stehpult zu klopfen. Ungeduldig. Hölzern. Sie liebte die Ordnung. Und die Disziplin. Zu Beginn ihrer Lektionen am Gymnasium. Schnatterten die weißen Mädchen vor Aufregung. „Chabis!" Mit diesem Wort brauchte sie nur zweimal das Klassenzimmer zu betreten. Ein Jahr lang war sie *Staatsangestellte der Mittelozeanischen Republik Hawaii* gewesen und verbrachte jetzt den letzten Urlaub mit ihren Honolulufreundinnen im Sommerhaus Idlewood auf Maui. Vor der Weiterfahrt. Mit Mira. Nach Mexiko. Das lüsterne Geschrei der Vögel am Morgen verstörte sie. Erinnerte sie. An das trunkene Toben. Die Ekstase. Das Naturtonreservat. Die zerschellten Obertöne. Bei wissenschaftlichen Vorträgen in Honolulu und in gepflegten Gesellschaften hatte man in letzter Zeit von einem erschreckenden Verstummen der Wälder gehört. Auf allen bewohnten Inseln des hawaiischen Archipels. Die Zeitungen waren voll davon. Carolina erklärte sich dies mit einem Mangel an wichtigeren Themen. Sogar ihr eigener Name tauchte beständig in den Blättern auf. Sie rapportierte es im Wachstuchheft. Mit kühlem Kopf. *Über mich scheinen die Zeitungen über-unterrichtet zu sein, anderthalb Tage bin ich hier und hab meinen Namen schon fünfmal in den Zeitungen gesehen, in zweien gibt man mich aus als Missionärin aus Samoa, in den anderen als Weltreisende.* Oder: *Ein Artikel über meinen gestrigen Vortrag war natürlich in der Zeitung.* Und: *Die Zeitungen haben wieder einmal meinen Namen verunstaltet.* Aber: *Wurde diesen Morgen durch einen großartigen Zeitungsbericht über mich selbst in den Tag eingeführt, jemand, den ich gar nicht kenne, hebt meine „großen" Talente hervor etc. etc.* Nur ein einziges Mal erlaubte sie sich im Wachstuchheft eine kurze Zwiesprache mit sich selbst: *Gratuliere, kleine Carolina!* Dabei dachte sie immer an B. Voller Genugtuung. Und Stolz. Ihrem Triumph verlieh sie aber keinen Ausdruck. Den behielt sie für sich. Übergab ihn nicht dem Wachstuchheft. Nicht der

Nachwelt. Nicht ihrer Nichte Alice. Sondern bewahrte ihn. An den Schläfen. Hielt ihn warm. Zwischen den Brüsten. Nahm ihn mit ins Grab. In den zum Gebet gefalteten Händen. Er hatte sich lustig gemacht. Über sie. Immer wieder. Damals. Wenn die Militärkapelle am Sonntag auf dem Wawel aufspielte. Sie würde allen Menschen, meinte er, der Offizier im makellosen Ausgehrock, allen und auch sich selbst, Tugenden andichten, die sie gar nicht besäßen.

Der kalifornische Ornithologe Jonathan W. Henshaw beobachtete sechs Jahre lang Vögel in Hawaii. Danach kehrte er nach Berkeley zurück und verfasste einen wissenschaftlichen Bericht. Gedruckt lag dieser 1902 vor. In dem Jahr, in dem Carolina ihre zehnjährige Weltreise beenden und ins österreichische Krakau zurückkehren wird. Wo B. im Majorskragen am Bahnhof stehen und ihr noch einmal die Hand fürs Leben reichen wird. Henshaw hatte Stunden, Tage, Nächte, Wochen, Monate in den Regenwäldern der Inselgruppe verbracht. Hatte kauernd, kriechend, rutschend die Gewohnheiten der Vögel beobachtet. Fand halbnackt Vogelbasare. Brutreviere. Notierte Nistgewohnheiten. Sein Körper schwoll an von der Feuchtigkeit. Das Haar verfilzte auf der Brust. Im Rucksack trug er Instrumente mit. Bleistifte. Und eine Hängematte. Es kam vor, dass er in den Bäumen übernachtete. Sich zu den Vögeln schlafen legte. Auf Abstand verständigte er sich mit den sattroten Iiwis. Maß nach. Fünfzehn bis zwanzig Meter Sicherheit. Forderten die Vögel. Das Leuchten. Das Krächzen. Das Jubilieren. Wenn er innehielt, blieben sie hocken. Äugten neugierig von einem Banyan herunter. Suchten scheinheilig Ohias. Er versteckte seine Zunge im Bart und respektierte ihre Sichelschnäbel. Im Morgengrauen betete er sie fußfällig an. Buckelte. Flötete. Pfiff durch eine Zahnlücke. Erfreute sich an ihnen, lange und ausgiebig. Bis sie die Lust verloren und aufflatterten. In die Wipfel flogen. Hoch hinauf. Ans Licht. Der Vogelgucker sieht nur, was er selbst ist. Einer kollerte. Ein anderer duckte. Warf ruckartig den Kopf hoch. Pumpte Kehle und Brust voll. Klagte, zischte, schniefte, schnalzte, rasselte, klickte. Schlug mit den Flügeln. Trippelte. Pulsierte. Knickste. Pickte. Und Jonathan zählte. Wörter. Laute. Federn. Farben. Körnerfresser. Insektenfresser. Wasservögel. Raubvögel. Führte Listen. Notierte alles. Trug mit Krallenfingern Daten, Tonhöhen, Meereshöhen, Triolen, Triller und Quintenkreise ein. Eines Tages stand er im gebügelten Hemd fassungslos vor den Ergebnissen seiner jahrelangen Beobachtungen. Vögel, die ein begrenztes Verbreitungsgebiet haben, sind standorttreu. Vögel, die nisten wollen, bleiben in ihrem Revier. Die ersten Lehrsätze aus den Fachbüchern. Seine Denkanfänge. Die Grundpfeiler seines Lebens. Seines Wissens. Sein theoretisches Zuhause. Die ersten weißen Forscher registrierten nach James Cooks Ankunft mindestens 69 endemische Vogelarten auf den Inseln. Henshaw zerbrach sich den Kopf. Kratzte sich die Stirn blutig. Rechnete nach. Er hatte den Bart nicht mehr abgenommen. Die Nägel nicht mehr geschnitten. Die Lippen hatten sich schnabelartig zugespitzt. Es half alles nichts. Mehr als ein Drittel der einheimischen Arten musste seither ausgestorben sein. Er, Jonathan, konnte sie während seines sechsjährigen Vogellebens nicht übersehen, nicht überhört, nicht übergangen haben. Nicht mit seiner närrischen Liebe und Zuversicht. Vögel in der tropischen Vegetation sind bunt und laut. Das will die Evolution so. Radnetzspinnen weben gut sichtbare Zickzackbänder in ihre Netze. Damit warnen sie die Vögel vor den Hindernissen. Und bewahren ihre Netze vor Flugschäden. Wenn die Vögel sterben, wird der Wald still. Spinnen hören nicht, sie beobachten bloß. Nach wenigen Sonnenstunden begreifen sie, dass niemand mehr ihre Netze zerreißt. Und hören auf, Warnkreuze in ihre Netze zu weben. Die Wirkarbeit. Die zusätzliche Kleinarbeit. Überflüssig geworden. Spinnen sind intelligent, das wusste Henshaw. Und die Vögel so krank, dass sie starben. Aber er wusste nicht, woran sie krankten, weshalb sie starben. Die Population der noch bestehenden Arten war bereits so stark dezimiert, dass auch sie über kurz oder lang verschwinden würden. Henshaw war ratlos. Die Singvögel hatten sich von den Stränden in höher gelegene Wald- und Buschgebiete zurückgezogen. Auch dieses Verhalten konnte sich Henshaw nicht erklären. Es passte in kein Paradigma. In keinen Diskurs. In keine Analyse. Die Fachwelt stand Kopf. Der natürliche Lebensraum der endemischen Arten, das hatte Henshaw zweifelsfrei nachgewiesen, war vollkommen erhalten. Es gab genügend Kalziumlieferanten. Schnecken. Würmer. Kriechtiere. Wühltiere. Nagetiere. Aller Art. Der Wald war kerngesund. Riesige Flächen hatten noch nie eine Axt gesehen oder gehört. Ein Begehverbot brauchte nicht ausgesprochen zu werden. Die Einheimischen sind von Natur aus gehfaul. Und die Nene flugfaul. Auf keiner der Inseln hatten sich bisher Schlangen angesiedelt. Kleine indische Mungos fraßen die Ratten in den Zuckerplantagen. Poha, Ohia, Ohelo produzierten ausreichend Nektar. Der Ieie genügend Stacheln und Samen. Die Vegetation entwickelte sich ungestüm. Korallenpolypen klammerten sich an seichte Bänke. Flechten bedeckten Kokosnüsse. Soweit das menschliche Auge reichte, schrieb Henshaw, bot das alte Haus den Vögeln alles. Wie früher. Trotzdem fehlten die Vögel. Ganze Tropenwaldstriche waren stumm und grün. Er verbrachte Stunden, Tage hier, ohne auch nur eine einzige Vogelfeder zu sehen, ohne ein einziges Piepen zu hören. Erst in höher gelegenen Regionen, exakt über dreitausend Fuß, am Haleakala und an anderen Vulkanabhängen, gab es noch funktionierende Brutkolonien der Mauinaschvögel. Damit endete sein Bericht. Mit der Aufzählung der allerletzten Vogelarten: Iiwi, Apapane, Amakihi, Akohekohe. Mit allem, was dazugehörte. Krachschlagen, Sichaufputzen, Scheingefechte. Dort oben sahen die Vögel wohlgenährt aus und schienen in bester Verfassung. Im Abendlicht, fügte er hinzu, konnten auch die Türkis- und Azurnaschvögel eine weinrote bis ochsenblutrote Färbung annehmen. Den letzten prallgelben Nukupuu sichtete er 1896 am Haleakala auf etwa sechstausend Fuß. In den sechs Jahren seiner Beobachtungszeit vernahm er zweimal den Gesang des Elepaio. Das erste Mal gleich nach seiner Ankunft 1894 auf Kauai. Das zweite Mal im Juli 1897 auf Maui. Es war an dem Tag, als Carolina als *einzige Frau und so viel man weiß auch als einzige Person den imposanten Sonnenpalast eigenfüßig bestieg*. Im Kipahulutal. Gesehen hat er den Vogel, der sich gerne im Gewächs versteckt, aber nie.

Henshaws Fazit war ernüchternd: Er fand keine Erklärung für das Verstummen der Regenwälder auf den bewohnten Hawaii-Inseln. Er hatte noch nie von einem vergleichbaren Phänomen so rapiden Vogelsterbens gehört. Weder im pazifischen Raum. Noch in Amerika. Noch irgendwo sonst in der Welt.

In Briefen an ihre Freundinnen bezeichnete Carolina sich als „Mutter der modernen Sprachen in Hawaii". Sie war die erste Lehrerin für Deutsch und Französisch am einzigen Gymnasium der ganzen Inselgruppe. Bisher waren neben Englisch nur Latein und Griechisch unterrichtet worden. Miss Kelsey, die Griechisch-Lehrerin am Oahu College, ritt vor Carolina auf dem rotbraunen Plaudit bergauf. Die Schlitze am Rücken ihres Reitkostüms folgten der regelmäßigen Auf- und Abbewegung der prallen Hinterbacken. Entblößten für kurze Momente das teure Seidenfutter. Fielen wieder zurück. Bedeckten Fett. Polster. Muskeln. Carolina hatte diese zusätzliche Ausgabe gescheut. Sie musste mit dem Kind anders rechnen. Mira war noch zu klein, um auf einem Pferd zu sitzen. Carolina schritt bergan. Allein. Und entschlossen, zu vergessen. Der Koastock war eine leichte Stütze. Ihr erster Arbeitstag an der High School von Honolulu war auf den 13. September 1896 gefallen. Im Wachstuchheft steht unter diesem Datum: *Unterrichte Schüler und Schülerinnen aller Nationen und Rassen, zu meinem großen Erstaunen haben sich die Chinesen sehr intelligent gezeigt*. Danach werden die Einträge kurz. Scheu. Plötzlich passen mehrere Tage, manchmal sogar eine ganze

Woche auf eine Seite. Müde. Der Monatsname steht immer oben auf der Seite. In Französisch. Karg. Über all die Jahre. Gibt es nur wenige Tintenkleckse. Und die Handschrift verändert sich kaum. Nur die Gedanken. Lenken nicht mehr ab. Am nächsten Abend ist zu lesen: *Meine Arbeit im Gymnasium erfreut mein Herz so sehr, dass ich kaum mehr an etwas anderes denke, nicht einmal Heimweh hab ich mehr. Ich bin halt doch zur Lehrerin geboren!* Mehr nicht. Knapp. Fokussiert. Auf sich selbst. Es war der 14. September. B.'s 35. Geburtstag. Carolina erwähnte ihn zum ersten Mal seit ihrer Abreise aus Europa nicht. Warum? Der berufliche Erfolg löschte den privaten Schmerz. Nach den Sommerferien würde sie mit Mira nach Mexiko weiterreisen. Sie löste ihr Dienstverhältnis nach einem Jahr. Auf eigenen Wunsch, wie sie der Schuldirektion schriftlich mitteilte. Sie hatte genug gespart. Die Hälfte der selbstauferlegten Verbannung war bereits um. Sie musste sich beeilen. Hatte sie sich doch vorgenommen, die Welt zu umrunden und pünktlich zurückzukehren. Professor Scott wollte sie nicht ziehen lassen. Ihre Klassen hätten *ganz erstaunliche* Fortschritte gemacht und sie beherrsche *entschieden* die Kunst des Unterrichtens. Sie musste selbst für ihre Nachfolge sorgen. Die französischen Stunden übernahm Madame Lombard, die deutschen Miss Standburg. Vom Jahresgehalt hatte sie dreihundert Dollar in Tramway-Aktien anlegen können, da sie neben den Schulpflichten Vorträge hielt und viele Privatstunden erteilte. Das Kind war jetzt viereinhalb Jahre alt und kannte keinen Winter. Es war lebhaft und gesund. Aber noch zu klein für eine ganztägige Bergtour. Sie hatte es gestern zu den Waldvogels nach Olinda hinuntergebracht. Die goldglänzenden Leiber der Pferde wogten vor ihr im Passgang durch das Unterholz. Mähne und Schweif blendeten wie frischer Schnee. Zacca gab das Tempo an. Niemand sprach ein Wort. Palominos galten als wenig schreckhaft. Ihre Hinterbacken waren kräftig, die Hinterhand gespannt. Das Schweifende nass vom Farn. Vom Moos. Von den Flechten. Silbergrau. Sie hatten noch einen weiten Weg vor sich. Carolinas Losung stand im Wachstuchheft seit Wochen fest. *Ich hab es mir in den Kopf gesetzt, den Krater zu Fuß zu ersteigen, trotzdem mir alles prophezeit, dass es unmöglich sein würde.* Sie erreichten Weideland. Saftiges Grün. Wilde Blumen. Soweit das Auge reichte. Kühe und Ochsen grasten überall am Berg frei. Wanderten. Auf der Suche nach Futter. Waren eine Gefahr für Menschen zu Fuß. Hinter dem Plaudit fühlte sich Carolina in Sicherheit. Sie hatte kaum geschlafen, doch sie verspürte keinerlei Müdigkeit. Ihre Gedanken waren geordnet. Die Sinne wach. Der Blick durchdringend. Wie das Licht. In den Tropen. Am Morgen. Auf den fiederteiligen Farnwedel. Epiphytisch kletterte der Tag über den Feuchtboden. Erst spät in der Nacht war sie wieder nach Idlewood hochgestiegen. Allein. Mr. Waldvogel wollte sie begleiten. Aber sie lehnte ab. Kategorisch. Sie kannte den Weg. Hier oben drohte keine Gefahr. Die Ochsen bewegten sich nach Einbruch der Dunkelheit nicht mehr vom Fleck. Idlewood war das letzte befestigte Wohnhaus am Berg. Am schlafenden Vulkan. Am Haleakala. Von den Blättern fielen klebrige Tropfen auf ihr Haar. Auf die Stirn, die Wangen, die Schläfen. Rannen über das Gesicht. Zuckersüße Tränen. Sie hatte ihren Hut abgenommen. Jetzt, wo niemand sie sehen konnte. Die Nacht rauschte. Obwohl der Wald vogelleer war. Sie hörte die zähe Feuchtigkeit. Spürte sie auf den Wangen. Roch die kalte, würzige Welt. Die Erde war glitschig. Sie musste bei jedem Schritt aufpassen, dass sie nicht hinfiel. Tausend verschlungene Arme um sie herum. Banyanwurzeln. Stummeläste. Hapuufarne. Mamakiblätter. Als Carolina aus dem Wald auf die Lichtung trat, schrie in der Ferne eine Pueo. Niemand antwortete ihr. Der schönste Mondregenbogen spannte sich über den Himmel. Sie erkannte die Umrisse des ehemaligen Farmerhauses. Im seltsam schillernden Nachtlicht. Die Fenster waren finster. Alle schliefen bereits. Carolina nickte zufrieden. Die Mädchen würden morgen früh ausgeschlafen sein. Keine mürrischen Gedanken den Berg hinauftragen. Das war ihr wichtig. Der Mondregenbogen versprach prächtiges Wetter. Für den Aufstieg. Sie hatte von Anfang an geraten, den Vollmond abzuwarten. Oft wurde sie gebeten, die Karten zu schlagen. In diesem Fall hatte sie es abgelehnt. Berge verlangen den Menschen das Allerletzte ab. Mut. Verzweiflung. Entschlossenheit. Geduld. Demut. Ein Gipfel darf nie vor der Zeit erreicht werden. Auch ein erkalteter Vulkankrater nicht. Ab einer gewissen absoluten Masse ist kein Platz mehr für Misstöne. Für menschliches Ermessen. Schwankende Schritte. Fliehende Blicke. Schlechte Laune. Bittere Worte. Der Vulkan ist ein Berg, der sich an seiner höchsten Stelle öffnet. Nach unten. Nach innen. Und seine schrundige Seele preisgibt. Die Caldera. Hässlich, unzugänglich, schroff. Nicht mehr aus der Welt zu schaffen. Wie ein neugeborenes Kind. Ganz egal, ob er heiß ist oder kalt. Aktiv oder erloschen. Schläft oder wütet. Jeder Mensch sucht seinen Vulkan. Ein Leben lang. Den Krater. Den Blick. Hinein. In die Gesteinsschichten. Die Erdzeiten. Das Grauen. Die Schöpfungsgeschichte ist kein Gnadenakt. Geologen behaupten, die Vulkane der Nachbarinsel Hawaii, der „weiße Berg“ Mauna Kea und der „lange Berg“ Mauna Loa, seien die höchsten Gipfel der Erde. Da sie die Messungen am Meeresgrund ansetzen, erreichen in ihren Notizbüchern die oberen Kraterränder eine vertikale Höhe von 30 000 Fuß und sind nach dieser Notizbuchlogik höher als der Mount Everest, der „nur“ auf dem Festlandsockel des Himalaja sitzt. Ohne Tiefgang. Unvorstellbar behäbig. Wie ein König auf dem Thron. Ohne Verwurzelung. Ohne Verbindung zu unterirdischen Magmaströmen. Ohne Licht und Wärme. Ohne Tunnel. Offen und weit. Elektrisch erleuchtet wie die *London Unterground*. Ohne Eruptionskanäle. Ohne tanzende Feuervorhänge. An der Südostspitze der hawaiischen Inselkette wachsen die Vulkane in den Himmel. Langsam, aber beständig. Mauna Loa, der Lange, hat, wie sein Name sagt, keinen ausgeprägten Gipfel. Er besteht aus ausladenden Schichten. Die flach übereinanderliegen. In wilden Kopulationen entstanden, drängen sie auf der ganzen Breite in die Höhe. Breitbeinig. Lüstern. Der Krater ist eine riesige Senke. Ein überdimensioniertes Gebärbecken. Die Wände oval und feucht. Offen. Wie Peles Schamlippen. Obenauf liegt der umgestülpte Schutzschild des Ritters Heinrich von Rugge. Mauna Loa ist der beleibteste Berg der Erde. Sein Volumen, das Maß, das er im Raum einnimmt, ist hundertmal größer als das von Shasta oder Fuji. Carolina musste plötzlich an den Cilento denken. An die Stellatour. Als sie das Alentotal Richtung Küste verließen. Und schnell an Höhe gewannen. Sie war damals gerade so alt wie Marie Smith heute. Erwachsen geworden. Ohne Furcht vor dem Feuerberg. Stieg sie mit ihrer neapolitanischen Herrschaft auf den Monte Stella. Schaute über das Tyrrhenische Meer. Sah den rauchenden Vesuv in der Ferne und die weißen Felsen von Capri. War verliebt bis über beide Ohren in Romanhelden, deren Namen sie beim Heruntersteigen in die Klüfte hineinrief, *um das Echo zu hören!* Ohne Augen für einen Leipziger, den Sohn einer Gräfin, der mit von der Partie war und ihr den Hof machte. Seine Manieren hatte sie vergessen. Auch seine Augen. *Wie weit liegen solche Sachen hinter mir!* Seit Mira auf der Welt ist, hat Ueli sie für immer verlassen. Er ist aus den gemeinsamen Nächten und Träumen ausgestiegen. Wie aus einem fahrenden Zug. Sie wohnten nun schon einige Wochen in Idlewood. Auf halber Höhe. Von Peles erkalteter Vulva. Das Haus erleichterte die Gewöhnung. An das Vulkangestein. An die winterlichen Temperaturen. Den oxidierenden Sand. Die dichten Wolken. Die Energieadern. Der letzte Ausbruch hatte vor über hundert Jahren stattgefunden. Sie brauchten nichts zu befürchten. Obwohl Vulkanologen den Haleakala immer noch nicht als erloschen einstuften. Er war nicht tot, er ruhte sich aus. Seine Caldera war die größte der Welt. Einzigartig in ihren Zerwürfnissen und Schründen. Sagten die, die von oben zurückkamen. Auf den Pferden. Und in Idlewood bei einem Glas Milch verschnaufen. Er schläft. Erholt sich von alten Strapazen. Erklärte Carolina Mira nachts. Wenn der Wind an den Balken rüttelte. Wenn der rote Sand durch alle Ritzen und in die Augen fuhr. Wenn das ganze Haus stöhnte und ächzte wie bei einem Erdbeben. Dann strampelte das Kind die Decke weg und schrie aus Leibeskräften. Mama, bricht jetzt der Vulkan aus? Werden wir von brennenden Steinen begraben? Gierig und ängstlich zugleich. Im Widerstreit der Erwartungen. Der Vorstellungen. Die kindliche Neugier wollte das Feuerspektakel. Der heiße Mund die Mutterbrust. Der große Haleakala träumt, beruhigte Carolina das zügellose Kind. Ihre Brust war ausgetrocknet. Im Krater wohnt die Sonne. Auch sie schläft in der Nacht. Mama, wie viele Beine hat die Sonne? Sechzehn, antwortete sie. Mama, was isst die Sonne zu Mittag? Gebratene Bananen. Mama, wer kocht für die Sonne? Mauis Großmutter. Mama, wie macht die Großmutter Feuer? Sie reibt Holzstöckchen vom Wiliwilibaum aneinander. Mama, woher hat der Wiliwilibaum das Feuer? Von den Vögeln. Mama, von welchen Vögeln? Die Stimme verstummte. Die Augenlider fielen zu. Die Milchzähne ließen ab von der Warze. Der Schmerz verklang nach innen. Im kalten Krater. Die kleinen Hände rutschten vom Bauch. Vom kleinsten Alae, flüsterte Carolina in das Kinderhaar hinein, vom Alae-iki.

Sie blieb einen Moment stehen und betrachtete den Himmel. Die Farben an den Rändern des Mondregenbogens waren deutlich zu erkennen. Ein blasser Nebenbogen hatte sich darunter gelegt. Und hob das innere Blau des Hauptbogens hervor. Es begann im Dunkel des Universums. Im undurchdringlichen Schwarz. Wurde heller, violett, und endete im leuchtenden Grün eines Vogelnestfarnwedels in der Mittagssonne. Sie ging weiter. Je höher sie kam, desto eisiger wurde die Luft. Ihr Atem stand vor dem Mund. Klar wie die Spektralfarben im All. Unten im Tal war die Hitze tagsüber kaum zu ertragen gewesen. Mira hatte noch nie Schnee gesehen. An ihrem dritten Geburtstag hatten sie Neuseeland auf der „Alamada“ verlassen. Seither war das Wachstuchheft voll von wohltuenden Wörtern. Sie befanden sich im *Paradies des Stillen Ozeans.* Carolina musste sich nicht gleich eine Anstellung suchen. Hatte keine Schülerinnen. Auf Samoa schoss das Kind in die Höhe. Wurde ein Mädchen. Beweglich. Flink. In den Beinen. In den Armen. Im Kopf. In den Fingern. Die schwarzen Locken wuchsen wild. Am Wasser. In der Hitze. Alle paar Tage musste Carolina mit der Schere abhelfen. Vom Ersparten konnten sie gut bis zum Beginn des neuen Schuljahres leben. Mira plapperte. Trug einen Grasrock. Tanzte. Fragte. Den lieben langen Tag. Unermüdlich. Ertrug keine Ausreden. Keine Ausflüchte. Verlangte immer eine Antwort. Forderte Überzeugung. Kein Stillsitzen. Warf den Kopf zurück. Stemmte die Fäuste in die Seiten. Wie der Offizier. An der Weichsel. In der Ausgehuniform. Als die „Zealandia“ in Honolulu anlegte, schmetterten die Hörner am Pier „Hawaii Pono'i“, dirigiert von Kapellmeister Heinrich Wilhelm Berger. Die königliche Blaskapelle begrüßte jedes Passagierschiff mit deutschem Schmiss. Carolina war es sofort warm ums Herz geworden. *So entzückend schön habe ich mir das wirkliche Paradies nie vorgestellt*, schrieb sie ins Wachstuchheft. *Wenn die hawaiische Militärkapelle sich auch nicht mit der des 13. Infanterieregiments in Krakau messen kann, so ist sie doch eine der besten.* Carolina setzte sich auf die Holzbank. Sie war feucht. Sie bemerkte es und blieb dennoch sitzen. Auf einmal träge und schwer. Das Kleid wurde fleckig. Im Schritt. Sie würde es über Nacht aufhängen und in der Frühe in der Sonne ausbürsten. Auf der Veranda. Sie war angekommen.

Allein. Im Haus war es totenstill. Verwundert starrte sie in den bunten Himmel. In der Entfernung lag nichts als Wasser. *Wenn nur diese Inselgruppe nicht so arg weit von der übrigen Welt entfernt wäre ...* Finsteres Meer. Darüber bündelte der Mond seine Macht. Ergoss sein kaltes Licht auf die Erde und zauberte die Farben ins All. Der Berg dampfte in der Nacht. Erholte sich von der Glut des Tages. Mondstrahlen trafen Wassertropfen. Drangen in sie ein. Spitz wie eine Lanze. Befruchteten sie. Zerwühlten sie. In höchster Not. Wie die Kurzohreule. Vorhin. Der Schrei in der Nacht. Bevor sie nach dem Snellius'schen Gesetz gebrochen wurden. Reflektiert. Zurückgeworfen. Abgewiesen. In die Unendlichkeit zerstreut. Der Doppelbogen spiegelte sich zu beiden Seiten weit unten im Pazifik. Rundherum flirrte und raschelte es. Das Paradies ist nachtaktiv. *Dies ist die einzige Schattenseite, dass ich nicht wegreisen kann, wann ich will, sondern nur, wenn gerade ein Schiff vorüberfährt.* Zacca erreichte als Erster die Milchfarm. Er stieg ab, führte seinen Wallach zum Brunnen im Hof. Ein Melkknecht kam aus dem Stall und fragte, ob sie frische Milch haben wollten. Die letzte Gelegenheit, sich und die Tiere zu stärken. Miss Lisle lehnte ab. Sie überreichte Zacca die Zügel ihres Pferdes, bat ihn, es zu tränken und trockenzureiben. Dann verschwand sie in einem der Wirtschaftsgebäude. Kuhwarme Milch war ihr ein Graus. Sie gab die Bestellung auf für die nächste Woche. Für die täglichen Butter- und Milchlieferungen. Man erwartete neue Gäste aus Honolulu in Idlewood. Carolina und die Mädchen bedienten sich gerne. Sie hatten erst wenige Meilen zurückgelegt. Das Bambusdickicht hinter sich gelassen. Vereinzelte Eisenholzbäume wuchsen noch.

Myrtensträucher. Ansonsten nur Weideland und Blumen. Miss Kelsey saß im hohen Gras und schaute auf die dampfenden Baumwipfel hinunter. Die Sonne begann zu wärmen. Bald würden sie keinen Schatten mehr finden. Die Frauen zogen ihre Hüte in die Stirn. Zacca half ihnen in die Sättel. Miss Lisle hatte die Geschäfte erledigt und die Milch im Voraus bezahlt. Die Mädchen hatten ihren Durst gestillt. Carolina blieb hinter den Pferden. Sie ging langsam. Gemessenen Schrittes. Sie durfte sich nicht zu früh verausgaben. Stützte sich auf ihren Koastock. Mira hatte sie auf dem Weg nach Olinda hinunter wieder unzählige Fragen beantworten müssen. Mama, wie kommt das Feuer in den Berg? Wenn es herausspritzt, muss es vorher eingefüllt worden sein. Mama, gibt es jemanden, der das Feuer anfassen kann? Mama, was ist ein Feuereimer? Sie hockte auf dem feuchten Waldboden und bohrte den Zeigefinger in die nasse Erde. Mama, warum brennen Steine? Sie rupfte eine Handvoll roter Beeren vom Ohelo-Strauch, warf ein paar über die Schulter den Berg hoch und rief laut: „Pele! Here are your ohelo. I offer some to you; some I also eat." Danach stopfte sie sich den Mund voll. Schlürfte. Gierig. Von den Sträuchern. Von den Fingern. Wie ein Raubtier. Die Frucht tropfte. Wie Blut. Die Furcht. Aus den Mundwinkeln. Carolina fragte, woher sie diesen Satz kenne. Charlie habe ihn aufgesagt. Immer wieder. Bis sie ihn auswendig nachsagen konnte. Berichtete das Kind am Boden. Auf allen Vieren. Leckte roten Saft von den Blättern. Stachelig. Unersättlich. Charlie hätte ihr in der Zuckerplantage erklärt, dass die Ohelo-Beeren der Feuergöttin Pele gehörten. Und dass jeder, der davon essen wolle, Pele zuerst ein paar abgeben müsse.

Damit sie nicht böse werde. Bevor man sie sich in den Mund stecke. Denn wenn Pele böse sei, würden alle Berge sich auftun und Feuer spucken. Die brennenden Berge würden über die ganze Insel laufen, auf der Suche nach den Menschen, und sie einfangen. Verschlucken. Verschlingen. Alle zusammen. In den Feuertopf im Krater werfen. Und braten. Auch dich, Mama! Mira schaute vom Boden auf. Zur Strafe. Für den Ungehorsam. Sie maß Carolinas Gesicht. Mit eiskalten Augen. Mama, wusstest du das nicht? Hast du etwa schon ... Nein! Carolina beeilte sich, das Kind zu beschwichtigen. Ich esse Früchte nur bei Tisch. Wie alle Erwachsenen. Sie kehrte die Schulmeisterin heraus. Im Wald ist die Haut der Beeren pelzig. Man kann nicht wissen, wer darin wohnt. Sie verstummte. Dachte an die Wienerin, die man nach Kwiatonowice geholt hatte. Diese Geschichte durfte sie Mira nicht erzählen. Sie hatte Mira noch nie von Galizien erzählt. Mira kannte kein osteuropäisches Wetter. Sie war im australischen Hochsommer geboren. Die Wienerin überlebte den ersten Spaziergang mit den Kindern nicht. Aß übermütig Tollkirschen. Lachte. Bis das Gift aus den Pupillen quoll. Die Zunge dick wurde. Das Lachen den Hals verstopfte. Sie mit verrenkten Armen und Beinen in Ignars Kartoffelacker fiel. Am Haleakala gab es keine giftigen Beeren. Nur Göttinnen. Und den sanften Halbgott Maui, den Sohn des Akalana und der Hina. Die polynesischen Legenden kennen keine Schlangen. Eine Vertreibung aus dem *wirklichen Paradies* gibt es nicht. Dennoch vermied es Carolina seit jenem Tod auf Ignars Feld, in der freien Natur irgendetwas zu sich zu nehmen. Nein, ich kenne diesen Zauberspruch nicht. Fügte sie leise hinzu. Strich Mira über den

Kopf. Beugte sich herunter. Wie gut, dass ich dich habe. Sie nahm ihr Kinn in beide Hände. Das ist kein Zauberspruch! Mira schüttelte protestierend den Kopf, wand sich aus der Berührung, schlug mit festen Fäusten auf Carolinas Arme ein. Kroch unter einen Pohastrauch. Ihre Augen funkelten. Carolina stand auf. Komm! Der Ton war wieder geschliffen. Die Waldvogels warten. Mira lachte. Spuckte verspeichelte Ohelobeerenhaut aus. Ihre Zunge war hexenrot. In der Nacht hatte es heftig geregnet. Die Pferde vor ihr berührten den Boden nur mit dem letzten Zehenglied. Carolina trat fest auf. Mit der ganzen Sohle. Bestimmte Schritte. Sie fühlte sich sicher. Je höher sie kamen. Desto sicherer. Der Weg wurde zusehends trockener. Die Vegetation struppig. Nadeln statt Blätter. Büsche statt Bäume. Nichts wuchs mehr über den Kopf des Menschen hinaus. Die stumme Anspannung hatte sich gelegt. Anna und Maria hatten Zacca überholt. Erzählten sich Herzensdinge. Kicherten. Wirkten erleichtert.

Von einem grünen Koabaum hatten sie sich schließlich zwei Stöcke gebrochen. Einen für Mira. Einen für Carolina. Für den Krater. Hatte Mira erklärt. Für die Feuersteine. Einen kräftigen. Für den Ascheberg. Mama, weint jetzt der Baum? Wollte sie wissen. Und schmiegte sich an Carolina. Die Erregung hatte sich gelegt. Nein, versicherte die Mutter. Bäume sind für die Menschen da. Bäume schützen vor Regen. Sonne. Hitze. Mit der mächtigen Krone. Wie ein König. Bei Tisch. Vor Angst in der Nacht. Wenn der Wind seinen Weg durch die Dunkelheit sucht. An Dächer, Wände, Türme stößt. Dann singen die Bäume. Rauschen und rascheln. Winken und locken. Äste, Blätter, Nadeln, Wedel, Farne, Moose, Flechten.

Ganze Wälder und Täler, Wiesen und Plantagen weisen dem Wind den Weg an den Menschen und Häusern vorbei. Mama, hat der Wind Augen? Fragte Mira schläfrig. Carolina hob das Kind hoch. Drückte es an die Brust. Die Früchte nähren uns. Die Blüten heilen. Die Wurzeln führen. Die Rinde kleidet. Das Holz wärmt. Sie ließ Mira wieder auf die Erde gleiten. Reichte ihr den Stock. Noch ein paar Schritte. Nahm ihre freie Hand. Führte sie das kurze Stück zu den Waldvogels. Vor dem Haus setzten sie sich ins hohe Gras. Und Carolina wiegte ihr Kind im Schoß. Die Rinde des Maulbeerbaumes, erzählte sie, hat Mauis Mutter so lange geklopft, bis sie weich und geschmeidig wurde und sie daraus für ihre Söhne Hemden nähen konnte. Die Stämme werden, wenn die Bäume alt und müde sind, zersägt, gehobelt, geschliffen. Kernholz. Kreuzholz. Hirnholz. Zu Betten, Tischen, Stühlen, Häusern, Türen, Rahmen und Dächern verarbeitet. Die Herzbretter. Und die krummen Äste landen mit Waldkanten, Schwarten und Rindenresten im Ofen der Köchin, damit du eine heiße Suppe bekommst. Mira schlang die dünnen Arme um Carolinas Hals. Der kleine Körper glühte. Und roch nach Erde. Carolina trug Mira ins Haus. Morgen, versprach sie, darfst du mit den Waldvogelkindern in die Plantagen. Dann werdet ihr gewogen. Auf der Zuckerrohrwaage von Herrn Meciszewski. Charlie kann dir Zaubersprüche vorsagen. So viel er will. Mira war eingeschlafen.

* * * * *

Ich suche meinen Urgroßvater. Noch bin ich ratlos. Oma Mira muss von einem Mann gezeugt worden sein. Die Kindsmutter behauptete im Schmerzdelirium, der Vater sei gemeuchelt worden. Im Herbst. Im Wald. Stieß sie in den Wehenpausen hervor. In meinem Traum. Von einem Russen. Atemlos. Einer goldenen Uhr wegen. Ich kann mir das kaum vorstellen. Während ihrer Schwangerschaft gab es keinen Krieg. Nirgendwo auf der Welt. Ich betrete ein verrauchtes Zimmerchen in der Krakauer Altstadt. Hier wird nie gelüftet, registriere ich als Erstes. Aber es fällt Sonne ein. Morgensonne. Wenig Licht in dem engen Raum. Milchigweiße Staubpartikel tanzen auf den Lichtstreifen. Halten das Gleichgewicht. Geschult. Wie meine Söhne auf dem Hochseil. Über der Arena. Gehalten von Scheinwerferstrahlen. Manipulierbaren Lichtkegeln. Trügerischen Stahlseilen. Hier rüttelt keine Hand an den Fensterflügeln. Kein Luftzug stört die Raumanordnung. Keine Illusion kreuzt die Tageszeit. Die Welt ist schmucklos. Alte Ölfarbe blättert von den Holzrahmen. Im Winter verbreiten die Radiatorrippen trockene Hitze. Kein Heizkörper in diesem Land lässt sich regulieren. Dies wurde mir vor Semesterbeginn schriftlich mitgeteilt. Im Handel gibt es keine Drehventile. Die dazu benötigten Bestandteile werden weder hergestellt noch eingeführt. Während der Planwirtschaft existierte so etwas wie persönlicher Bedarf nicht. Nicht alles lässt sich von einem Tag auf den anderen ändern. Aus Ventiltellern, Ventilsitzen, aus Federn, Kolben, Absperrventilen und Glockendichtungen könnten, behaupteten die Berater des Ministers für innere Sicherheit, Bomben gebaut werden. Die technischen Zusammenhänge werden nicht näher erklärt. Die Wärmeversorgung ist wie die Luftreinhalteverordnung unantastbar.

Niemand darf die schweren Eisenverriegelungen der Doppelfenster voneinander lösen und die Fensterflügel aufziehen. Den Kopf hinausstrecken. Vielleicht verbietet es der Denkmalschutz. Oder das Finanzamt erhebt Ausgucksteuer in der historischen Innenstadt. Das Fenster geht auf die Taubenstraße. Auf den Einbahnverkehr. Auch eine Aussicht ist der Straßenverkehrsordnung unterworfen. Die Taubenstraße beginnt bei den Planty vor dem Collegium Maius und mündet in die Bracka. Mein Blick fällt endlich auf die Professorin. Sie sitzt an der schmalen Seite des Raums hinter ihrem Schreibtisch und raucht. Wortlos deutet sie mit dem glühenden Stummel zwischen Zeige- und Mittelfinger auf einen schäbigen Sessel. Die einzige Sitzgelegenheit für Gäste. Die abgerauchte Asche bestäubt die Tischplatte. Wie eine Biene die Blüte. Die Frau trägt eine altmodische Dackelohrkragenbluse. Sie schnaubt. Asche ist nur scheinbar ohne Glanz. Sie glitzert im Sonnenstrahl, schwebt im Atemstrom zu Boden. Ich setze mich. Und sinke. Auch ich. Auf einem Denkmalstuhl. Sofort in den Boden. Während sie thront. Hinter ihrem Amtstisch. Ich betrachte ihre unruhigen Waden. Die Furchen im Filzteppich. Unter der Holzplatte hängen zwei Korpusse. An jeder Seite einer. Dazwischen wippen Füße. Knie. Volle Schenkel. Sie trägt Stegspangenschuhe mit hohen Absätzen. Ein zu wohlgeformter Knöchel für diese Umgebung. Das Zimmer ist überschaubar und sensationsarm.

Aufregend war nur der Fußweg. Hinterlistig die Pflastersteine. Irreführend die fehlenden Hausnummern. Der verwinkelte Stadtkern. Es war nicht einfach, die richtigen Toreinfahrten, Türen und Treppenaufgänge zu finden. Es klopft. Die Sekretärin bringt Tee. Zwei dampfende Gläser. Ohne Griffe. Blankes, hitzebeständiges Glas. Sie stellt das Tablett auf den Tisch. Tituliert. Übertrieben laut.

Wir hatten uns schon im Vorzimmer begrüßt. Sie hatte mich, *Pani Doktor,* in Empfang genommen. Mein Polnisch ist nicht geschmeidig. Blechlöffel. Zuckerwürfel. Zitronenstückchen. *Pani Profesor.* Sie schnalzt mit der Zunge. Teegebäck. Aschenbecher, Streichhölzer. Auf einem blütenweißen Deckchen. Arrangiert für die Ewigkeit. Ein Stillleben. Die Kornblumen sind noch nicht aufgeblüht auf den Feldern vor der Stadt. Ein mittelmäßig begabter Maler, ein paar Tuben Farbe und sichere Pinselstriche reichten aus, um das Bild mit oder ohne Blüten festzuhalten. Sobald die Ölfarbe trocken und fixiert ist, nagelt er uns als Kunstwerk im Keilrahmen an die Wand. Oder lässt es auf der Staffelei mitten im Raum stehen. Wie ein Spiegel. Im Stehkino. Die Momentaufnahme. Danach könnten wir uns entfernen. Die Sekretärin. Die Professorin. Der Maler. Und ich. Nach Hause gehen. Oder ins richtige Kino. Und die Geschichte dieses Raumes ginge trotzdem weiter. Ich muss irgendwo wohnen, sage ich in die Stille hinein. Das gestärkte Deckchen liegt wie ein Brett auf dem schokoladenbraunen Serviertablett. Ohne Sinn. Ohne Verstand. Die Sekretärin beugt sich vor. Ihr Rock rutscht hoch. Ihr Strumpf ist stumpf und braun. Wie Plastik. Meine Perspektive ist bodennah. Lichtgebündelt. Der Nagellack zieht brennende Striemen durch das Zimmer. Durch die noch unverbrauchte Vormittagssonne. Die Wäschesteife knistert. Ihre Reibung auf dem Kunststoff erzeugt ein unharmonisches Moll. Zersetzt das melodische Tonsystem atonal. Gold glänzt. Wie Silber. An den Fingern. Und Bernstein brennt im Klumpen am Hals. Schwankt unter dem gebeugten Kinn. Unsicher hin und her. Die Sonne ist noch einmal aufgegangen. Ich kann also aufatmen. Die Sessellehnen sind abgeschabt. Mein Blick streift die Tischoberfläche. An der Sekretärin hängt der bereits erkaltete Gestank der Zigarette, die im Vorzimmer noch frischen Rauch verbreitet. Alle Vorgänge sind gut koordiniert. Folgen logisch aufeinander. Sind systematisch angeordnet wie die Buchstaben einer Reiseschreibmaschine. Nur das leichte Zittern der Finger verrät die Sucht. Lungenzüge zu Beginn des Tages. In diesem Land frühstücken alle auf Arbeit, hatte mir der Nachtportier gesagt. In der Savanne ist der Wildtierbestand der Klippschliefer nicht gefährdet. Trotzdem werden sie in Zoologischen Gärten der ganzen Welt gefangen gehalten. Begeben Sie sich an Ihren Arbeitsplatz, dort bekommen Sie Tee, Wurst, Brot, saure Gurken. Der einzige Tisch im Raum muss der Schreibtisch der Professorin sein. Die Sekretärin hebt beide Teegläser gleichzeitig vom Tablett. Der rote Lack schmilzt am glühenden Glas. *Proszę bardzo.* Ein Glas schiebt sie mir zu, das andere ihr. Über jedem liegt ein Blechlöffel und klirrt leise. Nie hätte ich mir träumen lassen, dass minderwertiges Metall so klare Töne hervorbringt. In den Händen einer Nikotinabhängigen. Ich sitze im Amtszimmer der Lehrstuhlinhaberin. Die Flure sind beleuchtet und die Menschen zuvorkommend, obwohl ich außerhalb der offiziellen Sprechzeit anklopfte. Die Tür öffnete sich und ich wurde begrüßt. Es entstand eine folgenlose Freundlichkeit. Ich drückte die Hand einer Frau, die mich anstrahlte: *„Witam serdecznie!“* Die Frau fragte, was sie jeden ausländischen Gast fragt. „Wie war die Reise?“, „Wie war die Nacht?“ Ich hingegen antwortete: „Ich bin für immer gekommen.“ Dieser Satz warf die kühnsten Träume über Bord. Sie komplimentierte mich überstürzt weiter. *„Pani Profesor* erwartet Sie bereits ...“. Auf ihren Wangen brannten kreisrunde Flecken. Dann schloss sie die Tür hinter mir.

Die eine Hälfte des Zimmerchens liegt zu meiner Linken, die andere zu meiner Rechten. Die beiden Fensterflügel sind in eine Maueröffnung an der Stirnseite eingelassen, der Tür gegenüber. Die

Sonnenstrahlen fallen in schrägem Winkel ein und treffen meine herabhängenden Hände. Ich werfe einen Blick auf meine Armbanduhr. Sie muss stehen geblieben sein. Beide Zeiger liegen übereinander zwischen den Ziffern 5 und 6.

Ohne Luft ist alles um uns herum absolut lautlos. Rolland beherrscht das Weltall von seinem Rollfeld aus. Ich muss meinen Urgroßvater finden. Alles andere ist Vorwand. Meine Urgroßmutter hatte in Krakau eine Affäre mit einem polnischen Offizier. Dieses unscheinbare Zimmerchen gehört der ältesten Universität Polens. Auf dem Schreibtisch liegt kein Buch, kein Blatt Papier, kein Stift. Ich schaue mich um. Das Zimmer ist leer. Die Wände sind kahl bis auf ein Theaterplakat der letzten Saison. Eine entzwei gehauene Königsfigur. Gespalten vom Kopf bis zu den Lenden. Zwei schwarze Einbeinwesen. Auf weißem Hintergrund. Mit Goldbarren. Das Zeichen der Gier. Zerstückelt. Das goldene Band in der entzwei gehauenen Krone. Die goldenen Zacken auf der entzwei gehauenen Brust. Die goldenen Dreiecke am entzwei gehauenen Lendenschurz. Die goldenen Sporen. Die nicht entzwei gehauene schwarze Hand hält ein nicht entzwei gehauenes schwarzes Schwert. Fett die Lettern „Makbet". Schwarz auf weißem Hintergrund. Weiß wie Unschuld der Keil im König. Der vertikale Spalt. Die lotrechte Trennung der Figur in zwei unvollkommene Hälften. Der Mörderkönig in polnischer Schreibweise. Darüber blass, fast verschwindend im Morgengrauen, der Name des Dramatikers. Unverfälscht William Shakespeare. Ich erkenne die Handschrift des Grafikers: Lenica, der Jüngere. *Czy Pani Doktor słodzi?* Wie bitte? Die Sekretärin. Der Tee. Nein, danke. Feinstes Kristall. Kein Süßstoff. Nur bittere Schafgarbe. Romantik und Avantgarde. Der Einfluss Wiens auf das Krakauer Theater unter der Leitung von Tadeusz Pawlikowski.

Dieser polnische Meininger-Fürst steckte sein ganzes Vermögen ins Theater. Um die Jahrhundertwende. Frau Professor doziert ungebeten. Nachdem die Sekretärin, *bardzo proszę, pani Profesor,* sich endlich in den Vorraum zurückgezogen und die an der Innenseite mit einem dicken Schallschutz verkleidete Tür fest ins Schloss gedrückt hat. Nun sind wir unter uns. Ich recke den Hals wie ein Schwan, um sie besser sehen zu können. Sie ist jung. Die Haut unverbraucht. Die Stirn glatt. Das helle Haar zu einem dicken Zopf im Nacken geflochten. Die Ellbogen auf den Tisch aufgestützt. Zwischen uns dampft der Tee. Keine Schreibmaschine. Geschweige denn ein Telefon. Oder ein Aufnahmegerät. In der Ecke steht ihre Handtasche. Aus ihr ragt ein umfangreiches Manuskript. Handgeschriebene Notizen. Ihre Vorlesung. Sie spricht nie frei. Erklärt sie. Nicht vor Studenten. „Wie können Sie hier arbeiten?", frage ich. Sie lacht. Doktorandenseminare halten wir hier ab. Magisterexamen. Habi litationsvorlesungen. Ein Dutzend Klappstühle sind vorhanden. Mehr Sitzplätze brauchen wir nicht. Schränke und Vitrinen ließ ich hinaustragen. Auf den *couloir*. Sie wissen, wie Universitätsräume bei uns ausgestattet sind. Ich habe als Erstes Platz für die Studierenden geschaffen. Fortgeschrittene sitzen. Anfänger stehen. Natürliche Hierarchien. Früh übt sich. Bei großem Andrang stehen die Erstsemester im Sekretariat und die Sekretärin schicken wir nach Hause. Nur außerhalb der Sprechzeiten, schießt es mir durch den Kopf. Ihr Schreibtisch aus Nussbaumholz. Mit zwei abschließbaren Korpussen. Darin waren über Jahrzehnte Schätze gehortet worden. Schwarzteebeutel. Kaffeepulver. Toilettenpapier. Seife. Watte. Ein kleines Handtuch. Sie spricht sehr schnell. Zählt die Nervositäten der Geschichte ihres Landes auf. Novemberaufstand. Festigung der Teilungsmächte. Mickiewicz in Paris. Ob ich schon meinen

Dienstausweis bekommen hätte? Und die Essensmarken für die Dozentenmensa? In der die Suppen durchaus genießbar seien. Die Bibliothekskarte. Ich bin ja erst angekommen. Versuche ich sie zu stoppen. Erfolglos. Januaraufstand. Keine geschulten Kräfte. Zersplitterte Köpfe. Aufreibende Einzelaktionen. Das Glas ist zu heiß, ich kann es nicht anfassen. Ich beherrsche mich. Schwarzteeflecken lassen sich nur schwer aus gesticktem Leinen waschen. Herausbildung des polnischen Nationaltheaters. Nur im Theater kann Dichtung zur echten, romantischen Tat werden. Und die sprengt alle Grenzen. Die Grenzen der Bühne. Die Grenzen des Ästhetischen. Die Grenzen der Wirklichkeit. Die Dichtung wird zum Monument. Das Monumentaltheater. Ihre Wangen glühen. Auf der Simultanbühne. Der olympische Frühling. Die romantische Tat. Ob ich die Sorbonnevorlesungen von Mickiewicz kenne? Nein, gebe ich unumwunden zu. Mir schwindelt. Was ich denn in Paris gemacht habe? Sie zieht an der dritten Zigarette. Fahrig. Drückt sie halb geraucht wieder aus. Vielleicht ist die Sonne bereits untergegangen. Ich habe Germanistik studiert. Sage ich. Deswegen sind Sie hier. Frohlockt sie. Weil Sie die deutschsprachigen Quellen studieren können. Die Archive erforschen. Pawlikowskis Verstrickungen aufdecken. Die bis zur Transformation unter Verschluss standen. Ich hasse dieses Wort. Transformation. Physikalische Befindlichkeiten. Durchführungsisolatoren. Ohne Mickiewiczs sechzehnte Vorlesung verstehen Sie gar nichts. Nun wird sie unmissverständlich. Ich schüttle trotzig den Kopf. Es gibt Oberspannung und Unterspannung. Sie steht auf. Primärwicklungen und Sekundärwicklungen. Sie richtet sich nach dem Sternpunkt. Schiebt das gestärkte Tablett zur Seite. Anzapfungsverbindungen. Stützt sich mit beiden Händen auf die Schreibtischplatte. Drückt die Ellbogen durch. Die Dreiecksschaltung.

Bereits Mickiewicz, schnarrt sie, erkannte die Nachteile der Guckkastenbühne und suchte nach neuen Wegen, um den Graben zwischen Zuschauern und Schauspielern zu überwinden. Der Umschalter. Die Wickelkeule. Der Orchestergraben. Nur in Polen kann ein Theater entstehen, das zugleich Ritus und Mysterium ist. Mickie wicz entwickelte die Vision eines slawischen Theaters der Zukunft. Dafür hätten neue Gebäude gebaut und moderne Bühnen eingerichtet werden müssen. Dafür gab es weder Geld noch Architekten. Kraftlos sinkt sie auf ihren Stuhl zurück. Mickiewicz war Dichter. Kein Macher. Kein Bauer. Kein Beleuchtungsmeister. Dichter, frage ich, was ist das? Ein Isolator? Sie verstummt. Steckt sich die vierte Zigarette an. Der Aschenbecher steht zwischen Zuckerdose und Zitronenscheiben. Versenktisch. Drehbühne. Stockwerkpodium. Sie überspielt ihre Resignation souverän mit Handwerkszeug. Gleich beginnt ihre Vorlesung. Wie spät ist es?, will ich wissen. Der Tee kühlt nur langsam aus. Sie antwortet nicht. Ihr Blick rückt in die Ferne. Ich frage, ob sie schon einmal von einem Theater am Bahnhof jenseits der Grenze gehört habe. Ob sie Inszenierungen der Langsamkeit kenne. Des Stehens am Ort. Der Un-Tat. Sie hört nicht hin. Nimmt ihren eigenen Faden wieder auf. Romantik und Avantgarde. In Polen kein Widerspruch. Heute spreche sie über Mrożeks Metamorphosen. Ich muss mich um mein Großgepäck kümmern. Um die polizeiliche Anmeldung. Um den Urgroßvater. Ich brauche Unterschriften und Bestätigungen. Von der Universitätsleitung. Von der Kassenstelle. Von der Meldebehörde. Vom französischen Gesandten. Stempel. Tausend kreisrunde Stempel. Leserliche Handschriften. Nachvollziehbare Daten. Sie lächelt versöhnlich. Schwierigkeiten schaffen Nähe. Sie wünscht mir Glück. Lenica, erzähle ich im Aufstehen und zeige auf Makbet, stellte vor vielen Jahren im

Pariser *Pompidou* seine Plakate aus. Theaterplakate. Filmplakate. Olympiaplakate. Cölinblauplakate. Kongressplakate. Jubiläumsplakate. Ausstellungsplakate. Scharlachrotplakate. Festivalplakate. Viridianplakate. Galerieplakate. Vexillologieplakate. Im damals neu eröffneten französischen Kunsttempel. Sein prägnanter Dank an die Direktion stand am nächsten Tag in allen französischen Tageszeitungen. Seine Plakate, soll er gesagt haben, sähen im *Pompidou* aus wie Allfarbloris in den Volieren eines Zoologischen Gartens: leuchtendes Gefieder, hängende Flügel, traurige Augen, stumme Schnäbel. Das Theaterplakat gehöre auf die Straße. Der Sapphokolibri ins Bergland von Guayana. Der Blaue Staffelschwanz an die australische Bucht. Shakespeare in die Metrostation. Mickiewicz an den Bauzaun. Die Pinselzungenpapageien in die indomalaischen Tropen. Sartre an die Litfasssäule. Der Rote Pitta nach Malakka. Romantische Dramen, unterbricht mich Pani Professor, sind nicht auf die Bühne zu bringen. Jede Inszenierung verlangt eine klare Sinnstruktur. Und die schafft der Regisseur. Nicht der Dichter. Niemals! Den Romantiker als Romantiker darzustellen, gelingt nie. Gelang auch Pawlikowski nicht. Sie reicht mir ihre kalte Hand zum Abschied und erklärt: „Romantische Theaterstücke sind bis heute reine Lesedramen.“

Der Innenhof ist begrünt. Verwachsene Rosenholzsträucher. Rauchschwalben bauen ihre Nester aus tausend kleinen Erdklümpchen, die sie mit Speichel verkleben und mit Grashalmen stabilisieren. Auch ein Mauerhäkler hockt auf den Zinnen. Eine natürliche Festung. Wie zu Ritters Zeiten. Die Sonnensteine glühen. Im schattigen Durchgang weht die Kälte der Nacht. Ich trete auf die Einbahnstraße hinaus. Hinter mir kracht das schwere Holztor ins Schloss.

Et maintenant? Nach rechts oder nach links? Planty oder Rynek? Stadtpark oder Marktplatz? Der Himmel hat keine Meinung oder teilt sie mir nicht mit. Vielleicht ist der Tag hier bereits zu Ende und die Sonne auf der anderen Seite der Erdkugel aufgegangen. Vielleicht ist der Sommer vorbei. Oder ein Gewitter zieht auf. Ich habe keinen Regenschirm. Mein Gepäck liegt beim Zoll. Meine Füße überraschen mich. Steuern durch die Grünanlage. Wo einmal eine Stadtmauer stand. Das Fremde abwehrte. Das Eigene schützte. Ich verlasse das alte Gemäuer. Schwere Baumkronen beschatten mich. Auf den Parkbänken sitzen Nonnen und Mönche der Neuzeit. Eine Greisin murmelt und stiert mich an. Ich verstehe kein Wort. Die Erinnerungen rauschen. Sie schiebt ein Muttergottesbildchen in meine Hand. Beschwört mich. Ich habe kein polnisches Geld. Ich bin erst gestern Nacht angekommen. Muss zuerst meinen Hausrat aus dem Zolllager auslösen. Ein Bankkonto eröffnen. Dazu brauche ich eine Meldeadresse und eine Lohnsteuerkarte. *Laissez-moi* ... entfährt es mir. Ungewollt scharf. Mit *accent dur*. Sie zuckt zusammen. Reißt mir mit knorrigen Fingern das Heiligenbild aus der Faust. Sammelt die Fetzen vom Boden auf. Ich habe keinen Anspruch auf die schwarze Madonna. Sie verblasst vor Scham. Jenseits des grünen Gürtels toben Motoren. Auch hier gibt es keine Métro. Wieder spielt sich das gesamte Leben überirdisch ab. Abgaswolken. Stau. Hitze. Die Straßenbahnen quietschen in den Kurven. Weichen. Hupen. Armewerfen. Auf den Kreuzungen geben die Ampeln den Takt an. Ein buntes Orchester, in dem kein Fagott seinen Einsatz verpasst. Frackschöße schlagen im Fahrtwind. Riesige Fledermausflügel. Der Ampelmann hebt seinen Dirigierstab und weist den Fußgängern ihren Weg. Fremde erkennt er an der Zögerlichkeit, mit der sie seinem Wink folgen und nicht auf die Richtung achten. Unverinnerlichte Bewegungen. Fremde kennen den Rhythmus von Pendereckis 8'37" nicht und fallen in die Löcher im Asphalt. Stolpern. Stürzen. Stoßen mit anderen Passanten zusammen.

Archivmaterial, erklärt mir die Bibliotheksleiterin, wird nicht an jeden Nutzer herausgegeben. Ich habe eine weitere Oase der Stille erreicht. Das Büro befindet sich im ersten Stock. Ich bin mit dem Lastenfahrstuhl hochgefahren worden. Der Pförtner begleitete mich schweigend. Der Lesesaalausweis berechtigt nur zur Benutzung der Materialien im Hause. Fährt die hagere Frau fort und zählt Verbote auf. Keine Ausleihe! Keine Fernleihe! Keine Ausnahmen! Nicht über Nacht. Nicht übers Wochenende. Nicht von Samstag auf Sonntag. Nicht von Sonntag auf Montag. Die Plastikkarte blüht rapsgelb zwischen meinen Fingern. So viel Farbe kam hier noch nirgends vor. Ich bin erst gestern angekommen. Und muss schon an Rügen im Mai denken. Welchen Monat haben wir? Frage ich unüberlegt. Sie erinnert kühl daran, dass die Benutzerkarte für das ganze akademische Jahr gültig sei. Bis September. Danach könne sie beliebig verlängert werden. Ich verstehe. Zeige meine Verstörtheit nicht. Meine Gedanken gehen verloren. Die Jahreszahlen sind aufgedruckt: 1997/1998. Meine Ausweisnummer ist ein Code. Die persönlichen Daten Striche. Ich bewahre mein Lächeln. Gefrorene Vorsommerlippen. Ich wohne im Hotel, sage ich. Im Dozententrakt. Das Zimmer ist finster. Es gibt keinen Tisch. Keinen Stuhl. Bis ich eine Wohnung gefunden habe, werde ich nur in der Bibliothek arbeiten können. Sie suchen eine Wohnung? Sie blickt mir zum ersten Mal in die Augen. Ob es auch ein Haus sein könnte? Trotzdem muss sie wissen, zu welchem Zweck ich alte Zeitungen lesen will. Ein Forschungsauftrag. Thema? Institution? Auftraggeber? Stipendiengeber? Wer kommt für Reisekosten auf? Sorbonne? Freisemester? Beurlaubung? Vertretung? Ach, für immer. Dann vielleicht außerhalb der Stadt? Ein Haus im Grünen? Es werden Benutzerlisten geführt. Das Leseverhalten wird sorgfältig überwacht. Für jeden Jahrgang einzeln protokolliert. Ich muss Anträge stellen. Namen. Nummern. Vorlagen. Stempel und Unterschriften. Auch hier. Verlangen stillen. Heute ist keiner mehr da. Ich atme auf. Kommen Sie morgen früh. Vor der ersten Lüftungspause. Ich nicke und wahre Distanz. Der Aufschub macht mich frei. Ich falte die Papiere an den Kanten zusammen. Stecke sie in meine Jackentasche. Ich drehe mich auf dem Absatz um, steige die Freitreppe hinunter ins Erdgeschoss. Kehre zurück in die Welt der Handzettelkästen. Im Bücherstaub liegt die Zeit begraben. Mein Urgroßvater muss um die Jahrhundertwende ein Mann mittleren Alters gewesen sein. Alles andere ist Eingebung. Was heißt das? Pan Prosimir, der Katalogsaalaufseher, fragt, ob er mir helfen könne. Seine Stimme rührt mich zu Tränen. Ich suche meinen Urgroßvater, erkläre ich. Er ist im Ersten Weltkrieg gefallen.

Was ich in Paris gemacht habe? Die Frage trifft verspätet ihr Ziel. Wie der Umkehrschluss. Der rechtsfreie Raum. Die Tatbestände. Ich hebe die Hand, weil ich etwas zu sagen habe. Ich führte ein normales Leben. Keiner besonderen Erwähnung wert. Ich habe Zwillinge aufgezogen. Subminuta und Melanotus. Keine Reaktion. Stumpfe Augen. Sie kennen die weltberühmten Kunming-Akrobaten nicht? Dicke Luft im *cabinet* der Frau Professor. Denkmalstühle. Theaterwissenschaft an der ältesten Universität Polens. Mickiewiczs Nationalepos an der Taubenstraße. Sie ist zu jung für ihren Stuhl. Meine Zwillinge schreiten auf dem Hochseil durch die Welt. Furchtlos und aufrecht. Ohne das Gleichgewicht zu verlieren. Ohne Naturgesetze zu stören. Das dritte Ohrkristallsteinchen bewahrt sie vor jedem Zaudern oder Wanken. Sie bändigt das dicke Haar zu einem altmodischen Zopf am Hinterkopf. Wie ein Bauernmädchen in der Provence. Sie sieht nicht über ihren schmalen Schreibtischrand hinaus. Die romantischen Ideale. Das Fenster als *trompe-l'œil*. Die Kulisse auf Rädern. Das Welttheater. *Ohne Mickiewiczs Sechzehnte verstehen Sie gar nichts!* Die Wut der Bettlerin in den Planty. *Nur in Polen kann ein Theater entstehen, das Ritus und Mysterium zugleich ist!* Das Regenbogenorchester auf dem Altstadtring. Führt Góreckis Dritte auf. Stockhausens Elektronische. Mit doppelter Streicherbesetzung. Ich höre das Murren der Geiger. Sie sind unzufrieden, weil sie mehr Töne produzieren müssen als die Holzbläser und die Blechbläser zusammen. Und ich soll geradestehen für eine Pariser Grundschule. Es war das einfachste der Welt. Die allgemeine Schulpflicht besteht in Frankreich seit über zweihundert Jahren. Der Weg in die Schule öffnet den Kindern die Augen. Nicht die Schule selbst. Rue Tournon, Mazarin, Babylone. Jardin de Luxembourg. Pont Neuf. Jede Kindheit hat ihr Drama. Es spielt keine Rolle, ob wir etwas davon erfahren oder nicht. Vollständig oder halbherzig. Jeder Kinderschuh hat Dreck an den Sohlen. Egal, ob er gebürstet wurde oder nicht. Charbin. Papauta. Meist reichen Anspielungen, um Räume zu schaffen. Ortsnamen. Augenfarben. Hemdgrößen. Malua. Paia. Haiku. Mabillon, eine Métrostation in Paris. Ich war in Eile, stürzte die Treppe hinunter. Es war heiß. Ich schwitzte und stolperte. Rutschte aus. Knickte mit dem linken Fuß ein. Ich trug wie alle jungen Mädchen in jenem Jahr stupsnasige Knöchelriemchen-Pumps. Er stand unten an der Treppe, breitete die Arme aus und bewahrte mich vor Schlimmerem. Und jetzt soll ich eine Erklärung dafür finden, dass meine Eltern auf dem Père Lachaise ihre letzte Ruhe fanden. Ich habe keinen Anspruch auf das Mildtätige der schwarzen Madonna. Einmal heimatlos, immer heimatlos, pflegte cher père zu sagen. Wenn die Himmelsrichtungen anfangen, miteinander zu streiten. Wenn nicht nur Menschen, sondern auch Orte verpflanzt werden. Wenn ganze Länder Räder bekommen. Wenn Mensch und Tier um den Globus sausen wie Heuschrecken auf der Suche nach etwas Fressbarem. Dann ist nichts mehr ohne Belang und alles eine Plage. Auf den britischen Inseln ist der schwarzgefleckte Bläuling bereits ausgestorben. Dafür gedeihen in London Papageienkolonien. Cher père zog es vor, in freier Erde bestattet zu werden. Im tosenden Feierabendverkehr des Boulevard de Ménilmontant, der Avenue Gambetta. Die Guckkastenbühne. Das Unterwelttheater. Die Taubenstraße ist eng, ihre Wandelhallen sind kalt. Die Lehre von der romantischen Tat, von unsolidarischer Selbstüberschätzung. Die Inszenierung im Maßstab eins zu eins zur Handschrift des Dichters ist unmöglich. Nicht ich habe diesen Irrgarten angelegt. Wir sprachen zu Hause polnisch. Ich lernte deutsch, um eine Welt zu finden, die nur mir allein gehörte. Ich nahm mich der Literatur eines deutschsprachigen Sonderfalls an. Der Schweiz. Ich zog mich zurück in eine geistige Einöde. In die nur ein warmer Alpenwind Abwechslung bringt. Der Kopfschmerz zieht sich wie ein roter Faden durch die Schweizer Literatur. Ich promovierte über die unepische Stagnation bei Ludwig Hohl. Erforschte in der *Unvoreiligen Versöhnung* die Grenzen des Erzählbaren. Alles war in bester Ordnung, bis Elle mir nach Papas Tod zu Weihnachten ein Buch schenkte. Den photomechanischen Nachdruck eines fast einhundert Jahre alten Reiseberichts.

„Wissen Sie", beruhigt mich Pan Prosimir, „jeder Ort auf der Welt gehört den Polen."

„Wie kann das sein?“ Ich schaue ihn verständnislos an. „Mein Urgroßvater muss im September 1914 gefallen sein, bei den allerersten Kriegshandlungen im Osten.“

Pan Prosimir schaut mich über die randlose Lesebrille hinweg an. Seine Augen sind klar wie das Wasser des Baikalsees. Der Mann ist klein. Gedrungen. Ausgetrocknet. Wendig. Er ist älter als der Handkatalog. Er weiß mehr, als der Katalog je verrät. Auch Pan Prosimir irritiert mein Akzent. Mein bescheidener Wortschatz. Woher ich komme? Hitze wandert über mein Gesicht. Die Haut lodert um ein Trostpflaster herum. Gestern, verrate ich schließlich, bin ich aus Paris gekommen. Ich bin immer noch den ersten Tag hier.

„Pani Irenko ...“, beginnt er schließlich. Ich wundere mich nicht, dass er sich meinen Namen gemerkt hat. „Sie verstehen ... ich ...“, er stockt. „Dies ist eine Bibliothek ...“

Aber ich wurde hier geboren! Ich lernte an der Paradiesstraße laufen! Er wiegt den Kopf und schweigt. Ich habe Namen. Titel. Initialen. Buchstaben. Wir brauchen bloß das „B“ im alphabetischen Handzettelkatalog durchzublättern. Bijak. Bujak. Binjak. Und Bögli. Oder Boegli. Boergli. Bogeli. Boglisan. Bloß das erste Jahrzehnt. Das Buch meiner Urgroßmutter könnte in *polnischer Kleidung auf dem polnischen Büchermarkt ausgeschrieben worden sein*. Sie veröffentlichte 1906 einen Reisebericht über ihre zehnjährige Weltreise. Elle hat mir die deutsche Neuauflage von 1990 zu Weihnachten geschenkt. Im Nachwort schreibt eine Schweizer Politikerin, dass sie an der „Wahrhaftigkeit“ der beschriebenen Erlebnisse zweifle. Ich musste das Buch mit Handschuhen lesen, so kalt war jener Winter in Paris. Die Reise beginnt und endet in Krakau. Es muss Spuren geben. Ich bestehe darauf, dass die Katalogaufsicht etwas unternimmt. Ich besitze eine Benutzerkarte.

„Panie Prosimirze! Proszę! Tylko literę B."

Pan Prosimir wendet sich ab. Ich überhäufe ihn mit ungeordneten Details.

„Kennen Sie die polnische Sprache?", fragt er streng. „Sie müssen sich präzise ausdrücken. Urgroßvater oder Urgroßmutter?"

„Beide!" Auch ich bin hartnäckig. Jeder Mensch hat Großeltern. Urgroßeltern. Die Urgroßmutter habe ich bereits gefunden. Es ist die Schweizerin Lina Bögli.

„Oh … Sie sind Schweizerin?" Pan Prosimir zieht anerkennend die Luft durch die Nase ein.

„Aber nein!" Wütend stampfe ich auf den Boden. Er möge mich einmal ausreden lassen. Abstammungen könnten sich ändern, Staatsbürgerschaften sowieso. Aber Vaterschaften nicht! Ich will wissen, wer mein Urgroßvater war. Ob er Oma Mira in einem Freudenakt gezeugt hat oder mit Gewalt.

Pan Prosimir hebt abwehrend beide Hände. Dies sei eine Bibliothek. Die Jagiellonen-Bibliothek! Keine Wehenklinik. Keine Liebesbriefstelle. So eine Frage sei hier noch niemals gestellt worden. Ich gestehe, dass ich nichts verstehe von der polnischen Romantik. Dass mir Beweise für alles fehlen. Und ich die litauischen Könige immer durcheinander bringe. Ich berufe mich einzig auf einen Traum! Rufe ich triumphierend. Denn alles, was mit Tinte auf Papier geschrieben wurde, Registerauszüge, Geburtsscheine, Heimatausweise, Totenscheine, er wisse schon, sei in diesem Jahrhundert verbrannt. Pan Prosimir nickt verständnisvoll. Endlich habe ich seine Zustimmung. Geblieben sind nur Gefühle. Träume. Stimmen. Das Herzklopfen beim Aufwachen. Und ihr Buch. Talofa. In dem kein Wort von ihrem Geliebten, einem polnischen Offizier ...

„Aha ... eine uneheliche Sache?" Pan Prosimir schnalzt genüsslich mit der Zunge. „Eine internationale Liaison ..."

Sofort dämpfe ich seinen Übermut. Reine Vermutung. Keine Ahnung. Er strahlt trotzdem. Ein Freudenkind geht nicht unbemerkt aus der Welt. Nein, bestätige ich. Oma Mira ist 1969 in Krakau gestorben. Einen Totenschein gibt es. Aber keinen Geburtsschein. Niemand wusste, wie alt sie war. Sie wollte nicht mit uns nach Paris emigrieren. Ich erinnere mich kaum an sie. Seit Kurzem ist sie auf Honigsuche im Hochland von Zentralmexiko. Sie lädt mich zum Tanz zwischen den Grabsteinen ein. Der Traum hört immer an der gleichen Stelle auf.

Pan Prosimir zupft mich am Ärmel. „Dobrze!" Nun habe ich ihn überzeugt. Wir befinden uns in der ältesten Bibliothek Polens. Er zieht die erste Schublade mit dem Buchstaben B heraus. Blättert von *Baade* sorgfältig Karte für Karte, Zettel für Zettel bis *Bhakti* durch. Berührt jede Karte so zärtlich mit dem rechten Daumen und Zeigefinger, dass mir schwindelig wird. Manchmal kommt auch der Mittelfinger zum Zuge. Dann schnellt der Zeigefinger zur Zunge hoch, sucht Feuchtigkeit und blättert, ohne zu stocken, weiter. Ich stelle mich auf die Zehenspitzen, kann nichts sehen. Pan Prosimir rückt keinen Millimeter zur Seite. Er zieht die nächste Schublade auf. *Biadula*. Gleicht kommt die Gewissheit. Bijak oder Binjak oder Bujak. Er murmelt unablässig Namen. Betet für die Verstorbenen. Hält Totenwache. Plötzlich dreht er sich zu mir um. Der Zeigerfinger steckt tief zwischen der letzten gelesenen und der nächsten ungelesenen Karte. „Nicht dass Sie denken, Pani Irenko", beschwört er mich, „dies sei so einfach!" Ein Alphabet durchwühlen.

Die meisten dieser Karten habe er im Laufe seines langen Berufslebens selbst geschrieben. Er lässt mich für einen kurzen Moment näher herantreten, macht einen halben Schritt zur Seite. Ich bewundere die steile Schönschreibschrift. Ein gestochen scharfer langer Name. *Biegeleisen-Żelazowski Władysław.* Sagt mir gar nichts. Er schiebt mich wieder weg. Blättert konzentriert weiter. Rapportiert. *Biełowiecki. Bierkowski. Biernacki. Bierzyński. Biesiekierski. Bifurkacja. Big Black River. Bijnik. Bilardowania. Bilderling. Billot. Biłgorajski koń. Bimbaszi. Birema. Bohusz. Bojarski. Bortnowski. Burhardt.* Weder Bijak. Noch Bujak. Noch Binjak. Kein polnischer Offizier. Pan Prosimir hält inne. Schweigt. Denkt nach. Schlägt plötzlich beide Hände vor das Gesicht. Dreht sich heftig atmend zu mir um. Fragt leise: „Wann sagten Sie, Pani Irenko, soll er gefallen sein?"

„Im September 1914."

Da war noch kaum Krieg, erinnert er sich. Aber die Russen hatten Waffen, behaupte ich. Spielt keine Rolle. Wenn Ihr Urgroßvater B., nennen wir ihn mal so, bereits 1914 gestorben ist, dann finden wir ihn hier nicht. Die Österreicher räumten nach der Abdankung von Kaiser Karl I. den Wawel. Alles Archivmaterial wurde bis auf den letzten Schnipsel eingepackt. Zurück ließen sie geschwängerte polnische Mädchen. Er war polnischer Offizier. Ich bleibe hart. Er war Pole. Pani Irenko! Er lacht bitter. Sie sind naiv. Dafür kann ich nichts. Ich wehre mich. Ich war ein Kind und wurde nicht gefragt. Sondern mitgenommen. Das interessiert heute niemanden mehr. 1914 gab es keine polnische Armee. Das weiß doch jedes Kind. Wenn B. 1914 von einer feindlichen Kugel getroffen wurde, dann als Offizier des österreichischen Heeres. Der k. u. k-Armee. Sie müssen in Wien nachfragen, Pani Irenko. Nicht auf dem Wawel. Nicht in der Bibliothek. Er drückt alle offenen Schubladen mit dem Rücken zu. Lehnt sich an den nun geschlossenen B-Schrank, verschränkt die Arme vor der Brust und ist nicht mehr umzustimmen. „Fahren Sie nach Wien“, wiederholt er. Für heute sei sein Dienst zu Ende. Er schließe nun den Katalograum.

Ich brauche ein Telefon. Viele Wörter fehlen in meinem polnischen Gedächtnis. Die Sprache meiner Eltern war die Sprache des Krieges und der ersten Zeit danach. Als es nichts gab. Nur Trümmer. Vor allem aber keine Telefonkarte. Ich brauche Elle. Ohne sie fühle ich mich verloren. Stehe auf einer weiteren lauten Straße, die nach einem weiteren polnischen Romantiker benannt ist. Dessen Stücke auch unaufführbar sind. Die Frau am Kiosk ist ungeduldig. Sie redet schnell und unverschnörkelt. Zeigt mit dem Zeigefinger auf einen blauen Kasten an einer Hauswand auf der gegenüberliegenden Straßenseite. Man telefoniert hier in der rauschenden Öffentlichkeit. Wie spät mag es sein in Paris? Zwischen zwei Ampelphasen gelange ich unbeschadet über die Straße. Knicke die obere linke Ecke ab. Schiebe die Plastikkarte in den Schlitz. Der Automat funktioniert, redet mit mir. Fordert mich auf, die Nummer zu wählen. Mein Herz klopft. Ich bin plötzlich erregt. Kann es nicht erwarten, Elles Stimme zu hören. Sie kommt vom Band. Ich hinterlasse eine nüchterne Nachricht. Sie möge bitte umgehend die Adresse des Heeresgeschichtlichen Museums in Wien für mich ausfindig machen. Es sei sehr dringend. Ich melde mich in zwei Stunden wieder.

Auf einer Bank im Jordan Park entwerfe ich den Brief auf der Rückseite des Bestellformulars für die *Czas Cracovia* der Jahrgänge 1890 bis 1900. Mit einem Bleistiftstummel, der in der Jackentasche steckte. Auf der Post tausche ich zweitausend französische Francs in polnische Złoty, kaufe Briefumschläge und Luftpostbriefmarken, einen Kugelschreiber und zwei Bogen Briefpapier. Die junge Frau am Schalter versichert, dass Briefpost ins benachbarte Ausland heutzutage schnell spediert werde. Aus einer Kabine der Hauptpost rufe ich Elle wieder an. Hier werde ich sie lieben können. Umgeben von einer Glastür und drei schalldichten Wänden. Sie buchstabiert. In der Leitung knistert es. Sie küsst mich hinter das Ohrläppchen. Die Buchstaben bocken. Notendorfer Gasse. Wie Noten und Dorf. Erklärt sie. Wie Duft und Musik. Wie Stall und Geruch. Das kannst du dir merken.

Tage später weckt mich die Etagenfrau und reicht einen orangeroten Briefumschlag ins Zimmer hinein. Meine Uhr steht immer noch. Die Zeit vergeht im Lesesaal. Ich habe zwei Jahrgänge polnischer und deutscher Zeitungen durchgearbeitet. Ohne Ergebnis. Ohne Einsicht. Ich stehe auf. Gehe mit ungeputzten Zähnen in den Park. Reiße den Umschlag auf.

„Sehr geehrte Frau Dr. Lęczner, Ihr Schreiben an das Heeresgeschichtliche Museum wurde zur weiteren Bearbeitung an das Österreichische Staatsarchiv, Abteilung Kriegsarchiv, abgetreten. Ein 1914 gefallener Offizier namens Bijak oder Bujak konnte bisher nicht nachgewiesen werden. In den hier aufliegenden Qualifikationslisten konnten zwei Offiziere des Namens BUJAK festgestellt werden. Des Weiteren konnten in der Militärmatriken-Kartei und in der Totenkartei mehrere Personen dieses Namens ermittelt werden. Um weitere Nachforschungen in diesen Unterlagen betreiben zu können, benötigt das Archiv nähere Angaben über das Geburtsjahr, die Heimatzuständigkeit und wenn möglich das Sterbejahr. Mit den besten Empfehlungen Hofrat Dr. Karl Ochser.“

Das Sterbejahr, hatte der Regisseur damals mit einem Glas Twanner in der Hand versichert, hätte er dem Tagebuch von 1914 entnommen. In einem Container meines Umzugsguts befindet sich das Strichbuch zur Bahnhofsaufführung. Im Krakauer Zollfreilager. Am Bahnhof endete das Stück mit einem Auszug aus dem Tagebuch. Ungekürzt und ungeschminkt. Hatte die Hauptdarstellerin nach der Premiere gelobt. Absolut authentisch. Die Reaktion auf die Nachricht vom Heldentod in Galizien. Der unerwartete Gefühlsausbruch. Die Nennung des Namens. Das Todesdatum muss also vor dem Tagebucheintrag liegen. Ich fahre nach Zabłocie zu den Zollbeamten. Wir kämpfen seit Längerem miteinander. Um Bürozeiten. Schmiergelder. Zuständigkeiten. Ob ich wisse, wie spät es sei? Nein. Meine Uhr zeigt unverändert 17:27 Uhr. Seit meiner Ankunft. Ob ich Geld hätte? Auf der Bank, ja. Draußen zieht die Weichsel vorbei. Wir befinden uns am Güterbahnhof. Ich brauche nur eine einzige Seite Text aus meinem Gepäck. Ein Blatt Papier. Wertlos für den Rest der Menschheit. Eine Kopie. Die Kisten seien verplombt und versiegelt. Dürften nur in Anwesenheit des Oberzolldirektors aufgebrochen werden. Der sei noch bis Mitte des Monats im Jahresurlaub. Ob es keinen Stellvertreter gäbe? Für Notfälle? Keine Sonderbehandlung? Für Angehörige des diplomatischen Corps. Sie lachen mir frech ins Gesicht. Es sind ihrer fünf. Der Reihe nach verschwindet immer wieder einer. Hinter der schmutzigen Glastür sehe ich ihn wie ein Gespenst an einer Bierflasche nippen.

So schnell geht das nicht mit einem Haus im Grünen. Eröffnet mir die Bibliotheksleiterin vor der ersten Lüftungspause. Am Wochenende würde ihr Mann in die Beskiden fahren. Wenn ich wollte, könnte er mir einige leer stehende Objekte zeigen.

Elle ist nicht im Büro. Ich lasse ihr über die Assistentin ausrichten, sie möge sofort den Regisseur kontaktieren, noch heute Vormittag, diktiere ich, mit Ausrufezeichen, bitte, und ihn um eine Kopie der letzten Seite des Strichbuchs bitten. Am besten per Faxkopie. Nochmals, *je m'excuse.* Widrige Umstände würden es mir momentan unmöglich machen, an meine eigene Kopie heranzukommen. Und falls er andere Tagebuchstellen entziffert habe, die Aufschluss über die Identität des Offiziers geben, wäre ich ihm zu Dank verpflichtet. Anrufen kann ich heute kein zweites Mal. Allmählich zermürbt mich der Alltag. Dennoch beschließe ich, die Öffnungszeit des Lesesaals auszunützen. Ich bin im Februar 1892 angekommen. Überblättere Belanglosigkeiten. Theaterunspezifisches. Den Namen Pawlikowski suche ich vergeblich. Eine böse Kritik des traditionellen Klavierkonzerts im Cristofori-Haus. Während des Mariälichtmess-Empfangs von Bronisława Gabryelska. Exorbitantes Fortissimospiel. Im üppigen Pedalspiel verschwimmende Klänge und Tonlinien. Geist des Originals missbraucht. Nivellierte Stimmungsvielfalt in den Wintertatra-Impressionen von Natalia Janotha. Die junge Interpretin Izabela Boznańska raubte der Musik jedes Geheimnis. Jede Überraschung. Jeden Witz. Am neuesten Bösendorfer. Sprachliche Exzesse. Ich überspringe drei Jahre. Greife einfach in den Jahrgang 1895. Mitten hinein. Die Chronologie bringt mich um. Die Augen fallen mir zu. Über dem Saal liegt die Nachmittagslethargie. Vor der Lüftungspause wird der Sauerstoff immer knapp. Ich schlage die dritte Seite der *Reforma Cracovia* vom 4. Juli auf. Unten, in der rechten Spalte: „Dzielna Szwajcarka". Ein Brief aus Astolat, Sydney, von Lina Boegli an ihre „Freunde in Galizien", die Familie von Sczaniecki, wohnhaft in Kwiatonowice. Übersetzt von Kreisrichter Kazimierz, wie einer Fußnote am Ende des Berichts zu entnehmen ist. Ich springe auf, stürme in den Katalogsaal. Entgegen aller Vorschriften mit der Zeitung in der Hand. Endlich, rufe ich, endlich habe ich den Beweis. Pan Prosimir bittet um Ruhe. Er vertraut nur Druckbuchstaben. Runzelt die Stirn, als ob er sich an etwas erinnern würde. Dann erklärt er sich bereit, das B nochmals ab Bo durchzusuchen. Ich möge derweil in den Lesesaal zurückkehren. Ich gehorche. Schreibe Wort für Wort ab. Dass sie sehr glücklich sei in Astolat. Glücklicher als seit Jahren. Dass sie die Nichten der Sängerin Melba auf das Universitätsexamen vorbereite. Ein erfreulicher Unterricht mit arbeitsamen und intelligenten Mädchen. Dass sie das Photo eines lachenden Jakass oder Hookabuna, wie ihn die Eingeborenen nennen, beilege. Schreibe ich ab. In Polnisch. Auf die Rückseite des Wienbriefes. Pan Prosimir tippt an meine Schulter und legt einen Zettel mit der Signatur 82.262 I auf die offene Zeitung. Im Lesesaal wird nicht gesprochen.

Die Etagenfrau behandelt mich jetzt mit Respekt. Sie winkt mir von Weitem zu. Hält einen weißen Umschlag in der Hand. Fragt, wie es mir gehe. Die Briefe seien der Beweis, dass ich mich eingelebt habe. Dass die Familie sich um mich kümmere. Ob sie die Briefmarken für ihren Enkel ausschneiden dürfe. Ich reiße den Umschlag auf, falte zwei maschinenbeschriebene Seiten auseinander. Schenke ihr den Rest. Stürme die Treppen hinunter.

Auf der ersten Seite klebt ein gelber Post-it, darauf von Hand „Tagebucheintrag vom 14.9.1914, mit freundlichem Gruß“ und eine unleserliche Unterschrift. *Heute ist B.s Geburtstag. Ob er wohl noch lebt und wenn ja, ob er sich im Schlachtengetümmel des Tages erinnert. Ich hätte es ja eigentlich auch nicht mehr gewusst, wenn ich nicht in meinem Geburtstagsbüchlein jeden Tag den Spruch für den Tag lesen würde.*

Dann folgt die letzte Seite des Strichbuchs. Mit Stempel „Badischer Bahnhof Basel, Stand September 1996". Am Rand mit Rotstift: „Wörtliche Abschrift aus dem Tagebuch, 1. Oktober 1914. Bijak oder Bujak im Original wurde auf Wunsch der Hauptdarstellerin in Binjak abgeändert." *B. ist nicht mehr! Erhielt von Mimi aus Pardubice in Böhmen, wohin sich die ganze Familie geflüchtet hat, eine Karte, von der die Schlussworte waren: Binjak lebt nicht mehr, er ist den Heldentod gestorben. Die Nachricht hat mich tief erschüttert und dennoch muss ich mich freuen, dass er eines so ehrenhaften Todes gestorben ist, den Tod, den er sich gewünscht hätte, wenn er hätte wählen können, und dazu noch an einem Zeitpunkt des Krieges, wo ein österreichischer Offizier noch mit Ehren sterben konnte. Die Vernichtung seines Heeres musste der Tapfere nicht miterleben, auch nicht die Schmach einer russischen Gefangenschaft, daher kann man sich über diesen Tod nur freuen, aber dennoch ist mir unsagbar weh ums Herz. Es ist mir, als ob plötzlich die Welt viel, viel leerer für mich geworden sei, obwohl wir ja seit Jahren nicht mehr direkt voneinander gehört haben. Ist es aber auch ein Wunder, wenn mich dieser Tod ergreift, der Tod des einzigen Mannes, den ich je geliebt, den ich aus lauter Liebe nicht heiraten wollte, um seine Carriere nicht zu zerstören, der sozusagen mein Schicksal wurde, weil ich, ohne ihn gekannt und geliebt zu haben, nie an eine Weltreise gedacht hätte, da ich ja nur fort ging, um mich vor ihm und mir selber zu flüchten. Ja, kein anderer Mensch hat einen so gewaltigen Einfluss auf mein Leben gehabt wie dieser Mann, der jetzt auf den galizischen Schlachtfeldern den schönen Tod fürs Vaterland starb. Gott habe ihn selig! Mir ist heute so sehnsüchtig zu Mute, dass ich gerne auch sterben würde, um zu ihm zu gehen und ihm das zu sein, was ich auf dieser Welt nicht sein konnte, und warum nicht? Weil uns beiden die Offizierskaution fehlte, 50'000 Kronen, lumpige fünfzigtausend, die amerikanische Milliardäre allein für den Blumenschmuck bei ihren Festlichkeiten ausgeben; uns hat dieses elende, lumpige Sümmchen Geld am Zusammenleben gehindert und jedes seinen Lebensweg allein gehen lassen. Aber wer weiß, zu was das gut war. Getrennt waren wir jedenfalls nützlicher als zusammen. Also nicht klagen. In einer andern Existenz kommen wir vielleicht zusammen, da, wo es keine Offizierskautionen mehr braucht.*

Es ist Nacht. Ich schreibe auf den Knien an Dr. Ochser. Teile ihm mit, dass mir nur der Geburtstag, nicht aber das Geburtsjahr des Gesuchten bekannt sei. Dass ich aber vermute, dass er nicht wesentlich älter als meine 1858 geborene Urgroßmutter gewesen sein könne. Im Morgengrauen laufe ich zur Post. Bedanke mich in der Telefonzelle bei Elle. Umarme im Katalogsaal Pan Prosimir. Verabrede mich im ersten Stock mit der Bibliotheksleiterin. Samstag früh, neun Uhr. An meinem Leseplatz liegt das Buch zur Signatur. Routine entwickelt sich langsam. Normalität befreit von Überraschungen. Pan Prosimir zwinkert verschwörerisch. Wir trinken zusammen Tee. Er habe meine Urgroßmutter deshalb nicht unter dem Buchstaben B gefunden, verrät er, weil ihr Buch nicht unter ihrem Nachnamen, sondern unter dem Titel „Avanti" katalogisiert worden sei. Sein Stellvertreter, er könnte ihn auch nach so vielen Jahren an der Handschrift erkennen, müsse den fremdsprachlichen Buchtitel damals als Schlagwort archiviert haben. Dabei sei der Name der Autorin verloren gegangen. Im Katalog. Kommt vor. Denke ich. Meine verwunderten Finger streichen über die Titelseite *Lina Boegli, „Avanti". Listy z podróży naokoło świata. Polszczyła Marya Świderska.*

Nakładem księgarni polskiej B. Poloneckiego, Lwów 1908. Ohne zu lesen, lege ich die Seiten um. Eine nach der anderen.

Der nächste leuchtende Umschlag aus Wien liegt am Morgen wie eine Südseefrucht auf meinem Kopfkissen. Die Briefmarke ist aufgestempelt. Ich bin gestern spät zurückgekommen. Die alte Frau schlief schon.

„Auf Ihre erneute Anfrage beehrt sich das KA Wien mitzuteilen, dass hier tatsächlich ein am 14. September 1860 geborener Offizier namens Julian Bujak nachgewiesen werden konnte. Er war geboren in Biadolin/Galizien, das Heimatrecht besaß er in Wadowice/Galizien. Allerdings ist dieser Offizier nicht 1914 gefallen, er war 1914 bereits Oberst und Kommandant des k. u. k. Infanterieregiments Nr. 56, 1918 rückte er zum Generalmajor vor. Nach einer hier vorliegenden Notiz verstarb er am 21.4.1943 in Wadowice."

*****

Sie hatten steiniges Terrain erreicht. Carolina ging vor den Pferden. Sie drehte sich nicht mehr um. Pausen ermüdeten die Beine. Mehr als das stetige Steigen. Genauso Worte. Oder stockende Gedanken. Die Mähnen hatten ihren Glanz verloren. Und die Zuversicht. In Carolinas Hinterkopf. Der Himmel spiegelte sich. Und alles darüber. Die Farben gehörten nur der Luft. Das Gold. Der Schnee. Das isabellfarbene Fell. Der zerzauste Schweif. Die angespannten Muskeln. Die Schatten von Mensch und Tier gehörten dem Boden. Schwarz. Auch Wallache werden kurzatmig. Carolina hörte sie schnauben. In ihrem Rücken. In der einsamen Höhe. Vernahm sie nur ein resonanzloses Klopfen. Der Hufe. Vieler. Hohltütenartiger. Horngebilde. Auf basaltischen Laven. Rötlichem Tuff. Erstarrtem Eruptivgestein. Grobkörnigen Säulen. Erodierten Gängen. Röhren. Pfeifen. Stöcken. Suchten die Pferde vorsichtig Halt. Ertasteten feste Stellen. Fünf mal vier Palominohufe. Keine Herde. Aber ein vervielfachtes Schreiten. Treiben. Steigen. Carolina hatte den letzten Rest Unbehagen zurückgelassen. Und die Cavalcade überholt. Die Ochsen fanden über 7000 Fuß kein Gras mehr. Regelmäßiges Aufwärts. Die Steine regten kaum auf. Wie abgekochtes Wasser. Oder an. Die Echovertilger. Peridotit ist ein Gestein, das vom Himmel fallen oder aus dem Erdinnern aufsteigen kann. Berühren wir es, liegt unsere Haut, die Handinnenfläche oder eine schrumpelige Fußsohle, auf dem Material, das Erde und Universum verbindet. Die Qualität eines Geologen ermisst sich an seinem Notizbuch. Carolina stützte sich auf den Koastock. Setzte Fuß vor Fuß. Unerbittlich. Der Wind wetteiferte. Mit der Sonne. Um Wärme. Und Kälte. Die Sonne wetteiferte. Mit den Steinen. Um Farbtöne. Und Schattengebilde. Grau in grau. Tintenschwärze. Keilschrift. Das Wachstuchheft war gut verwahrt. In ihrem Zimmer. Die Schamröte. Am Morgen. Und am Abend. Am Himmel. Manteleinschlüsse. Im Boden. Im kupfermattroten Lavagestein. Im oxydierten Eisenerz. Der flaschengrüne Peridotit besteht aus Olivin und Pyroxen. Minerale, die auch im Meteoriten von Granès entdeckt wurden. Im Dünnschliff. Die Geologen setzten eine wenige Hundertstelmillimeter dicke Scheibe polarisiertem Licht aus. Strahlten sie erbarmungslos an. Durchleuchten mit Kunsthelligkeit. Dann stellten sie im Labor chemische Formeln auf. Die Anordnung der Atome wies auf eine kristalline Struktur hin. Carolina atmete durch die Nase ein. Und durch den Mund wieder aus. Im Gleichtakt. Ihrer Schritte. Füllte die dünne Luft ihre Lungen. Rechts. Links. Der Stock. Rechts. Links. Der Wind spielte mit ihrem Winterkleid. Schmeichelte dem Blusenkragen. *Ich denke in den letzten Tagen außerordentlich viel an B.* Mrs. Tucker war wohlerzogen. Sie würde ihre Neugier zu zügeln wissen. Und nicht in Carolinas Zimmer das Wachstuchheft suchen. Oder die zusammengebundenen Briefe aus Krakau. Nur mondfarbene Pflanzen trotzten den rauen Nächten. Über der Baumgrenze. Manche so groß wie Korbscheffel. Phallische Experimente der Natur. Riesenhafte Silberdisteln. Zuweilen in ganzen Büscheln. Stachelig. Unnahbar. *Gardez moi toujours en bon souvenir.* Die Steine verraten nichts. Weder Wunden noch Sünden. Mrs. Tucker verstand weder Deutsch noch Französisch. Steine schlucken Schreie und Schmerz. Sie behalten die Geräusche der ganzen Welt für sich. Die Missionare aus Boston bedienten sich vorwiegend des Englischen. Sie gaben der letzten Pflanze am Berg den Namen „Silversword“. Silberschwert. Nur der Himmel kann noch verführen. Am Ende der Welt. In dieser Geröllwüste. Zogen alle Blicke gnadenlos nach oben. Und noch weiter. Mit feuerfester Schmalte überzogen. Bei Sonnenhöchststand würde auch er verblassen. Im Solarnebel. Zu einem sicheren Bleigrau verschmelzen. Das Blut im Körper stieg mit. In die Höhe. Rauschte in den Ohren. Wenn Carolina die Augen schloss, meinte sie, bei Sturm am Hafen zu sein. Wenn ein Dampfer anlegte. Und Kapellmeister Berger den Taktstock schwang. Henry. Der Potsdamer hatte seinen Vornamen anglisiert. *Meine Gedanken wandern beständig nach Krakau, wenn das Orchester spielt.* Das Blattgrün war aus dem halbbasischen Andesit ganz verschwunden. Milchkühe müssten hier oben verhungern. Es gab keine zur Photosynthese fähigen Proteinspender mehr. Spinatblätter verwandeln Licht in Energie. *Was würde ich darum geben, etwas von ihm zu hören!* Die Polynesier lebten ohne Schrift. Verständigten sich mündlich. Sie gingen an keinem Haus, keiner Hütte vorbei, ohne anzuhalten. Einzukehren. Neuigkeiten auszutauschen. Liebesdienste anzubieten. Ihre Pferde steuern heute noch automatisch auf jedes Haus zu. Und sind nicht von ihrem Trott abzubringen. Die Polynesier kannten kein Metall. In ihrer Sprache gab es kein Wort für Glanz, Silber oder polierten Stahl. Glitzerzeug war ihnen fremd. Sowohl als Sache. Wie auch als Wort. Ihre Messer waren Haifischzähne. Die Nadeln Knochen. Das Breitbeil geschliffener Basalt. Eitelkeiten kannten sie nicht. Weder Spiegel, Seide noch Ringe.

Sie lebten in Grashütten und trugen Kapahemden. Erst König Kamehameha, der Einsame, erkannte, wie wertvoll Gold und Silber als Tauschmittel waren. In der Sprache der Ureinwohner heißt das Silberschwert Ahinahina. Graugrau. Die Polynesier nutzen die Verdoppelung zum Betonen der Intensität. Die Wiederholung dankt dem Himmel. Der Feuergöttin Pele. Dem Besonderen. Augenfälligen. Dem unerwarteten graugrauen Glanz. Am Berg. Einer überraschenden Helligkeit. Dem Wegweiser. In unwirtlicher Welt. Auf dem Weg zur ewigen Ruhe. Sie bestatteten ihre Toten an geheimen Orten. Auf dem Berg. Im Krater. An unzugänglichen Stellen. Die silbernen Blätter des Ahinahina sind lang und schmal. Gebogen, als wollten sie Himmel und Erde umarmen. Hier oben. Fast 8000 Fuß über dem Stillen Ozean. Spitz zulaufende Nadeln. Die Polynesier fürchteten nicht den Lauf der Lava. Noch die feuerspeienden Berge. Sie liefen der Glut entgegen und bejubelten sie. Ihre Göttin Pele war eine alte Frau. Weise und gerecht. Das Spektakel ein Wunder. In der Nacht. Wie der Aufgang der Sonne. Im Morgen. Und unter den Palmen. Am Meer. Die Vereinigung von Feuer und Wasser. Pele vernichtete nie unschuldiges Leben. Kein Mensch, kein Tier ist je zu Tode gekommen. Pele schuf Land. Neue Inseln. Neuen fruchtbaren Boden. Holte flüssiges Baumaterial aus dem Erdmantel. Schleuderte den Zorn. In den Himmel. In die Atmosphäre. Wo er abkühlte. Angereichert mit den Gebeinen der Könige, die im Krater ruhten. Peles Lava war leichtfüßig. Rot. Und heiß. Flink wie Tomatensuppe. Brannte sie die Kaupo-Spalte nach Südosten und den Koolau-Riss nach Nordwesten. Versprach Linderung. Sättigung. Ihre Feuerfontänen enthielten kaum giftige Gase. Nur

Wasserdampf. Und einen geringen Anteil an Kohlendioxyd, Nitrogen und Schwefeldioxyd. Die Stoffe verflüchtigten sich schnell im Tropensturm. Lösten sich auf, zerzaust im Wüten der Wellen. Auch die Ochsen am Berg atmen. Und stoßen Schadstoffe aus. Furzen. Rülpsen. Wie die Pferde. Und die Ausflügler. Zweitausend englische Meilen vom Festland entfernt. Wartete Carolina auf Briefe. Tag für Tag. Auf Postschiffe. Auf Lebenszeichen. *Seit Wochen habe ich nichts mehr aus Europa gehört.* Schritt für Schritt. Aufwärts. Das Stampfen von zwanzig Palominohufen im Rücken. Sie hörte Miss Kelseys Stimme. Wusste aber nicht, ob die Worte ihr galten. Sie war kontaktfreudig. *Erhielt gestern und heute über 20 Briefe aus den verschiedenen Weltteilen.* Aber nie ganz klaglos. *Es ist wirklich eine schreckliche Aufgabe, eine große Korrespondenz zu haben.* Wo immer sie Station machte, fragte sie als Erstes nach den Dampferfahrplänen. *Erhielt heute zwei Briefe aus Krakau, von meiner Bank und Frl. Hoeck.* Nach den Handelslinien. Den Meeresstraßen. Den Abreisemöglichkeiten. *Der Brief der Letzteren war, wie immer, ein Aufsatz und nichts weiter.* Nach den Anlegezeiten. Briefausgabezeiten. Ihr Tag war strukturiert, das Werktagshirn ein liniertes weißes Blatt Papier. Der Sonntag kariert, schuldlos in regelmäßige rechteckige Kästchen unterteilt. Der Stundenplan. *Eine uninteressantere Korrespondentin für jemand, der wie ich mehr den Inhalt als den Stil bewundert, kann man sich nicht denken.* Lektionen. Aufgaben. Hefte. *Heute kam die „Alamada" in Honolulu von Australien an.* In Honolulu gab es keine Postboten. Nur wenige Privilegierte besaßen einen eigenen Briefkasten. Aber nicht vor dem eigenen Haus. Sondern unten am Hafen.

An der geschützten Bucht. *Ich möchte dort sein, um meine Briefe gleich in Empfang zu nehmen.* Dort, wo die Dampfer verschnauften. Wo Henry zur Begrüßung die Kamehameha-Hymne dirigierte. *Der „Belgie" kam nach 7 Uhr erst an und da wurden gleich abends die Briefe ausgeteilt.* Aber auch wer seinen Kasten hatte, wartete voller Ungeduld. In einer langen Reihe von Wagen. Kutschen. Pferden. Jedermann holte seine Sendungen selbst ab. Chinesen. Japaner. Junge. Alte. Männer. Frauen. Erbrachen rote Wachssiegel. Küssten Briefumschläge. Dufteten nach Sandelholz. Lasen aufgeregt vor. Oder verschwanden still nach Hause. *Der „Mariposa" kam von San Francisco an, brachte mir aber nichts.* Korrekturen. Fehler strich sie rot an. Setzte die Note darunter. Auch rot. Auch sie verlangte Zeugnisse. Aufgeschriebene, mit Punkten beendete Sätze. Zugeschnürte Schuhe. Unzögerliches Auftreten. Zeichen der Verbundenheit. Mit Interpunktionen versehene Treuebeweise. Die Beine bewegten sich leicht. Unvermutet. Wie von selbst. Im Takt des Stocks. Keine Anstrengung der Muskeln mehr spürbar. B. hatte sie Korrespondenzverbot erteilt. Strikt. „Surtout pas de lettres!" Melaphyr ist geduldig. Das von Wind und Wasser zersetzte Basisgestein nimmt den Menschen Lasten ab. Überflüssige Grübeleien. Der Erosion widerstehen nur die härtesten Bestandteile. Übrig bleibt Geröll. Das Gesicht vom Wind gepeitscht. Blühen die Wangen. Im Schatten des Hutes. Eine Hand ist kalt. Die andere heiß. Der Stock. Auch Füße geben Impulse ab. Durch Wollstrümpfe und dicke Ledersohlen. Von Stiefeletten. Bügeln. Riemen. Schießen Stiche. Blitze. Gefühle. In den Boden. Wenn die Reiterinnen sich doch einmal bequemten, vom Pferd zu steigen. Eine kurze Pause einlegten. Und dabei, ohne es zu wissen, porentief den basaltischen Laven begegneten. *Doch ich hab es mir in den Kopf gesetzt, den Berg zu Fuß zu erklimmen.* Die Hammada. Mit Händen und Füßen zu bezwingen. Das intensive Licht zu ertragen. Noch ist kein Kraterrand zu erkennen. *Er ist und bleibt das Wesen, das ich am meisten liebe in dieser Welt.* Die endlose Steinhalde. Bröselnder Bimsstein. Wärmeisolierende Schleifwirkungen. Stein um Stein. Der Höhengewinn ist unabwendbar. Die Flucht zielt ins Unfruchtbare. Fuß um Fuß. Der schnelle Entschluss unter einer unbarmherzigen Sonne. Schritt um Schritt. Der Koastock. Zehn Jahre, das wusste Carolina mittlerweile, würden ausreichen, um ein zweites Kind zu verhindern. Die Doula in Sydney hatte sie aufgeklärt. Seinen Armen, das wusste sie auch, würde sie nie widerstehen können. So gut kannte sie sich nun. Am Morgen der Geburt. In alle Schmerzen hinein. Mitten in der australischen Hochsommerhitze. Redete die Doula unablässig. Rief sie. Hielt sie wach. In ihren Widerwillen hinein prasselten die Wörter einer fremden Frau. Kalt und hart wie die Hagelkörner vor dem Tyniecsturm. Ihre Anweisungen. Was sie zu tun hatte. Unter der Abtei. Und zu lassen. Die Nässe im Bett. Die furchtbare Scham. Darmentleerung. Fruchtwasserabgang. Der Ekel. Der unausstehliche Ekel. Vor dem Leben. Vor dem verschleimten Neugeborenen. Der Halbgott Maui, Sohn des Akalana und der Hina, soll die Sonne gefangen haben. Als sie mit ihren sechzehn Beinen über den Kraterrand klettern wollte. Mit Olonagarn fesselte er ihre Beine, eines nach dem anderen. In der Caldera, im Haleakalakrater, im Haus der Sonne, wuchs ein Wiliwilibaum. Darin wohnte

Mauis blinde Großmutter. Sie briet jeden Mittag Bananen für die Sonne. Im Zenit. Ein unfairer Prozess. Maui fesselte die Sonne, damit sie länger am Himmel blieb. Damit Hinas Kapa trocknen konnte. Sonst würde er sie erschlagen, drohte er. Mit seiner Steinkeule.

Die Doula schrie sie an. Holte sie zurück. Als sie schon dachte, alles sei vorbei. Alles. Alles. Sei endlich vorbei. Ein Silberschwert benötigt Jahre, manchmal Jahrzehnte, um zu blühen. Hier oben. Im Karst. Stößt es an das gleichgültige Universum. Mit seinem rötlichen Stiel. Irgendwann. Es gibt keine Regeln. Keinen Zyklus. Irgendwann protzen unzählige gelbe und purpurfarbene Blütchen. Am Stamm der Einsamkeit. Ein ausgestreckter Zeigefinger. Ein erigierter Penis. Mit vor Kälte blauen Äderchen. Nach der Blüte ist seine Lebenskraft aufgebraucht. Das Schwert stirbt schnell ab. Der Wind trägt die Reste sofort weg. Struppiges Stroh. Aus Kwiatonowice erhielt sie Briefe in französischer Sprache. Der Atem folgte. Überallhin. Tief in die Brust. In die Bronchien. In den Bauch. Eintönig. Gleichschwer. *J'ai reçu une charmante lettre de Mme A. dans laquelle il n'y a pas moins de 6 fois le mot „retournez".* Schweiß stand ihr auf der Stirn. Unter den Achseln und in der rechten Handfläche. Sie nahm den Koastock in die linke Hand. *Elle me dit, que tout le monde m'attendait à bras ouvertes.* In Sydney füllte sie das Wachstuchheft noch mit französischen Wörtern. Erst als Mira zu sprechen anfing, erinnerte sie sich ihrer eigenen Muttersprache. Sie war Sprachlehrerin. Und Mutter. Und verstört. Vermisste B.s Arme. Sie brachte dem Kind Berndeutsch bei. *Je länger und je mehr Ich an ihn denke, desto reiner werden meine Gefühle ihm gegenüber.* Die Billets waren bereits da. Bezahlt. Ausgestellt auf den 28., um fünf Uhr nachmittags. Sie wird sich mit Mira und dem Handgepäck in Kahului auf den Dampfer „Glenifer“ einschiffen. Nach Acapulco. *Erhielt ein Sydney-Mail von jemandem, dessen Handschrift ich nicht erkenne.* An jedem neuen Ort mussten sie auf ihre Koffer warten. Auch die Korrespondenz wurde nachgeschickt. *Hatte einen Brief von Alice Haizh, welches dumme Kind die Briefe immer noch auf San Francisco schickt.* Briefe duldeten keinen Aufschub. In ihrem Kopf. Die Sehnsucht galt Krakau. Wo immer sie sich aufhielt. Das Heimweh kannte nur eine Richtung. Und das Rekommandieren ärgerte sie ungemein. *Ich hatte heute europäische und australische Briefe erwartet, und da kamen die Mädchen nach Hause mit der Nachricht, dass zwei große rekommandierte Briefe auf der Post seien, die man ihnen aber nicht geben wollte ohne eine direkte Order von mir, wie langweilig.* Das Blau behielt der Himmel für sich. Der Vormittag war fortgeschritten. Noch immer frisch. Satt. *Nun muss ich mich bis nächste Woche gedulden.* Kein Trost. Weit und breit. Zu Ostern hatte ihr Pani Aleksandra ein Stück gesegneter Oblate geschickt. Mit rekommandierter Post natürlich. *Wenn nur die Leute das Rekommandieren sein lassen wollten ...* So musste sie Mr. Damon bitten, sie auf die Post zu begleiten. Damit sie den Empfang bestätigen konnte. Und Nachforschungen anstellen. Sie sollte nämlich, so trug ihr Pani A. auf, die durchsichtige Scheibe mit den fünf Polen teilen, die in Honolulu lebten. Das hatte die *Czas Cracovia* berichtet. *Niemand weiß etwas von Polen hier.* Am Ostermontagmorgen zerbrach sie das gesegnete Blättchen schließlich. Reichte die Hälfte Mira.

Der Verzweiflung nahe. Zum ersten Mal in ihrem Leben befand sie sich in einer schier ausweglosen Lage. Oblaten teilt man mit Polen. Mit Katholiken. Mira, die Halbpolin, spuckte. Das papierene Gebäck schmecke nicht. Salzig von der langen Seereise. Tobte das Kind. Angeekelt. Lachte dann die Mutter aus. Frech und unverschämt. Verhöhnte sie und ihre Märchen. Carolina erschrak. Das Kind war nicht getauft. Zügellos. Der Vater katholisch. Die Mutter protestantisch. Entgegen ihren Gewohnheiten schob sie eine Entscheidung vor sich her. Trug sie sogar mit auf den Berg hinauf. Und wird sie doch nicht alleine treffen können. Bei aller Liebe. Nie. *Ich habe längst alle Hoffnung einer Verbindung aufgegeben.* Bei aller Ehrfurcht vor dem Leben. Ohne Briefe. Ohne Geständnisse. *Niemand weiß etwas von Mira.* Ging die Zeit verloren. *Erhielt Briefe aus Astolat und Krakau. Olga Slapa glaubt mich schon auf dem Weg nach Hause, oh wenn dem so wäre!* Frei von Buchstaben. Einem Wort. Einer Zustimmung. Oder Verpflichtung. Bis die Missionare kamen. An Bord des Schiffes „Thaddeus" von Boston. Und den Polynesiern verboten, nackt herumzulaufen und zu kopulieren, wo immer es ihnen gefiel. Die Calvinisten verwandelten Ahinahina in Silversword. Setzten ihre phallischen Symbole aus. Am Berg und überall. *Sah heute eine Dame, eine Weiße, höchst elegant, rittlings zu Pferd! Wie abscheulich es aussieht!* Sie verschrifteten die Laute der Ureinwohner. Stülpten den Menschen ein Alphabet über den Kopf. Zogen den Frauen lange Röcke an. Kamehamcha der Zweite ließ die Missionare gewähren. Kurz darauf starb er an Masern. Zusammen mit seiner Frau Kamamamlu. Auf dem Weg nach London. So schnell, dass er nicht mehr mit

King George zusammentreffen konnte. Bei dem er sich bedanken wollte für ein Geschenk. Für das zweimastige Segelschiff. Als er jedoch seinen eigenen Namen zum ersten Mal aufgeschrieben sah – „Liholiho“ oder „Rihoriho“, die calvinistischen Linguisten waren sich noch nicht einig, was sie hörten –, soll er gesagt haben: „Das bin nicht ich noch irgend ein anderer Mann.“ Ein Wort ist kein Mensch. Die Sprache bildet nur nach. Ist Verkümmerung und Elend. Ob t oder k, r oder l, war schwer festzulegen. Für die neuen Retter der Seelen. Aber ohne Schrift kein Wort Gottes. Es war zu jener Zeit, als Männer und Frauen in Hawaii nicht an einem Tisch sitzen, nicht aus einer Schüssel essen durften. Als die Männer die Nahrung für die Familie besorgten und auch zubereiteten. Den Drei-Finger-Poi kneteten. Die Tarowurzeln schälten, dämpften, stampften. Als es den Frauen verboten war, Bananen, Kokosnüsse, Schweinefleisch oder Haifisch zu verzehren. Die frommen Sprachforscher lauschten nur den Köchen. Legten ihre Ohren an Kehlen. Spähten in Rachen. Klassifizierten Stellungen von Lippen und Zungen. Erkannten die würzigen fünf Vokale. Mit den bekannten Öffnungsstufen. Klangfarben. Erst nach langem Fasten einigten sie sich durch Abstimmung auf sieben Konsonanten: h, k, l, m, n, p, w. Ein Knetwerk. Handgemacht. Ein demokratisches Für und Wider. Der stimmlose Verschlusslaut t verbarg sich hinter dem k. Sagte der eine. Und ein anderer hörte ihn daneben. Davor. Oder gar nicht. Genauso die Reibelaute. V oder w? Behaucht oder nasal? Behinderung des Luftstroms. Ansatzrohr. Zungenrücken. Ein bilabiales B über dem P. S und f um das Kehlkopf-h herum. Nicht auf allen Inseln sprachen die Männer gleich. Nicht immer waren sie gut gelaunt. Nicht jeder wollte seinen harten Gaumen zeigen. Die Schmelzlaute l und r zeichnet eine schwache Spaltungsfähigkeit aus. Die Missionare erachteten das L als repräsentativer. Für König Liholiho. Die Mehrheitsentscheidung legte einen glottalen Verschlusslaut fest, eine Art zusätzlichen Konsonanten. Mit Sprengkraft. Der dreizehnte Buchstabe. Im hawaiischen Alphabet. Ein Judaskuss. Gedruckt als seitenverkehrter Apostroph. Er sollte Vokale trennen. Und wurde nie konsequent angewendet. *Und doch sah ich ihn stets am Ausgangspunkt meiner ehrgeizigsten Bestrebungen.* Deshalb der Aufstieg zu Fuß. Deshalb die schnellen Entschlüsse. Die Pünktlichkeit. Das Stundenplandenken. Das Fehlerkorrigieren. In Mexiko würden sie wieder auf ihre Koffer warten müssen. Mira würde wieder irgendetwas vermissen. Ihren Grasrock. Und weinen, brüllen, eine Blume zerrupfen. Der Charakter festigte sich früh. Auch die Gesichtszüge. Der entschlossene Mund. Das trotzige Aufbegehren. Die stolze Haltung. Die durchgebogenen Lendenwirbel. Die Ähnlichkeit mit ihm verletzte. Tag für Tag. Fuß vor Fuß. *Ich weiß nicht, wie ich das aushalten soll.* Die Ähnlichkeit schürfte Haut und Sinne ab. Der Schmerz flaute nie ab. Die Wehen nahmen kein Ende. Die Geburt fand nie statt. *Oft schien er mir das Ziel, für welches ich arbeite.* Sie ging langsamer. Schritt für Schritt. Die Palominos glänzten. Weit unter ihr. Nach der Pause. In den Serpentinen. Schaumkronen im Wind. Klein und tonlos. Die Erinnerung lähmte. Wie die Höhenluft. Nur Koffer waren wirklich treu. Sie stellten nie Fragen. Standen eines Tages wieder vor der Tür. *Es ist, als ob ein alter Freund gekommen sei.* Die fünf Polen lebten auf Maui. Der

Eichmeister Meciszewski mit seiner Familie. Das hatte sie in Paia gleich nach ihrer Ankunft erfahren. Der Kutscher, der die ganze Gesellschaft nach Idlewood hinaufbrachte, war sehr gesprächig. *Einer von diesen glücklichen Menschen, die außer ihrer Heimat nichts gesehen haben, nicht einmal in Honolulu war er.* Die Krakauer Zungen konnten es nicht wissen. Dass Hawaii kein von Bergen begrenzter Landstrich war. Sondern ein Archipel. Im Pazifischen Ozean. Nicht überall sprachen die Menschen gleich. Nicht alle waren bereit, sich in den Mund gucken zu lassen. Der Dampfer „Claudine" lief regelmäßig aus. Von Hafen zu Hafen. Von Anlegestelle zu Anlegestelle. *Die Überfahrt war so fürchterlich, dass ich noch jetzt an Seekrankheit leide.* Sie waren zwei Nächte und einen ganzen Tag unterwegs. Von Honolulu nach Lahaina. Die Sonne brannte gnadenlos. Auf den Feldern der Zuckerplantagen arbeiteten Chinesen. Asiaten ertragen es besser, bei Hitze im Wasser zu stehen. Polynesier verrichten keine Knechtsarbeit. Nicht auf einer Feuerinsel. Nicht auf Peles Land. Das ihnen Kokosnüsse, Taroknollen und Fisch in beliebigen Mengen beschert. Sie trat fest auf. Die Steine wurden kleiner. Beweglicher. Rollten unter den Schuhen weg. Der Wind gewann an Schärfe. Carolina an Höhe. Das Zuckerrohr muss im Wasser schwimmen. Die Haikuebene war karg und sandig. Die beiden Missionarssöhne Sam Alexander und Perrine Baldwin entwarfen ein großes Bewässerungssystem. Chinesische Arbeiter bauten es. Der Hamakuakanal sammelte das Wasser aus den Regenwäldern am Osthang des Haleakala ein. Terrassenförmig angelegt, an alle natürlichen Quellen angeschlossen. Baumstockwerke schützen ihn vor Austrocknung.

In den Eukalyptus- und Kiefernwäldern versickert nur ein Prozent des gefallenen Regens. Der Aquädukt zog sich über die ganze Wetterseite des schlafenden Vulkans. Führte in immer abschüssigen Rinnen durch Gräben, Tunnels, durch Schluchten in die wüstenartige Zentralebene hinunter. Er bewässerte 40 0000 Morgen Land. Von Paia nach Makawao. Von Haiku nach Wailuku. Das Zuckerrohr ist ewig durstig. Die spektakulärste Wassergeschichte des ganzen Archipels. Der Kutscher lachte. Schlug sich auf die Schenkel. Miss Lisle war begeistert. Sie kam aus Boston. Er straffte die Zügel. Mauis Söhne, rief er, sind Pioniere. Wieder bezwingen sie die Sonne. Indem sie das Wasser fesseln. Den Regen an den Boden binden. Mehrere Millionen Gallonen täglich. Der Atem wurde flach, die Schleimhäute trocken. Carolina räusperte sich. Hielt einen Moment inne. Auf den Stock gestützt, schaute sie sich um. Die andere Hand an der Stirn. Vor den Augen. Sie konnte die Entfernung nicht gut abschätzen. Das grelle Licht täuschte. Die Steine warfen kaum Schatten. Zacca war der Letzte. Mit dem Kochgeschirr. Das Warten würde sie entkräften. Und unnötig auskühlen. Sie stieg weiter. Baldwin musste der rechte Arm abgenommen werden. Kurz bevor der Bau des Bewässerungsgrabens begann. Durch eine ungeschickte Bewegung war er in den Trilling geraten. Der Arm wurde verzahnt, zerquetscht, zermalmt. In der eigenen Zuckermühle. Sein Vater war nicht nur Missionar. Sondern auch Arzt. Er operierte ihn auf der Stelle. Die Konstruktionspläne hatte Alexander gezeichnet. Der einarmige Baldwin überwachte die Ausführung. Führte den chinesischen Bauarbeitern vor, wie man sich, ohne Schaden zu nehmen, durch eine enge Kluft abseilte.

Durch die Malikoschlucht. Zwischen den Basaltfelsen. Meciszewski war ein vertrauenswürdiger Mann. Baldwin brauchte jemanden, der ihm die Schreibereien abnahm. Der zwei Hände hatte und rechnen konnte. Listen führen. Säcke zählen. Außer Meciszewski gab es keine polnischen Plantagenarbeiter. Seine Frau war freundlich. Hatte gerade das dritte Kind geboren. Die Asiaten kamen in ganzen Sippen. Auf den Feldern arbeiteten Gruppen von verschwägerten Männern. Meciszewski würde niemanden bevorteilen. Baldwin ernannte ihn zum Waagemeister. Unterstellte ihm die Gewichte. Die Steine. Die Sätze. Die Schalen. Die Balken. Das Geld. Falls Kinder gewogen werden wollten. Die Ertragslisten. Die Ernteergebnisse. Die Kochfüllungen. In den Kupferkesseln. Der Fabrikhallen. Waldvogel, der Schaffhauser, fuhr die Zuckertransportbahn. Die erste Schmalspureisenbahn auf dem Archipel. Die beiden verstanden sich gut. Alles wurde gewogen. Alles wurde transportiert. Von den Feldern. In die Fabrik. In die Mühle. In die Kessel. In die Säcke. Schritt vor Schritt. Waldvogel hatte Carolina an der Station erwartet. Er wusste von ihr aus den Zeitungen. Er bat sie, in seinem Haus zu bleiben. Er habe so selten Gelegenheit, schweizerdeutsch zu sprechen. Seine Frau war eine zänkische Italienerin. *Wie doch nur ein anständiger, ruhiger Schweizer wie Mr. W. zu einer solchen Frau kommen kann!* Aber sie konnte seine Einladung beim besten Willen nicht annehmen. Charlie, der älteste Sohn von Meciszewski, ging schon zur Schule. Er hieß eigentlich Chwalimir. Die Lehrerin erklärte sich außerstande, seinen Namen auszusprechen. Ihre Zunge stolperte über den Konsonantenhaufen. Und so wurde auch er anglisiert.

Carolina stolperte über Schutthaufen. Über schwarzen Sand. Verbrannten Boden. Die Pferde holten allmählich auf. Mira mochte Charlie. Das hatte sie gleich bemerkt. Beim ersten Besuch unten in Paia. Mira schaute zu ihm auf. Himmelte ihn an. Wie einen großen Bruder. Das hatte ihr einen tiefen Stich versetzt. Das Kind war fähig zu Gefühlen. Aber sie galten nicht ihr. Der Mutter. *Ich wünsche oft, er wäre mein Bruder. Damit ich ein Recht bekäme, ganz für ihn zu leben.*

Auch die Bibeldrucker hatten zu kämpfen. Sie wollten Schiefertafeln durch Druckbögen ersetzen. In Sand Geschriebenes. Auf Bananenblätter Geritztes. Unbeständiges. Wind und Wetter Ausgesetztes. Aber so einfach war das nicht. Ungeahnte, unvorhergesehene Schwierigkeiten traten auf. Schritt für Schritt. Immer bösartigere Fallen einer unschuldigen Natur. Die Sprache. Die Schrift. Das Alphabet. Das missionarische Knetwerk. Die Drucker beklagten den Konsonantenschwund. Sie arbeiteten in Grashütten. Im Missionsdorf außerhalb von Honolulu. Die Ramage-Presse war von Boston geliefert worden. Eisen und Mahagoni. Dazu ein ganzer Satzkasten. Mit Lettern sortiert nach der Häufigkeit ihres Vorkommens im Englischen. Die Hälfte davon erwies sich als überflüssig. Für das Tiegeldruckverfahren. Für das Wort Gottes in der hawaiischen Schriftsprache. Dafür fehlten jede Menge anderer Buchstaben. Es gab viel zu wenig a, k, h, o und l. Sowie keine auf dem Kopf stehenden Apostrophe. Blindmaterial. Mit den englischen Typen konnten sie gerade mal drei hawaiische Druckseiten setzen. Mussten dann die Schrift vom Setzschiff herunterholen. Ablegen. Und wieder von vorne anfangen. Winkelhaken einstellen. Die richtigen Lettern greifen.

Sie bestellten 4000 zusätzliche a und 3000 zusätzliche k. Der Viermaster „City of Peking“ legte drei Monate später in Honolulu an. Auf der Fahrt nach Manila. Die gelieferten Typen waren zwei Schriftgrade zu groß. Tertia statt Cicero. Diese Lettern passten nicht. Nicht zur Schriftart. Nicht in die Spalten. Zwischen die Schnüre. Unter den Fragezeichen verschwanden die Punkte. Die Apostrophe verschmolzen mit den Kommas. In der Mittagssonne. Der Stempelschneider musste nochmals mit dem Stahlstichel ans Werk. Wieder dauerte es Wochen, Monate. Bis zum Juni 1827. Bis die Drucker am Stück die 56 Seiten des Lukasevangeliums setzen und in die Presse schieben konnten. Zu Weihnachten lag es endlich vor. Gedruckt auf schneeweißem Papier: „Ka Euanelio a Luka.“ Meciszewski wurde zum neuen Jahr vom Waagemeister zum Eichmeister befördert. Er hatte nun die Zuckerwaagen und die Gewichte unter sich. Die Eichlisten. Die Ebenmaße. Den Erntestand. Feingliedriger Sand ist ein hervorragender Gedankenleser. *Ich liebe ihn nicht mehr mit der Leidenschaft, mit der ich ihn einst geliebt.*

* * * * *

Elle kommt. Die Etagenfrau teilt mir ohne Umstände ein weiteres Zimmer zu. Der Zug trifft am Samstag früh pünktlich in Krakau ein. Ich habe trotzdem die ganze Nacht am Bahnhof verbracht. Bin in fiebriger Ruhelosigkeit auf und ab gegangen. Studierte Eisenbahnschienen und Fahrpläne. Dann die flüchtige Umarmung, *ça va?* Zwei französische Küsse am Morgen. Am kalten Bahnsteig. Auf jede Wange einen. Elle tritt einen Schritt zurück. Als habe es nie eine Trennung gegeben. Schaut mich prüfend an. Kein Raum für Berührung. Kein harmonischer *accord final*. Dagegen viel Platz für kühle Abwägung: Was hast du mitgebracht? Die ganze Büroeinrichtung! Laptop. Drucker. Kabel. Papier. Schreibtischunterlage. Diagramme. Adressverzeichnisse. Straßenkarten. Mobiltelefon. Einen Polnischlehrgang auf CD-ROM. Teigknetmaschine. Zeituhr. Adapter. Sticker. Baguettebackautomat. *On va prendre le petit déjeuner ...* Elle lacht und wir machen uns auf den Weg. Transportieren das Gepäck durch die Unterführung zum Taxistand. Dünner Regen fällt vom Himmel. Im Dozentinnentrakt bleibe ich unter der Tür ihres Zimmers stehen. Ich bin plötzlich todmüde. Möchte einschlafen. Im Stehen. Mit offenen Augen. Elle nicht mehr aus dem Blickfeld verlieren. Aber dann drehen wir den Schlüssel im Schloss. Verabschieden uns von der Etagenfrau. Mit Schlafsäcken auf dem Rücken ziehen wir uns für das Wochenende zur Einkehr nach Ropki zurück. Frühstücken werden wir später. Es ist Ferienbeginn und wir haben uns ein ganzes Semester lang nicht gesehen. Nicht geliebt. Nicht begehrt.

Buddhisten beten zu jeder Jahreszeit und bieten auch im Sommer in den Bergen geheizte Schlafräume an. Kontrolliertes Heilfasten.

Eismeditationen auf dem Schildkrötenthron. Nierenwärmkissen. Schweigewochen. Ein ächzender Ikarusbus bringt uns von Gorlice nach Hańczowa. Weiter fährt er nicht in unsere Richtung. Er lässt uns bei der alten Holzkirche aussteigen. Es ist Winter geworden. Heute ist kein Gottesdienst. Ein schmaler Fußweg zweigt links von der Straße ab. Wir überqueren die verschneite Fahrbahn. Der Busfahrer kurbelt sein verschmiertes Fensterchen herunter und ruft: „Immer dem Fluss entlang! Es ist das einzige Haus weit und breit. Ihr könnt es nicht verfehlen." Dann zieht er den Kopf ein, löst die Kupplung, legt den nächsten Gang ein. Der Dieselmotor stöhnt wie ein brünftiger Hirsch. Der Bus ruckt an und verschwindet in der Kurve. Sein sinnliches Röhren ebbt in der Ferne ab. Und dann ist es still um uns herum. Der Fluss ist zugefroren. Auf dem Eis liegt eine dicke Schneedecke. Sein Lauf zeichnet sich dennoch deutlich durch den Wald ab. Schwarze Baumstämme säumen ihn. Die Steigung ist mäßig. Ich gehe voran. Die Füße sinken in den diamantenen Neuschnee. Erst beim Herausziehen entsteht Reibung. Die Sohlen werden geritzt. Das Profil geschliffen. Es knirscht unter den Fersen. Die Spuren verwehen schnell. Der Wind ist unbarmherzig. Wir schweigen. Achten auf den Atem. Auf die Bewegungen. Der Brust. Der Füße. Der Arme. Ich spüre Elles Gleichschritt in meinem Rücken. Wir werden zusammen ankommen. Eine blinde Gier drängt ins nächste Leben. Nicht die heimatlose Seele. Wir haben nichts gebucht. Keine Erleuchtung. Keine Belehrung. Keine spirituellen Waschungen. Nur Schlafplätze. Ruhefahrzeuge. Wir werden sehen, wo wir aufwachen. Aussteigen. Land in Besitz nehmen. Ich wünsche mir ein Gut auf dem Kurmasana. Von der Kälte spüre ich nichts. Man hat uns gebeten, langsam zu gehen. Die hölzernen Stangen unterwegs zurückzulassen. Sie auf die Eisdecke des Flussbettes zu legen. Und dann das Tal zu umarmen. Wir steigen in die Höhe. Elle hält das Tempo. Die aus den Lungenbläschen ausgestoßene Feuchtigkeit kristallisiert sofort an Wimpern, Augenbrauen, Wangenhärchen. Rund um das Gesicht an der Wollmütze. Wie ein ziselierter Eisheiligenschein. Am hochgeschlagenen Krimmerkragen. An stummen Lippenbekenntnissen. Nasentröpfchen. Unser Atem gefriert achtgliederig in der Luft.

Ich gebe mein Ich und du gibst dein Du an der Eingangspforte ab. Zusammen mit allen anderen Gegenständen des persönlichen Besitzes. Wir verschmelzen zu einem Wir auf gegenüberliegenden Plätzen. Zwei Seiten eines Spiegels. Ein Ohne-dich-gibt-es-michnicht. Niemanden interessiert es mehr, welche Seite gespiegelt und welche vielleicht wahrhaftig ist. Wir sind beide gleichermaßen erdverbunden und ernähren uns vorwiegend flüssig und nährstoffarm. Noch gibt es kein befreiendes Nichts. Zur Begrüßung schlürfen wir ranzigen Buttertee und bekämpfen als Erstes den Ekel. Mit kleinen Schlucken. Wir verpflichten uns, zu schweigen und täglich drei Stunden einfache Hausarbeit zu verrichten. Wir zerkleinern Feuerholz. Setzen Hefe an. Putzen Rüben. Damit erwirken wir unser Gastrecht.

Die Wintersonnenwende liegt jenseits der Grenze zur Slowakei. Wir warten jeden Morgen auf das Licht des Tages. Um fünf Uhr früh stehen wir mit den anderen auf und setzen uns im Hof im Schneidersitz in den Schnee. Ein Roggenkörnerkissen schützt unsere Blasen vor der Feuchtigkeit. Die Sonne geht in diesem Teil der Erde in Lviv auf. Unser akustisches Gedächtnis ist ausgelöscht. Die Hörrinde in der oberen Schläfenwindung hat alle Erinnerungsbilder für Sprache während der ersten Nacht abgestoßen. Dies hilft uns, das Schweigegelübde einzuhalten und uns auf die Sehfurche zu konzentrieren. Der Blickkontakt ist immer gegeben. Einen Tag sitzen wir in der Ost-West-Achse. Den nächsten in der Nord-Süd-Achse. Damit beugen wir kosmischen Gleichgewichtsstörungen vor. In Elles Kopf steckt noch die Pariser Purzelbaumlogik, in meinem Kinderreime. Auch in der Dunkelheit spiegeln unsere Augen sich überschlagende Argumentationsweisen. Synchron jonglierende Geschöpfe. Meister Lu Yi hat die Akrobatentruppe nach Shanghai geschickt. Sobald wir unser Haus gefunden haben, werden wir sie einladen. Nach der Frühmeditation verteilt der Koch Rieskabrotschnitten und weist uns an, lange und ausdauernd zu kauen. Das Becken will besitzen. Auch das Gegenüber. Am unteren Ende der Wirbelsäule schläft zusammengerollt der Tiger. Die motivierende Energie. Anschubkraft. Wacht er auf, ist er hungrig. Springt er auf die Beine, sucht er Beute. Unter der Schädeldecke hingegen sammelt sich die Kraft des analytischen Denkens. Der durchsichtige Geist. Das Tor zur Grenzenlosigkeit. Gedanken sind flüchtige Gase. Sprengen die Einbildungskraft. Die Nachbarn. Litauen. Ukraine. Weißrussland. Die Kehle ist die Verbindung zwischen Körper und Geist. Zwischen einem gefräßigen Raubtier und explosiver Hellsicht. Unter dem Kehlkopfdeckel sitzt das Sterberasseln. Aber auch der Brunftschrei. Oder die Erkältung nach einer Italienreise. Um elf Uhr wird ein Glas vergorener, mit Chili und Knoblauch versetzter Weißkohlsaft gereicht. Danach massieren wir uns gegenseitig mit dem Daumen die Drosselgrube und setzen uns nochmals eine Viertelstunde in den Schnee. Kosten die halluzinogene Wirkung des Getränks aus. Bis wir zwischen die Pole gelangen. Elle kann nicht ohne mich. Ich kann nicht ohne Elle. Wir schließen die Augen. Ropki befindet sich am Ende eines aufsteigenden Tals. Nadelwälder umschließen es wie ein wogender Liebesgürtel. Hier sammelt die

Ropka, der kleine Nebenfluss der Ropa, das Wasser aus den Heilquellen der Weißen Felsen. Die Ropka schwillt an und fließt ab. Wie ein Kind, das erwachsen wird. Ich quäle unser drittes Auge mit Visualisierungswünschen. Ich möchte sehen, wie Oma Mira empfangen wurde. Elle warnt von der anderen Seite vor Übertretungen. Und Missgunst. Ich trotze. Warum hat mir der Traum die Geburt gezeigt? Warum geizt er mit Bildern von der Zeugung? Ich will wissen, ob die Kehle der Mutter zugedrückt war. Die Stimme erstickt. Das Ergebnis ihrer Schwingungen tonlos. Der Mann größer, die Frau kleiner. Er oben, sie unten. Er mächtig. Sie ohnmächtig. Wie engherzig, höhnt Elle. Deine kleine Lehrbuchwelt. Lauter leidensgebundene Fälschungen. Ich fahre unbeirrt fort. Sie Schmerz. Er Lust. Er gestählter Jadeschaft. Sie ein Himmel voller Wunden. Elle tobt. Falsches Pathos! Keine innere Einsicht! Das erste Glas Kimchi tat uns kund, dass sie anderen Menschen die Karten schlug. Wir waren überrascht und glücklich. Erinnerst du dich nicht mehr? Sie war eine weise Frau. Und du suchst Schlüssellochbeweise. Er presste seine Hand auf ihren Mund. Verschüttete ihren ekstatischen Schrei. Mein limbisches System versagt. Elle zwingt mir ihren Atem auf. Gleichmäßig. Langsam. Die Luft anhalten. Ausstoßen. Verweilen in der Leere. Ich schöpfe Kraft. Treibe das Rad weiter. Repetiere bis zur Verzweiflung. Kundalini soll nicht zu früh geweckt werden. Mahnt Elle. Ein Freudenkind darf nie in Frage gestellt werden. Mein ungebührlicher Wunsch spaltet den hölzernen Intellekt wie eine geschliffene Axt. Bei Sonnenhöchststand wird die letzte Speisung ausgegeben. Dünne Sojamilchsuppe. Danach sind wir frei und ziehen uns in die geheizten Räume zurück. Im Ruhefahrzeug liegen wir eng umschlungen auf der schmalen Ofenbank. Das Feuer wird uns nicht verlassen. Wir haben dicke Holzscheite nachgelegt und den Brennraum bis oben gefüllt. Unsere nackte Haut decken wir mit Schaffellen zu. Drinnen dürfen wir uns nicht in derselben Kleidung aufhalten wie draußen. Schneespuren und Kältezeichen sind im Haus verboten. Winterschuhe im Wohnzimmer wecken Depressionen. Sie warten vor der Tür bis zum nächsten Morgen. Wie Hunde und Wölfe. Mein Kopf liegt quer auf Elles Oberbauch. Es gibt Fahrzeuge für Männer und Fahrzeuge für Frauen. Meine Zunge leckt das Salz aus ihrer Nabelgrube. Mein Scheitelbein stößt an ihr Brustbein. Der Körper muss durchblutet werden. Sonst stirbt er. Alte Mönchsregeln schützen unseren Rückzug. Wir suchen Ventile. Mit Händen und Füßen. Öffnen Energiebahnen. Mit dem Mund. Ich verstärke den Druck. Meine Beine umschlingen ihre Oberschenkel. Wie ein Rettungsring legen sich die Arme um das Hafenbecken. Auch die Schleimhaut fordert ihr Recht. Währenddessen glätten Elles Finger meinen gerunzelten Nacken. Ihre Lippen ziehen ganze Bilderbogen aus den Zisternen unter meiner Hirnhaut. Entwirren mein Hinterhaar. Halten mich zurück. Am Schopf. Verhindern das Ungestüme. Beruhigen Atlas und Axis. Tasten sich langsam über die spitzen Rückenwirbel. Handteller kreisen über Schulterblättern und Lendenschmerzen. Pferdelocken. Das Bewusstsein schwindet. Wärme breitet sich aus. Porzellantellerjongleure, höre ich wieder jene Stimme hoch über mir, vergessen die Zerbrechlichkeit des Materials. Die Sinne sind geschärft. Der Verstand weicht. Schreiend vor Glück schleudert Elle die polierten Rahmen meiner Kopfbilder ins offene Feuer. Unter unsere feuchten Becken. Die Flammen zischen. Saugen gierig das falsche Gold vom Holz. Fressen die billigen Späne. Elles Unruhe ist nur noch eine Handbreit von meiner Zunge entfernt. Wir winden uns in Vorsicht. Spülen Wellen fort. Suchen Berührung und fürchten sie. Schlangenfrauen unter Schafpelzen.

Ihre Finger krallen sich plötzlich in meine Gesäßfalten. Und ich löse den Anker. Die Verkrampfung. Das Festhalten. Meine Fußsohlen streifen den Saum ihrer Wangen. Meine Augen tauchen ein in leuchtende Mohnblüten. Die Frühlingswiese duftet. Angst sprudelt unter der blauschwarzen Gesteinshaut der Berge. Feuerrote, riesige untermeerische Wunden vergrößern die Ozeane. Peridotit schmilzt erst bei sehr hohen Temperaturen. Ein Stein wird dann geboren, wenn er vom flüssigen wieder in den festen Zustand übergeht. Wir befinden uns in einem Wimpernschlag. Am Krater des Erta'Ale in der äthiopischen Wüste. Bald wird Wasser die Senke füllen, in die der Vulkan seit Jahrmillionen unaufhörlich Basalt spuckt. Meine Zunge schürft schimmerndes Perlmutt. Nektar fließt von drei Schneegipfeln. Morgentau bedeckt unsere Brustwarzen. Die Erdkruste spreizt sich zwischen dem Danakil-Block und der afrikanischen Platte. Elles langer Arm greift hinab. Ihre Fingerkuppen schrecken die schlafenden Boten meiner Lust auf. Wie Feuerbälle laufen sie durch Schenkel, Muskeln und Sehnen. Und schießen mit ungeheuerer Wucht aus meinen Zehenspitzen. Direkt in Elles Kehle. Liebesenergie darf nicht verpuffen. Der Kreislauf der Erregung muss geschlossen werden. Nur so bleibt die Erde in Bewegung. Hier, wo die Dehnung Risse hervorruft. Wo heißes Material aufsteigt und die Ränder kontinuierlich auseinandertreiben. Sanddünen und Reistriebe wandern. Die Verwerfungen der gezerrten Kruste erfolgen ruckweise. Wenn Elles Shakti explodiert. Und wir zusammen in Ananda landen. Wo Schweiß und Scham verdunsten. Wo Klüfte und Steilstufen entstehen. Wenn Kundalini strömt, zerbrechen die Basaltdecken und bilden ein zerklüftetes Netz bis Dschibuti. Auch ein Stein sucht die Stelle des geringsten Drucks. Wie Gase. Und das Milchwasser der Bartholinischen Drüsen. Eine Magmasäule steigt mit großer Geschwindigkeit auf und fegt die Seitenwände ab. Unsere Körper bewegen sich harmonisch. Geben und Nehmen. Innen und Außen im Einklang. Gedanken sind einsilbig, Wörter verloren, Träume verspielt auf Wasserschalen. Unsere Zungen knien am Ufer der Glückseligkeit. Mit Händen ist nichts mehr zu greifen. Ein Vulkan wird geboren, wenn Magma durch Risse und Brüche aufsteigt und sie auffüllt, bevor der Krater sich aufbäumt und die Ergüsse alles überfluten. Wir sinken in einen tiefen inneren Frieden.

Als wir erwachen, ist der Ofen kalt und der Schnee verschwunden. Der Fluss hat den Winter von den Felsen gelöst und ins Tal hinuntergeführt. Jemand hat alle Fenster geöffnet. Die Sonne steht über dem gemäßigten Joch. Wir hören die Eibenwipfel in den Höhen niesen. Wahrscheinlich fiel Regen in der Nacht. Und nun dampft die Erde. Betört der Jasmin. Wir erheben uns, tappen auf bloßen Füßen an die frische Luft. Der Kirschbaum vor dem Haus blüht. Wir reiben uns ungläubig die Augen. Im Hof steht Grasflaum. Unsere Körnerkissen sprießen. Verwundert zupfen wir uns fahle Strohhalme aus dem Haar. Schütteln die Winterdecken aus und falten sie ordentlich zusammen. Auf der Holzschwelle warten nur noch unsere schweren Schuhe. Über dem Ziegenrippenhügel hängt das wolkenlose Blau. Der Wind räuspert sich verstohlen unter dem Dach. Ansonsten ist es totenstill im Haus. Wir binden die Wanderstiefel zu. Die Energiepforte ist verschlossen. Ich stoße das kleine Besuchertor auf. Fasse Elles Hand. Sie ist warm und voller Erwartung. Wir betreten den Wald wie eine Kirche. Das junge Buchenlaub weist uns den Weg. Der Boden ist weich und empfänglich. Der Fluss gibt den Ton an. Chromatisch angeschwollen. Ein neugieriger Tagfalter lässt uns nicht aus den Augen. Noch verlieren wir kein Wort. Berühren trockene Rinde. Fahren über feuchte, zusammengerollte

Blattspitzchen. Unten an der Straße verkünden die Kirchenglocken das Ende der Sonntagsmesse. Gleich wird der Bus fahren. Junge Sperlinge übertönen das Gottesgeläut und treiben uns zur Eile an. Der Fahrer lacht, als er uns vor der Holzkirche warten sieht. Vorne fehlt ihm ein Zahn. Sein schwankender Ikarus kommt in einer stinkenden Abgaswolke zum Stehen. Röchelt wie ein alter Bergarbeiter, ehe er verstummt. Elles Lippen formen ein Wort ... *dégoutant* ... Ich lege die Zunge an den oberen Gaumen ... *pas encore* ... Tränen sickern über ihre Wangen. Er will kein Geld. Die Rückfahrt, erklärt er, sei immer im Fahrpreis inbegriffen. Er hat für uns zwei Plätze freigehalten. Er ist erleichtert. Nicht alle würden zurückkehren ... Verlegen wendet er sich ab. Er will nicht, dass wir in seinen Augen lesen. Wo hat er seinen Schneidezahn verloren? Der Ort, den wir gerade verlassen, behält alle Geheimnisse für sich. Er lehnt sich pfeifend aus dem Fensterchen, bis wir eingestiegen sind. Er unterhält sich durch die Zahnlücke mit einer Nachtigall. Lockt sie aus ihrem Versteck. Ohne uns noch einmal anzusehen, drückt er den Knopf für die automatische Türschließung. Zaudert nicht, ruft er durch den Rückspiegel. Setzt euch. Es sind die letzten freien Plätze. Es ist die letzte Haltestelle, die ich anfahre. Sitzend kommt ihr schneller ans Ziel. Der Fahrplan muss trotzdem eingehalten werden. Hinten im Bus ist kein Durchkommen mehr. Wir steigen zwei Teppichstufen hoch. Und befinden uns mitten auf einem lauten Dorfplatz. Im Markttreiben. Es wird um Kaufkraft und Appetit gebuhlt. Knoblauchwurst. Geräucherter Ziegenkäse. Eier. Suppengemüse. Winteräpfel. Sauerkohl. Pfirsichblüten. Die Sitze des Ikarus sind mit rotem Kunstleder überzogen und bis auf die zwei hintersten alle besetzt. Die Marktfrauen tragen bunte Kopftücher und schwatzen aufgeregt. Fuchteln und gestikulieren. Hundewelpen zu ihren Füßen. Katzen. Küken.

Ängstliche Wollknäuel auf der ersten Reise des Lebens. Hühnerschnäbel bohren sich durch Holzkisten. Sie sind auf der letzten Reise des Lebens. Eierkörbe. Kräuterbüschel. Knoblauchzöpfe. Myrtenkränzchen. Lederpantoffeln. Fellmützen. Schafwolle. Zwischen den Sitzen eingezwängt ein verwirrtes Kalb und zwei schwarze Schafe. Sie üben. Beruhigt der Fahrer uns und dreht endlich den Zündschlüssel. Immer nach Ostern fahren sie zum Markt. Ist Ostern denn schon vorbei? Fragt Elle erschrocken. In Tarnów werden sie aussteigen. Danach habt ihr eure Ruhe. Der Ikarus schnauft und springt mit einem Satz voran. Der Motor heult verzweifelt. Die Räder gehorchen endlich. Die Frauen klatschen in die Hände. Einige bekreuzigen sich. Noch sitze ich nur halb. Strecke die Beine im Mittelgang aus. Elles Ellbogen in meinen Rücken. Ich betrachte die Gesichter, Hände, Münder. Die Wörter in der Luft. Elle starrt aus dem Fenster und überlegt, ob Ostern wichtig war. Sie versteht das Schreien der Frauen in diesem dreckigen Überlandbus nicht. Zwiebeln für fünf Złoty. Der Fahrer ruft uns durch den Fahrtwind zu, dass hier früher Erdöl gefördert wurde. Davon habe der Fluss seinen Namen bekommen. Ropa. Und die Stadt. Unten am Stausee. Auch Ropa. Und die kleine geteilte Stadt. Weiter nördlich. Ropica. Ropica Ruska und Ropica Polska. Und der kleine Fluss. Ropka. Vor langer Zeit. Und unser Rückzugsort. Ropki. Ich drehe mich zu Elle um, lege meinen Arm um ihre Schultern und übersetze ins Französische, was der Ikarusfahrer gesagt hat. Es sind die ersten lauten Worte aus meinem Mund. Ropa. Das schwarze Gold. Ropica. Das kleine schwarze Gold. Ropki. Viele kleine schwarze Goldperlen. Wir fahren der großen Ropa entlang. Elle zählt akribisch Wörter. Für die Ohren ist der Lärm neu. Die Sätze passen noch nirgendwo hin. Bestimmt gilt in Ropica Ruska der julianische Kalender und in

Ropica Polska der gregorianische. Ich widerspreche nicht. So oder so sind die Toten auferstanden, wenn die Frauen zum Markt fahren. Das Tal ist eng und schattig. Ein Osternachtstal. Die Marktfrauen bieten uns Schmalzbrote und eingelegte Gurken an. Fremde müssen essen, geben sie uns zu verstehen. Mit Händen und Füßen. Und trinken. Bittere Ziegenmilch. Im Morgengrauen gemolken. Auf der Hochebene der Lackhügel. In Cygielka. Wenn wir angekommen sind, sagt Elle und gähnt, kaufe ich eine Fadenheftmaschine. Wir drucken unsere ein- und zweifarbigen Erinnerungen aus und nähen sie zusammen. Der Farbdrucker steht im Hotel bereit. Gehorsam kauen wir. Der Fahrer erzählt zur Belohnung die Geschichte des Klimkówkasees. Übersetzen kann ich bei der Tachoanzeige nicht mehr. Auch der Kiefer schmerzt. Speichel kommt nur widerwillig in Fluss. Ikarus hat die Flügel aufgespannt. Die Straße ist breiter geworden. Nur wir sind unterwegs. Die Berge lehnen sich zurück. Unter uns liegt gekrümmt wie ein Wurm der Stausee in der Ebene. Es gab keinen Grund, das Tal zu fluten. Bellt der Fahrer durch den Bus. Seine Stimme zittert. Er ist erregt. Ich kann nichts Schlechtes erkennen, entgegne ich. Der Anblick in der Morgensonne ist idyllisch. Ein blanker Spiegel des Himmels. Ich schreie ihm von hinten zu, er möge bitte in den Steilkurven sein Steuerrad nicht loszulassen. Er lacht höhnisch. Lenker. Knüppel. Namen. Wir aus dem Westen würden uns nur an Oberflächlichkeiten reiben. Und weder Hintergründe noch Abgründe verstehen. Den Abgrund, widerspreche ich, den ich aus dem fahrenden Bus vor mir sehe, verstehe ich sehr wohl! Unter dieser glatten Wasseroberfläche, er dreht sich zu mir um, lässt Ikarus sausen, den Sie, Madame, als „Spiegel des Himmels" bezeichnen, gab es einmal das Dorf Klimkówka. Hier wohnten Menschen. Sie züchteten Vieh, bauten Korn an, zogen Kinder auf. Gingen sonntags zur Kirche. Führten ein anständiges Leben. Es gab keinen Grund, sie zu vertreiben und das Tal zu fluten. Wiederholt er. Man wollte sie loswerden. Weil sie nach dem alten Kalender beten. Weil sie singen in ihren Gottesdiensten. Weil sie fasten vor der Beichte. Weil sie ... Ich gebe zu, dass ich davon keine Ahnung habe. Vertreibung ist eine Sache, brüllt er aufgebracht, ein ganzes Tal mit Wasser füllen, eine andere. Damit ist eine Rückkehr für alle Ewigkeit ausgeschlossen, die Geschichte ausgelöscht, die Gräber ersäuft. Der Name gestohlen. Klimkówka ist kein Dorf mehr, sondern ein See. Niemand braucht diesen Stausee. Wasser gibt es hier überall genug. Die Unteren Beskiden sind sumpfig, das wissen wir von unseren Wanderungen. Wasser sprießt aus dem Boden wie anderswo Unkraut. Wäscht die Wälder aus. Verwandelt Wege in reißende Flüsse. Nach heftigen Sommergewittern ertrinken Menschen im Wald, wenn sie nicht vorher vom Blitz erschlagen worden sind. Vielleicht soll der See das Wasser sammeln und nicht abgeben, vielleicht schützt er die Täler vor Überschwemmungen und speichert Strom, wende ich ein. Aber sein Trotz kennt keine Grenzen. Es gab zu viele Wasserpolizisten in unserem Land. Zu viele Wasseringenieure. Zu viele Staudammbauer. Zu viele Aufpasser. Händeringend suchte man Beschäftigung für sie. Einen Wasserflughafen wollte man einrichten. Power-Boot-Rennen auf dem See veranstalten. Touristen anlocken. Mit Bussen und Flugzeugen Ausländer heranschaffen. Das Getöse der ersten Landung auf den See hätte sofort alle Singvögel in den Gorlicer Pieniny verjagt. Ob ich Konwicki kenne? Fragt er und hämmert wütend auf das Armaturenbrett. Lässt das Lenkrad wieder fahren. Starrt mich aus gelben Augen an wie ein Waldkauz. Ikarus hebt ab. Da unten, der Eulenvogel springt auf, hüpft zur rechten Seiten und zeigt in die Tiefe, wo der Stausee wie eine gefrorene Träne zwischen den monoklinalen Gipfeln liegt. An dieser Stelle, tobt er, stand einmal die schönste Lemkenkirche des ganzen Karpatenbogens. Mit fünf vergoldeten Zwiebeltürmchen. Sie wurde vom Staat abgetragen mit dem Versprechen, sie am unteren Ende des Stausees, Stein für Stein, Balken für Balken, Turm für Turm wieder aufzubauen. Die Menschen hat man schließlich auch nicht umgebracht. Sondern nur versetzt. Er kehrt auf seinen Fahrersitz zurück. Reißt im letzten Moment das Lenkrad herum. Ikarus hat wieder Bodenhaftung. Jeder Nagel, jeder Balken, jeder Stein wurde nummeriert, katalogisiert, in Listen eingetragen, monologisiert der Fahrer und drückt das Gaspedal. Nichts ist daraus geworden. Gar nichts. Denn die Wasserpest kam. Gefräßige Pflanzen mit meterlangen Sprossen. Mit quirligen oder gegenständigen Blättern. Und dann das Gift aus dem Boden. Und im Winter der Schlackerschnee.

„Qu'est-ce qu'il dit?" Elle stößt mich in die Seite.

Dass da unten das Wasser 33 Meter hoch steht, wo früher Kinder spielten und Wäsche im Wind flatterte … Konwicki, fährt der Fahrer dazwischen, beschrieb im *Traumbuch* alles. Minutiös. Was passiert, wenn ein Tal überflutet wird und keiner versteht, warum. Was dann in den Köpfen und den Seelen der Menschen vorgeht. Dreißig Jahre, bevor die da unten das Wasser einlaufen ließen.

„Wie lange dauerte das?" Nun stelle ich Fragen.

„Was?" Seine Erregung hat sich etwas gelegt.

„Das Einlaufen."

„Was für eine dumme Frage!"

„Sie sind doch von hier. Ich sammle Zahlen."

169 Tage. Vom 1. März bis zum 16. August. Brummt er und schüttelt den Kopf. Frauen! Er sei täglich mit Ikarus unterwegs. Es gäbe Fahrtenschreiber und Arbeitsbücher. 43,5 Millionen

Kubikmeter Füllmenge. Kürzlich, fügt er hinzu, kam eine ganze Filmecrew anmarschiert. Mit allem, was dazu gehört. Sie verstehen schon. Blonde Püppchen, hochhackige Stiefelchen, Maskenbildner, ein magenkranker Regisseur. Kameramann, Lichtmann, Assistenten, Statisten. Die filmten hier den Dnjepr. Stellen Sie sich das einmal vor! Seine Kauzaugen durchbohren mich. Er tippt sich an die Stirn, grinst, zeigt seine Zahnlücke. Kinogängern kann man alles vormachen. Im Tal liegt eine Giftlache. Berichtet er nun sachlich. Die Bauern schütteten nach der letzten Ernte Schädlingsbekämpfungsmittel in den Boden. Düngemittel. Alles, was sie an Chemikalien auftreiben konnten. Sogar im Ausland warben sie für eine schnelle und kostengünstige Entsorgung von Sondermüll. Sie verdienten sich dumm und dämlich an dem Dreck. Vergruben kontaminierte Fässer. Keiner weiß, wie viele. Zuerst wurde auf dem künstlichen See ein Motorenverbot erlassen. Dann ein Schwimmverbot. Schließlich das Lärmverbot. Daran hält sich nur die kürzlich eröffnete Diskothek am Oberlauf nicht.

Die Marktfrauen steigen in Tarnów aus und schenken uns einen Korb Äpfel für die Weiterfahrt. Ikarus findet aus dem Gewirr der Kleinstadt heraus. Elle und ich setzen uns in die vorderste Reihe. Die Gegend wird flach und reglos. Der Dieselmotor rauscht gleichmäßig durch die unbewegte Landschaft. Der Fahrer schweigt. Er hat erzählt, was er erzählen musste. Er hält an keinem der windschiefen Holzstäbe im Straßengraben. Das müssen die Haltestellen sein. Manchmal stehen Menschen und winken. Obwohl jetzt fast alle Sitze frei sind, braust Ikarus an ihnen vorbei. Der Sonne nach zu urteilen, fahren wir nach Osten. Elle träumt mit offenen Augen von klaren Nächten. Von Sternbildern. Über einer unbewohnten Hochebene, sagt sie, ist der Himmel großzügig. Mondfinsternisse.

Planetenkonjunktionen. Asteroidengürtel. Oortwolken. Bei guter Instrumentensicht wird das Weltall durchschaubar. Behauptet sie. Linsen und Spiegel holen die Unendlichkeit auf den Schreibtisch hinunter. Auf dein Zwischenbildfenster. In Kalifornien entdeckten Astronomen kürzlich vom Berg Palomar aus den entferntesten Planetoiden im Sonnensystem. Durch ein Samuel-Oschin-Teleskop. Ich lehne meinen Kopf an ihre Schulter. Nach der Göttin der Inuit erhielt er den Namen Sedna. Sedna ist fast so rot wie der Mars. Unser Misstrauen erwacht zu spät. Ikarus hat sein Stoßgebet bereits in den Himmel geschickt. Der Motor ist abgestorben. Und der Fahrer ruft: „Endstation!" Geschmeidig wie ein Reh springt er aus seiner engen Kabine. Reißt die Klappen der Gepäckfächer auf. Wirft einen kurzen Blick hinein. Klatscht sie wieder zu. Versetzt dem stehenden Gefährt Ohrfeigen. Eine nach der anderen. Es wankt und stöhnt. Elle packt den Apfelkorb. Geistesgegenwärtig. Wir verlassen den Bus. Wir sind nicht in Krakau. An keinem Busbahnhof. Der trabende Charon ist verschwunden. Wir umrunden ziellos Ikarus. Er steht vor einem einsamen Landhaus. Die Straße, auf der wir gekommen sind, verschwindet nach wenigen Metern hinter dichten Holunderbüschen. Vor uns liegt ein weites, leeres Tal. Elle legt mir einen Apfel auf die offene Hand. Das Haus ist unbewohnt, sagt sie. Die Holzbalken sind frisch gestrichen. Die Sonne brennt auf die Dachziegel. Woher kennst du die rote Sedna? Frage ich. Das Fundament wurde erst gestern getüncht. Schneeweiß. Meine Apfelfinger berühren die Steine. Sie sind trocken und kühl. Die beiden Seitenflügel glühen ockerfarben. Der Mittelteil ist schattig und tannennadelgrün. Oben befinden sich die Schlafräume. Aus dem Internet. Antwortet Elle und umarmt mich. *Viens …* Wir werden sie beobachten, ihre Bahn verfolgen. Während der nächsten 72 Jahre kommt sie der Erde immer näher. Danach entfernt sie sich für mindestens zehntausend Jahre wieder von uns. Planetoiden haben ihre eigenen Zeitfenster.

Vielleicht kocht Mimis Magd Suppe. Vielleicht ist heute Sonntag. Sie war erst 29 Jahre alt, als sie ins Haus kam, und brachte sechs kleine Kinder mit. Aus dem Kamin steigt kein Rauch. Der Treppenvorbau ist neu betoniert. Das morsche Holz verbrannt. Sechs Stufen und ein grün lackiertes Metallgeländer geleiten uns zur Eingangstür. Ich drücke die Klinke herunter. Ohne Gegenwehr. Ohne Ton. Schwingt die Holztür auf. Die Scharniere sind frisch geölt. Der Ofen ist kalt. Es ist Hochsommer. Auf dem Küchentisch liegt ein Stapel Post. Briefe und Pakete, die vor uns angekommen sind. Elle zieht einen dicken Umschlag heraus. Wedelt damit in der Luft. Der notariell beglaubigte Kaufvertrag. Ich wandere durch die unverschlossenen Zimmer. Im Empfangszimmer stehen Elles Koffer und Kisten. Ordentlich nebeneinander. Vor dem Fenster. Meine alten Zeitungen liegen noch in der Bibliothek. Ich durfte nicht einmal über Nacht etwas nach Hause ausleihen. Ich werde mich morgen früh zurückmelden müssen, denke ich. Im Lesesaal. Bei der Katalogaufsicht. An manchen Stellen geben die Holzdielen Laut. Verlangen nach mehr Berührung. Ich lege den Apfel auf das Fensterbrett. Gehe auf die Knie. Streiche über die knarrenden Fußbodenbretter. Befühle sie bis in alle Ecken. Danach trete ich über die Veranda in den Garten hinaus. An die Holzsäule zu meiner Rechten ist das silberne Reliquienkruzifix genagelt. Ich kenne es aus den Erzählungen des jüngsten Sohnes. Es wehrt Blitzeinschläge und Hagelkörner ab. Ein Vorfahre der Familie von Sczaniecki hatte es von einer Pilgerreise aus dem Heiligen Land mitgebracht und verfügt, dass es immer den Bedürftigsten der Angehörigen zu übergeben sei. Das Gras ist zum ersten Mal in diesem Jahr geschnitten worden. Ich rieche es und ziehe die schweren Ropkischuhe aus. Gefiederte Eschenblätter schützen den Westgiebel des Hauses. Die Gartenbank scheint mit dem mächtigen Stamm am Boden fest verwachsen. Ich setze mich und stelle meine Schuhe darunter. Ziehe die Wanderstrümpfe aus. Hier verweilen … ich höre die Gedanken zum Sonnenuntergang. Die Danksagungen vor der Nacht. Im August ziehen heftige Gewitter über die Hochebene. Die Blitze zerreißen mit ungebrochener Kraft die Luft über den Flusstälern der Moszczanka und der Sitanka. Einer schlug im Sommer 1913 ein, kaum war Mimi in ihr neues Haus eingezogen, durchbohrte das Bildnis der heiligen Cäcilie über ihrem Bett, schoss in die Küche hinunter, versengte dort den Korb mit dem Anfeuerholz. Weiter richtete er kein Unheil an. Kreisrichter Sczaniecki trug am Sonntag darauf höchstpersönlich das Kruzifix von Kwiatonowice nach Moszczenica und schlug es an den Verandapfosten. Jetzt erkenne ich die Landschaft mit bloßem Auge. Ich stehe im feuchten Gras. Mit bloßen Füßen. Elle ruft mich ins Haus zurück. Sie hat den Kaufvertrag durchgesehen, die Schlüssel am Bund nachgezählt. Und auf der letzten Seite unten meine Unterschrift entdeckt. Hier, sagt sie. Das bist du! In blauer Tinte. Ich nehme das Beweisstück in die Hand und nicke. 17. Juli 1997, das Datum ist leserlicher als die Unterschriften. Wir steigen ins Obergeschoss hinauf. Die Holzstufen sind in der Mitte abgetreten. Das Holz ist warm und weich, der Handlauf geschmeidig. Hier können wir arbeiten und schlafen. Das Haus wurde nicht auf Mittag gebaut, sondern auf elf Uhr. Es nimmt so mehr von der Nachmittagssonne auf. Gibt die Sicht nach Norden und Süden frei. Auch hier gilt die Sommerzeit. Elle ist begeistert. Ich werde mir ein Fernrohr mit integrierter Digitalkamera kaufen. Ruft sie. Zwei Fenster in das Dach brechen lassen. Ein Computerprogramm entwickeln, das Bewegung in Zahlen umsetzt,

Diagramme erstellt und Ellipsen zeichnet. Die Nacht gehört von nun an mir. Ich lasse sie reden. Das ist nichts Neues. Ich gehe auf Zehenspitzen weiter. Im hintersten Zimmer hängt das angesengte Heiligenbild. Niemand hat in all den Jahren gewagt, es zu entfernen. Mimi schlief nach Osten, sage ich. Sie liebte den Morgen. Cäcilie liegt auf dem Antlitz, Arme und Hände ausgestreckt. Wie vom Kreuz gefallen. Zeigt die tiefen Wunden im Nacken. Ein Lob der Jungfräulichkeit. Man hatte den Kopf vom Körper getrennt, bevor dieser sich mit Valerianus vereinigen konnte. Elle schwärmt von 170 Megapixeln Lichtempfindlichkeit. Es reicht nicht, ein Objekt am Himmel zu sehen. Flüstert sie. Du musst seinen Lauf erkennen.

„Wie sollen wir hier leben?“ Unterbreche ich sie.

Ich suche meine Anschrift. Eine Hausnummer. Einen Namen.

„Du hast einen Vertrag“, erinnert sie mich. „Darin ist alles festgeschrieben.“

Wir gehen hinunter. Hinaus. Auf die Straße. Ikarus ist verschwunden. Ohne ein Wort des Abschieds. Charon mit ihm. Wir haben nichts gehört. Nichts deutet auf eine Bushaltestelle vor dem Haus hin. Stromleitungen zerschneiden den Himmel über dem Garten. Also können wir den Brotbackautomaten in Betrieb nehmen. Elle ist überglücklich. *Il n'y a pas de quoi!* Sie will sofort in die Küche. Ich schreite den Zaun ab, der die Blumenbeete in rechten Winkeln umschließt. An der nordöstlichen Ecke finde ich das blaue Emailleschild. Es leuchtet wie der Punkt hinter dem Datum im Kaufvertrag. „Moszczenica 1“. Gestern erst angebracht. Keine Rostflecken. Keine Nebelflecken. Nach dem Essen gehen wir spazieren. Elle ist zuversichtlich. Das Grün wird wachsen. Ich bin nicht in der Lage, meine eigenen Schritte zu zählen. Den Boden abzumessen. Im Südosten ragt ein Grenzstein aus dem Boden. Auch Zement wächst mit den Jahrzehnten. Es ist Mimis

Haus. Aber wer war Mimi? Hinter dem Haus steht ein Schuppen. Ich stoße das Tor auf. Elles roter Dienstwagen, mit dampfendem Kühlergrill. Als wäre er gerade eben aus Paris gekommen. Nichts überrascht mich mehr. Die genagelten Bretter schwanken in den Angeln. Eine Katze springt verstört von der Motorhaube. Das Nummernschild ist schwarz. Mit weißen Buchstaben und Zahlen. MOS 1241. Wenn die Ferien vorbei sind, holen wir damit mein Umzugsgut in Zabłocie ab.

„Sehen Sie nur, Pani Irenko", begrüßt mich Pan Prosimir am Montagmorgen um neun. Er steht in der offenen Tür zwischen Lesesaal und Katalograum und weist auf meinen Arbeitsplatz. Er ist leer. Die Leihfrist für die Zeitungen war abgelaufen. Im Lesesaal bleibt die Zeit nicht stehen. Das Archiv hat die Jahrgänge zurückgefordert. Es tendiert immer zu Lückenlosigkeit. Erbarmungslos. „Ich konnte nichts dagegen tun." Er wirkt zerknirscht. Ich winke ab. Romantische Taten sind veraltet. Beruhige ich ihn. Jetzt brauche ich das „S". Aus dem Handzettelkatalog. Die Schriften des Kreisrichters von Sczaniecki. Wir kaufen im früheren Genossenschaftsladen in Kwiatonowice ein. Berichte ich. Pan Prosimir liebt es, unaufgefordert informiert zu werden. Die Verkäuferin bestellt uns alles, was wir brauchen. Heftschnur. Leimkessel. Pappschere. Bei schönem Wetter stärken wir uns in der Jordanbar, bevor wir nach Hause laufen. Eine halbe Stunde zu Fuß über eine grüne Hochebene. Trinken heißen Tee aus Gläsern mit roten Plastikgriffen. Sitzen auf den Holzbänken unter freiem Himmel und hören den zahnlosen Bauern zu. Sie erzählen bereitwillig. Von früher. Durcheinander. Alle auf einmal. Das Dach des Gutshauses hätten noch die Lemken mit Schindeln gedeckt. Damals. Zwischen den Kriegen. Die Russen zertrümmerten im ersten Krieg die Dachziegel und trugen den Dachstuhl ab. Der günstigen Lage wegen. Sie richteten auf dem Spitzboden ihre Spähpunkte ein. Im zweiten Krieg taten übrigens die Deutschen das Gleiche. Und danach gab es in der Gegend keine Lemken mehr. Keinen Krieg. Keine Beobachtungspunkte. Das Dach wurde notdürftig mit Pappe und Wellblech abgedeckt. Und ... Schweig! Hier verbot der eine dem anderen scharf das Wort. Was danach geschah, gehört nicht in die Ohren der Fremden! Für die ledige Tochter des Kreisrichters hingegen musste eine Lösung gefunden werden. Damals. Vor dem ersten Krieg. Die verheirateten Töchter lebten bei ihren Männern. Der einzige Sohn übernahm nach Jahren der Wanderschaft mit seiner bereits vielköpfigen Familie das väterliche Gut. Die Männer schlugen sich auf die Knie. Bestellten nochmals laut hundert Gramm Wodka. Kicherten kindisch. Die drei Frauen führten erbitterte Kämpfe. Um die Küchenhoheit. Die Kindererziehungshoheit. Die Weisungshoheit. Die alte Richtersfrau. Das ledige Fräulein. Es unterrichtete übrigens in der Schule. Und war Widerspruch nicht gewohnt. Und die ukrainische Schwiegertochter. Die hochschwanger einzog und als Erstes den Speiseplan änderte. Sie weigerte sich, ihren Kindern die Milch der Simmentaler Kühe zu trinken zu geben. Die Verkäuferin aus dem Laden brachte die Getränke über die Straße. Runzlige Hände griffen nach den vollen Gläsern. Für einen Moment wurde es still. Dann fuhren sie fort. Ihre Sätze überschlugen sich. Wie die Logik in Ropki. So etwas kann nicht gut gehen. Geheiratet wurde in Kiew. Bei den Brauteltern. Keiner im Dorf hatte einen Tropfen vom Hochzeitswässerchen abbekommen. Ansonsten war der alte Richter ein anständiger Mensch. Ließ die Schule bauen. In der das adlige

Fräulein den Bauernkindern Schreiben und Lesen beibrachte. Und den Tanzsaal. Aber erst nach dem Krieg. Vor dem Krieg hat so eine nicht gearbeitet. Nach dem Krieg ist sie doch gestorben. Krystyna hieß sie. Krystyna Sczaniecka. Früher „von". Gestorben ist sie als Letzte. Aber erst nach dem zweiten Krieg. Sie erlebte noch die neue Zeit. Mehr als eine Dekade. Als Adelstitel und Schindeldächer abgeschafft waren. Nein, ihr hatte man das Haus nicht weggenommen. Mimi war der Kosename. So nannte sie die Schweizer Erzieherin. Mit der sie später in Moszczenica zusammenlebte. Wie Mann und Frau. Wie du und du. Sie zeigten mit arthritischen Fingern auf mich und Elle. Und brachen in ein unbändiges Lachen aus. Ihr Grab müsste auf dem Friedhof zu finden sein. Neben der neuen Kirche. Drüben in Biecz. Auch das Familiengrab, in dem der Richter und seine Frau ruhten. Der Alkohol trieb den Männern das Wasser in die Augen. Einer hustete. Der alte Richter ließ der jüngsten Tochter ein eigenes Haus bauen, ganz nach ihren Wünschen. Und kaufte das Land rund herum. Mit sechs Zimmern. Als ob sie es geahnt hätte. Dass sie die Kinder der älteren Schwester großziehen musste. Nachdem diese erschossen worden war. Von einer Partisanin. In Lwów. Im ersten Krieg. Da war der Krieg eigentlich schon zu Ende. Nach dem Krieg. Auf offener Straße. Damit endlich wieder Friede unter sein Dach einkehrte. Die Schwiegertochter zu ihrem Recht kam. Ein eigenes Haus für Mimi. Ihr Kutscher Lobek kam mehrmals täglich nach Kwiatonowice, um Post abzuholen oder aufzugeben. Solange die Schweizerin da war, erhielten sie Briefe und Zeitungen aus aller Welt ...

„Wystarczy, Pani Irenko!" Pan Prosimir zieht mich sachte in den Katalogsaal hinein. An sein Aufsichtstischchen. Bittet mich, nichts mehr zu sagen. Er hätte etwas für mich besorgt. Über Fernleihe aus dem Heimatmuseum Wadowice. Er sucht lange in seiner Jackentasche. Fingert dann mit dem Schlüsselchen am Schloss der Schublade herum. Es sei nicht einfach gewesen, flüstert er, auch für ihn nicht. Ich müsse versprechen, ja schwören bei allen toten Seelen der Grybowskihügel, keine Notizen zu machen. Eine ungenehmigte Ausleihe. Und dann noch handschriftliche Originale. Briefe. Wenn jemand bei Ihnen, einer Ausländerin, Exzerpte daraus fände ... Das Schlüsselchen rutscht aus seinen zitternden Fingern. Er schlägt die Hände über dem Kopf zusammen. Nicht auszudenken ... Ich bücke mich, fahre mit beiden Handtellern über den aufgerauten Boden. Das Metall kam nicht weit. Glatt und kalt. Elle verbringt ihre Zeit im Collegium Maius im Kopernikuszimmer. Studiert astronomische Geräte und Schriften. Astrolabium, Torquetum und Himmelsglobus. Liest das Original von *De revolutionibus.* Sie hat die Spezialerlaubnis ohne Weiteres bekommen. Kopiert die Skizzen von Hand in ein Quartheft. Hat beim Museumskustos ein achromatisches Teleskop in Auftrag gegeben. Wir werden nur noch montags kommen können, erkläre ich Pan Prosimir. Hervorragend! Raunt er. Ich stelle heute noch den Antrag, dass der Katalogsaal bis auf Weiteres montags für den Publikumsverkehr geschlossen bleibt. Wegen dringlicher Forschungen. Unaufschiebbarer Aufträge. Dann können wir unbeobachtet arbeiten. Er hat endlich das Schlüsselchen im Schloss gedreht und zieht die Schublade auf. Darin liegt ein unscheinbares Bändchen. Schmal. In Kalbsleder gebunden. Pan Prosimir holt ein gebügeltes Taschentuch aus der Hosentasche, schüttelt es aus, fasst damit eine Ecke des Buchdeckels an. Hebt ihn hoch. Ich darf die Titelseite lesen. Nicht abschreiben! Memorieren, meinetwegen. *Generał Julian Bujak: Wspomnienia ze służby wojskowej. (Erinnerungen an den Wehrdienst.) Poznań 1929.* Darüber eine Widmung, steile Handschrift. *Szanownemu Panowi Wiktorowi, z prawdziwą sympatją i wysokim szacunkiem: Autor. (Dem verehrten Herrn Wiktor mit großer Sympathie und Hochachtung).* Mein Urgroßvater: „General". Und: „Autor". Wer war Wiktor? Pan Prosimir lässt den Buchumschlag wieder los. Er klappt zu. Wie ein Sargdeckel. Daneben eine dünne Handschriftenmappe. Briefe aus der russischen Gefangenschaft. An die Mutter. Andere gibt es nicht. Murmelt Pan Prosimir. Betreten. Er war nie verheiratet. Jedenfalls deutet nichts darauf hin. Weder die Erinnerungen an den Wehrdienst noch die Korrespondenz noch das Familiengrab.

„Sie meinen, er blieb ihr treu bis in den Tod?"

Pan Prosimir schaut mich betrübt an. „Wie naiv Sie noch immer sind, Pani Irenko!"

„Ich werde abgeholt, sage ich, es ist gleich zehn Uhr. Ich komme in einer Woche wieder."

„Bringen Sie Handschuhe mit", ermahnt er mich und drückt die Schublade zu.

Ich nicke und bitte ihn, das S nicht zu vergessen. Kreisrichter Kazimierz von Sczaniecki habe meines Wissens in Greifswald promoviert mit einer Arbeit über Rechtsbeugung zur Zeit der polnischen Teilungen.

Elle sitzt bereits im Auto. Auf dem bewachten Parkplatz. Auf dem Lenkrad aufgeschlagen die 39. Nummer der Zeitschrift *Astrologie aujourd'hui*. Sie liest das Menschheitshoroskop. Verschließt mir mit einem schnellen Kuss den Mund. Ende des Monats finde eine totale Mondfinsternis statt. Und kurz darauf, im August, eine totale Sonnenfinsternis. Beide Himmelsphänomene seien in den Unteren Beskiden bestens zu beobachten. Sie frohlockt wie während unserer

Morgenbesessenheit. Ihre Atemlosigkeit. Unsere Jahrhundertereignisse! Bis dahin müssen die Dachfenster eingebaut und die Spiegelfernrohre richtig versenkt sein. Ich komme nicht zu Wort. Angst und Neugier werden weltweit geschürt. Sagt sie. Durch verbale Auslegungen wie diese. Und klopft auf die Hochglanzzeitschrift. Menschheitshoroskop! Sie trifft versehentlich die Hupe. Lass uns losfahren! Ermahne ich sie. Wie Kinder setzt man die Leute auf ein Schaukelpferd. Und so stoßen sie an die Grenzen ihrer Vorstellungskraft. Mal hier. Mal dort. Ich bitte dich! Ich brauche eine englische Hufeisenmontierung. Stundenachse und Deklinationsachse. Endbildfenster und Aufnahmekammer für die Digitalfotos. Mein Urgroßvater war General. Er signierte seine Autobiographie mit „Autor". Er lebte länger als meine Urgroßmutter. Er übte immer eine Funktion aus. Und war wahrscheinlich nie verheiratet. Elle hält inne. Legt die Zeitschrift auf meine Knie. Zeitzwänge. Erklärt sie. Und die Schule des Militärs. Autor, Schlächter, Reiter, Folterer, Trompeter. Befehlsgewaltiger. Weisungsrichter. Ich brauche meine Handschuhe. Sage ich. Die Lesehandschuhe aus meinem Umzugsgut. Bis nächsten Montag. Entindividualisierung. Fährt Elle fort. Immer schon. Die Offiziere mussten den totalen Krieg gewährleisten. Immer wieder. Das Töten. Auch zu Friedenszeiten. Und sonntags in Ausgehuniform. Das Menschheitshoroskop wurde erstmals für die Sonnenfinsternis vom 26. April 1892 errechnet. Elle kommt in Fahrt. Vier Tage später kam es zur Neptun-Pluto-Konjunktion. Sensitive Hobbyastrologen erstellen es heute beliebig für jeden Ort der Welt. Und berechnen davon Progressionen, Transite, Solare und jede gewünschte zeitliche Auslösung. Weil diese besondere Stellung von Neptun und Pluto nur alle 492 Jahre vorkommt, leiten sie daraus einen neuen Evolutionszyklus ab. Behaupten hier, Elle schlägt auf die Zeitschrift auf meinen

Knien, gerade diese Konstellation bedeute für die ganze Menschheit den ersten Schritt in ein verändertes Bewusstsein. Dieser mache sichtbar – Elle zitiert aus dem Kopf: „ ... was damals gesät wurde und uns in den nächsten 400 Jahren begleiten wird“. Unsinn! Verspätete Hilfskonstruktionen! Übersteigerte irdische Feinfühligkeit! Oder, wenn du so willst, eine panische Erdgebundenheit. Die leben und denken in einem geozentrischen Weltsystem, an das seit Aristoteles keiner mehr ernsthaft glaubt. Nur weil es so schön abzubilden ist. Wahrhaftig wie ein Fernsehstudio. Die Unendlichkeit funktioniert wie dein Urgroßvater und die ganze kaiserlich-königliche Armee. Namenlos. Gefühllos. Als Zahlenbeziehung. Frag Rolland. Deinen Geliebten, der das Weltall vom Rollfeld aus beherrscht. Oder Rument, den Unbefleckten. Der Parkwächter bekommt an der Schranke zwei Złoty. Wir biegen in die Ingardenstraße ein. 1892 wusste niemand etwas von der Existenz eines Planeten Pluto. Und heute gilt er in Fachkreisen allenfalls noch als „astronomische heiße Kartoffel“. Alle großen Ereignisse werfen ihre Schatten voraus, wende ich ein. So auch die Vollmondeklipse. Finsternisse am aufsteigenden Mondknoten. Eine rückläufige Venus. Er war Generalmajor des Infanterieregiments Nr. 56. Warum hat sie ihr Kind nie gesucht? Frage ich Elle vor der roten Ampel an der Kreuzung Oleanderstraße. Der letzte österreichische Kaiser starb im Exil auf Madeira. Polen war wieder polnisch. Sie hätten nach dem Krieg heiraten können. Und noch gut zwanzig Jahre lang glücklich miteinander leben. Mit Tochter, Schwiegersohn, Enkelkindern. Freuden des Alltags. Oma Mira brachte 1924 Maman in Lwów zur Welt. Dort wurde 1918 Musia ermordet, Mimis älteste Schwester. In Lwów erschien 1908 *Avanti*. Der Titel ist nur im Schlagwortkatalog zu finden. Wir rollen über die Kreuzung. Nehmen die Ausfallstraße nach Norden. Elle wirft mir einen kurzen Blick zu. Verabschiede dich endlich von deiner übersteigerten Harmoniesucht! Bittet sie. Auch Planetoiden sind bloß Nummern. „Kuiper Belt Object 2002 LM60". Namen werden nach dem Zufallsprinzip verliehen. Begegnungen sind höchstens sentimentale Register. Hast du nicht verstanden, was die Bauern in Kwiatonowice erzählten? Du bekommst deine Oberlichter. Versichere ich. Für deine Himmelsdurchmusterungen. Wir können gleich in Gorlice die Rahmen und das Glas bestellen. Wenn du die Maße im Kopf hast. Drei mal fünf Meter. Zwei Dachliegefenster mit Schwingflügeln. Ohne Sprossen. Ohne Kreuze. Reinverglasung. Massive Holzleibung und Wetterschenkel. Auf der Milchstraße soll es Kannibalen geben. Und denk an die rote Sedna. Sie braucht über zehntausend Jahre, um die Sonne einmal zu umkreisen. Ihre elliptische Bahn ist ein Unikum im Kosmos. Sie befindet sich in der kältesten Region unseres Sonnensystems. Dort steigt die Temperatur nie über minus 240 Grad Celsius. Die Fischer der arktischen Küsten verehren Sedna als Göttin der Meeressäugetiere. Der Sage nach hackte der Vater ihr alle Finger ab. Einen nach dem anderen. Die Finger verwandelten sich im Arktischen Meer in Seehunde, Bartenwale und Walrosse. Sedna selbst sank auf den Meeresgrund, wo sie bis heute mit ihren Säugetieren in einer Höhle wohnt. In schlechten Fangzeiten schicken die Fischer einen Schamanen zu ihr. Der muss ihr das Haar entflechten, von Algen reinigen und auskämmen. Die fingerlose Sedna kann den Kamm nicht mehr selber führen. Mit gekämmtem Haar ist Sedna glücklich und erlaubt ihren Tieren, sich von den Inuit fangen und zerlegen zu lassen. Ihnen Haut und Haar, Fleisch und Tran zu schenken. Zu sterben, damit die Eskimokinder nicht erfrieren und nicht verhungern.

„Warum hackte der Vater seiner Tochter die Finger ab?"

„Das erzähle ich dir später."

*****

Carolina hustete. Presste das Taschentuch vor die Nase. Vor die Augen. Die Palominos stampften los. Wirbelten roten Staub auf. Sie waren erleichtert. Endlich wieder von der unsicheren Stelle wegzukommen. Am rieselnden Berg. Die Schlacke knirschte. Die Schritte verschwanden. Wie zerbrechendes Glas. Unter den Hufen. Carolina wandte sich vom Himmel ab. Von der Sonne. Vom Ascheberg. Der Wind schärfte seine Krallen. Sie wartete. Bis die Staubwolke sich gelegt hatte. Sie sah nichts mehr. Ihre Schuhe versanken. Im Sand. Sie rutschte. Am Kegel. Hinunter. Den Aufstieg. Im Rücken. Die Aschewolke. Der Pferde. Vor der Brust. Den freien Fall. Die scharfen Kanten. Der Schatten. Sie versuchte, standzuhalten. Der Schwerkraft. Der Fliehkraft. Stemmte sich dagegen. Schweiß brach aus. Die bereits gewonnene Höhe wollte sie auf keinen Fall verlieren. Sie stützte sich auf Miras Koastock. Senkte den Kopf. Kauerte nieder. Konzentrierte sich. Nur auf ihr Herz. *Wenn ich heute die Seine sein könnte, ich wollte es nicht mehr*. Die Reiterinnen hatten sie schnell wieder eingeholt. Als das Geröll feiner wurde. Der Sand krapprot. Die Asche leiser. Ein Granatapfel. Unter den Füßen. Vorneweg Maria. Anna auf der Stute Kahomi. Lachend. Fröhlich. Zacca stieg als Einziger ab. Direkt neben Carolina. Schnürte die Packtaschen auf. Ohne ein Wort. Schraubte den Deckel vom Wasserkanister. Goss das Trinkhorn voll. Reichte es ihr. Drei Meilen noch. Sagte er. Und legte die Hand an die Stirn. Den Kopf in den Nacken. Sein schwarzes Haar glänzte. Wie die Seide der Prinzessin. Er verschattete die schmalen Augen. Fixierte den rostroten Kegel. Aufgetürmt. Vor ihnen. Wie die Eigernordwand. Als suche er etwas. Lebendiges. Brennendes. Fließendes. Fliehendes. Einen fortgerissenen Fetzen. Als lausche er. In dieser Sonnenhölle. Dem heiseren Schrei der Nene. Carolina trank. Schluckte. Gierig. Das Wasser lief aus den Mundwinkeln. Auf ihr Winterkleid. In den Hals. Sie verschluckte sich. Sie hustete. Benetzte mit ein paar Tropfen aus dem Horn ihr Schnaubtuch. Fuhr damit in den Nacken. Tupfte die Stirn. Die Schläfen. Die Asche aus den Augen. Die beiden Stuten trotteten weiter. Sorglos vorneweg. Die Lehrerinnen blieben in den Sätteln. Am Zaumzeug. Die Hufe schlugen auf der Stelle. Die Pferde spürten ihre Unruhe. Sofort. Die Frauen fürchteten das Rieseln. Den Sand. In den Stiefeletten. Das Stechen in der Leistengegend. Die Tiere bockten. Spürten seismographische Wellen. Wollten weiter. Vielleicht rumorte der Berg. Schlugen den Schweif. Dies war keine sichere Stelle. Kein Ort, sich aufzuhalten. Keine Grashütte. Kein Mauerwerk. Kein Dach. Weit und breit. Miss Lisle rief etwas. Der Wind verwehte ihre Worte. Carolina schüttelte den Kopf. Hieß sie stumm weiterziehen. Mit einer unwirschen Bewegung. Des Koastocks. In der Luft. Sie hustete heiser. Wie die Nene. Zacca drehte den Deckel wieder zu. Verstaute das Horn. Zurrte die Riemen fest. Schwang sich in den Sattel. Gab dem Pferd die Sporen. Scharf wie ein Rasiermesser. Zerschnitt das Geräusch seines forschen Aufbruchs Carolinas rechte Steigbügelplatten. Der Gehörimpuls raute die Nervenkerne auf. Die Wintertatra-Impressionen der Janotha! Der Bösendorfer! Triefend die Finger der Pianistin. Schweiß auf den schwarzen Tasten! Carolina jaulte. Dumpf der Schmerz. Wie damals versengte er ihren linken Oberarm. Sie hielt sich beide Ohren zu. In der einen Faust starrte der Koastock in den fahlen Himmel. Verkrampft. Woher kamen die Klavierklänge? Der satinierte Konzertflügel? Eine Luftspiegelung. Die Pferdehufe wirbelten viel Staub auf. Zacca hatte die Frauen eingeholt. Schloss den Aschevorhang von hinten. Carolina streckte die Beine. Den Rücken. Den Nacken. Schlug den Stock in den Boden. Böse. Wie ein Kind. Mira. Ihre Tochter! Entschlossen zog sie einen Fuß hoch. Kam einen Schritt vorwärts. Aufwärts. Rutschte einen halben zurück. Zog den anderen Fuß hoch. Kam einen weiteren Schritt vorwärts. Aufwärts. Und rutschte einen weiteren halben zurück. Der Wind schritt ein. Riss Carolinas Schmerz mit sich fort. Trug ihn in einem Wirbel, einer Sonnenböe über die Köpfe der Reiter hinweg. Das Gold der Palominos verblich. Der Schmerz verschwand im Krater. Im Pazifikriss. In der bodenlosen Spalte. Durch die einst, als die Uhren noch richtig gingen, als das Haus der Sonne noch direkt über der offenen Feuerstelle saß, über der brodelnden Magmakammer, das überflüssige Gas entwich. Durch den Seitenschlot. Einen Lagergang. Den angekohlten Lakolith. Pele war eruptionsbereit und liebeswillig. Sie schuf Land. Für die Kinder Mauis. Einen ganzen Schritt vor. Einen halben zurück. Die Männer Mauis reiten nach der Niederkunft ihrer Frauen auf den Ascheberg hoch. Und durch seine Caldera hinunter. Bis an das pazifiktiefe Erdloch. Die Pferde machen keinen Schritt zu viel. Die Männer werfen die Nabelschnur ihres Neugeborenen hinein. Eingewickelt in trockenes Kapa. Neuerdings in Glasflaschen verkorkt. Damit die Vögel sie nicht fressen. Nicht zerhacken. Mit spitzen Sichelschnäbeln. Einen Fuß vor. Den anderen zurück. Damit ihre Kinder zu kräftigen Menschen heranwachsen. Unerschrockenen. Denn wenn Ratten an der Nabelschnur nagen, dann bringt das großes Unglück. Einen weiteren Schritt vor. Und einen halben zurück. Die Nabelschnur, die blutig, zottelig am Mutterkuchen hängt. Wenn Tiere sie finden, kommt Unehrlichkeit in die Seele des Kindes. Dann wird aus dem Kind ein Dieb. *Mrs. Almand, welche in Mexiko war, erzählte mir, wie dort sogar Kleider mit Zangen durch ein vergittertes Fenster gestohlen werden.* Miss Lisles Frage nach dem Befinden erstickt der Sand. Am Kraterrand bersten die Steine. Das ganze Pazifische Becken bewegt sich nordwestwärts. *Abschrecken lassen muss ich mich aber davon nicht.* Die Erdkruste verhält sich zähplastisch und kriecht mit einer Geschwindigkeit von fünf bis acht Zentimetern pro Jahr vorwärts. Für geologische Zeiträume ist dies beachtlich. Auf Schmalspurschienen. Wie auf den Pilatus. Einen Schritt vor. Einen halben zurück. Wie Waldvogels Zuckerbahn. Unten in Paia. Beharrlich. Werden die Inseln geschoben. An unsichtbaren Strängen gezogen. Mit unterirdischen Seilen vertäut. Von Südosten nach Nordwesten. Und oben herum ausgewaschen. Vom Wind. Auf dem Weg zurück. Brandungen. Flutwellen. Regenstürme. Zerklüften Riffdämme. Wie die Korallenbank Pearl und Hermes. Flach. Baumloses Grasland. Sanddünen. Ein Reservat für Bodennister. Albatrosse. Seeschildkröten. Mönchsrobben. Und Fregattvögel. Die Piraten der Lüfte. Sie jagen anderen Sturmvögeln im Flug die Beute ab. Die Hawaiier nennen sie deshalb Iwa – Diebe. *Was ist Reputation! Honolulu hat man mir als einen ausnahmsweise sicheren Ort gepriesen. Und doch sind mir hier zum ersten*

Mal Sachen gestohlen worden. Die höchste Erhebung erreicht zwölf Fuß über Meer. Unweigerlich werden die Grasdünen abgetragen. Vom Passatwind zerstreut. Das niedere Gebüsch versinkt. Die frechen Fregattvögel können nirgendwo mehr landen. Aufsetzen. Ihr tiefgegabelter Schwanz bleibt in der Luft. Der Gehapparat ist verkümmert. Die Zehen verwachsen. Mit Schwimmhäuten. Sie brauchen einen erhöhten Punkt. Um sich hinzukauern. Und die offenen Schnäbel im Nest zu füllen. Um sich wieder abzustoßen. Genügend Auftrieb zu bekommen. Oder die Beckenbodenbewegung. Stößt Peles Land irgendwann zurück. In Sednas Schoß. Wie das winzige Kure-Atoll. Unter den Füßen. Nur gläserner Sand. Schimmernde Strähnen. Haarflechten. Einen Schritt vor. Einen halben zurück. Die Ohren hatten sich beruhigt. Carolina wog weniger als die Pferde. Ihre festen Schuhe zerschnitten den Obsidian vorsichtiger als die Hufe. Übten den Druck leichter aus. Die Lungen gewöhnten sich an die dünne Luft. Auch der Kopf. Es soll Menschen geben. Erzählte man. Die ohne Verstand von Viertausendern zurückkommen. Oder ohne Körper. Untote. Gespenster. Jemand hatte ihr ein Signal geschickt. Eine Feuerdornfrucht. Uelis Art war es nicht. Es konnte nur B. gewesen sein. *Das Vergessen scheint auf seiner Seite nicht besser zu gelingen als auf meiner.* Sie schnäuzte sich die Nase. Wischte sich mit dem noch feuchten Tuch verklebte Asche von den Wangen. *Heute vor 5 Jahren segelte ich per „Balaarat“ von Brindisi* ... Auf den Tag genau. Am 17. Juli. Oben am Kraterrand werden sie Kaffee trinken. Die Körper stärken. In dem einfachen Häuschen. *Dessen Architekt mein guter Freund C. W. Dickey war.* Das vor Wind schützt. Vor Kälte. Vor Nässe.

Und mit den nötigen Küchen- und Zimmergeräten ausgestattet ist. Carolina keuchte. Die Brust hob sich. Und sank. In den Boden. Auch sie. Die Berghütte. Fängt die Zeit ein. Und füllt den Raum aus. Die Länge. Die Breite. Die Tiefe. Das Unendliche. Die vierte Dimension. Kailiu Loa. Miss Kelsey wird die Bohnen mahlen. Zacca hatte sich den vollen Wasserkanister aufgeladen. Mit beiden Füßen kam sie einen ganzen Schritt vorwärts. Aufwärts. Falls sie ... Sie schnaufte. Schwer. Die Gedanken stotterten. Sogar die Wörter froren und schwitzten. In einem. Im Kopf. Die Lungen pfiffen. Falls sie ... weiter kam sie immer noch nicht. Nicht einsank. In den Aschekegel. Ihre Zunge. Der Schriftkegel. Ein Basaltstein. Verwittert. Erodiert. Das Herz ohne Kraft. Die Lippen leer. Ohne Häme. Ein schmaler Strich. Im Wind. Einen ganzen Schuh vor. Und einen halben zurück. Falls sie den Gipfel. Den Krater. Den magnetischen Punkt. Wo alle Uhren stehen bleiben. Alle Zeiger, wie von Zauberhand geführt, auf Mittag springen. Und dort verharren. Leise zitternd. Vor Erregung. Auf dem Roten Hügel. Falls sie den Kraterrand erreichte. Würde sie oben ... Im Zenit. Wo auch die Sonne stehen bleibt und nicht mehr weiter steigt. Und das Kapa der Hina jeden Tag aufs Neue trocknet. Würde sie ... ihre Rückreise antreten. Der Abstieg wäre ... In ihrem selbstauferlegten, zehnjährigen Schweigen ... Vergessen ... In ihrem zähen Verschieben ... Von einem Postamt. Auf das andere. Von einem Briefumschlag. In den anderen. In nordwestlicher Richtung. Der Weg vom offenen Feuer weg. Weg von der Verbindung mit dem Lodernden. Wie der ganze Archipel. Der Abstieg. Wird den ersten Schritt. Nach Krakau zurück. Bedeuten. Carolina holte tief Luft. Denn heute. Genau heute. Auf den Tag. Das berichtete das Wachstuchheft. Bereits bevor sie aufwachte. Bevor sie aufstand. In der Frühe. Ehe das Licht da war. Und der Tag. Mit seinen Schatten. Genau heute vor fünf Jahren hatte sie sich eingeschifft. In Brindisi. Freiwillig. Europa verlassen. Mit dem blinden Passagier im Bauch. Ungewollt. Mit der Übelkeit schon im Mund. Sie schrieben es alle. Die Mannschaft. Der Kapitän. Der „Balaarat". In Uniform. Mit glänzenden Manschettenknöpfen. Die ganze insipide Gesellschaft. Dem schweren Seegang zu. Sie trank nur abgekochtes Wasser. Und das Kind lernte früh schwimmen. Der halbe Mensch trägt Zivilkleidung. Und das halbe Tier reißt seine Beute. Um zu überleben. Die Serpentinen waren zu Ende. Der Sandpfad führte in südlicher Richtung. Geradewegs. Steil. Auf 10.023 Fuß hoch. Eine kaum erkennbare Spur am Boden. Mauis Fischergarn. Die Sonne glühte. Gehorsam. Mit allen 16 Beinen. Unbarmherzig vom Himmel. Der Japaner Zacca weigerte sich zwar, Handtücher zu waschen oder den Küchenboden zu wischen. Aber ansonsten war er galant. Stellte nie einer Dame eine Frage. Weder eine dumme. Noch eine kluge. Noch drei Meilen. Seine reglose Aufmunterung. Ihre Erschöpfung. Die sie für sich behielt. Wie alles. Unangenehme. Körperliche. Nahe. Wie das Kind. Sie vermied es, auch nur ein Wort laut werden zu lassen. Dankte dem Diener. Mit einem leichten Nicken. In der Luft. Zum Kniefall gekrümmten Fingern. Das gebot ihr der Anstand. Den sie ihren Schülerinnen beizubringen versuchte. Der Dank. Für das gefüllte Trinkhorn. Noch zwei halbe Schritte. Die Palominos lieben den sandigen Untergrund. Mehr als das felsige Geröll. Bleiben trittsicher. Bis zuletzt. Sie verloren sich nicht mehr aus den Augen. Der fliehende Staubmantel. Und sie. Versanken in der brandroten Flugasche. Das Keuchen. Musste von der Brust. Das Zittern aus den Knien. Die Zweifel vom Zwerchfell. Die unsterblichen Überreste von der Handkante. Der Windschatten. Ist in die Nordwestflanke geflohen. Sie stieg an gegen die Schubrichtung der Erdkruste. Des flüssigen Teils des Erdmantels. Der Asthenosphäre. Sie spürte den Druck der Masse. Des Kegels. Der Aschewand. Der Erinnerung. Die Hufe hatten den Sand aufgewühlt. Die Splitter vorgestampft. Carolina sank weiter. Wadentief. Musste mehr Kraft aufwenden. Um ein Bein wieder frei zu bekommen. Einen Muskel. Zu strecken. Einen Fuß vorwärts. Aufwärts. Zu setzen. Den anderen nachzuziehen. Während der eine. Haltlos schon wieder. Zurückrutschte. Sie klammerte sich. Matt. An Miras Koastock. Auch der andere Fuß. Rutschte zurück. Beide Fäuste. Am Stock. Das Staubtuch. Und die aschetoten Augen. Ungebremst. Setzt die Verzweiflung an der Materie. Stimulanzien frei. Schickt Boten. Eiweißstoffe. Durch das Rückenmark. Ohne Vorwarnung. Feuern Neutronen Synapsen an. Das menschliche Gehirn ist im Lauf der Evolution gewachsen. Der Kauapparat dagegen geschrumpft. Carolina biss die Zähne zusammen. *Der Gedanke, dass er verheiratet sein könnte, grämt mich nicht.* Die Asche wurde kompakter. Feuerrot. Festgestampft von zwanzig Hufen. Einen Schritt. Links. Aufwärts. Vorwärts. Einen Schritt. Rechts. Aufwärts. Sie musste nur den Hufabdrücken folgen. Den Leitsätzen. *Es ist mir gleichgültig.* Zwei Schritte. Der ausdruckslose Mund. Auf dem Abschiedsfoto. Der rechte Fuß. Sie war zu Herrn Sebald an die Sławkowska geeilt. Der linke Fuß. Weiter. Immer weiter. Aufwärts. Am Stock. Kaum von ihrer Wintergrippe genesen. Damals. In Krakau. Mit blassen Wangen und leblosen Lippen. Hitze im Blick. Die letzte Glut. Des Fiebers. *Gardez moi* ... Das Foto war nicht für den Abschied gemacht. ... *toujours* ... Nicht für den Abschied gedacht. Die Liebe nicht für die Trennung. Das Leben nicht für ein Briefverbot. ... *en bon souvenir* ... Zu voreilig war ihr Wunsch nach einem Bild gewesen. Von sich. Für immer. Für ihn. Für B. Um ihn zu binden. Zu schnüren. Zu knoten. An allen Dolchen. Sicheln. Säbeln. Hakenförmig gekrümmt. Die Zehenspitzen. Die Silberschwerter. Die Krallen. Zähne. Reißarme. *Olga Slapa schreibt, dass B. sich oft nach mir erkundige.* In einem Taumel körperlicher Unberechenbarkeit. Musste Sebald sie ablichten. Zum Andenken. Anschauen. Anbeten. Wie töricht! Sebald sprach ausgezeichnet deutsch. Versuchte, sie aufzumuntern. Zu einem Lächeln zu bewegen. Der Blick ist zu ernst. Beteuerte er. Im Atelier. Die Wangen sind zu straff. Ohne sie anzufassen. Das rechte Auge war noch leicht geschwollen. Von den Fieberphantasien. Sie brauche die Probeabzüge sofort. Wies sie ihn schroff zurecht. Sie habe nicht die Absicht, der Welt die Narben ihrer Seele zu offenbaren. *Wozu Talent, wenn nicht Charakter mitgegeben ist!* Ein heftiger Windstoß peitschte ihr Gesicht. Warf sie zurück. Hinunter. In die Haltlosigkeit. Ihre Finger. Blutige Striemen. Im Sand. Die zersplitterten Körner. Trieben ihr Tränen in die Augen. Endlich. Richtige. Tränen. Sie fasste den Hut. Rückte ihn gerade. Fasste Mut. Immer wieder. Schluckte. Hustete. Atmete. Noch einmal. Schwer. Keuchte. Einen halben Schritt. Rechts. Keuchte. Einen halben Schritt. Links. Der Koastock. Mira. Ihr sorgsam gehütetes

Geheimnis. Keuchte. Das Lächeln kam wie die Sonne. Gleißend. Hinter einer Wolke hervor. Über das kupferrote Gesicht. Der Triumph. Die harte Arbeit. An ihrer weitläufigen Korrespondenz. Das Auslöschen. Unerwünschter Informationen. Über ihre eigene Person. Herrscherin der Lage. Bleiben. Sie bewunderte Prinzessin Kaiulani. *Sie ist zur Königin geboren, darüber besteht kein Zweifel.* Der Sinne. Kein unbedachtes Wort. Verließ den Hafen. Von Honolulu. Einen ganzen Schritt. Absolut stilsicher. *Wenn ich ein Mann wäre, würde ich mich sterblich in die reizende Prinzessin verlieben.* Um fünf in der Frühe stand sie auf. Abends um neun lag sie im Bett. Mira. Ein warmer Schatten. Immer neben ihr. In den Briefen beschrieb sie nur halbe Tage. Nur halbe Nächte. Nur kalte Nähe. Verachtung. *Nun ist aber Mr. Howard gerade einer jener Männer, die man nicht nahe bei sich leiden mag.* Nie tauchte das Wort Brustwarze auf. Kein *faux pas.* In der fuchsteufelswilden Asche. In der Welt der rekommandierten Postsendungen. Allen schlug sie die Karten. Nur sich selbst nicht. Mira wird am Nachmittag unten mit Charlie in der Plantage Unkraut rupfen. Und zur Belohnung von Meciszewski am Abend gewogen werden. Auf der Zuckerwaage. Mit Erde und Pflanzenresten unter den Fingernägeln. *Auch bei den Hoeck scheint er sich Nachricht von mir zu holen.* Die Aufsatzschreiberin. Beruhigte B. Langweilte Carolina. Umhüllte. Mit dem Mantel des Unverbindlichen. Die leuchtenden Uniformknöpfe. Die Cavalcade rollte aufwärts. Der braune Plaudit. In der Staubwolke. Mit Rädern. Auf Zehenspitzen. Goldbeschlag. Zwanzig Palominohufe. Von einer riesigen Hand. In die Höhe geschoben. Gezogen. Schwerelos geworden. Miss Kelsey. Von einer unsichtbaren Kraft. Angetrieben. Aufgetrieben. Carolina hielt inne. Besann sich. Beschaute ihre Hände. Vermeil. Die ringlosen Finger. Die lacklosen Nägel. Um den roten Koastock geschlungen. Bedeckte ein fein gemahlener Zinnober. Das Wachstuchheft. Musste mit der Schere überprüft werden. Der Aufstieg. Durfte nicht übersehen werden. Zu leicht. Wäre das Spiel. Mit dem Wind. Der freie Fall. Der Sturz. Absturz. Wieder fielen ihr einige Schritte leichter. Aufwärts. Plötzlich. Floss auch der Atem freier. Kam sie. Einen Schritt. Nach dem anderen. Besser voran. Befreit von unnötigem Ballast. Wie die Luftschiffe des Grafen Zeppelin über dem Bodensee.

Die Vögel auf Maui und auf den anderen Inseln des bewohnten Archipels starben. Zuerst langsam. Dann schnell. Und das Verstummen der Regenwälder wurde hörbar. Der Farbverlust sichtbar. Die ersten Missionarskinder waren erwachsen geworden. Einflussreiche Unternehmer, Besitzer und Barone schreckten auf. Riefen nach Fachleuten. Verlangten wissenschaftliche Untersuchungen. Henshaw kam aus Berkeley. Verzweifelte aber auch nur an seinem Notizbuch. Nach ihm kamen noch viele. Biologen, Ornithologen, Vogelgucker. Eine Analyse der Unumkehrbarkeit, eine Erklärung für die Vogelleere, lag erst Generationen später auf dem Tisch. Im *Annual Review* der kalifornischen *Foundation of Environmental Biology* von 1969. Es war das Jahr, in dem Irena Lęczners Großmutter, Carolinas Tochter Mira, in Krakau starb. Sie wurde gegen ihren ausdrücklichen Willen auf dem Rakowicki-Friedhof bestattet. In aller Eile. Ihre Tochter lebte im Westen. Und erhielt kein Visum. Der Tod war gekommen, ohne zu fragen.

Es gab keine Vorboten, keine Anzeichen, keine Krankheiten. Wortlos holte er sie ab. Im Traum. Die Kosten der Beisetzung übernahm die Stadt. Die alte Frau hatte eine handschriftliche Abschrift ihres Testaments nach Paris geschickt. Rechtzeitig. Eingeschrieben. Aber da der Brief in Englisch abgefasst war, behielten ihn die Beamten ein. Kopfschüttelnd nahmen sie zur Kenntnis, dass die Bürgerin Mirosława Sapehy, geb. Meciszewska, verwitwet seit 1957, verfügte, ihre sterblichen Überreste zu verbrennen und die Asche in den nächstgelegenen Vulkankrater zu streuen. Ihr geografisches Gedächtnis trübe sich zunehmend, ergänzte sie in einer krakeligen Fußnote, aber sie nehme an, dass dies der Stromboli auf den Liparischen Inseln sein müsse. Das Papier erhielt den Stempel „gesellschaftlich geheim“, und verschwand verschlüsselt hinter einem Aktenzeichen im Archiv.

1826 lief das Walfängerschiff „*Wellington*“ in den Hafen von Lahaina ein. Es kam von San Blas. In die offene Reede. In die Residenzstadt des erst elfjährigen Königs Kamehameha des Dritten. Auf Maui sollte der Nachschub an Trinkwasser gesichert werden. Für die Jagd auf die Buckelwale mit den weißen Bäuchen. In den pazifischen Gewässern. Bis sie die Philippinen erreichten. Der Kapitän schickte die Schiffsjungen von Bord, die Fässer auszuwaschen. Die kippten die trüben Reste des Trinkwassers, das sie an der mexikanischen Westküste getankt hatten, in den Brunnen am Hafen. Spülten die Fässer mehrmals aus. Schüttelten den letzten Dreck aus den Dauben. Hämmerten mit den Fäusten die Fassreifen ab. Wie sie es gelernt hatten. Stellten das Holz zum Trocknen in die Sonne. Und freuten sich des Lebens. Endlich wieder auf terra ferma. Und rollten am späten Nachmittag die gefüllten Fässer, es waren mehrere Dutzend, auf das Schiff zurück. Und verzogen sich nach getaner Arbeit zu den Mädchen unter den Brotfruchtbäumen. Im Bodensatz, fand Richard E. Warner heraus, in den Wasserresten aus der Sierra Madre, wuselten Moskitolarven. Eine besondere Art. *Culex pipiens fatigans*. Überträger von Blutparasiten, Zugvögelviren, Geflügelpest, Vogelmalaria und Vogelpocken. Die Saubermoses der „*Wellington*" bescherten der Insel Maui die ersten Moskitos. Nach 20 Millionen Jahren. Die endemischen Vögel waren genetisch nicht gewappnet. Entwickelten keine Resistenz gegen die Erreger. Passten sich den veränderten Bedingungen nicht an. Sondern starben weg. Wie die Fliegen. Der neue König war noch ein Kind. Die Moskitos verbreiteten sich rasend auf allen Inseln. Sie waren überlebensfähig bis auf eine Höhe von ungefähr 3000 Fuß. Deshalb zogen sich die Vögel von den Stränden zurück. Erklärte Warner. Fünfzig Jahre nach Henshaws Tod. Dennoch starben die liwi aus. Die Moskitos stiegen den Vögeln nicht nach. Sondern die Vögel kamen zurück. Früher oder später. In der kälteren Jahreszeit. Wenn auf dem Haleakala Schnee lag. Wenn die Winterstürme durch die bunten Federn stieben. Sie um den Schlaf brachten. Suchten sie Futter. Schutz. Und Wärme. Im bewässerten Grasland. Und lieferten sich wehrlos den tödlichen Stichen aus. Hunderte Hawaiier stürzten sich, wenn eine Fieberepidemie ausbrach, ins Meer. Um die Hitze von Typhus, Keuchhusten, Grippe zu lindern. Kappennaschvögel verendeten. Auch Laysanfinken. Schnabelpagageien. An Pocken und Malaria. Irenas Oma Mira verließ Krakau im

Schlaf, als die Wissenschaft das Rätsel des Vogelsterbens auf Maui endlich gelöst hatte.

Die Pferdewolke hatte sich gelegt. Am Grat. Oder war verflogen. Auf der anderen Seite. Im riesigen Krater. Die Reiterinnen waren angekommen. Carolina kämpfte weiter. Zu Fuß. Mit dem Sand. In der Asche. Auf den Schuhen. Unter den Achseln. Der scharfe Geruch. Die harte Grenze. Zwischen Hell und Dunkel. Licht und Schatten. Glutrot und Backstein. Wind und Sonne. Schmerzte die Schläfen. Halbierte den Schädel. In eine größere Hälfte. Die Erinnerung. Und eine kleinere. Den zusammengekniffenen Mund. .... *Votre affectionnée – C Boegli 18 II 92*. Das Foto. Musste aus der Welt. Mit der Schere konnte vieles nachträglich bereinigt werden. Das Steigen fiel ihr nun unendlich schwer. Das Denken auch. Das Gebiss. Im Schädel. Machte Platz. Für Gedanken. Die Entscheidung. Für einen Schnitt. Fiel schwerer. Einen Schritt vor. Einen halben oder mehr zurück. Das Endgültige. Ihre Widmung. Auf dem Foto. Für B. Musste aus der Welt. Aus dem Gedächtnis. Geschnitten werden. Das Foto. Mit dem Messer. Der stumpfen Schere. Unschön. Zerstochen. Dem Feuersee des Kilauea. Übergeben. Und verbrannt werden. Erste Funde menschlicher Fossilien. Die schwarze Tinte. Musste aus der Welt. Weichen. Von der Fotorückseite. Verschwinden. Jedes Wort. Von B. aus den Wachstuchheftseiten gerissen werden. Sortiert nach Daten. Kaumuskeln von Primaten. Schimpansen. Makaken. Sind zehn Mal stärker entwickelt. Als beim Menschen. In kleinen Schritten. Vollzieht sich. Das schier Unmögliche. Der Aufstieg. *Ich habe es mir in den Kopf gesetzt ...*

Der Abschied. Mit der Schere. Bändigte sie. Miras schwarze Locken. Und das Wachstuchheft. Notfalls. Wird sie einen ganzen Jahrgang abschreiben. Zeit hatte sie genug. Neu schreiben. Von allen B.s befreien. Das Vergessen. Wollte sie. Im Nachhinein. Aktiv voranbringen. Die Gesichtshaut brannte. Der Wind wurde heftiger. Die Fußsohlen glühten. Krebsrot aufgeschwollen. Die Schuhe drückten. Hinten. Und vorne. Die Strümpfe klebten. Die aufgeplatzten Blasen. An den Fersen. Blieben in der Asche stecken. Mit B. allein war es nicht getan. Seinen Namen. Auszuradieren. Oder mit sich selbst. Ihr eigenes Foto in Fetzen zu reißen. Peles Feuerschlund zu opfern. War es auch noch nicht getan. Das Vergessen. Erlaubte noch lange keine Rückkehr. Nach Krakau. Mira musste aus der Welt! Das Kind! Der Mensch! Das Ungeheuerliche. Dieses Gedankens. Warf sie zu Boden. Das Entsetzen. Der laute Schrei. Der Wind. Stellte sich sofort als williger Diener ein. Er fesselte ihren schmächtigen Körper. Mit eiskalten Krallen. An den brennenden Kegel. Zwang ihren Mund in den Sand. Die heißen Körner ätzten. Die steinerne Zunge. Die Hände suchten das Schnaubtuch. Es war schmutzig. Und dürr. Scheuerte. Die Lider. Sie versuchte, sich zu befreien. Zu erheben. Fiel mehrmals kraftlos zurück. Sie versuchte hochzukommen. Fiel auf die Knie. In den blutroten Sand. Die Feuerasche. Unter dem Gesäß. Sie setzte sich auf. Suchte Stand. Einen Palominohuf. Fand keinen festgestampften Eindruck mehr. Keinen Abdruck. Der Sturm wütete. Raubte ihr die Sinne. Meciszewski! War der einzige Ausweg. Der Name tauchte auf. Wie eine Fata Morgana. In der Wüste. Müde. Kopflos. Saß sie. Atemlos. Willenlos. Im Mittagssand. Die Arme am Koastock. Ausgestreckt. Wie zum Gebet. Hilflos. Meciszewski? Fragte sie. Und keiner antwortete. Keiner hörte sie. Keiner sah sie. In dieser unstatthaften Pose. Sie würde ihm die Tramway-Aktien überschreiben. Beschloss sie. Und dieser Gedanke gab ihr sofort neue Kraft. Sie zog sich hoch. An Miras Stock. Klopfte das Winterkleid ab. Schlug den Hut. An das Bein. Staubte ihn aus. Wankte etwas. Bis das Blut sich beruhigt hatte. Das Rauschen in den Ohren. Das Rasen in der Brust. Sie öffnete die oberen Knöpfe. Der Lingeriebluse. Um dem Atem Raum zu geben. Meciszewski. War die Lösung. Seine Frau war freundlich. Die Kinder sauber. Der Älteste, Chwalimir, ging schon zur Schule. Zu Hause sprachen sie polnisch. Die Sonne sog erbarmungslos. Jeden Rest. Von Flüssigkeit. Aus Hinas Kapa. Schlürfte. Den Saft. Der Rinde. Vom Maulbeerbaum. Hartnäckig blieb die Sonne am Himmel stehen. Bewegte sich nicht mehr vom Fleck. Das Zittern hing an Carolinas Oberschenkeln. Sie versuchte, zwei Schritte zu gehen. Als Sicherheit. Rücklage. Die Tramway-Aktien. Ihr halbes Jahresgehalt. Darüber hinaus. Sie kam langsam voran. Rutschte langsam zurück. Falls sie nicht oben. Ausgezehrt. Entkräftet. Noch vor dem ersten Schluck Kaffee. In die Caldera abstürzte. Der Vulkan ist ein Berg. In den der Bergsteiger hineinfallen kann. Eine halbe Meile tief. In das erloschene Feuer. In den kalten Tiegel. Erschrocken über die Beweglichkeit einer Aschewand. Gab sie den Widerstand auf. Gegen das Unfeste. Unter den Füßen. Kam ein paar Schritte weiter. Meciszewski. War die Rettung. Darüber hinaus. Über den Kraterrand. Falls sie. Mit der Sonne im Bauch. Nicht im Irrsinn. Der Höhenluft. Endete. Würde sie ihm. Regelmäßig. Einen festzusetzenden Betrag.

Selbstverständlich. Würden sie einen Vertrag. Aufsetzen. Mit ruhigen Händen. Unterschreiben. Beide Parteien. Und datieren. Von Geldgeschäften verstand sie bestimmt mehr. Als er. Transaktionen konnte sie. Jeder Bank der Welt. In Auftrag geben. Je nach Einkommen. Verdienstmöglichkeit. In Mexiko. In Kanada. In New England. New Holland. New Glarus. *Mr. Greany sagte mir heute, dass es viel schwerer für mich sein würde, in Amerika durchzukommen, da man dort lieber amerikanische Lehrer anstellt für fremde Sprachen.* Oder per Postanweisung. Über den alten Dickey. Den Vater des Architekten. Den Postmeister von Haiku. Der auch das erste Telefon. Der ganzen Inselgruppe. Betrieb. Sie könnte sogar. Ab und zu. Ein *bonjour*. Telefonieren. Aber nein! *Surtout pas de* ... Sie stolperte. Fiel auf das Gesicht. Auf die Brust. Suchte Halt. Vergeblich. Auf allen Vieren. Der Stock rutschte aus der Hand. Rollte. Weg. Hinunter. Verschwand. Aus den Augen. Aus den Fingern. Keine Briefe. Keine Tränen. Kein Bild. Keine Nachricht. Die Hälfte ihrer Flucht. Wird gleich um sein. *In jedem Fall kann mich der junge Herr damit keineswegs abschrecken*. Mira musste getauft werden. Endlich. Davon verstand Meciszewski mehr. Als sie. Mira brauchte einen Paten. Mira brauchte eine richtige Muttersprache. Meciszewskis Frau würde ihr Polnisch beibringen. *Nalej wody*. Ihre Waschschüsselworte. Mehr hatte sie in all den Jahren nicht gelernt. Zum Überleben nicht gebraucht. Sie. Die Sprachlehrerin. Die Mutter der modernen Sprachen. Das wirkliche Paradies. Vertreibt seine Kinder nicht. Oben. Am Kraterrand. Beginnt die Heimkehr. Der erste Schritt. Nach Krakau. Zurück. Mira bleibt. Auf Maui. Verschont von galizischen Erkältungen. Der gefrorenen Erde.

Zweitausend englische Meilen von jedem Festland entfernt. Kann das Kind der Mutter nicht nachlaufen. Wird es schnell vergessen. Wie die Sałaszbuben. Nach den Sommerferien. Und einen großen Bruder haben. Chwalimir würde der Schwester Konsonantenhäufungen vorsprechen. Beim Unkrautrupfen. In Baldwins Zuckerplantage. Sie hatte sich aufgerappelt. Ging vorsichtig. Gebückt. Der Koastock war verloren. Miras Stock. Bereits unrettbar. Die Hände verascht. Die Schlacke hatte sich beruhigt. Der Wind hatte sich. Für einen Moment. Gelegt. Einen Schritt. Sie stützte sich auf beide Hände. Die Kuppen brannten. Im heißen Sand. Zwei mal fünf Finger. Einen Schritt. Nach dem anderen. Kroch sie wie ein Tier. Auf allen Vieren. Schritt. Für Schritt. Gelingt. Das Unmögliche. *Die Zeitungen haben schon erfahren, dass ich auf dem Haleakala war zu Fuß*. Meciszewski. Pani Aleksandra wird ihm zu Weihnachten die gesegnete Oblate schicken. Olga Slapa wird B. das Bild wegnehmen. Carolina kommt allein in Mexiko an, und das Foto ist zersägt. *Votre affectionnée*. In einer explodierenden Magmakammer. Erstickt ihr Liebesspiel. Es begann. Mit einem Lächeln. Das Kind wird nie wieder. Platz haben. In ihrem Bauch. Es hatte ruhig geschlafen. Bei den Waldvogels. Die Augen nicht mehr aufgeschlagen. Als sie in der Nacht das Haus verließ. Und im Mondregenbogen aufstieg. Wie Mauis Mutter Hina. Die das Kapa weich klopfte. Wie niemand sonst. Und eines Tages ihres Werks unter Sterblichen gewahr wurde. Sie verließ die Welt. Stieg auf dem Regenbogen in den Mond. Die kalten Farben der Nacht. Reichten ihr die Hand. Dann beginnt die Rückkehr. Sie wird in zehn Tagen von der Insel gehen. In Kahului. Auf die „Glenifer".

Nach Acapulco. Allein. *Niemand versucht bei dieser Hitze zu gehen*. Der Haleakala ruht. Seit hundert Jahren. Seine Caldera ist kein Krater. Keine natürliche Vulkanspitze. Keine Schichtvulkandecke. Nicht durch Eruptionen. Peles Liebesenergie. Entstanden. Der Krallenwind. Rasiert. Die Wände ab. Der Regen. Wäscht. Die Schlacke aus. Mehr als die Hälfte. Des einst Aufgetürmten. Ist schon verschwunden. Erodiert. Kleine Kegel. Feuerberge. Erheben sich. In der Tiefe. Vergebliche. Versuche. Hand auf Hand. Schritt für Schritt. Peles Glut. Am Leben. Zu erhalten. Aber die Insel wandert. Der ganze Archipel driftet. Nach Nordwesten. In fünf Jahren. Kommt sie zurück. Unverzehrt. Vom Feuer. Vom Herd. Vom Verlangen. Der Uniformknöpfe. Von jedem Festland entfernt. Ist diese Form. Des Erdinneren. Und höchsten Grauens. Irdenen Tiegels. Nicht aufgrund Begattungen. Silberner Schwerter. Entstanden. Sondern. Gepeitscht. Vom Passatwind. Und subtropischen Wolkenbrüchen. Die einst. Für uns. Heutige. Unvorstellbare. Ausmaße. Hatten. Wie alles. Carolina richtete sich zitternd an der Hüttenwand auf. Sie war angekommen. Es roch nach schwarzem Kaffee.